本书获国家社科基金重大课题"明清骈文文献整理与研究18ZDA251"资助

中国书籍学术之光文库

清代乾嘉骈文研究

颜建华 | 著

中国书籍出版社
China Book Press

图书在版编目（CIP）数据

清代乾嘉骈文研究/颜建华著.—北京：中国书籍出版社，2020.4
ISBN 978-7-5068-7829-6

Ⅰ.①清… Ⅱ.①颜… Ⅲ.①骈文—文学研究—中国—清代 Ⅳ.①I207.225

中国版本图书馆CIP数据核字（2020）第052897号

清代乾嘉骈文研究

颜建华 著

责任编辑	姚 红　李田燕
责任印制	孙马飞　马 芝
封面设计	中联华文
出版发行	中国书籍出版社
地　　址	北京市丰台区三路居路97号（邮编：100073）
电　　话	（010）52257143（总编室）　（010）52257140（发行部）
电子邮箱	eo@chinabp.com.cn
经　　销	全国新华书店
印　　刷	三河市华东印刷有限公司
开　　本	710毫米×1000毫米　1/16
字　　数	333千字
印　　张	22.5
版　　次	2020年4月第1版　2020年4月第1次印刷
书　　号	ISBN 978-7-5068-7829-6
定　　价	99.00元

版权所有　翻印必究

序一

中国古代文学理论,至现代文学理论,有一个显著特点,即泛道德化,并因此而喜欢走极端。评论者往往夸大文学的作用,动不动就把文学问题上升到道德善恶、社会治乱、国家兴衰的高度,似乎文学出了一点什么问题,比如说文风华丽一点,就会误导世道人心,以至亡国灭种。文采就像女色,可以一顾倾人城,再顾倾人国。这很可能是中国文人自恋的一种表现,或者是上了当权者的当。文人们太爱把自己当回事,那就让他们自我陶醉去吧,这不是顺便也把天下衰乱的责任担到他们自己身上了吗。其实文学哪有这么大的能耐?决定国家命运的还是那些掌握兵马钱粮的人物,他们是打心眼里看不起文人和文学的,认为文人至多不过是依附于他们这张"皮"上的"毛",文学也只是可供他们利用玩弄的一种装饰或一件工具罢了。

文论家们既然认为文学如此关系重大,便觉得自己肩负着维护世道人心的神圣使命。每个人便力求占领道德制高点,以显示自己道德高尚,唯有自己掌握了道义。对被认为有害的文学深恶痛绝,斥之为"文怪""文妖";而对被认为是雅正的文学,则封为文学"正统""正宗"。总之好的就绝对好,不容怀疑侵犯;不好的就绝对不好,必须彻底剿灭。于是不劳当权者动手,文人们自己就把文学的生态弄得异常肃杀。

中国文学理论什么时候开始犯这种泛道德化和走极端的毛病呢?应该说孔子身上就有了这种征兆。他认为"雅""颂"中的作品"尽美也,又尽善也",同时"恶郑声";"恶紫之夺朱也",开启了是此非彼的先河。当时被指斥的对象是"郑声";"紫"色,后代被指斥的对象不断变换,但有一个对象被拎出来的频率最高,那就是骈文,它被认为是中国古代形式主义文学的主要代表。对它的猛烈抨击,隋唐之际是第一波,初盛唐之际是第二波,中唐古文运动兴起是第三波。宋代理学家文论大行其道之后，对骈文的否定便成为持续绵延的常态了。骈文流行的六朝、初唐和唐末、五代、宋初这几个时代，也连带被判定为中国古代文学的沼泽时期。

现在应该是能对骈文做出比较冷静客观评价的时候了。实际上，骈文与讲究平仄、对仗、用韵规则的五七言近体诗一样，是人们认识到汉语由单音节文字组成、读音有平仄之别等特点后所创立的一种文体。换言之，它建立在汉语本身的特点和内在规律基础上，因此它的出现和存在自有其必然性和合理性。只不过诗歌主要用于抒情、状物，讲究平仄、对仗、用韵等，原自不妨。而广义的散文除用于抒情、状物外，主要还是用于叙事、议论。在叙事、议论时讲究平仄、对仗、用韵等，就转为多窒碍了。因此，同是平仄、对仗、用韵，适用于不同的文学体裁，效果很不一样。同是讲究平仄、对仗、用韵的文学体裁，命运大不相同。五七言近体诗可以成为中国古代诗歌的主流，颇受推崇；骈文则只能成为中国古代散文的一种边缘性文体，而且屡遭诟病。

骈文的大部分句子字数有限，而且要求对仗工整，因此骈文很注重炼字，并很自然地多用典故，文采因而也较华美。骈文作家们因此确实很容易把大量精力倾注在词句的安排上，从而滑向偏重形式、舍本逐末之路。但骈文并不等于形式主义，对仗、用典等更属于正常的修辞手段。寻找工整的对仗、恰当的典故的过程，也是一个不断提炼思想、锤炼语言的过程。这些手法使用得当，就可以对思想感情的表达起积极作用。南北朝及其他朝代确实有些骈文徒有华丽的外表，内容空洞，这主要是因为它们的作者缺乏深邃的思想、真挚的感情、高远的志趣，而不是因为骈文形式的缘故。如果有充实的思想感情，加上骈文特殊的形式和技巧，两者完全可以相得益彰，江淹的《恨赋》《别赋》、庾信的《哀江南赋》、杜牧的《阿房宫赋》、欧阳修的《秋声赋》、苏轼的《赤壁赋》等，就是明证。用于某些特殊场合的文章，如诰命、贺表、祭文等，要求有堂皇正大的气象、典雅华丽的文采，人们多觉得用骈文才与那种场合相配。我在讲授王勃的《滕王阁序》等骈文时，曾举美国总统奥巴马在芝加哥发表的当选演说为例。一位黑人后裔当选美国总统，这当然是一个历史性的时刻，奥巴马的演说就大量运用了排比、对偶等修辞手法，可被视为一篇英语骈文，可见中外一理。现在时代环境变了，语言习惯变了，骈文作为汉语文学的一种重要文体的时代已经一去不复返了，但我们在某些特定场合，偶一为之，也未尝不可。在平常写文章时，不一定通篇皆骈，但适当吸收一些骈文的艺术技巧，某些片断或骈或散，骈散相杂，也往往能增强作品的表现力和感染力。总之，无论从历史上看还是从现实来看，骈文都不可能成为文学的主流，但也不妨聊备一体，在文学的廊庙里享有一席之地。我们对骈文，既不必抬得太高，像阮元写《文笔说》那样，巧为辩护，力图为骈文争个文学正宗的地位，也大可不必视为洪水猛兽，非赶尽杀绝不可。

清代骈文号称中兴，甚至被认为是骈文集大成的时期，作家作品又多集中在乾隆、嘉庆两朝。颜建华君以此为研究对象，令我颇多感慨。通常认为骈文研究难度较大，而与诗词、古文、小说、戏曲等相比，骈文向来被认为是一种"已经死亡"的文体（尽管如前所述，实际上并非如此），因此骈文研究是一个相对冷僻的领域，即使你辛辛苦苦出了研究成果，关注的人也不多，可以说是一件吃力不讨好的事情，但颜建华君仍不辞辛劳为之，我一直在想，这是否与他是湖南人、受到湖湘学风的影响有关。相对来讲，诞生于湖南这个内陆省份的湖湘学派，对中国传统文化有一种特殊的迷恋，也历来有一种但求心安理得、不计利害得失的执着。

颜建华君的这本书，首先对乾嘉骈文的纵向发展过程、横向的作家群落分布和总体兴盛状况等进行了完整描述，然后从乾嘉骈文与政治（朝廷的知识分子政策和文化政策、科举制度、幕府制度）、经济（江南商业文化）、学术（乾嘉考据学）、其他文学样式和流派（桐城派、阳湖派、戏曲、小说）的相互关系等多个角度，对乾嘉骈文兴盛的原因及因此形成的质的规定性进行辨析，搭建起了乾嘉骈文研究的整体框架。其实这里的每个方面都可以做更深入细致的专题研究，因此本书或可为该领域的进一步研究拓展空间。尤其值得肯定的是，作者没有因为"尊题"的需要而对乾嘉骈文过为揄扬。书中既肯定了乾嘉骈文的成就，也实事求是地指出，清朝的高压政策和严酷的思想文化控制对当时人们的心理结构、审美观念以及文艺创作产生了多方面的影响，导致不少文人作家人格和性情受到严重扭曲和摧抑。因为怕触时讳，乾嘉时期的文学作品很少就时事发表感慨，特别是对重大政治问题，士人大多噤若寒蝉。除了大量歌功颂德、粉饰太平的作品外，就是一些嘲风弄月、应酬唱和之类游戏笔墨和无关痛痒的文字。骈文因为体裁的特点，而成为这种文风的代表。这一评判无疑是深刻而公允的。颜建华君在浙江大学攻读博士学位期间,我曾忝为其导师。现在看到他的著作出版,犹如浇灌的树木花草结出了果实,感到欣喜乃是人之常情,故乐缀数语如上。

廖可斌
于燕园

序二

清代骈文研究的新创获
——评颜建华专著《清代乾嘉骈文研究》

梁颂成

骈文是我国古代一个重要的文学品种，同时也是一种颇受非议的文体样式，长期以来被扣以"形式主义""浮艳轻靡"的帽子，而在其创作的全盛期魏晋六朝，更被目为"文学误国"的口实。此后的唐宋古文运动、宋代理学文论，更是对之口诛笔伐，骈文便被作为形式主义的代名词而被归入"另册"。实际上，骈文创作在六朝以后并未消歇，且在形式上和内容上都有新变，诸如隋唐骈文、宋四六等，而且人们还注重从理论上进行探讨，出现了"四六话"之类的理论著作。元明时期的骈文创作尽管冷寂，但仍不乏卓有成就的骈文作家。到了清代，骈文出现复兴景象，在创作和理论上都有突出的建树。近年来，随着古代文学研究的不断深入，骈文作为散文研究的分支，越来越受到学界关注，清代骈文尤其如此。更有一批年轻学者以此为博士论文的选题，涌现了一批具有真知灼见的专题论著和论文。颜建华博士的《清代乾嘉骈文研究》，便是此类选题中做得十分成功的一种。大致说来，该书具有如下特点：

视野开阔　角度新颖

颜博士的《清代乾嘉骈文研究》，注意从清代政治、经济、文化、学术背景来探讨乾嘉骈文的发展轨迹，摆脱了就事论事的局狭，在广泛论析乾嘉骈文作家作品的基础上，对乾嘉骈文兴盛的原因、表现形态、地域分布特点、作家群体概况、艺术形式新变等方面，进行了全面、系统、深入的探讨，透辟地揭示了乾嘉骈文与特定政治经济背景、学术文化思潮、社会风俗好尚诸方面的内在联系，清晰地勾勒出其发展演变轨迹及骈文复兴的整体风貌。做到"既见树木，也见森林"，从而在这一少有人涉足的领域取得了可喜的成绩。复旦大学章培恒教授的评语说："这部著作在广泛搜集资料的基础上，专门探讨乾嘉骈文的发展历程及其与外部的种种关系，选题具有开拓创新的重要意义。著作对若干学理问题的探讨较为细致、稳实，不乏真知灼见，对科举考试与乾嘉骈文、乾嘉骈文与幕府的关系等问题的探讨，较之前人的著作（如瞿兑之先生、刘麟生先生的专著）有突破。"

资料丰赡　态度严谨

古代文学领域的研究工作，资料整理与爬梳与其他学科相比远为繁复。要对清代乾嘉骈文进行全面系统的观照，资料的搜集和整理、辨析工作，艰苦程度尤其突出。此外，还需要相当的理论素养。诚如作者《后记》中所说："研究乾嘉骈文，又有三难：一是材料之多，爬梳困难；二是流派之多，论之难公；三是非兼通汉宋之学、并工骈散文者，又难探其文心，识其精微，容易人云亦云，莫衷一是。"正因为作者对此有清醒的认识，知难而进，故能从文献出发，充分占有材料，做到言之有据，说理透辟，立论可靠。对于研究的对象，作者不偏爱，不偏私，"不虚美，不隐恶"，而是从客观实际出发，对清代骈文发展的成绩做出客观评判。该著从写作完成到正式出版经历八年时间。在博士论文答辩通过之后，作者并没有急于出版，而是根据答辩专家的意见仔细推敲和修改。现在呈现在读者面前的这部著作，既有学术性，也有可读性，是经过了作者仔细打磨的用心之作。

结构合理，文风朴实

《清代乾嘉骈文研究》截取清代骈文最为繁盛时期即乾嘉时期的骈文作为研究对象，同时又将其置于整个清代骈文发展的大背景下进行考察，探究其源与流、正与变的嬗变轨迹；有整体把控，也有专题和个案分析；有现象描述，也有理论阐释。北京大学廖可斌教授评价说："颜建华君这本书，首先对清代乾嘉时期骈文的纵向发展、横向作家群落的分布和总体兴盛状况进行了完整描述，然后从乾嘉骈文与政治（朝廷的知识分子政策、科举制度、幕府制度）、经济（江南商业文化）、学术（乾嘉考据学）、其他文学样式和流派（桐城派、阳湖派、戏曲、小说）的相互关系等多个角度，对乾嘉骈文兴盛的原因及因此形成的质的规定性进行辨析，搭建起了乾嘉骈文的整体框架。"在表述上，作者也是字斟句酌，合乎学术规范，语言平易流畅。饶龙隼教授也称本书"行文流畅，得著述之体"；永州市中学语文高级教师成少华亦称其文字"轻灵自然，智性中蕴含着感性，好读、耐读、经读"。故此书虽属严谨的学术专著，但对于一般的有兴趣的读者，读起来也会兴味盎然。

颜博士的论文早就受到学界关注。曾在全国性的散文（骈文）学术会议上交流，引起众多专家注意，从而被相关骈文研究著作征引。其中部分章节诸如《清代女性骈文作家及其创作述略》《试论清代骈文艺术上的新变》等，也曾作为独立论文在核心期刊发表，并被中国人民大学报刊复印资料、中国社会科学网全文转载。该书作为"高校社科文库"著作出版之后，反响很好，以致港台学者连连专函索书。尽管如此，作者并不满足于已有的成绩，在清代骈文研究领域又有新的设想。2011年，以《清代骈文批评文献整理与研究》为题申报国家社科基金课题并获得成功，颜博士在骈文研究领域的最新成果亦将指日可待。

（本文原刊于《湖南科技学院学报》2013年第6期）

目 录
CONTENTS

前编　清代骈文复兴及其演进

第一章　清代骈文复兴时期景象 ⋯⋯⋯⋯⋯⋯⋯⋯⋯⋯⋯⋯⋯ 3
 第一节　引　论 ⋯⋯⋯⋯⋯⋯⋯⋯⋯⋯⋯⋯⋯⋯⋯⋯⋯⋯ 3
 第二节　乾嘉骈文概述 ⋯⋯⋯⋯⋯⋯⋯⋯⋯⋯⋯⋯⋯⋯⋯ 7

第二章　乾嘉骈文发展源流论 ⋯⋯⋯⋯⋯⋯⋯⋯⋯⋯⋯⋯⋯ 30
 第一节　乾嘉骈文的前奏 ⋯⋯⋯⋯⋯⋯⋯⋯⋯⋯⋯⋯⋯⋯ 30
 第二节　乾嘉骈文的发展 ⋯⋯⋯⋯⋯⋯⋯⋯⋯⋯⋯⋯⋯⋯ 37
 第三节　乾嘉骈文的余响 ⋯⋯⋯⋯⋯⋯⋯⋯⋯⋯⋯⋯⋯⋯ 57

正编　清代骈文复兴的文化镜像

第一章　乾嘉骈文作家地域分布及作家群 ⋯⋯⋯⋯⋯⋯⋯⋯ 79
 第一节　乾嘉骈文作家的地域分布 ⋯⋯⋯⋯⋯⋯⋯⋯⋯⋯ 79
 第二节　南方骈文作家群 ⋯⋯⋯⋯⋯⋯⋯⋯⋯⋯⋯⋯⋯⋯ 84

第二章　乾嘉骈文与清代知识分子政策和文化政策 ⋯⋯⋯ 108
 第一节　清朝前中期知识分子政策和文化政策及其对骈文创作的影响 ⋯⋯
 ⋯⋯⋯⋯⋯⋯⋯⋯⋯⋯⋯⋯⋯⋯⋯⋯⋯⋯⋯⋯⋯⋯⋯ 108

第二节　清代科举考试与乾嘉骈文创作 ················· 118

第三章　乾嘉骈文与作家游幕活动 ················· 135
　　第一节　乾嘉时期的幕府现象与骈文作家游幕活动 ········· 135
　　第二节　幕府制度对于乾嘉时期骈文创作的影响 ············ 154

第四章　乾嘉骈文创作与江南商业文化 ················· 168

第五章　乾嘉骈文与乾嘉学派 ····················· 188
　　第一节　乾嘉学派与乾嘉骈文作家 ···················· 188
　　第二节　乾嘉学者的骈文观 ························ 193
　　第三节　乾嘉学派骈文创作的特色和风格 ············· 203

第六章　乾嘉骈文与桐城派、阳湖派 ················ 212
　　第一节　桐城派、阳湖派古文家的骈文观及其异同 ········· 212
　　第二节　桐城派、阳湖派骈文创作及其特点 ············ 218

第七章　乾嘉骈文的艺术成就及其对小说、戏曲影响 ······ 234
　　第一节　乾嘉骈文的艺术创新 ······················ 235
　　第二节　骈文对小说、戏曲等文体的渗透 ············· 241

补编　清代骈文研究再思考

关于清代骈文的评价问题 ························· 249
清代文选学与清代骈文复兴 ······················· 257
试论清代骈文艺术上的新变 ······················· 266
清代女性骈文作家及其创作述略 ···················· 272
汪中著述及佚作述略 ···························· 282
阮元《研经室集》未录诗文三篇 ···················· 294

附 录

缪荃孙致潘祖荫函稿辑释 ·· 298

缪荃孙致王秉恩函稿释读 ·· 313

主要参考文献 ·· 328

后 记 ·· 341

前编 01

清代骈文复兴及其演进

第一章

清代骈文复兴时期景象

第一节 引 论

乾嘉时期（1736—1820）是清朝统治相对稳定的阶段，经济繁荣，社会发展，学术昌明，文学艺术也取得了相当的成就。从清初到康乾时期，耕地面积和人口迅速增长。顺治十八年（1661），耕地面积只有二百九十多万顷，而康熙末年上升至八百五十多万顷。顺治十八年全国人丁为一千九百多万，乾隆末年人口却剧增至两亿多①。清政府国库日益丰盈，据康熙四十一年《清实录》记载："今户部库币有四千五百万两，每年无靡费，国帑大有盈余。"同时，康熙时又屡屡蠲免各省钱粮。到康熙四十年以后，出现所谓"海内晏安，民生富庶"的盛世景象。昭梿《啸亭续录》云："本朝轻薄徭税，休养生息百有余年，故海内殷富，素封之家，比户相望，实有胜于前代。"②

康熙帝说过："自古一代之兴，必有博学鸿儒振起文运，阐发经史，润色词章，以备顾问著作之选。"③ 乾嘉时期学术文化更是达到空前的繁荣，以惠栋、戴震为代表的乾嘉学派成就卓著，硕果累累，在经学、史学、文学、音韵、天算、地理以及古籍的校勘、目录、辑佚、辨伪等方面取得了辉煌的成就，其扎实严谨的学风和考证方法影响深远。章学诚所提倡的"六经皆史"的理论主张令人耳目一新，颇具创意。而异军突起的常州今文经学则是近代

---

① 参阅戴逸《乾隆帝及其时代》第五章《经济》，中国人民大学出版社1992年版。
② 昭梿《啸亭续录》卷二"本朝富民之多"条，《啸亭杂录》，中华书局1997年版，第434页。
③ 《皇朝文献通典》卷四十八《选举考》，《四库全书》本。

启蒙思潮的肇始，近代启蒙先驱从"春秋公羊学"中寻找治世救病的良方，继承了清初学者经世致用优良传统。而这一时期激烈"汉宋之争"表明代表正统儒学的宋学并没有消歇，这一方面由于统治者的提倡，目儒为学正统，另一方面由于大僚主持风会，这一时期思想呈现多元化的特征。

乾嘉文学创作空前繁荣。诗学、词学都有相当的成就，理论与创作并重，沈德潜、翁方纲、袁枚为尤著者。而以姚鼐为首的桐城文派号称古文正宗，标举"义理、考据、辞章"，继承方、刘衣钵，门徒众多，流播广远，绵延二百余年，为我国文学史上最大的文学流派。其时能与桐城古文抗衡的是清初开始复兴的骈文，不仅作家众多，地域分布广阔，而且佳作如林，风格多样，名家辈出，色彩斑斓。题材和主题都有开掘和发展，应用的范围进一步扩大，艺术技巧和艺术形式也有新的面目、新的气象，讲求声律、辞藻，各种文体形式皆工，开骈文无数法门，可以说是骈文集大成的时代。

整个清代骈文的发展大致可分三期：（一）康、雍时期，为清代骈文发轫期；（二）乾嘉时期，为清代骈文的全盛期；（三）道咸、同光时期，为清代骈文的衰变期。

乾嘉时期骈文创作为其中最为重要的时期，名家云集，作品琳琅，创作成就最高。在此时骈文创作出现繁荣的局面，与政治、学术、科举制度、地域文化以及官僚制度均有内在的联系，反映当时士人（或说知识分子）丰富的内心世界和时代精神风尚，通过文学研究可以为研究同时的政治经济以及文化等提供参照。清代骈文复兴作为一种特殊的文学现象，其兴盛、发展、衰变的原因是复杂的、多样的，值得作为文学史的个案好好总结分析。诸如，其创作的整体成就评价及美学特征和审美风尚，它在清代文学史、整个骈文发展史、整个文学史上的地位和作用，以及为数众多的作家本人个案研究；再比如骈文与科举制度、骈文与当时的文化政策、骈文与诗歌、骈文与桐城派古文、骈文与应用文、当时"汉宋之争""骈散之说"的争论等，均值得我们认真思索并加以研究。

迄今为止，关于清代骈文的研究还有很大的拓展空间，就已经发表的研究论文和论著来看，论文和专著数量不多，且过于集中，而个案的研究还处于初步阶段，论述的层面还较浅，更不用说全局性的、综合性的思考。加之，对清代骈文的评价也争议颇大，总的说来是毁多于誉，而誉之者往往言过其实，有云"超宋迈唐"①，"作者最多，作品最繁，风流标映，蔚为国光"②，毁之者则一概否定，目清代骈文为"选学妖孽""文体卑下"，缺少深入客观的分析研究，自然其观点很难让人信服。为什么会出现这种局面？我想，大概有以下几方面的原因：一是五四新文化运动的冲击，目为"选学妖孽，桐城谬种"，对骈文全面否定，缺少认真的科学的态度；二是骈文以六朝为极致，而六朝文学又是毁多于誉，绮艳轻佻，风月误国，骈文似乎难辞其咎，清代又是封建末世，给人们留下的阴影太多，其骈文更难为人们所赏识；三是清代桐城文派以正统自居，标榜门户，造成一种错觉，以为只有古文一枝独秀，而骈文不与；四是长篇小说等新兴文学样式达到巅峰，其光芒多少掩盖了清代诗文的成就。

研究乾嘉骈文，又有三难：一是材料之多，爬梳困难；二是流派之多，论之难公；三是非兼通汉宋之学、并工骈散文者，又难探其文心，识其精微。容易人云亦云，莫衷一是。这就要求我们，既要考察它产生的背景和环境，注意从文化、历史、学术和社会风气的角度进行探究，又要对具体的作家、作品做具体分析、品评；既要从纵的方面即从整个骈文发展的过程来把握、考察其变化、发展，又要从横的方面注意骈文与时代风气、与其他相关文学样式的联系，如与桐城派古文的论争和相互消长。在研究中，要坚持历史与逻辑相统一的原则，既要对历史现象做实事求是的描述，又要善加提炼、取舍，透过现象看本质。从而得出建立在丰富材料和文本分析基础上的结论，深化我们对清代骈文的认识。

先有必要对乾嘉时期的作家及文献进行摸底、考察。乾嘉时期骈文作家，据笔者初步统计，乾嘉时期的骈文作者有201人（"作家一览表"附后）。在掌握其有关生平资料（包括生卒年、履历、交游、作品）的基础上，分析研究整理有关材料，对重要的作家和事件做一个大事编年表。另外，了解当时的思想特别是文学思潮、文学论争方面的资料，探讨思想意识与文学创作的关系。

---

① 钱钟书语，见钱钟书与朱洪国手札，中有"骈文入清而大盛，超宋迈唐，尊选似太少…"，朱洪国《中国骈文选》卷首，四川文艺出版社1996年版。
② 张仁青语，见《中国骈文发展史》第九章《清代骈文之复兴时期》，台湾中华书局1974年版。

乾嘉时期骈文文献资料大致可分为三类。

（1）作品集（包括别集、选集、总集）。骈文总集、选集如沈粹芬等辑《清文汇》、曾燠《国朝骈体正宗》、吴鼒《八家四六文钞》、马俊良《丽体金膏》、姚燮《骈文类苑》、张寿荣《后八家四六》、张鸣珂《国朝骈体正宗续编》、张寿荣《后八家四六文抄》、王先谦《十家四六文钞》《骈文类纂》、屠寄《国朝常州骈体文录》、张相《古今文综》等，别集如汪中《述学》、洪亮吉《卷施阁文》、孔广森《仪郑堂骈俪文》、凌廷堪《校礼堂文集》、王昶《春融堂堂集》等。

（2）作家生平史料。一些重要作家的年谱，如汪中年谱、黄仲则年谱、袁枚年谱；历史史籍如《清史稿·文苑传》《清史稿·儒林传》《清史稿·艺文志》《清史稿·艺文志补遗》，以及李桓《国朝耆献类征》、李元度《国朝先正事略》，碑传资料如钱仪吉《碑传集》、缪荃孙《续碑传集》、汪兆镛《碑传集三编》、钱仲联等《广清碑传集》。另外，还有诗话、文话、方志、艺文志、金石文字、书目、文献索引等方面涉及骈文家及骈文的相关材料，如李灵年等《清人文集总目》、柯愈春《清人文集总目提要》、王重民等《清人文集篇目分类索引》、张之洞和范希曾《书目答问》、邓之诚《清诗纪事初编》、钱仲联等《清诗纪事》、张舜徽《清人文集别录》、陈乃乾的《全清词钞》以及《清儒学案》《中国丛书综录》等。

（3）清代以来的研究著作和论文。有关骈文史方面的著作，有谢鸿轩的《骈文衡论》、刘麟生的《中国骈文史》、张仁青《中国骈文发展史》、于景祥《中国骈文通史》，有关骈文理论方面的著作有刘麟生《骈文学》、金秬香《骈文概论》、钱基博的《骈文通义》、谢无量的《骈文指南》、瞿兑之《骈文概论》、蒋伯潜和蒋祖怡合撰《骈文与散文》、姜书阁《骈文史论》、陈耀南《清代骈文通议》、昝亮《清代骈文研究》（博士学位论文）等。重要的研究论文有刘师培《论近世文学的变迁》、谭家健《骈文浅论》、胡国瑞《六朝骈文的艺术评价》、张国风《一种过渡的折衷状态：诗、赋、骈文、散文的相互消长》、谢国荣《略论骈文发生发展的深层原因》、吴兴华《读＜国朝常州骈体文录＞》、王凯符《论清代骈文复兴》、莫道才《骈文研究的历史与现状》、汪龙麟《二十世纪清代骈文研究述评》等。

第二节　乾嘉骈文概述

清代骈文较之宋、元、明骈文，无论作家、作品的数量、题材的范围还是理论上的成就，都大大超过前代，以至于钱锺书谓"超宋迈唐"①，直驾六朝。为了具体说明乾嘉骈文创作的兴盛情况，笔者将从下面几个方面来加以叙述分析：作家人数众多；选集、总集多，评论著作多；骈文受到当时人的重视，影响广远。

一、作家、作者人数众多，有传世名作

我们来看作家、作品的大致情况。清代骈文作家的数量是大大超过前代的，这点我想大概没有疑问，但到底有多少作家、作品，却没有人做过统计。刘麟生、瞿兑之、谢无量、钱基博等人著作中提及的骈文作家不到四十人，台湾张仁青、陈耀南在他们的著作中提及的作家分别为 61 人、95 人②，近年来昝亮在《清代骈文研究》③ 中录有 500 余人，就我所知，这是目前为止所列清代骈文作家最多的有关清代骈文研究著作。据昝亮的说法，有清一代骈文作家数量当在 2000 人以上，而作品的数量当在万篇以上④，这个数字应当是可信的，因为据笔者所掌握的情况，他是目前搜集作家作品用力最勤的，举凡清人文集、选集、方志、家谱、地方史乘所载，靡不尽力甄别、筛选，尽力搜罗。尽管如此，仍然不无遗漏。比如谈迁、赵一清、邵晋涵、王昶、刘逢禄等重要的作家就没有进入其视界，而清初三大思想家顾炎武、黄宗羲、王夫之也创作骈文，且有不俗的作品，其学风、文风都是开清代风气之先的，自然应当作为我们研究的对象，昝亮也没有一语涉及。清代离我们并不遥远，文献方面存在多和少的矛盾，这是我们研究清代文学必须注意的问题。所谓

---

① 钱钟书与朱洪国手札，中有"骈文入清而大盛，超宋迈唐，尊选似太少……"语句，见朱洪国《中国骈文选》卷首，四川文艺出版社 1996 年版。
② 分别见张仁青《中国骈文史》第九章、陈耀南《清代骈文通义》，未刊本，台湾学生书局 1977 年版。
③ 昝亮《清代骈文研究》是其博士学位论文，浙江大学图书馆藏。
④ 参阅昝亮《清代骈文研究》第二章第一节《作家作品的繁富》。

多是因为遗留下来文献汗牛充栋、泥沙俱下，没有经过时间的淘洗和挑拣，需要甄别和筛选，我们必须慎加选择，大量的文献资料还处于尘封状态，需要我们整理。少则是因为文献的流失严重。由于战乱兵灾以及社会变迁的影响，许多作家作品湮灭无闻，作家、作品散失和流落的数量也是相当惊人的。前人也想在这方面努力，比如王昶和近代的徐世昌等就曾打算辑有清一代的骈文，但由于种种原因作罢①。即便如此，清代骈文作家、作品数量也已经相当可观，由此基本上可以窥见清代骈文创作繁荣兴盛的概貌②。

  乾嘉时期为清代骈文的全盛期，但乾嘉时期创作的具体情况到底怎样？有多少作家、作品？据本人不完全统计，乾嘉时期骈文作家有200多人（包括女性作家）。这些作家入选的条件有三个。

  第一，有文集和骈文作品传世。有些人物比如福康安、巴延三、阿桂、图萨布等人选入《丽体金膏》的作品明显是幕客文人的捉刀之作，而作品也往往徒具华美的外表，内容空洞或者纯系应酬之作，自然不入作家之林。

  第二，基本上生活在乾隆、嘉庆（1736—1820）前后，当然，这里会有一些矛盾之处。比如阮元在乾嘉和嘉道之际均有影响，把他列入乾嘉时期作家，大概没有什么问题，而梅曾亮生于1786年，卒于1856年，我们不将他计入乾嘉骈文作家内，主要是考虑到梅氏是嘉、道风气转变之际的重要人物之一，这样处理应当考虑到与文学史的实际状况相一致。

  第三，女作家单独编制一张表格并且进行专题研究，主要是考虑到清代骈文女作家虽然创作性别意识并不突出，此前也并非没有女骈文作家，但清代女作家数量和作品的繁盛迥非前代可比，而骈文创作也有新的气象，值得我们关注③。

  清代骈文作家数量众多还体现在作家队伍的不断扩大。清代骈文作家队伍涉及社会的各个阶层，一个比较突出的现象是处于社会底层的医、僧、道、武卒、妓、仆人以及王室、满洲旗人等也有不少人进行骈文创作。医如吴尚

---

① 分别见王昶辑《湖海文传》序和沈粹芬、黄人所辑《清文汇》序言。
② 骈文作家到底怎么界定，还存在异议，因为有许多作家有文名，比如汪履基，但没有作品留下来，有些写了骈文作品，但因其作品少量不多，艺术价值也不高，难称作家，所以这里作家、作者不做甄别。
③ 具体见本书第三章《乾嘉骈文作家群》第二节《南方骈文作家群》，以及拙作《清代女性骈文作家及创作述略》，载《中国文学研究》2006年第1期。

先有《理瀹骈文》，僧如释敬安有《八指头陀文集》，仆人如穆庆"能骈体文"①，王室人员也参与创作，马俊良《丽体金膏》就选有和硕显亲王《平定两金川贺折》、礼亲王永恩《赏御制及苏轼〈超然台记说〉墨刻谢折》等骈文，武夫悍卒也有吟哦弄笔的，《丽体金膏》选有武将永炜等作骈文《前题》，当然，这只是偶尔为之，艺术价值并不高，但能给骈文创作带来新的气息。骈文作家成为当时文学创作的生力军，桐城派和阳湖派的作家中许多人参与骈文创作，阳湖派的领军人物恽敬、张惠言均为重要的骈文作家，桐城派的梅曾亮等也是骈文作家，虽然这些作家中有些是始骈终散，有些是始散终骈，或者注意骈散的调适，总而言之，与骈文牵扯不开，从另一个角度说明清代骈文创作的兴盛情况，其影响是广泛的，深刻的。

清代骈文创作取得了巨大的成就，有著名的作家和传世的名作。清代早中晚期均有影响的作家（具体情况参阅第二章《乾嘉骈文发展源流论》）。清代前期著名骈文作家有陈维崧、毛奇龄、吴兆骞、朱彝尊、尤侗等，骈文名篇有陈维崧《与芝麓先生书》、朱彝尊《樵李赋》《浙西六家词序》、尤侗《平滇颂》、吴兆骞《孙赤崖诗集序》等。乾嘉时期骈文创作则是云蒸霞蔚，炳炳烺烺。吴鼒《八家四六文钞》选八家，曾燠《骈体正宗》选录四十二家，屠寄《国朝常州骈体文录》选四十三家，录文五百多篇；朱启勋所选《骈体文林初目》选七十七家（其中绝大部分为乾嘉时期作家），录清代骈文一千多篇，所选均为自己寓目，虽有偏至，但亦可想见其时骈文创作的兴盛。总体说来，此时骈文题材内容十分广博，且名篇佳作纷呈，无论大块文章与抒情小什、庙堂文学与山林文学，无论是庙堂之制、奏进之篇，还是指事述意之作，抑或是缘情托兴之什，都有佳作传世。各种体类（或称体例），诸如赋、颂、表、启、笺、疏、议、论、哀诔、碑志、书、序等，尤其是抒情、写景和其他体制较小的作品，均能自成变化，反映当时社会生活的方方面面，展现作家丰富而广阔的内心世界。另外，清代骈文在艺术上也求新求变。这主要表现在前人已经在骈体表现领域开掘的题材和内容，清人有所开拓，比如骈体不宜用来说理和叙事，清人则在这方面着力并且有所变化，诸如创造"赋赋"这种体制，通篇用骈体来写作的陈球的《燕山外史》，均能说明这一

---

① 钱泳《履园丛话》卷二十四"杂记"，中华书局1984年版。

点。另外，在表现方式以及艺术技巧方面，清人也在努力探索，而不愿因循固守，比如用典，注意把握分寸，与白描结合，不至于过分晦涩板滞，特别是学者骈文诸如汪中、孔广森、孙星衍尤为突出。李详云："孔（即孔广森）文隶事深隐，与渊如、容甫略同，每其熔铸数书而成一偶句。"① 另外，在语言上则力避"熟烂""庸调"，化用熟语、口语与自铸新词结合，往往因难见巧。所以要在清代骈文中捃拾秀句，是很容易的事。而且清人注意通篇气息的调适，特别是后来注意骈散结合、韵散结合，增加了骈文的表现力和艺术感染力。新中国成立以来几部《中国文学史》，讲到清代骈文，以"中兴"名之，常常列举陈维崧、胡天游、袁枚、汪中、洪亮吉等为数不多的几家，并且介绍其中的代表作②。这一点，连对清代骈文持反对态度的姜书阁也认同："这时期著名学者汪中有几篇骈文真可传世"，并且特别提到《哀盐船文》③。谭献则把阅读清代骈文作品作为日课，"阅《骈体正宗》，此事莫盛于乾嘉之际，五音繁会，如容甫八代奔走；如巽轩先后骏雄，殆难鼎足。洪亮吉文琢句最工，而渊雅之气渐减，然由涩得厚，亦第一义"④。

清代骈文流派众多，风格各异，体制多变。其主要表现有三个方面。

第一，从取法的对象和美学特征来分，可分为六朝派、三唐派、两宋派。宗六朝者尚藻丽，宗三唐者尚博富，尊两宋者尚气势，六朝文派作家者有邵齐焘、汪中、孔广森、彭兆荪、李兆洛等，三唐派的代表作家有胡天游、刘星炜、吴锡麒、王太岳、曾燠、吴鼒，宋四六派的作家相对少一些，代表作家有康熙、雍正时期作家章藻功，乾嘉时期有袁枚，清末有李慈铭、张之洞等。

第二，从地域的角度可分为常州派、仪征派。这两派深受地域文化的影响，常州派代表作家有洪亮吉、孙星衍、刘星炜、杨芳灿、恽敬、张惠言、

---

① 《李审言文集》（上），江苏古籍出版社1989年版，第455页。
② 中国社科院编《中国文学史》（三卷本）和游国恩等主编《中国文学史》（四卷本），它们在谈到清代散文时附带要提及清代骈文，虽然所举作家有所不同，但汪中和他的《哀盐船文》是题中应有之义。
③ 参阅姜书阁《骈文史论·明清骈余》，人民文学出版社1986年版，第529~533页。
④ 见谭献《复堂日记》，河北教育出版社2001年版，第40页。有关阅读清代骈文的记载触手就是，比如"阅《骈体正宗》吴祭酒意主近人，圆美可诵，而古义稍失，作骈体者当于此截断众流""阅《骈体正宗》，叔户、囧三渐入遒古，文章气运，旋斡于不自知。朱石君稍用力…"，其中多有会心之处。

庄述祖、李兆洛等众星云集，袁枚有"文昌星象聚常州，洪、顾、孙、杨各擅场"之诗句。仪征派则以阮元为主将，骈文个性突出，并且倡"文笔说"，俨然与古文派分庭抗礼。

第三，从艺术风格和美学角度又可以分为博丽派、自然派、白描派。博丽派与三唐派相表里，讲究作品组织繁富、对偶精工、辞藻艳丽，自然派为六朝派的美学趣味，这一派辞藻华美、选词矜炼高古，但不太讲求对偶的精切，尚多自然之趣，白描派是宋四六派的典型风格，喜用长联，很少用典，崇尚气势。

总而言之，骈文家能够在学习前人的基础上形成自己的特色和风格，冯可镛《谕骈》① 有一段对此有很好的说明，摘录如下：

> 洎乎胡、袁、洪、彭四家崛起，睥睨千古，皋牢百氏。石笥如糜（䵿）缶故，嗣响尧廷，冢简崖碑，摹形秦篆；小苍如霁宇晴川，云霞万幻，秘奏妙伎，金石千声。卷葹如梧桐院落，风月萧疏；谟觞如杨柳楼台，金碧煊染。嗣是风流踵接，月旦评移。或抑袁、彭特进汪、邵，容甫如鼓瑟空山，鸟啼花落；叔心如支筇绝壁，泉响松吟。要之吹律同音，出门合辙，挈彼权此，何轩轾焉。全椒吴氏于袁、洪、邵外更增五友列为八家，其如鲸掣碧海，神力独运者宾谷也；其如翠戏兰苕，触于生姿者谷人也。其如秦委齐武，揖让雍容者印于也。其如吴带曹衣，举止缥缈者李迷也。其如商盘周鼎，光泽斑驳者，巽轩也。此外诸家，更不容一格。稚黄如仙乐自鸣，（唐）堂如天衣无缝；汉槎如霜天筯管，凄恻动心；梧园如春晓林峦，苍翠满月。竹岩如铜丸走阪，董浦如绛云在霄；南厓如盒山会玉帛万重，收庵如波斯之藏珊瑚万尺。才叔如幽并老将，荔裳如三河少年。芥子如冻果甘回，立方如梅华清绝。茉堂碢索屺嵝，伯元如璞玉浑金，仲子如轻縠素练。青芝如独鹤之唳秋皋，尚絅如新莺之啭春树。书农如十里燕花匝地，铁夫如一枝虬干插天。山尊如骏马下

---

① 冯可镛《浮碧山馆骈文·谕骈》，民国六年（1917）钧和公司印本，湖南图书馆藏本。又钱基博《骈文通义·流变三》、谢无量《骈文指南》第二章第四节《元明四六之不振及清代诸家略论》、张振镛《中国文学史分论》第二册《清文》对清代骈文诸家流派风格均有说明，可以参证。

11

坡，涧蘋如饥鹰侧翅，韵皋如撑霆裂月，沧湄如雕雪镂冰。频伽如关姬扬袂而望所思，菽原如秋士餐英而思所托。朗甫汛筝语而坐月，绿雪如披苿衣而舞风，茗柯如华岳嶒崚，梦兰如武夷屈曲。仲瞿如银潢倒海，变眩百怪；兰石如赤文摩图，综错五纬。孟涂如雕争夔吼，晚闻如鳌掷鲸呿，补堂如晨葩当轩，申耆如幽篁送籁。云伯如图华光碧，追挥瑶仙；复庄如藻笈琅科，诡披宝牒。华芗如千丝珠络，鹤楼如百宝流苏，霁青如柘弹轻圆，鉴水如朱弦疏越。其他若丽京、六士、朗甫、竹素、芝云、东田、以南、右甫、彦闻、玉笙。楞仙诸家，均储丽材，各抱传作。其克抗词坛之席而扬藻海之波者，不可一二纪矣。

冯可镛通过对所举骈文几十家的条分缕析，来探究清代骈文发展轨迹和脉络，可以说是清代骈文发展简史。其中对某些作家的评判，某些看法还待商榷，比如认为清代骈文以胡天游、袁枚、洪亮吉、彭兆荪为代表，而抑汪中，与通行看法不同，但对诸家艺术风格的品评，实有会心之处，要之性格学养不同，在骈文表现形态上面目各异，肖其为人。

二、选集、总集数量惊人

下面来看选集、总集的情况。清代文集之多自然不言而喻，张舜徽先生著《清人文集别录》，所寓目者即达1100余家，删除冗汰，所录还有600家。当然，还有许多文集他未经寓目，但就是这样，已可觑见清代文集之多[①]。钱仲联辑《清人别集序跋综录》一书，据其统计，其中所收清人集，仅取其知名度高及实际成就卓越者，与此前各个朝代所收文集总和，数量大致相当。而李灵年、杨忠主编之《清人别集总目》则收录了清人存世的20000余名作家40000种作品[②]，更是洋洋大观，足以令人望而却步，油然而兴浩叹之感。清代骈文作品数量也是相当可观的，本人所知的近1000种，数量远远超过了汉魏六朝人文集的总和。清代骈文作品集的绝对数量已是如此，加上散篇、单篇作品，真是令人穷一生经历跋涉而不止。

---

① 见张舜徽《清人文集别录·自序》，中华书局1963年版。
② 参考钱仲联为《清人别集总目》所作序和李灵年、杨忠"前言"，安徽教育出版社2000年版。

清代骈文选集也是如雨后春笋，层出不穷，乾嘉时期著名的有彭兆荪《南北朝文钞》、杨芳灿《六代三唐骈体文钞》、许梿编选的《六朝文絜笺注》、李兆洛《骈体文钞》、彭元瑞《宋四六选》、蒋士铨《忠雅堂评选四六法海》、陈均《唐骈体文钞》，这是选编前代的骈文作品，其中李兆洛的《骈体文钞》与姚鼐的《古文辞类纂》分庭抗礼，影响最著①。选编时人的作品最有名的选本当为吴鼒《八家四六文钞》和曾燠《国朝骈体正宗》，吴鼒选编袁枚、洪亮吉、邵齐焘、孔广森等八家作品，时人称为"清代骈文八大家"，以人系文，诸家风格，一目了然，选文艺术技巧均属上乘之作，骈文作家选骈文，且为平生师友之作②，本色当行，容易被人接受，也易于流传。曾燠《国朝骈体正宗》选择范围更为广泛，选取了乾嘉时期骈文作家42人，特别选入了著名骈文作家汪中的作品，虽然其选录标准不无可议③，但要了解乾嘉时期骈文创作，这仍然是重要的参考书。钱基博云："全椒吴山尊，尝选其文（指袁枚、邵齐焘等），合为八大家。山尊亦善骈体文，沉博绝丽，朱文正公珪尝称之，谓合邱迟、任昉为一手。又宾谷选有《国朝骈体正宗》，自毛西河而下数十人。吴鼒、朱珪皆与其中。欲知前清骈文家数，参照此二书，约可得之。"④此后张鸣珂辑《国朝骈体正宗续编》则是本书续作，黄金台辑《骈体正声》，"取国朝四六数十家，严加甄综，无体不备，每首斟酌数字或删节数处"（《光绪平湖县志》卷二十三《经籍》）。姚燮辑《皇朝骈文类苑》、张寿荣辑《后八家四六》，孙雄辑周寿昌、王诒寿、樊增祥、朱铭盘、张其淦等二十六家文为《同光骈文正轨》，王先谦选刘开、王闿运、李慈铭等人骈为文为《国朝十家四六文钞》，均为其嗣声，可见选本的影响。除此之外，还有出于营利或者招徕读者的各种选本，比如康熙间焦袁熹编《此木轩选四六文》、黄始《新选四六全书》、雍正年间蒋绍勋《蒋选四六文》十卷，乾隆间

---

① 钱仲联说李兆洛选编《骈体文钞》用意在于取代《古文辞类纂》，见《清人诗文论十评·阮元〈文言说〉》，载《扬州师院学报》1962年第6期。
② 有人认为吴鼒选八家之文，而"佚二汪（指汪履基、汪中）之文"，这一点，笔者将另撰文考辨。吴鼒所选八家之中，吴锡麒为其恩师，袁枚也有意传骈文衣钵于他，其余则或师或友，详见该选集题词，扫叶山房刻本。
③ 《国朝骈体正宗》所选42家之中，各家的选文很不均衡，多的达几十首，少的则仅一篇，还有，所选作品质量良莠不齐，可议之处尚多。
④ 钱基博《中国文学史》（下），中华书局1993年版，第223页。另钱氏《骈文通义·流变三》对清代骈文诸家风格有辨析，可以参考。

福建人陈云程辑《四六清丽集》，收录清代73位作家的150篇文章，顾禄撰《骈香俪艳》，则是专辑艳情之作。文体分类性质的选本有马俊良的《丽体金膏》、王耤《历代骈体书启汇钞》、钱恂《清骈体文录·典纶类》和《清骈体文录·赋类》、朱一飞《国朝律赋拣金录》等。地域性的骈文选本有屠寄的《国朝常州骈体文录》、曹允源的《吴郡骈体文征》、古直《客人骈体选》、姜兆翀《松江骈体文见》及王灿《滇骈体文钞》。其中屠寄的《国朝常州骈体文录》选录常州作家43人（屠寄本人不计入内）的作品，对于"常州派"作家作品的研究提供了一手材料，基本上反映了常州骈文作家创作的实际概况。除此之外，还有专供科举考试练习写作的各种骈体选本如李渔《四六初征》、姚福均《骈字通写》、张桂林撰《骈言集腋》，于此，可以想见当时骈文选家的活跃情况，也从一个侧面说明了清代骈文的兴盛和影响之巨。

三、骈文理论著作多，时人重视、影响大

清代人不仅重视选文，同时也注意评文，对于骈文进行注释、评点，从理论上加以探讨研究，具体包括：一方面注意字句的疏通、典故的钩沉，另一方面也注意探讨文章的基本写作技法。或者主要是从艺术性方面加以描述和阐发，以促进骈文写作技巧的提高。骈文选家、注家在清代异常活跃，陈维崧的骈体文就有多家注本，袁枚的骈文也是如此[①]。再有浙江海宁许昂霄《陈检讨四六评本》、吴自高《善卷堂四六注》（陆繁弨之文集）、王锡麟《骈体正宗注》、王广业《有正味斋骈体文注》、程振甲所评左潢《瑞芝堂四六注释》、宣陈奎《吴谷人四六文注》、许贞干《八家四六文注》，单学傅评注的《彭兆荪诗文集》等骈文注本，章藻功《思绮堂文集》自为注，可以备为一例。另外，陈球骈体小说《燕山外史》则有傅声谷注等。上面这些例子说明评注骈文著作已经形成一股社会风气。此外，黎经诰笺注的《六朝文絜笺注》、清代倪璠《庾子山集注》，赵曦明曾广泛注释徐陵、庾信、温庭筠、李商隐、罗隐等人的集子，这是对于六朝及唐、宋诸家骈文的整理研究。对前代骈文作品集的整理研究为清代骈文创作提供了学习的范本，同时也体现出

---

① 陈维崧的骈文集有程师恭、王世枢等多家注，袁枚的骈文集曾属意杨芳灿为其作注，因为杨芳灿离开江南而赴任甘肃而作罢。袁枚《随园诗话》云："蓉裳年十六，即来受业，为余注四六文方半，而出守甘肃矣。与陈梅岑为翰林才，而困于风尘俗吏，亦奇。"

清人的"尚文""尚丽"的美学趣味和追求。

　　乾嘉时期骈文理论相当发达，不仅论著数量多，而且研究水平也突破前人的樊篱，从骈文的概念、骈体源流、骈文创作、骈文风格等方面进行研究探讨，均有一定建树。据笔者初步统计，清代乾嘉时期骈文理论著作不下二十家，而且内容十分丰富，分类复杂。从时间上来看，有研究清代以前骈文创作的，如李调元《赋话》、彭元瑞《宋四六话》、孙梅《四六丛话》、张惠言《七十家赋钞目录序》，所论都是清代以前的作家作品，其中不乏精辟论述；有研究本朝作家作品的，如袁枚《胡稚威骈体文序》、吴鼒《八家四六文钞序》、曾燠《国朝骈体正宗序》等，抉发精微，胜义纷纭。从研究的角度来看，有总体论述各种体类（包括赋、颂、赞、铭、诔、启等）的，如孙梅的《四六丛话》、彭元瑞的《宋四六话》；有单论其中一两种体类的，如张惠言《七十家赋钞目录序》、李调元《赋话》专论赋（古赋和律赋）①；或探讨骈文源流和演变情况，如吴蔚光的《骈体源流》、李兆洛《骈体文钞序》、刘开《与王子卿太守论骈体书》（《孟涂骈体文》卷二）；或探讨骈文写作技法和骈文艺术风格，如汪士铉的《四六金桴》、王太岳《答王芥子同年书》②、吴鼒《问字堂外集题词》《思补堂文集题词》等。从文学理论与批评的形式上来看，有专著，有单篇论文，这些论文大多以骈体写成，本身就有一定的文学性。此外，乾嘉时期的几部重要骈文选集，如曾燠的《国朝骈体正宗》、吴鼒《八家四六文钞》等，作为文学批评的一种特殊形式，有着广泛而深远的影响，对于骈文创作风气的形成有重要的作用。特别值得指出的是，清代比较重要的理论著作，都出现在乾嘉时期。由此可见，乾嘉时期骈文创作相当兴盛，骈文创作受到普遍关注，与骈文理论探讨之风的兴起、骈文理论不断取得新的收获有相当的关联。如许多关于骈文风格的术语如"清刚简质""清转华妙""上抗下坠，潜气内转"③ 等，就是清人的创造。

　　乾嘉时期人们重视骈文还体现在下面四方面。

---

① 李调元《赋话》卷七至卷十"旧话"专论古赋，卷一至卷六为"新话"专论律赋。
② 清末冯可镛《谕骈》（《浮碧山房骈文》卷一）则专门论述清代代表性作家的艺术风格。
③ "清刚简质"说出自邵齐焘，见《答王芥子同年书》；"清转华妙"则出自刘星炜，见吴鼒《思补堂集题词》；"上抗下坠、潜气内转"说见朱一新《无邪堂答问》，中华书局2000年版，第91页。

一是目录学上"骈文"之名目确立下来。在《清史稿·艺文志》的条目下或直接以"骈体文"命名文集，或在文集条目中列"骈体文"者达二十余种①，表明"骈体文"在清代已经成为普遍通行的概念，"骈文"的文体分类得到广泛的认同。官方、私家著述对于骈文作品相当重视，《四库全书总目提要》就对当代人作品甄别异同、评骘优劣，进行艺术鉴赏。清人别集目录基本上单列"骈文"或者"四六"一目以示与散体的区别。比如袁枚文集中专门有"外集"一目数卷，由门人弟子李英撰序《题随园骈体文》；看来外集原题就是《随园骈体文》，孔广森的文集名《仪郑堂骈体文》。此后张之洞、范希曾《书目答问》集部别集中也单列"国朝骈体文家"十八家。分类目录上的变化也可以看出人们对于骈文的看法和态度。

二是清代重视骈文创作和品鉴。骈文集和骈文作品在当时受到普遍的重视，而且形成重视骈文的社会文化心理。清代骈文家很重视自己的骈文作品，自注或请人注释自家的骈文作品的现象比较普遍。骈文作家袁枚就十分重视自己的骈文作品，曾请杨芳灿为自己的骈文作注（见前注）。这可从当事人的评论中得到印证②，有对于具体作家作品的品评，赵晓荣作《雪携斋骈体文》，昆山李世望比之陈维崧、吴绮，郑虎文为邵齐焘作墓志铭称"今海内人士所推能为东京、六朝、初唐之文者，无论识与不识，必首推吾友叔山"③。汪中十分称赏孔广森、孙星衍的骈文作品，说它们"能为东汉魏晋六朝之文"④；也有总体性的评价，如四库馆臣云"国朝以四六名者，初有维崧及吴绮，次则章藻功《思绮堂集》亦颇见称于世，然绮才地稍弱于维崧，藻功欲以新巧胜二家，又遁为别调"⑤。另外，骈文作品的广泛流传也充分说明了这一点，比如对于邵齐焘，郑虎文称"齐焘每作一篇，人竟传写，思甚雅澹，说者谓与快雪堂文同符"⑥。又如袁枚为洪亮吉《卷施阁文乙集》作序，称其"善于汉魏六朝之文，每一篇出，世争传之"⑦。还有就是骈文成为当时人们

---

① 见《清史稿·志》一百二十三《艺文四》。
② 袁枚说他自己作《尹文端公文集序》"序用六朝骈体者，从尹公平日所好故也"，载袁枚《小仓山房尺牍》卷四《答陕西抚军毕秋帆先生》。
③ 参见《碑传集》第4册，中华书局1993年点校本，第1370页。
④ 吴鼒《问字堂外集题词》，《八家四六文钞卷首》。
⑤ 见《四库总目提要》卷一百七十三《陈检讨四六》。
⑥ 郑虎文所撰邵齐焘墓志，《碑传集》第四册，第1370页。
⑦ 见《洪亮吉集·前言》，中华书局2001年版。

文化生活的重要组成部分，笔记、诗话、文话、小说中经常能见到有关骈文的议论和骈文家的活动，比如《湖州府志》卷七十六《人物传》说徐熊飞"骈体文得齐梁初唐之遗，学使阮元莅湖，熊飞投以启云：'春风未至，先欣桃李之心；时雨将来，已动兰苕之色'，有唐人风范"。由此可见，骈文创作与人们的生活息息相关，成为人们不经意间的话题。乾嘉时期作家文集、诗集序例用骈文，文艺性质的论文屡见不鲜。清人骈文家之间相互作序的现象非常普遍，比如曾燠的诗文集《赏雨茅屋集》就有彭兆荪、吴鼒等人为之作序，这些骈体文序虽有时不免阿私所好，但多数能抉其幽微，多本色当行之语，精彩之论，时时见于笔端。

三是清代人出版了大量骈文著作，出版与创作形成良性互动。清代刻印和出版了大量的骈文著作，骈文作品集有着广泛的读者群。骈文作品有着广阔的市场前景，为了便于初学与模仿，为名家作品作注成为风气，乃至有专门以此为业的人①。当然，这些出版的文集、选集鱼龙混杂，有些书商追求商业利益，粗制滥造或者伪托名家注本，借以招徕读者。但不可否认的事实是骈文选本、骈体文集大量的出版和传播，促进了骈文创作。比如吴鼒《八家四六文》有嘉庆三年浙江校经堂刊本十二卷，嘉庆二十四年安徽紫文阁补刻本，光绪五年江左书林补刻本、京都肄雅堂重印本，光绪间四川绵竹巾箱本，注本有许贞干注本、陈衍补注等多种版本面世，由此可见骈文作品在当时受重视的程度。

四是名家大家作品成为争相模仿的对象，或是从中脱化形成自己的艺术风格，或是在此基础上形成一定的文学派别。比如徐世昌《晚晴簃诗话》称沈钦韩"骈文雅赡，希踪稚威（胡天游）"，李慈铭说刘履芬"胎息于洪北江，简贵修洁，虽少力少弱，未宜长篇，而古藻盎然，善言情状"②，谭献《复堂日记》卷八云"阅张崇兰漪谷《悔庐文集》。气体高洁，语见真际。……俪体三篇，结

---

① 《柳南随笔》卷二：吾邑孙状元承恩，原名曙，故字扶桑。为诸生时，好以骈体为经义，是时吴中有文社曰"同声"，而孙实为之领袖。同社多效其体以为文，而风气遂为之一变。所选丁亥房书，名曰"了闲"，悉六朝丽语，风行海内，一时纸价顿高。满大臣刚公弹驳文体，乃与进士胥延清、缪慧远、史树骏，举人毛倬同时被逮。扶桑至。清初李渔、陈枚、胡吉豫即以编选俪体文为业。

② 李慈铭《越缦堂读书记》，上海书店出版社2000年版，第1174页。

响遒雅，志趣固法容甫先生也"①。这是作家有意识选择自己学习的对象，形成自己的艺术风格。再如洪亮吉等人的骈文为人模仿、取法，从而形成所谓的"洪北江派""龚定庵派"，李详云："近时骈文，洪北江派最烈，龚定庵派蔓延海内，浙派又次之。"②汪中的某些作品成为周济等人效法学习的对象，"厥后荆溪周氏（指周济）编辑《晋略》，效法汪氏（指汪中），此一派也"③，这是乾嘉骈文作家作品成为群体取法的对象，并且形成相应文学派别的显例。李详亦醉心于汪中之文，自诩为汪氏"干城"，并且为其文集做笺注。

表1 乾嘉时期骈文作家作品一览表

姓名	籍贯	生卒年	作品集	备注
胡天游	浙江山阴	1696—1758	《石笥山房集七卷》	有赋、颂、表、序、记、书、启、碑碣、铭、杂著等
杭世骏	浙江仁和	1696—1773	《道古堂集》	文集四十八卷，有制科、颂、赞、序、跋、传、记、论、说、表、铭等
沈大成	江苏华亭	1700—1771	《学福斋文录二十卷》	有赋、颂等
陈兆崙	浙江钱塘	1700—1771	《紫竹山房文集二十卷》	有书、跋、序等
吴敬梓	安徽全椒	1701—1754	《吴敬梓诗文集》	李汉秋辑校，有赋一卷，集外文三十三篇，大部分为序
秦蕙田	江苏无锡	1702—1764	《味经窝类稿》	诗文集二十八卷，《国朝常州骈体文录》选其《辞荐举鸿博启》
吴颖芳	浙江仁和	1702—1781	《吹豳录》	清写刻本，为论音乐之书，有律解、答问、论、议等
齐召南	浙江天台	1703—1768	《宝纶堂集》	文集八卷，秦瀛刻本
陈黄中	江苏吴县	1704—1762	《东庄遗集四卷》	乾隆间刻本，张舜徽《清人文集别录》有题跋

---

① 谭献《复堂日记》，河北教育出版社2001年版，第189页。
② 李详《李审言文集》，江苏古籍出版社1989年版，第455页。
③ 刘师培《论近世文学之变迁》，载《国粹学报》，1907年第26期。

续表

姓名	籍贯	生卒年	作品集	备注
全祖望	浙江鄞县	1705—1755	《全祖望全集》	今有《全祖望集汇校集注》
赵曦明	江苏江阴	1705—1787	《中隐堂四六文》	存目,除此之外,尚有《瞰江赋钞》《读书一得》《桑梓见闻录》等
赵一清	浙江仁和	1709—1764	《东潜文稿二卷》	乾隆五十九年家刻本,《清人文集别录》著录
嵇璜	江苏无锡	1711—1794	《锡庆堂诗集》	还著有《防河奏议》《治河年谱》等
于敏中	江苏金坛	1714—1780	《恩余堂集》	《恩余堂诗文钞》不分卷,另有《赓扬集》《制艺》等
褚寅亮	江苏长洲	1715—1790	《四六赋》	另有《周礼公羊异义》二卷、《十三经笔记》十卷、《诸史笔记》《诸子笔记》若干卷
袁枚	浙江钱塘	1716—1797	《小仓山房文集》	今人出版《袁枚全集》八册,吴鼒《八家四六文》选其文为《小仓山房外集》,有表、序、书、启、庙碑、神道碑、墓志铭等
永恩	直隶	1717—1795	《诚正堂集》	文稿一卷,时艺一卷,文类有赋、书、论、序、记等
邵齐焘	江苏常熟	1718—1769	《玉芝堂集》	《八家四六文》选其文,有书、序、题词、像赞、墓碑、墓志铭等
刘星炜	江苏武进	1718—1772	《思补堂集》	《八家四六文》选其赋、颂、序等
金兆燕	安徽全椒	1719—1789	《棕亭古骈体文钞八卷》	有赋、序、启、书、疏、引、祭文、跋、赞、连珠等
顾镇	江苏昭文	1720—1792	《虞东先生文录八卷》	《清人文集别录》著录,有赋、颂、表、册、记、书、传、墓志铭、哀诔等
孙士毅	浙江仁和	1720—1796	《百一山房诗集》	据传有文集,待考,朱撰家传称"与杭世骏等相砥砺,故诗文能独出机杼"

续表

姓名	籍贯	生卒年	作品集	备注
刘墉	山东诸城	1720—1805	《刘文清公遗集》	此为诗集二十卷,内遗诗十七卷、应制诗三卷
王太岳	直隶定兴	1722—1785	《清虚山房集》	卷数待考,《国朝骈体正宗》选其《答顾密斋书》《答方柳峰书》等四篇
张云璈	浙江钱塘	1722—1804	《简松草堂诗、文集》	熟精选理,著《选学胶言》二十卷
梁国治	浙江会稽	1723—1787	《敬思堂文集》	文集六卷《绍兴府志》本传"诗文典赡奉敕,书法深得唐人精诣"
谭尚忠	江西南丰	1724—1797	《纫芳斋诗文集》《纫芳斋文集》	文集一卷
纪昀	河北献县	1724—1805	《纪文达公遗集》《纪晓岚诗文集》	今人整理《纪晓岚文集》,文集十六卷,有赋、颂、折子、表、露布、逸事、传、墓志铭等
蒋士铨	江西铅山	1725—1784	《忠雅堂诗文集》	今人整理本《忠雅堂集校笺》,骈体文两卷,有赋、跋、告词、科牒文、书、启等
王昶	江苏青浦	1725—1807	《春融堂集六十八卷》	另辑有《湖海文传》《湖海诗传》
曹文埴	安徽歙县	1727—1789	《石鼓砚斋文钞二十卷》	文章为台阁之音
钱大昕	江苏嘉定	1728—1804	《潜研堂文集》	今人整理《钱大昕全集》十册
胡季堂	河南光山	1729—1800	《培荫轩文集》	文集二卷,人评"诗非所长,气自清稳"
朱筠	顺天大兴	1729—1775	《笥河文集》	有《笥河文集》和《文钞》两种版本,现存十六卷,有折子、赋、颂、跋尾、记、书、墓志铭、祭文等
赵翼	江苏阳湖	1729—1814	《瓯北集》	此为诗集,文待辑录整理
严长明	江苏江宁	1731—1787	《严冬有诗集》	另有《文选课读》《文选音类》等
王初桐	江苏嘉定	1730—1821	《古香堂文薮三卷》	另辑有《秦汉文韵1集》《唐宋文韵1集》各十二卷

续表

姓名	籍贯	生卒年	作品集	备注
毕沅	江苏镇洋	1730—1797	《灵岩山人文集》四十卷	另著《山左金石记》等
汪辉祖	浙江萧山	1730—1803	《龙庄四六稿》二卷	另著有《病榻梦痕录》《佐治药言》《学治臆说》等
曹仁虎	浙江嘉定	1731—1787	《曹学士遗集》三十卷	他与钱大昕、王鸣盛合称"嘉定三才子"
朱珪	顺天大兴	1731—1806	《知不足斋集》六卷	有赋、碑、论、说、解、记、传、墓志铭、行状、跋、哀辞等
彭元瑞	江西南昌	1733—1803	《思余堂稿》	辑有《宋四六选》，撰《宋四六话》等
陆锡熊	上海	1734—1792	《宝奎堂集》《篁簪村集》	《宝奎堂集》十一卷，有制草、经进文、劄子、表、赋、论、策问、赋、论、书、启、祭文、墓志铭等
李调元	四川绵州	1734—1802	《童山文集》二十卷	另有《制义科璅记》等
沈初	浙江平湖	1735—1799	《经进文稿》二卷	汪中序称"深微远适"
刘秉恬	山西洪洞	1735—1800	《竹轩诗稿》	文集未见，此诗稿包括述职吟 公余集、滇行集等
周春	浙江海宁	1735—1821	《松霭骈体文》	另著有《周松霭遗书》九种等，有《杜诗双声音韵谱括略》等音韵学著作
沈叔埏	浙江秀水	1736—1803	《颐采堂全集》十五卷	李慈铭《越缦堂读书记》著录
谢启昆	江西南康	1737—1802	《树经堂文集》四卷	《清人文集别录》著录
迮朗	江苏吴江	1737—1803	《雕虫馆骈体文》	另著有《绘事琐言》《绘事雕虫》《淮上纪闻》《郢垩集》
管世铭	江苏武进	1738—1798	《韫山堂文集》	《清人文集别录》著录，管氏以制艺名

续表

姓名	籍贯	生卒年	作品集	备注
章学诚	浙江会稽	1738—1801	《章氏遗书》	有影印本
孔继涵	山东曲阜	1739—1783	《微波榭丛书》	另著有《微波榭遗书》
顾堃	江苏长洲	1740—1811	《鹤皋草堂集》	另有《思亭文钞》,"即境生文,不以文造境"
崔述	直隶大兴	1740—1816	《崔东璧遗书》	今有影印本
吴文溥	浙江嘉兴	1741—1799后	《南野堂集》	兼工古文骈体,宗法六朝、唐宋
沈起凤	安徽桐城	1741—?	《谐铎》	另著有传奇多种,《红心词》《吹雪词》等
王友亮	安徽婺源	1742—1797	《双佩阁骈体文》	"为文议论正大,亦似程晋芳"
李保泰	江苏太仓	1742—1813	《啬生居文集》	其中骈体文一卷
戚学标	浙江太平	1742—1825	《鹤泉文钞》	文钞二卷,续选六卷
邵晋涵	浙江余姚	1743—1796	《南江文钞》十二卷	有序、记、书等
吴蔚光	安徽休宁	1743—1803	《素修堂文集》二十卷	另有《骈体源流》《闲居诗话》等
秦瀛	江苏无锡	1743—1821	《小岘山人诗文集二十四卷》	有赋、序、记、书、启、题词、跋、赞、传、墓志铭等
汪履基	安徽全椒	乾隆四十五年召试为内阁中书	《溯洄草堂集》	不分卷,另有赋等文待辑录

续表

姓名	籍贯	生卒年	作品集	备注
汪中	江苏江都	1744—1794	《述学》	今人整理《新编汪中集》，为全部著作结集，台湾亦出版《汪中集》
屠绅	江苏江阴	1744—1801	《蟫史》	此为骈体小说，另著有《鹗亭诗话》等
钱坫	江苏嘉定	1744—1806	《十兰骈体文》二卷	另有《金凤玉笙诗》二卷、《篆人录》八卷等
吴锡麒	浙江钱塘	1746—1818	《有正味斋集》	骈文、时艺俱有名于时
洪亮吉	江苏阳湖	1746—1809	《卷施阁文集》	今人整理本《洪亮吉集》四册
赵怀玉	江苏武进	1747—1823	亦有《生斋文集》	《清人文集别录》著录
顾敏恒	江苏无锡	1748—1792	《辟疆园遗集》	另有《笠舫诗稿》二卷
汪学金	江苏镇洋	1748—1804	《井福堂文稿》	十卷，另有《静崖诗集》
黄景仁	江苏武进	1749—1783	《两当轩全集》	有今人整理本及《黄仲则研究资料》
杨梦符	浙江山阴	1750—1793	《梦符文稿》	另有《梦符诗草》
庄述祖	江苏武进	1750—1816	《珍埶宦文钞》	有赋、颂等
左潢	安徽桐城	1751—？	《瑞芝堂四六》	另有《精选程稿汇源》《消闲四种》
孔广森	山东曲阜	1752—1786	《仪郑堂骈体文》	见《八家四六文钞》
张廷辉	浙江慈溪	1752—1816	《蕚楼骈文钞》	曾为柯振岳《兰雪集》序、余江《醉云楼诗草》跋
蒋廷恩	江苏苏州	1752—1823	《晚晴轩骈体文》	生平见《晚晴簃诗汇》卷一百二十八
永瑆	直隶	1752—1823	《诒晋斋诗文集》	另有《诒晋斋帖》
张燮	江苏常熟	1753—1808	《味经书屋集》	另有《小娜嬛随笔》
杨芳灿	江苏金匮	1753—1815	《芙蓉山馆文》	文集八卷，有赋、记、铭、赞、序、书、启、书后、墓志铭、祭文等

续表

姓名	籍贯	生卒年	作品集	备注
陈鳣	浙江海宁	1753—1817	《简庄文钞》	阮元誉之为"浙中经学之最深者"
孙星衍	江苏阳湖	1753—1818	《问字堂外集》	见《八家四六文钞》
凌廷堪	安徽歙县	1755—1790	《校礼堂文集》	今人有整理本
王芑孙	江苏常州	1755—1817	《渊雅堂集》	《国朝骈体正宗》选文二首
吴鼒	安徽全椒	1755—1821	《夕葵书屋集》	《吴学士文集》四卷，编《八家四六文钞》
曹振镛	安徽歙县	1755—1835	《纶阁延晖诗文集》	另有《话云轩咏史诗》二卷
石韫玉	江苏吴县	1755—1836	《独学庐类稿》	另有《花韵楼诗余》《微波词》等
朱珔	江苏嘉定	1757—1812	《近瑟斋四六》	生平事迹待考
恽敬	江苏阳湖	1757—1819	《大云山房文稿》	另有《大云山房诗集》《红楼梦论文》等
沈清瑞	江苏常州	1758—1791	《沈氏群峰集》五卷	另有《绿春词》等
徐镶庆	江苏金匮	1758—1802	《玉山阁四六文钞》	"文章高华，诗雄健，有少陵遗风"
杨揆	江苏金匮	1760—1804	《藤花吟馆诗文集》	与兄杨芳灿齐名
王昙	浙江秀水	1760—1817	《烟霞万古楼集》	与舒位、孙原湘齐名
辛从益	江西袁州	1760—1828	《寄思斋藏稿十二卷》	其中骈文二卷
孙原湘	江苏昭文	1760—1829	《天真阁集》五十四卷	其中四卷为骈文
曾燠	江西南城	1760—1831	《赏雨茅屋集》	有赋、序、书、记、碑铭、墓志铭等
翁广平	江苏吴江	1760—1842	《听莺居文钞》三十卷	精考据、金石学，《清人文集别录》著录
张惠言	江苏武进	1761—1802	《茗柯文编》十卷	有赋、序、记、书、祭文、墓志铭、答问等

续表

姓名	籍贯	生卒年	作品集	备注
刘凤诰	江西萍乡	1761—1830	《存悔斋文集三十二卷》	序称"词臣荷知遇之隆,未有出其右者"
江藩	江苏甘泉	1761—1831	《炳烛室杂文》	今人整理本《江藩集》
朱文翰	安徽歙县	乾隆五十五年进士	《退思粗订稿》《可斋经进文》	《订稿》二卷,卷一为骈文,有二十篇
刘嗣绾	江苏阳湖	1762—1820	《尚絅堂集》	尚絅堂有二卷
戴清	江苏仪征	1762—1827	《双柏堂骈体文》	生平事迹见刘文淇《清溪书屋文集》
徐熊飞	浙江武康	1762—1835	《白鹄山房骈体文钞》	文钞二卷,续钞二卷
严可均	浙江乌程	1762—1843	《铁桥漫稿》	辑有《全上古三代秦汉晋六朝文》,另有学术著作多种
王苏	江苏江阴	1763—1816	《试畯堂集十六卷》	生平事迹待考
焦循	江苏甘泉	1763—1820	《雕菰楼集二十卷》	另有《剧说》《花部农谭》等
鲍桂星	安徽歙县	1764—1826	《鲍觉生全集》	陈用光称"文足以继燕许,才足以追姚宋"
阮元	江苏仪征	1764—1849	《研经室文集》	有今人整理本
宋世荦	浙江临海	1765—1821	《确山骈体文四卷》	文七十六篇
顾莼	江苏吴县	1765—1832	《南雅诗文钞》	另《律赋必以集》,赋骈体皆师法唐宋
张琦	江苏阳湖	1765—1833	《宛邻文》	二卷,惠言弟
乐钧	江西临川	1766—1814	《青芝山馆骈体文集》	分上下卷,有赋、序、记、笺、书、庙碑、墓志铭、祭文等
顾广圻	江苏元和	1766—1835	《思适斋文集十六卷》	有赋、记、解、书、序、题跋、墓志铭、策问、寿序、事略

续表

姓名	籍贯	生卒年	作品集	备注
郭麐	江苏吴江	1767—1831	《灵芬馆诗文集》《忏余集》	另有《灵芬馆诗话》十二卷、《词话》二卷
许宗彦	浙江德清	1768—1819	《鉴止水斋集》二十卷	另有《鉴止水斋文录》一卷
彭兆荪	江苏镇洋	1768—1821	《小谟觞馆文集》四卷	深于选学,撰《文选考异》十卷
李兆洛	江苏阳湖	1769—1841	《养一斋文集》	另辑有《骈体文钞》三十一卷
胡敬	浙江仁和	1769—1845	《崇雅堂诗文集》	其中骈体文四卷
孙尔准	江苏吴县	1770—1832	《泰云堂集》	骈文二卷
查初揆	浙江海宁	1770—1834	《筼谷文集》	其文以气韵胜
盛大士	江苏镇洋	1771—1800	《愠素阁诗文全集》	另有《朴学斋笔记》
陈寿祺	福建闽县	1771—1834	《左海文集》	左海骈体文二卷
陆耀遹	江苏阳湖	1771—1836	《双白燕堂文集》	与陆继辂齐名
朱为弼	浙江平湖	1771—1840	《蕉声馆诗文集》	又精绘画及金石之学
陈文述	浙江钱塘	1771—1843	《颐道堂全集》	文钞四卷
黄承吉	江苏江都	1771—1842	《梦陔堂文集十卷》	另有《梦陔堂文说》一卷
陆继辂	江苏阳湖	1772—1834	《崇百药斋文集》	另有《合肥学舍札记》
金式玉	安徽歙县	1774—1801	《竹邻遗稿》	《国朝骈体正宗》选文一篇
齐彦槐	江西婺源	1774—1841	《梅麓诗文集》二十六卷	另有《书画录》《双溪草堂诗文集》等
张铎	江苏镇洋	1774—1822	《芬若楼骈体文》	生平事迹待考

续表

姓名	籍贯	生卒年	作品集	备注
沈钦韩	浙江吴兴	1775—1831	《幼学堂文集》八卷	另有《嚼诗集》等
王衍梅	浙江会稽	1776—1830	《绿雪堂集》《绿雪堂遗稿》	出阮元之门
宋翔凤	江苏长洲	1776—1860	《朴学斋文录》三卷	另有《忆山堂诗录》八卷等
周仪暐	江苏阳湖	1777—1846	《芙椒山馆骈文》一卷	为毗陵后七子之一
黄安涛	浙江嘉善	1777—1847	《真有益文编》	另《慰托集》十六卷、《诗误室诗》二十四卷等
吴慈鹤	江苏吴县	1778—1826	《兰鲸集》《岑华居士外集》	《国朝骈体正宗》选其文四篇
许桂林	江苏海州	1778—1821	《味无味斋骈体文二卷》	另《诗钞》七卷，杂文一卷
汤储璠	江西临川	约1780—1830	《布帆无恙草》《忍冬小草》	曹振镛许为"今之燕许"
陶澍	湖南安化	1779—1839	《陶澍集》	有今人整理本
吴育	江苏阳湖	1780年—？	《私艾斋文集》	为李兆洛《骈体文钞》作序
屠倬	浙江钱塘	1781—1828	《是程堂诗文集》	与郭麐、查初揆齐名
董士锡	江苏阳湖	1782—1831	《齐物论斋文集》	为张惠言外甥
汪全泰	江苏仪征	？—1842	《骈文》	为汪全德兄
汪全德	江苏仪征	1783—1829	《崇睦山房骈体文》	《国朝骈体正宗》选其文一篇
刘开	安徽安庆	1784—1824	《孟涂骈体文二卷》	有书、序、记、启、疏、诔等
陈球	浙江秀水	乾嘉间诸生	《燕山外史》	有傅声谷注本

续表

姓名	籍贯	生卒年	作品集	备注
洪榜	安徽歙县	乾隆33年举人	《初堂遗稿一卷》	与兄洪朴齐名
顾枫	浙江慈溪	乾隆间诸生	《然松堂骈赋二卷》	另编有《历朝四六选》
董基诚	江苏阳湖	1787—1840	《栘华馆骈文二卷》	骈文与弟董祐诚合刊
董祐诚	江苏阳湖	1791—1823	《兰石斋骈体文》	与兄董基诚均为骈文名家
高辰	四川成都	乾隆十六年进士	《白云山房骈体》	生平事迹待考
边响禧（边向禧）	直隶任邱	乾隆二十四年举人	《就畇斋骈体文》	另有《就畇斋诗草》
潘光序	江苏宜兴	乾嘉时诸生	《怡云山房骈体文》	邓长风《明清戏曲家考略续编》第272页提及，可参阅
钱相初	江苏阳湖	1783—1814①	待考	《国朝常州骈体文录》选录其文
邵广钧	江苏常熟	乾隆四十九年进士	《宝燕阁骈体文》	邵齐焘孙
沈日霖	江苏吴县	1696—1762	《小潇湘四六》	另有《纫芳词》《粤游词》等
王丙	江苏吴县	乾隆五十年恩贡	《朴庄骈体文》	生平事迹待考
王燮陶	浙江海盐	乾嘉间诸生	《塔影楼骈体文一卷》	另有《塔影楼诗稿》十六卷，《海盐县志》著录
王肇奎	安徽全椒	乾隆五十四年拔贡	《小容膝楼骈体文》	事迹详《全椒县志》

---

① 见杨旭辉：《清代经学与文学：以常州文人群体为典范的研究》，凤凰出版社2006年版，第129页。

续表

姓名	籍贯	生卒年	作品集	备注
萧令裕	江苏淮安	嘉庆间诸生	《寄生馆骈文》	另有《英吉利记》
王嘉禄	江苏长洲	1797—1824	《嗣雅堂集》	另有《桐月修箫谱》
刘承宠	江苏武进	1798—1827	《麟石文钞一卷》	附于其父刘逢禄《刘礼部集》后
张涛	江西南昌	乾隆五十一年举人	《四六文存》	另有《补读楼诗稿》一卷附杂著一卷
郑王臣	福建兴化	乾隆二十一年副贡	《兰陔四六》	另著《兰陔诗话》等
周大榜	浙江山阴	乾隆五十九年优贡	《传忠堂骈体文集》四卷	曾撰《十出奇》传奇等
周济	江苏阳湖	1781—1839	《介存斋集》	另著《介存斋论词杂著》
张聪咸	安徽桐城	1783—1814	《傅岩诗集》	另著《经史质疑录》等
程同文	浙江桐乡	？—1823	《密斋文集一卷》	另有《密斋诗存》四卷
朱昭甫	待考	乾隆三、四十年在世	《凤岭诗稿骈体合存二卷》	柯愈春《清人诗文集总目提要》著录

第二章

乾嘉骈文发展源流论

乾嘉骈文的兴隆，有其历史的渊源，所谓其来也有自。在高潮过后，又自然会有余波的流转，所谓其去也有归。为便于对乾嘉骈文有一个较为全面的了解，为对乾嘉骈文给出一个较为准确的历史定位，我们将在较为广阔的背景之下对乾嘉骈文做一全景式扫描，所及不单在乾嘉时期，对乾嘉之前及之后一定时段内的骈文发展状况加以描述，以展现清代骈文发生、发展及演进之迹。

第一节 乾嘉骈文的前奏

一、明代骈文创作对于清代骈文创作的影响

凡处于易代之际的文学，类多亢爽激越之音，明清之际尤其如此。满族入主中原，以武力统一全国，同时在文化政策上倡导学习中华文化，迅速"汉化"，因而文化传统多是承接前代，清代文学自然也是承续明代而来。清代骈文在时代忆出现端倪，明代影响清代骈文主要体现在以下几个方面：

一是明代在骈文史上有一个可喜的收获，即为骈文正名。明代《永乐大典》卷之三三六四"文"目录下列有"骈俪之文"子目，与六经之文、诸子

之文、帝王之文、科举之文并列,这是骈文在目录学上正式成为一类文体①的标志。在当时的笔记小说中也经常能够见到以"骈俪""骈丽""俪语""骈语"一类作为文体提出的词语,如蒋一葵《尧山堂外纪》中有"骈俪中景语""骈俪中情语""骈俪中浑语"②,郎瑛《七修类稿》中有"律诗虽始于唐,亦由梁陈以来骈俪之渐,不若古体之高远"③之类的话,自然"骈俪"是指一种文体形式。沈德符《万历野获编》中有"时内臣督工竣事,叙荐阁部科道诸臣皆用骈语"④之语,"骈语"用来指公文一类文体,可见明代对于骈文文体意识已经比较明确。到了清代前期,毛际可、陈维崧等人的著作中已经较多地使用"骈(体)文""骈体"这一名称,以至于陈维崧对用"四六"这一名词感到不满。后来清代广泛运用"骈体"或"骈文"名称,"骈文"的名称逐渐为大家所接受,成为通行的文体名称。翻阅清人文集和《清史稿》⑤,"骈文"字眼比比皆是即可说明这一点。

二是明人在骈文理论上的贡献。如在复古文学思潮的影响下,明代人对于六朝文学的重新评价,对于骈文的复兴有先导作用。复古派的王慎中、徐祯卿等人都对于六朝文学能够给予积极评价⑥。在此背景下,明代的选学也很发达,著述繁富⑦。此后张溥的《汉魏六朝百三名家集题辞》对于所选各家均能从艺术上给予中肯评价,并对整个六朝文学持积极肯定的态度,如认为:

---

① 我们知道文献上"骈俪"一词最早见于柳宗元的《乞巧文》"骈四俪六,锦心绣口",但柳宗元说的是修辞的手法和艺术手段,并不是文体名称,当时称呼这种文体为"四六",见于李商隐《樊南四六》。宋朝已经开始有"骈俪""骈偶"等名目,比如《宋史·选举志 科目下》云:"……试章表、露布、檄书用骈俪体,颂、箴铭、诫谕、序记用古体或骈俪,惟诏诰、赦敕不以为题。""宋兴且百年,而文章体裁,犹仍五季余习。锼刻骈偶,淟涊弗振,士因陋守旧,论卑气弱。苏舜钦、柳开、穆修辈,咸有意作而张之,而力不足。修游随,得唐韩愈遗稿于废书簏中,读而心慕焉。"(《宋史·欧阳修传》)。明代名目更加繁多,除了通用的"四六"和上述几种说法之外,还出现了"骈语""骈体"等名称。

② 蒋一葵:《尧山堂外纪》卷六十八"元"。

③ 郎瑛:《七修类稿》卷二十九"诗文类"。

④ 沈德符:《万历野获编》卷二十九《雷震陵碑》。

⑤ 见《清史稿》卷一百四十八《志》、一百二十三《艺文四》,如曾燠撰"《赏雨茅屋诗集》二十二卷,《骈体文》二卷",胡敬撰"《崇雅堂骈体文钞》四卷",徐熊飞撰"《白鹄山房诗选》四卷,《骈体文钞》二卷"等。

⑥ 参阅马积高《清代学术思想的变迁与文学》,陈建华《中国江浙地区十四至十七世纪社会意识与文学》。

⑦ 参阅骆鸿凯:《文选学》"宋元明文选学",台湾华正书局1985年版,第80~86页。

"魏虽改元,承流未远;晋尚清微,宋矜新巧,南齐雅丽擅长,萧梁英华迈俗。总言其概:椎轮大辂,不废雕几,月露风云,无伤骨气,江左名流,得与汉朝大手同立天地者,未有不先质后文、吐华含实者也。人但厌陈季之浮薄而毁颜、谢,恶周、隋之骈衍而罪徐、庾,此数家者,斯文具在,岂肯为后人受过哉?"① 这种观点在当时无疑是不同凡响的。王文禄《文脉》推尊六朝文体,"论文体则推六朝、《文选》,至论唐文,伸柳州而抑昌黎,谓韩非柳匹,尤不免立异"②。这种风气,对于清初文学无疑是有影响的③,清代骈文正是在复古的旗号下获得发展的。明人还注意从艺术上对骈文创作进行总结,此类著作有何伟然《四六霞肆》、许之吉《丽句集》、王志坚《四六法海》等。其中王志坚《四六法海》成就显著,"至于每篇之末或笺注其本事,或考证其异同,或胪列其始末。亦皆元元本本,语有实征。非明代选本所可及,据其凡例,虽为举业而作,实则四六之源流正变,具于是编矣。未可以书肆刊本忽之也"④。清代的此类著作则如雨后春笋,层见叠出,如孙梅的《四六丛话》、彭元瑞《宋四六话》等,应该说是受到明代文话的影响。另外,明代对于前代作家文集进行整理,如张溥所辑《汉魏百三名家集》、张燮所辑《七十二家集》,也为清代作家学习和模拟提供了方便。

三是创作上的先导和示范作用。晚明作家陈子龙、吴应箕、夏完淳等人的骈文创作掀开了清代骈文创作的序幕,对于清初骈文创作风气的形成产生了直接的影响。一方面晚明文学反映现实的精神沾溉了清初骈文创作,清初骈文在精神气脉上类多亢爽激越之音,梗概而多气,应该是受到了晚明文学的鼓舞和激荡。比如陈维崧《看奕轩赋》中所描写的饱经风霜的看奕轩主人就是有感而发,该赋寄寓了作者的某种情感,陈维崧之弟序称陈维崧由贵公子沦落之后,"一切诙谐狂啸,细泣幽吟,无不寓之于词",精神气概,于此可见。一方面晚明为清代骈文创作培养了人才,特别是陈子龙,与清代骈文有着直接的渊源关系,清初最负盛名的骈文作家陈维崧是他的学生,而另一

---

① 张溥:《汉魏六朝百三名家集题辞注·原叙》,人民文学出版社1960年版,第313~314页。
② 《四库全书总目》卷一百九十七。
③ 黄宗羲《南雷文案》外卷《仇公路先生八十寿序》云:"因念昔日交游之为选家者,吴门则张天如、杨维斗、许孟宏,江上则吴次尾、刘宗伯……一时为天下所宗",可见当时风气之一斑。
④ 《四库全书总目》卷一百八十九。

代表人物毛奇龄也曾经与他切磋道艺，受过他的指点和熏染。

二、清初三大思想家及古文家的骈文创作

人们谈到清初骈文创作，一般首先提到清初三大家，即陈维崧、吴绮、章藻功。其实，比陈维崧等早些时候的作家如清初三大思想家顾炎武、黄宗羲、王夫之均有辞赋和骈文作品，而且气体高华，自铸伟词。顾炎武的《答徐生公肃书》以龙门健劲之笔，间作俪语，深言时事，沉痛之词，溢诸楮墨。如云："昔岁孤生，飘摇风雨；今兹亲串，崛起云霄。思归尼父之辕，恐近伯鸾之灶。且天仍梦梦，世尚滔滔，犹吾大夫，未见君子，徘徊渭川，以毕余生也"，叙述自己半生漂泊，而亲族则博取高官厚禄，自己不愿仕于新朝，但又无力回天，"天仍梦梦，世尚滔滔"。内心苦闷，但又不愿放弃，"未见君子，徘徊渭川"，虽无力挣脱，但不消沉绝望。① 而其《与杨雪臣》"尔乃徘徊渭川，留连仙掌，将营一亩，以毕余年。然而雾市云岩，人烟断绝，春畦秋圃，虎迹纵横。又不能不依城堡而架橼，向邻翁而乞火，视古人之栖山隐谷者，何其不侔哉！世既滔滔，天仍梦梦，未知此生尚得相见否？"② 生动刻画了遗民学者不屈不挠的精神气脉，读之令人肃然。

黄宗羲的骈文作品不多，但亦有个性。他写悲情取法于骚，具有凝重的历史感和梗概之气。《余若水、周唯一两先生墓志铭》云："嗟乎！名节之谈，孰肯多让？而身非道开，难吞白石；体类王微，常须药裹；许迈虽逝，犹勤定省；伯鸾虽简，尚存室家。生此天地之间，不能不与之相干涉，有干涉则有往来。陶靖节不肯屈身异代，而江州之酒，始安之钱，不能拒也。吾于会稽余若水、甬上周唯一两先生有深悲焉……"他对于明末遗民精神深加叹赏，同时描写了他们虽然耻仕新朝，却不能不食周粟的艰窘。余若水临终，作者前往探望，"若水曰：'某祈死二十年之前，反祈生二十年之后乎？'"③一个不屈的遗民形象，跃然纸上。《姚江春社赋序》描写民间赛社时的景象，情致宛转。

王夫之集中骈体作品较多，骈文体类也相当丰富。除了骈赋、律赋外，

---

① 以上引语见《亭林诗文集》文集卷六，《四部丛刊》本。
② 同上注。
③ 黄宗羲：《南雷集》文集卷五，《四部丛刊本》。

尚有连珠、辞、书、启、序等体裁的作品。其《惜余髩赋》《袯襫赋》《蚊斗赋》《孤鸿赋》等借物表达自己隐曲的心态，洋溢着故国之思和对于时局的隐忧。

顾、黄、王是清代开一代风气的人物，诗文自是余事，但偶尔为之，亦自成高格。就其骈文创作来看，很有个性和特色，题材的现实性和反映社会内容的深刻性、尖锐性远非后来作者所易企及。

三、陈维崧、毛奇龄、吴兆骞等人的骈文创作

清初骈文创作推陈维崧为第一，这似乎是没有疑问的。当时与陈维崧齐名者有吴绮、章藻功，称清初骈文三大家。《清朝野史大观·清朝艺苑》认为："清朝以四六名者，初有陈维崧及吴绮，次则章藻功《思绮堂集》，亦颇见称于世。然绮才地稍弱于陈维崧，藻功欲以新巧胜二家，又遁为别调。陈维崧导源于庾信，气脉雄厚，吴绮学李商隐，风格隽秀，章藻功刻意雕琢，纯为宋格。"① 三人在当时影响都比较大，而且各自成派系和家数。《四库总目提要》云："为四六之文者，陈维崧一派以博丽为宗，其弊也肤廓；吴绮一派以秀润为宗，其弊也甜熟；章藻功一派以工切细巧为宗，其弊也刻镂纤小。齐焘欲矫三家之失，故所作以气格排奡，色泽斑驳为宗，以自别于蹊径，而斧痕则尚未浑化也。"② 由此可见三人在清代骈文创作中的地位和影响。除此之外，尤侗、高士奇、胡浚、姜宸英等均善骈文，而朱彝尊在文学方面，诗文填词均所擅长，学术方面又治经史考证，堪称一时全才（可参见纪昀的评论）。这时是小说家而擅长骈文的有蒲松龄，其《聊斋志异自序》"作者不以骈文擅长，而幽灵逸韵，亦自落落不群"，另外，其《山东被灾情状》等描写下层人们的苦难，现实感很强，值得我们注意。戏曲家有李渔，其骈文创作虽无甚特色，但是其编选的《四六初征》保存了当时很多骈文作家和作品资料，具有相当的文献史料价值。清初还有一个值得注意的现象是古文家或者能为辞赋和骈文，或者古文中不避骈偶。魏际瑞不仅能够作骈文，而且也有关于"四六"的理论。魏禧、汪琬、施闰章、朱鹤龄的骈文很有现实感和独

---

① 《清朝野史大观》第四册，上海书店1981年版，第8页。
② 《四库全书·玉芝堂集》提要语。

特的艺术个性，钱谦益的短札写得情致深婉，侯方域、吴伟业集中文字也不避骈偶，很可以说明骈文是深受古代知识分子偏爱的，他们往往自觉或不自觉地用骈体来进行写作。

清初骈文成就最大者为陈维崧、毛奇龄、吴兆骞，下面分别加以介绍。

陈维崧（1625—1682）字其年，号迦陵，江苏宜兴人。明末"四公子"陈贞慧之子，是陈子龙的学生，师、父均为有气节之人。陈维崧有名士风度，落拓不羁，风流自赏，然生活困顿，英年早逝。康熙十八年（1679）举博学鸿儒，授翰林院检讨，与修《明史》，越四年卒于官。他博学多才，才思敏捷，善诗词，为"阳羡派"的领袖，与朱彝尊合称"朱陈"，有《迦陵词》三十卷。骈文创作也冠绝一时，有蒋景祁刻、程师恭注《陈检讨四六》二十卷传世。谈及清初的骈文作家，大都以陈维崧为代表。《四库全书总目提要》云："国初以四六名者，推（吴）绮及宜兴陈维崧。二人均原出徐、庾，维崧泛滥于初唐四杰，以雄博见长；绮则出入于樊南诸集，以秀逸擅胜。"① 近代学者谢无量《骈文指南》："清朝乃有以四六名家者，陈其年最号杰出，汪尧峰见其文曰：'开、宝以来，七百年无此作手矣。'识者以为笃论。"陈维崧也颇自夸自己的骈文，自言"吾四六文不多，固吾擅长之体"②，又云"吾胸中尚有骈文千篇，特未暇写出耳"③。说陈维崧为清代骈文开一代风气的人物确是的评。陈维崧的骈文当时很受重视，也颇受选家垂青，曾燠《国朝骈体正宗》、屠寄《国朝常州骈体文录》均选有陈维崧多篇骈文作品。骈文名作《滕王阁赋》《看奕轩赋》《铜瓦雀赋》《述祖德赋》《憺园赋》为集中佳作，也被选家看好。其中《滕王阁赋》模仿王勃的同名之作，典丽工雅，在当时极受推崇。其《看奕轩赋》中的一段以通过弈棋来比喻世事的沧桑变化，寄寓感慨。《铜瓦雀赋》吊魏邺下风流已去，断壁残垣，满是风流总被雨打风吹去的萧瑟。《憺园赋》极貌以写物，铺陈渲染，锻炼以出。陈维崧的赋要以唐人为归，以密丽为宗，时人誉为"沈博绝丽"。陈维崧在骈文艺术上亦有述造，其理论著作《四六金针》谓骈文分三等：浑成最高，精严次之，巧密又次之，也是确有心得之言。

---

① 《四库总目提要·林蕙堂集》提要语。
② 见陈维岳《陈迦陵俪体文集跋》。
③ 易宗夔《新世说》卷二"文学"第四；阮葵生《茶余客话》卷一也有类似说法。

毛奇龄（1623—1716）原名甡，字大可，号秋晴，一号初晴，又以郡望称西河，学者因称西河先生，浙江萧山人。康熙十八年，以廪监生召试博学鸿词，授检讨，与修《明史》。二十四年（1685）归里，专事著述。毛奇龄以经术自负，著述宏富，《四库全书总目》称其"著述之富，甲于近代"。有《西河全集》，分经集、史集、文集、杂著四部，凡四百余卷，流播广远，琉球使者过杭州时求见作者并购其文集。毛奇龄擅长骈散文，亦工词。早年受知于陈子龙，仗气爱奇，诗文与陈子龙为近，中年以后，又多变化。毛奇龄与毛际可、毛先舒并称"浙中三毛，东南文豪"，及入史馆，与陈维崧并称"毛陈"。毛奇龄为学者兼骈文作家，本人有深厚的学力，又善于从六朝文学中吸取营养，所以文章纵横奇肆，不可方物，钱基博评论他"毛奇龄之文颇合六朝矩矱，整散兼行，并非钩棘"①，如《沈云英墓志铭》表彰巾帼英雄，出语庄重，雍容揄扬，能够发挥骈体长处。《平滇颂序》则一气呵成，与散体无异，王文濡说此篇"独出以豪迈，我用我法，真有来如云兴，紧如车屯之势"②。毛奇龄才力富健，虽不以骈文名，而所作多合齐、梁矩矱。袁枚谓毛奇龄赋数篇"古艳斑斓，徐庾复出"，毛奇龄才大气雄，个性突出，文章别开生面，与陈维崧并驾齐驱，遂为清代骈文复兴掀开了序幕。钱基博比较毛、陈异同，"毛体疏俊，陈文绮密。倚气爱奇，陈不如毛；典丽新声，毛则逊陈"③，说出了其不同的特点。

吴兆骞（1631—1684）字汉槎，号季子，江苏吴江人。顺治十四年举人，以科场案谪戍宁古塔二十余年，得友人顾贞观等之援助，于康熙二十年纳资赎回。著有《秋笳集》八卷（计《秋笳集》三卷，《西曹杂诗》一卷，《前集》二卷，《拟古后杂体诗》一卷，《后集》二卷附《补遗》），前四卷为徐乾学所刻，后四卷为其子桭臣所补辑而成，卷末有其子跋。跋云"至于骈丽之体，向与陈阳羡齐名，乃集中所有仅此数首，尤为痛惜。闻之崐山某氏，收贮颇多，桭臣曾力为寻访，而已移居村舍，然终当物色，以成全璧，是则鄙人之素志也"。吴兆骞骈文现已难窥其全貌，但就现存作品来看，其艺术成就确乎可以与陈维崧并驾齐驱。其《寄顾舍人书》云："乙巳（1665）以授徒

---

① 钱基博《骈文通义》，1933年上海大华书局版。
② 王文濡《清代骈文评注读本》。
③ 钱基博：《骈文通义》。

自给,其夏张坦公先生(缙彦)集秣陵姚琢之、苕中钱虞仲、方叔、丹季等兄弟,吾邑钱德维及鄙人为七子之会,分题角韵,月凡三集,穷愁中,亦饶有佳况,其后以戍役分携,此会遂罢。"① 叙述自己贬谪宁古塔的生活情况,历历如绘。总体说来,吴兆骞善言情状,其作品也以抒写内心情感而见长。《寄顾舍人书》篇末云:"嗟乎!此札南飞,此身北滞,夜阑秉烛,恐遂无期,惟愿尺素时通,以当把臂,唱酬万里,敢坠斯言!"② 才情喷涌,长歌当哭。

总体说来,在清代乾嘉骈文创作高峰到来之前,中晚明已有作家对骈文产生兴趣,也写出了有一定特色的骈文作品。清初骈文较之明代在理论和创作上又有发展,出现了堪称大家的骈文作者。这些都为乾嘉骈文发展高峰的到来做了很好的铺垫。骆鸿凯对此有精确的评价:"清初复古,始革鴃音。西河才大,稍学齐梁;迦陵格平,仅摹徐庾。自尔骈体大作,家握灵蛇,胡稚威、洪稚存、汪容甫、孔巽轩、邵荀慈其最也。"③

第二节 乾嘉骈文的发展

乾嘉时期(1736—1820)八十多年是清代历史上的一个重要时期。封建集权制度达到了极致,康熙、雍正、乾隆三帝大权独揽,乾隆称"朕亲阅本章,折中酌定,特降谕旨,皆非大臣所能参与"。同时三位皇帝也励精图治,使经济发展、社会稳定、国库充盈,迎来了清王朝最强盛的时期,即"康乾盛世"。这个时期,文化艺术也得到空前的繁荣和发展,乾嘉考据如日中天,对中国典籍进行了一次全面的清理和总结,取得了前所未有的成绩。受这种学风的影响,乾嘉骈文也出现了重大的变化。刘师培云:"然考其变迁之由,则顺、康之文,大抵以纵横文浅陋;制科诸公,博览唐以下之书,故为文稍趋于实。及乾嘉之际,通儒辈出,多不复措意于文;由是文章日趋于朴拙,不复发于性情。然文章之征实,莫不盛于此时;特文以征实为难,故枵腹之徒,多托于桐城之派,以便其空疏;其富于才藻者,则又日流于奇诡,此近

---

① 吴兆骞:《秋笳集》卷八《寄顾舍人书》。
② 谢国桢:《明末清初的学风》,上海书店2003年版,第126页。
③ 骆鸿凯:《文选学·读选导言第九》,中华书局1989年版,第332页。

世文体变迁之大较也。"① 黄人亦云："即词人墨客，亦蓬直麻中，赤缘朱近，类能贾余勇，尚立言，咸有根柢，绝异稗贩。盖几于凤麟为畜，鸡犬皆仙，集周秦汉魏唐宋元明之大成，合性理训诂考据词章而同化。故康、雍之文醇而肆，乾嘉之文博而精，与古为新，无美不具，盖如日星之中得春夏之气者焉。"② 两人都是精深的文史学家，所说大体符合实际。

说乾嘉时期为清代骈文的全盛期，大概没有什么问题。谭献云："阅《骈体正宗》，此事莫盛于乾嘉之际，五音繁会。如容甫八代奔走，如巽轩先后骏雄，殆难鼎足。洪亮吉琢句最工，而渊雅之气渐减，然由涩得厚，亦第一义。"③ 谢无量《中国大文学史》云："至乾隆初，山阴胡天游稚威，工四六文，得唐燕、许之遗。稚威兼善诗古文，有《石笥山房集》。袁简斋尤心折之，曰：'吾于稚威，则师之矣。'简斋所作，亦才笔纵放，间以议论。此外惟昭齐邵齐焘荀慈、阳湖洪亮吉稚存、江都汪中容甫最胜。邵文清简，洪文疏纵，汪文狷洁，然而又以汪洪并称，汪不逮洪之奇，洪不逮汪之秀。综清代骈体，或无出汪洪之右者也。"④ 以汪、洪为清代骈坛二巨擘，指出两者各有所长，所论甚为公允、精当。刘麟生《中国骈文史》也认为："实则清之中叶，骈文方面要推胡天游、洪亮吉、汪中为三大家。胡氏遒炼，洪氏清新，汪氏隽永，其他不及也。"与谢氏意见略有不同，认为胡天游与汪、洪并列为三⑤。他们所举这些作家，正是清代骈文创作最高水准的代表。

乾嘉骈文发展大致可分为四个时期。一、以胡天游、杭世骏、齐召南等为代表的前期，这些人活跃于雍正至乾隆中期（1720—1770），其中胡天游名气最大，影响也最深。二、以袁枚、王太岳、邵齐焘、刘星炜、蒋士铨、朱筠、朱珪、纪昀等为代表的第二个时期，其创作活动大致在乾隆中期。这个时期作家很多，吴鼒编《八家骈体文钞》中袁枚、刘星炜、邵齐焘三家入选，曾燠《国朝骈体正宗》42人中选有袁枚、刘星炜、邵齐焘、王太岳、朱珪、

---

① 刘师培：《论近世文学之变迁》。
② 黄人：《国朝文汇序》，载《清文汇》卷首，北京出版社1996年影印本。
③ 谭献：《复堂日记》卷二，河北教育出版社2001年版，第40～41页。
④ 谢无量：《中国大文学史》，第五编第三章"乾嘉文学"第四节"骈文及词体"，台湾中华书局1976年版，第623页。
⑤ 清末骈文冯可镛《喻骈》则以胡天游、袁枚、洪亮吉、彭兆荪为四大家，见《浮碧山馆骈文》卷一"喻骈"，民国六年铅印本。

朱筠等六家之作，也可见其成就，但风气还只是渐开，声势也还不是很大。三、以汪中、洪亮吉、孔广森、孙星衍、吴锡麒、曾燠、吴鼒为代表的第三个时期，他们大多生活在乾隆中后期、嘉庆之初，即乾嘉统治的全盛期。第二、三个时期是骈文创作的极盛期，这时候社会经济大发展，学术出现空前繁荣，以乾嘉考据学为代表的学术研究呈现少有的盛世景观，这时候骈文创作也出现鼎盛局面，骈文两大家"汪洪"（指汪中和洪亮吉）或称骈文三大家的汪中、洪亮吉、孔广森都出现在这个时期。这时候流派纷呈，艺术个性更加明显，从取径的角度可分为六朝派、宗唐派、宋四六派，从地域的角度可分为仪征派、常州派，从题材的角度可分为庙堂之制、经济之文、酬应之篇、抒情写景之作，等等。高者则在创作上能熔铸百家，独成一格。另外，由于乾嘉学术的影响，这个时候出现了学术性质的骈文。四、以阮元、凌廷堪、张惠言、恽敬、董祐诚、董基诚、李兆洛等为代表的第四个时期，这时候创作虽然不如其前，但声势颇壮。李兆洛、刘开等人倡"骈散合一"说，阮元、阮福父子倡"文笔说"，说文章应当以骈文为正统，散文只是"笔"，为骈文争正统地位。这时候所谓"盛世"开始走向衰落，到了嘉庆、道光之际，一些有识之士如龚自珍、魏源开始以怀疑和批判的眼光来审视现实社会，成为思想上启蒙运动的引导者，风气已经大变，骈文风光不再，但创作并没有消歇。

下面就依次论述其发展状况。

一、胡天游、杭世骏、齐召南等人的骈文创作

我们先来看第一时期的创作情况。这个时候与顺治、康熙时期不同之处是这些作家生于清代，与生于易代之际的作家处境和心态也就不同，不再有强烈的故国之思和丧家之痛，作品中已没了慷慨悲凉和壮怀激烈，而出现了歌颂太平的盛世之文。胡天游《拟一统志表》、齐召南的《竹泉春雨赋》就是这样的作品。《四库全书总目提要·皇清文颖提要》云："我国家定鼎之初，人心还朴，已尽变前朝纤仄之体，故顺治以来，浑浑噩噩，皆开国元音。康熙六十一年中，太和祥洽，经术昌明，士大夫文采风流，交相照映。作者大都沈博绝丽，驰骤古今。雍正十三年中，累洽重熙，和声鸣盛，作者率春容沨沨乎治世之音。我皇上（乾隆）御极之初，肇举词科，人文蔚起，治经者多以考证之功研求古义；摘文者亦多以根柢之学，抒发鸿裁，衔实佩华，迄今尚蒸蒸日上。"虽然不免粉饰夸大之词，却也说明了此时文风的主导方面。内阁学士方苞奉敕选编了《钦定四书文》，倡"清真雅正"之文风，定为"士林之标准"①。这个时候骈文创作自然也会受这种风气的影响。这个时期的作家，各种骈文史著作所提到的作家大多为胡天游、齐召南、杭世骏，其实这个时期的作家还有吴敬梓、陈黄中、胡浚、全祖望、秦蕙田、吴颖芳等，他们也是很重要的作家，这里介绍一下胡天游、胡浚、齐召南、杭世骏和吴敬梓。

胡天游（1696—1758）字稚威，一名骙，字云持，又姓方，浙江山阴人，雍正间两举副榜，乾隆元年举鸿博不遇，再荐经学，亦格于物议。客游山西，卒于蒲州。工四六文，有《石笥山房集》。胡天游为清代骈文承上启下的重要人物，其骈文风格奇涩古奥，刘声木说他"天才绝特，骈体文当推为国朝冠冕"②，刘麟生以为其"以博丽植其基，以雄奥使其气，所为《拟一统志表》《玉清宫碑》，皆以艰窘之题目，发为窈渺之文章。胡氏使典如贯珠，逞才如运气，《逊国名臣赞序》，长二千余言，而无举鼎绝膑之病，盖其文一以排戛之气行之，深得汉魏人文字之秘诀也"③。胡天游才气纵横，又富于学识，喜欢用典故和怪字，显示学问之精深奥博，绝无疲软之病，所以能拔戟自成一队。刘师培在《南北文学不同论》中将他与汪中做比较，认为"稚威之文以力胜，容甫之文以韵胜，非若王、袁之矜小慧也"，说他有北方雄壮之气。林昌彝《海天琴思录》卷二称胡天游"振起衰弱"，也是这个意思。当然，过于雕琢往往失于困踬，钱基博称其文"振采失鲜，负声无力，颇乖秀逸，蹈于困踬"，也是深中其病。关于其诗文集，程晋芳《胡稚威文集序》有比较详细的记载："乙丑之秋，余请假南归，其子元琢孝廉奉其遗稿访余，且嘱余选定。余视之则真草相半，先后错乱，或字迹漫漶不可晓，舟行七十日，老眼昏灯，摩挲校勘，差有次第，定为赋一卷、诗八卷、骈散文七卷，凡十六卷归之。盖自东汉魏晋以来，文字间趋于对偶，唐初四子，以纵横宕轶之才，发为骈体，其工整秀异，虽未能突过孝穆、子山，而气足以举词、词足以殚

---

① 见《四库全书总目提要·钦定四书文提要》。
② 刘声木：《苌楚斋三笔》卷一，中华书局1998年版。
③ 刘麟生：《中国骈文史》，东方出版社1996年版，第105～106页。

意，不规规于翰墨尺度，而人自不能胜之。厥后义山出而组织典雅，间作大篇如《檄刘稹文》指示切情，陈琳、祖君彦之流勿能过也。迨宋以降，惟以明白晓畅为宗，遥遥七百年余乃得吾稚威，今其集中赋则规仿六朝，散文则墨守《文萃》，诗出入昌黎、山谷间，然未有若骈体之独绝者也，其睥睨一时，无敢抗手，宜哉。"程晋芳虽然不工骈体，但对于骈文源流颇有识见，对于规仿六朝骈文提出赞许的意见，程氏以古文名，却不非议骈体，这是难能可贵的。胡天游骈文名作有《拟一统志表》《上任尚书溧阳公启》《谢商编修启》《贻友人书》《逊国名臣赞序》《玉清宫碑》《有道先生安颐蒋君碑》《赵开府碑》《禹陵铭》等。其中《拟一统志表》为代表作，为清代歌功颂德，内容上无甚可取，艺术上却值得我们注意。胡大游骈文作品真正值得称道的是抒情性质的书信、短札和小品，写得情致宛转，生趣盎然。

胡浚（1768—?）一名通，字希张，号竹岩，又号西谷、少微外史，浙江山阴（今绍兴）人，康熙五十九年举人，知洧川县，以事落职，乾隆初举鸿博，为部驳不与试。所著有《绿萝山庄文集》，文皆骈体，用谢灵运《山居赋》例，自为之注，李绂、齐召南为之作序。李富孙《鹤征后录》云："竹岩学极奥博，诗文浩瀚崛奇，不可羁勒，尤工骈体，与胡云持名价相埒，瑰丽富赡，得唐初四家之遗。"可见胡氏在当时是有一定影响的。其文集后来辑入胡念修"刻鹄斋丛书"中。其骈文名作有《答制府王公论改桑直（当为"植"）土司书》。

齐召南（1703—1768）字次风，号息园，浙江天台人，雍正七年副榜，乾隆元年召试鸿博，授检讨，官至礼部侍郎，熟精三礼，尤精地理之学，有《水道提纲》《历代帝王表》等，有《宝纶堂文集》传世。齐召南有律赋《竹泉春雨赋》被誉为清代律赋之冠，收入法式善所编《三十年同馆试律赋》中。齐召南骈文虽未成家，然颇有气魄，浩浩落落，随笔涌出，与并时杭世骏相伯仲。齐召南骈文名作有《雷母李太夫人墓志铭》《侍御琅斋先生赞并序》《天然阁书铭》《天然假山赞并序》。

杭世骏（1696—1772）字大宗，号堇甫，仁和（今浙江杭州市）人。雍正甲辰举人，乾隆元年举鸿博，授编修，改监察御史，以言事罢归，先后主讲扬州安定书院、广东粤秀书院，工诗文，为浙派诗派的代表人物，杭世骏还有可述之处是耿介的气节，并且因此获咎。邓长风《明清戏曲考略三编》

谓其得罪直言获谴在乾隆八年癸亥（1743年）①。杭世骏对于后进奖掖唯恐不及，如对于汪中骈文名作《哀盐船文》作序称其"哀感顽艳，一字千金"，对于当时骈文创作风气的形成也有相当的影响。其诗文集有《道古堂全集》。其中《寄所亲书》为其骈文代表作，录之如下：

> 此间秋意甚佳，十情一雨，登游文酒，排日为欢，未与故乡殊致。所恨翠被寒生，绮情时触；放愁则难于发端，郁念则宛乎在梦。曼睇柔些，何关人事；安神靡体，非此安归？每一注存，动关性术。尔其悴叶晨飞，颓云西下；环吟寺角，踽步街东；托风怀于末简，恋灯火于空廊；独往之思，想不殊于千里。夫结蠓蛾于寤寐，揽芎泽于心神。镂刻空花，转相诞幻，诚摄生所怵也。销铄精胆，戚迫和气，又志士所累欷也。钻灼经典，陶冶性灵，气役于此则神弛于彼，转移之际，庶以为功。旬月以来，颇能自得，铲除顽艳，逊志空元；湿木寒灰，未能比拟；龟毛兔角，略有引伸。纵复巧咒阿难，散花摩诘，已能空五蕴而缚四禅。情尘不萌，爱流已涸。闻者疑为矫情，言之洵为无罪。玉台对簿，良可理原，绀榻饭僧，底须忏悔，竟当借袈裟于乾陀，捉应器于香积。挥兹智剑，还我慧珠，解脱因缘，屏当妄语。德我罪我，亦无瞢焉。（《道古堂集·集外文》）

文章写自己客居异乡，生理欲望难以排解，描写细致入微，也比较真切，较有特点。

吴敬梓（1701—1754）字敏轩，一字粒民，晚号文木老人、秦淮寓客，安徽全椒人。雍正元年诸生。著有诗文集《文木山房集》，而小说《儒林外史》为中国古典讽刺小说的高峰。吴氏出身于钟鸣鼎食的簪缨大族，科甲鼎盛，先后有进士、举人及出仕官员十四五人，为科举世家，"五十年中，家门鼎盛。陆氏则机、云同居，苏家则轼、辙并进。子弟则人有凤毛，门巷家夸马粪。绿野堂开，青云路近。宾客则轮毂朱丹，奴仆则绣騧妆靓。厄茜有千亩之荣，木奴有千头之庆"（《移家赋》）。吴氏早年生活华奢，挥金如土，中

---

① 事见邓长风：《明清戏曲家考略》，上海古籍出版社1994年版，第283页。

年落魄，形成强烈的反差，《儒林外史》是寄幽愤之书，对于科举制度进行辛辣的讽刺，具有震撼人心的艺术感染力。吴敬梓中年以后流寓江淮，以卖文为生，与程晋芳、金兆燕、程廷祚等交往频繁，吴敬梓的骈文创作也很有艺术个性，虽然现存赋作不多，但就已存的四篇赋和一些小文来看，能够以真实的笔触描写现实，抒发自己的情感，不假雕饰，能够独成一家，卓尔不群。其友沈宗淳称其"夙擅文雄，尤工骈体"，方樽说其"流寓江宁，能以诗赋力追汉唐作者"。《移家赋》叙述自家身世，才藻艳发，字里行间交织着幽愤和感伤，缠绵于既往，唏嘘于遭际，可作为吴氏的自传，可以补正史传，为研究吴氏生平重要的材料。除赋之外，吴敬梓现存骈文绝少，其中《玉巢诗草序》①是为友人所作诗序，齐整工丽，有感而发，这里选录一段：

> 吾友玉巢大兄，技善雕虫，梦能吞凤。才情绮丽，人称系出容居；门第通华，学则家传新咏。弱龄染翰，搜残玉轴牙签；壮岁操觚，谱就金荃兰畹。杜陵性癖，惟佳句之是耽；奉社苦吟，纵呕心而奚恤。柳文畅雅者未就，继以击琴；王之涣赌酒方浓，因而画壁。南浮湘汉，探些只之余音；北走燕云，问悲歌之遗习。虫鱼花鸟，收来斑管居多；风月江山，贮入锦囊不少。羁思旅鬓，何妨重补四愁；孤影穷途，直欲高吟五噫。二百年竟无此作，亶其然乎；六一公叹能穷人，此之谓也。兹者秋风襆被，匿影僧楼；夜雨芳樽，迟君水阁。启盈箱之芍药，才是徐陵；浣满手之蔷薇，友非吴质。新篇如许，何从重以推敲；近体尤工，宜先付之剞劂。

据考这位友人为浙江建德人徐紫芝，从文中所写来看，也是一位不得志而隐居的文人，与作者可谓同病相怜。

除此之外，这个时候的骈文作家还有全祖望、秦蕙田、陈黄中、吴颖芳、黄之隽等。黄之隽的《香屑集序》集唐骈体文三千余言，工巧浑成，极才人之能事。他说自己科考屡次失败，心情郁闷，因而艳体为集句，以"美人香草"，寄寓自己的思绪，是他落拓时的作品，当时称为"佳构"，但今天看来

---

① 见朱一玄等编：《儒林外史资料汇编》，南开大学出版社2003年版，第186–187页。

徒具华美的形式，如七宝楼台，拆下不成片段。

二、袁枚、王太岳、邵齐焘、纪昀等人骈文创作

第二个时期的创作成就甚为可观，因为有文学大家如袁枚的导引，使骈文创作呈现云蒸霞蔚的景观。这个时候人们对于骈文的自觉意识已经明显增强，比如袁枚就相当重视自己的骈文，不仅自己编辑，而且邀请杨芳灿为自己注释骈文。这个时期邵齐焘提出"清刚简质"说，刘星炜提出"清转华妙"说，都是有意识地从理论上对骈文加以总结，这是与前一时期骈文创作的不同点。当时的骈文作家还相互揄扬，蔚为风气，如王太岳见邵齐焘之作，"叹为天授"，遂辍不为，袁枚对于吴鼒的骈文创作相当欣赏，并且要求他传承其衣钵①。邵齐焘为洪亮吉、孔广森的师长，在创作上积极引导。这都是值得注意之点。

袁枚（1716—1797），字子才，号简斋，浙江钱塘人，乾隆四年进士，由翰林散馆，改知县，历知溧水、江宁等县。后卜筑江宁小仓山，号随园，聚书籍，为诗古文，如是者五十余年，不复仕履。袁枚虽然以诗古文名，而所学甚博，且识见超卓，不与流俗俯仰。他对于汉学和宋学都有所批评，杭世骏《小仓山文集序》称其为文主张"文莫古于经而经之注疏家非古文也，不闻郑笺、孔疏与崔、蔡并称；文莫古于史，而史之考据家非古文也，不闻如淳、师古与韩、柳并称。其他藻语俚语障语皆非古文，则本朝望溪先生言之也详。鹿门八家之说袭真西山读书杂记中语，虽非定论，要为不失文章正宗。后世尊之者弱，背之者妄，惟吾友子才太史扫群弊而空之，记叙用敛笔，论辩用纵笔，叙事或敛或纵，相题为之，而大概超超空行，总不落一凡字，此其志也。千载而下，当有定论"。袁枚《答惠定宇书》深中汉学烦琐和脱离实际之弊端，《答尹似村书》《与程蕺园》二书以及《宋儒论》②，评骘宋儒优劣，深切著明。他鄙薄汉学，亦不偏袒宋人。其尤可注意之点，就是文学创作是"著作"，提倡性灵之学，抒写情志，影响颇巨。其论文诸诗，可见其作文之法。《崇意》云："意如主人，词如奴婢。主弱奴强，呼之不至。"《精

---

① 见吴鼒：《八家四六文集》中《小仓山房文集题词》。
② 分别见《小仓山房文集》卷十九，《小仓山房文集》卷二十一。

思》云:"文不加点,兴到语耳。孔明天才,思十反矣。"《博习》云:"不从糟粕,安得精英。曰不关学,终非主音。"袁枚诗文集有《小仓山房文集》《诗集》,文集中以碑志、传状居多,占集中文字十之八九,皆足以补正史传。《小仓山房文集》外集八卷则是骈体著作。骈体文字大体分为两类:一类是与亲朋故旧的书信,不事雕琢,纯任自然。《与杨蓉裳兄弟书》"不矜雕琢,纯任自然,水流华放,有此意境";《与蒋苕生书》"浑脱浏漓,足擅胜场";《与延绥将军书》"指挥若定,王景略扪虱而谈,读之令人气壮"①。另一类是吊古伤今之作,发思之幽情,如《重修于忠肃庙碑》《余杭诸葛武侯庙碑》《祭吴恒王庙文》《公祭襄勤王庙文》写得典雅可讽。

邵齐焘(1718—1769)字荀慈,号叔山,江苏昭文人,幼有异禀,甫受书,能晓大义。乾隆七年进士,选庶吉士,以编修居词馆十年,落落寡合,年三十六即罢归,主讲常州龙山书院,黄景仁、洪亮吉皆从其就学。他以骈文名重海内,气格排奡。色泽斑斓,他力矫陈维崧、吴绮、章藻功国初骈文三家之失②,另辟蹊径,诗文集有《玉芝堂集》。其名作有《答王芥子同年书》,民国王文濡评之为"于绮藻丰缛之中,存简质清刚之制,斯语不愧斯文"。《送黄生汉镛往徽州诗序》《佩兰诗草序》则写得清丽脱俗,情深而文明。《送顾古湫同年之荆南序》"深文隐蔚,余味曲包,置诸兰成集中,不辨楮叶",而《诰赠朝议大夫沧崖袁公墓志铭》"似隋唐间金石文字",简练雅致,风神散朗。郑虎文《敕授儒林郎翰林院编修加一级邵公墓志铭》称:"其学于古也,涵而揉之,去故遗迹,咀含浸淫,渗漉衍溢,乃大昌于辞。而惟其自己出,今古骈散殊体诡制,道通为一,涉笔矢音,金玉咳唾,造次以之,允蹈维则。班范潘陆,斯文未坠,君于本朝,一人而已。"揄扬稍嫌太过。倒是钱基博《骈文通义·流变》批评邵氏骈文"才气苦弱,故务其清捷,殊得风流媚趣;课其实录,则清便婉转而未为刚,藻绮映媚而未为丰"。评价较为中肯。

王太岳(1722—1785)字基平,号芥子,直隶大兴人,乾隆七年进士,改翰林院庶吉士。擅文名,历充会试同考官。曾在四库馆为总纂官,数迁至国子监司业。王太岳生有至性,笃于风义,与邵齐焘、郑虎文、顾汝修诸人

---

① 以上评语均引自王文濡:《清代骈文评注读本》,1929 年文明书局排印本。
② 参见纪昀《四库全书总目提要》中《玉芝堂文集》提要语。

尤相善，书信往还，率以道义文章相切劘。诗宗汉魏，纯古淡泊，时称高格。初好为骈体文，见邵齐焘之作，叹为天授，遂辍不作，而规橅《史记》《汉书》以及韩愈、柳宗元，气格高简，卓然成家。著有《清虚山房集》。《答顾密斋书》"风骨峻上，驾越齐梁"，《答方柳峰书》"其运用故实处，驭重若轻，当由沉潜于蔚宗史赞而得之者，殊可取以为法"。① 《盛京恭谒祖陵大礼庆成颂》华赡典雅，为庙堂佳制。钱基博《骈文通议》对于清代各家骈文如汪中、洪亮吉均有微词，独于王太岳深加叹赏，亦可见其为文自有不可磨灭之处。

纪昀（1724—1805）字晓岚，一字春帆，直隶献县人（今河北），乾隆十九年进士。诗文集有《纪文达公遗集》。乾隆三十八年，《四库全书》馆开，命为总纂官，在馆最久，实心任事，今传《四库全书提要》出于其手居多②，学问渊博，考镜源流，辨章学术，厥功甚伟。他对于文学也有自己独特的见解，注重"气运"和"风尚"，反对专以摹古为事，对于"宋学"提出批评，对于桐城文派也有不满的意见，这些都是其超出流俗的地方。但强调"发乎情，止乎礼义"，信奉儒家诗教"温柔敦厚"之旨，又是其不足之处。纪昀骈文自成一派，瞿兑之《骈文概论》认为他代表"清代骈文的正宗"，其文风"华赡典雅"，不拘于摹拟，句调齐整，用事精切，气势清劲。名作《四库全书告成恭进表》《平定两金川露布》可为代表。《四库全书告成恭进表》殚精竭虑，识议精卓，而气息渊雅，局度停匀，颇具功力。要感受其文气，非读全篇不可，故这里不做摘录。《平定两金川露布》一文，叙述金川战事，委曲变化，都能曲尽其妙，可以看出作者文风老到之处。如他写进兵遇风雨之事云：

会以风吹山带，乍浮迎阵之云；水挽入河，预洒洗兵之雨。苔衣夜滑，未利行师；岚气晨蒸，且留养锐。计其时日，正同虞帝之七旬；简我车徒，乃及宣王之六月。

此段文字描写细致，想象力丰富，如状眼前之景。而叙述出征的一段描

---

① 王文濡《清代骈文评注读本》。
② 昭梿《啸亭杂录》称其"总汇三千年典籍，持论简而明，修词淡而雅，人争服之"。

写更是声情并茂,气势颇劲:

> 黎风雅雨,和甘过大渡河边;羌竹蛮花,葱蔚接无忧城外。巴、渝旧舞,齐随破阵之歌;蜀国新弦,总奏平边之乐。往者天山左右,宣威而宛马东来;今兹益都西南,讨叛而参狼内向。后先一辙,总圣皇独运之谟。上下千年,皆旧史未闻之事。

虽不无溢美之词,却能壮声威,掷地有金石声,具大家风范,不愧为庙堂文学之高手。

刘星炜(1718—1772)字圃三,江苏武进人。乾隆十三年(1748)进士,选庶吉士,授编修,历官内阁学士、礼部侍郎、工部侍郎等。精于《文选》,又于班固、徐陵、王勃三家用力甚深,而才气、学问足以副之,诗文有名于时,尤长骈体。蒋士铨说其"在翰林撰著进拟文字,雅懿鸿穆,润烁纶绂,垂光典林"①。其本人谈艺论文以"清转华妙"为宗,其骈体文亦具此风韵。集中骈文笺、启、序、记雅致精巧,而无沾滞之弊。《倪温陵都督诗集序》《为胜国阎陈二公征诗启》《代江阴令告城隍庙神文》写得舒卷自如,有序有物,都是可传之作。刘星炜的骈文在当时很有影响,吴鼒《思补堂集题词》称:"吾乡人之治小学也,大兴朱先生道之;吾乡人之治选学也,武进司空刘公(刘星炜)道之;三十年间,塾师党人相授受以形声训诂之学,上规侍中、祭酒之言,得识文字缘起,其操觚染翰者,条理略具,二公之教也。"把他与朱筠相提并论,而朱筠是清代开一代风气的人物,其作用亦由此可想。

三、汪中、洪亮吉、孔广森、吴鼒等人的骈文创作

第三个时期是清代骈文创作的黄金时期,这个时期风气最盛,名家纷起,佳作迭出,汪中、洪亮吉、孔广森为其中的佼佼者。这个时期骈文创作一个最大的特点是受乾嘉考据学的影响明显,不仅许多骈文作家一身而二任,既是学者又是作家,而且其文风也深受考据学风的影响,从题材、内容到艺术

---

① 蒋士铨:《工部左侍郎刘公暨夫人余氏赵氏合葬墓志铭》,载《忠雅堂集》文集卷五,上海古籍出版社1993年版。

技巧方面都打上了考据学的烙印。两部重要的骈文选集曾燠的《国朝骈体正宗》和吴鼒的《八家四六文钞》也都出现在此时，并且对于当时骈文创作起到了相当大的促进作用。这里主要叙述汪中、洪亮吉孔广森、孙星衍、王念孙、王引之等人。

汪中（1744—1794）字容甫，又字容夫，江苏江都人。乾隆四十二年丁酉拔贡。一生游幕，"以深情绵邈之文，传食公卿"（刘师培语）。他是清代乾隆、嘉庆时期著名学者和诗文作家，在史学、诸子学、文学、音韵、地理以及古籍的校勘、辑佚、辨伪等方面多有成就，有学者甚至称其学术为"绝学"①。他生平"耻为无用之学"，以经济儒术自负，著述宏富。其主要著作已经收入"江都汪氏丛书中"，《述学》则为其毕生精力所萃，规制宏大，由于汪中中年而逝，并没有完成，论者惜之。汪中的诗文创作也卓荦成家，骈文创作更是冠绝一时。其骈文作品基本上收集在《述学》中，如《哀盐船文》《汉上琴台之铭》《自序》《经旧苑吊马守贞文》等篇篇可诵。汪中在当时颇有文名，其《哀盐船文》杭世骏序之以为"惊心动魄，一字千金"，王念孙则称其文"合汉、魏、晋、宋作者而铸成一家之言，渊雅醇茂。"（王念孙《述学叙》）就连汪中的论敌章学诚也说其"工辞章而优于辞命"②。汪中对于自己的骈文也颇为自负："比闻足下将肆力于文章，此道自欧、王之没，迄今七百余年，无嗣音者。国初诸老，彼善于此则有之；要于此事均之无得也。某以穷乡晚学，费心力于此仅二十年，昔人所谓'天地之道，近在胸臆者'，虽不能至，心向往之……"（汪喜孙《汪容甫年谱》"乾隆五十二年"《与赵怀玉书》）胡云翼《新著中国文学史》以汪中为清代骈文中最杰出者，认为"汪氏天才卓越，所为文多情感肆溢，文思清丽，实为清代骈文中的冠冕"。谢无量认为："洪文疏纵，汪文狷洁，然或又以汪洪并称，汪不逮洪之奇，洪不逮汪之秀。综观清代骈体，或无出汪、洪之右者也。"③

洪亮吉（1746—1809）字君直，一字稚存，号北江，晚号更生居士，江苏阳湖人。乾隆四十五年举人，乾隆五十五年成进士，授翰林院编修。著有

---

① "绝学"一语出谭献《复堂日记》卷一《师儒表》，第28页。
② 章学诚：《文史通义·立言有本》，辽宁教育出版社2000年版，第185页。
③ 谢无量：《中国大文学史》，第五编第三章《乾嘉文学》第四节《骈文及词体》，台湾中华书局1976年版，第623页。

《洪亮吉集》。平生重友情，广交游，与当时名流硕学相切磋，声誉鹊起。早岁与黄景仁从邵齐焘受学，又于江宁结识袁枚，曾出入当时多家幕府，在朱筠、毕沅等幕府时间最久。洪亮吉骈文创作成就显著，吴鼒说他"具兼人之勇，有万殊之体，篇什独富"，这里说到两层意思：一是洪亮吉骈文作品种类丰富，各体皆工；二是其骈文作品数量多，可能只有吴锡麒可以与之媲美。洪亮吉骈文作品也颇受选家重视，吴鼒《八家四六文钞》、曾燠《国朝骈体正宗》、屠寄《国朝常州骈体文录》、王先谦《骈文类纂》均选有其作品。其骈文作品大多收入《卷施阁文乙集》《更生斋文乙集》中，有赋、铭、赞、连珠、诗序、墓志等种类，骈文名作有《蒋清容冬青乐府诗序》《伤知己赋》《蒋定安墓碣》《楚相孙叔敖庙碑》《游消夏湾记》《游幕府山十二洞及泛舟江口记》等，或写景，或抒情，或叙事，都能得心应手，滔滔汩汩，随地涌出。其文章雄奇高迈，偏于阳刚一路，在清代骈文家中戛然独立。

孔广森（1753—1787），字众仲，又字㧑约，号巽轩，堂名仪郑，山东曲阜人，孔子六十八代孙。乾隆三十六年进士，改翰林院庶吉士，散馆，授检讨。尝从戴震、姚鼐受学，经史小学，无不精研，尤精《公羊春秋》，为今文经学的重要人物之一。擅骈文，论者以为有汉魏六朝初唐之盛，江都汪中读之，叹为绝手。著有《巽轩孔氏所著书》，中有骈俪文三卷。代表作有《元武宗论》《王氏医冶序》《书周长生先生画像赞》《上座主桐城姚大夫书》《谢父执梁山舟侍讲楹帖启》《谢人代撰诗启》《林氏子哀辞》。孔广森天才亮特，学术文章都能中得心源，惜乎早逝，未竟所学，论者惜之。

孙星衍（1757—1818）号渊如，字季逑，江苏阳湖人，幼有异禀，书过目成诵，其父授以《文选》，全诵之。未冠，补诸生，与同里黄仲则、洪亮吉、杨蓉裳等齐名，年少即受到袁枚的交口称赞，许为"奇才"，相与为忘年交。曾入陕西巡抚毕沅幕府，恃才傲物，多与众忤。乾隆五十二年第二名进士及第，授编修，改刑部主事，后升山东督粮道，权山东布政使，有治绩。去官后先后主讲扬州安定书院、绍兴蕺山书院。一生好学不倦，勤于著述，精于校勘。著有《问字堂集》六卷、《岱南阁集》二卷、《五松园文稿》一卷、《孙渊如外集》五卷、《骈文》一卷。另辑有《续古文苑》二十卷。孙星衍骈体名作有《三国志疆域志后序》，锻炼以出，胸臆独存，王文濡评之为"词无枝叶，笔具炉锤"。《洪先生暨妻蒋氏合葬圹志》《洪节母诔》则气韵高古,《祭钱大令文》(有自注)自创新格,音韵铿锵,情词委婉,寓规讽于俳谐,其他名作《大清防护昭陵之碑》《关中金石记跋》亦可诵读。

邵晋涵(1743—1796)字与桐,号二云,浙江余姚人。乾隆三十六年进士,由文渊阁校理进直阁事,预修"三通"、《八旗通志》及国史,又入四库全书馆任编校。邵晋涵经史之学根底深厚,经史之外复擅词章,文章尔雅,峻洁有法。著有《南江文钞》。邵晋涵文章颇有文采,张舜徽云"予尝谓乾嘉诸儒能为考证之学,多不能为考证之文,能兼之者,殆不数人,晋涵其佼佼者矣"(张舜徽《清人文集别录》卷九)。《南江文钞》卷五《尔雅音义序》《汉魏音序》等学术文章叙述声音训诂,条理明晰,部伍不乱,绝去乾嘉考据学者琐碎繁冗之弊,而流宕自然。《与程鱼门书》《与朱笥河学士书》《与章实斋书》等书信笔致宛转,情采斐然。如《与吴百药侍读书》云:

> 别易会难,昔人所叹。南归后吟望为劳,回忆三载周旋,如一瞬耳。近得裕仁书,敬悉道履清和,遥为欢慰。晋涵浪迹江淮,遍历黄山、九华、敬亭诸胜,素承清诲,颇能摆脱尘俗,随遇而安。惟硁硁之性不能从俗俯仰,动多尤悔,长者何以教之?作诗亦无长进,夸多斗靡,非性所好,间事应酬,即时毁弃。山晓独行,平江晚渡,清景在目,时有会心,略得数十首,道远未由就正,为之惘然。永东事得就绪否?大集当益宏富,宾朋唱和,不寂寞否?弹指间又觉四壁商音,萧萧落叶矣。青灯半夜,快聆磊落,雄谈至今搅我心也。天渐寒,伏惟珍重,加餐不戬。

此种文字,情真语挚,纯任自然,颇似魏晋间小品文字。邵晋涵于文亦有识见,其《卫太史文稿序》云"文章无今古,必具真性情而其文始传。宽易者,其音和;沉挚者,其辞峻;亮拔者,其格超;肫笃者,其旨厚,文成而性情具焉。若夫饰藻丽为美观,钩棘艰阻,矜为古制,均之为伪体而已矣"(《南江文钞》卷七),对于桐城古文亦持批判意见。

王念孙(1744—1832)字怀祖,学者称石臞先生,江苏高邮人,文肃公王安国子,生数岁,读《尚书》即能通其意,八岁能属文,作史论有识,都下有神童之目。从戴震游,弱冠补诸生。乾隆三十六年高宗南巡,献赋钦赐举人,乾隆四十年成进士,选庶吉士,散馆授工部主事。累迁山东河道,后调永定河道，因永定河水复溢，自引罪，得旨休致，以读书著作为职志。其于训诂造诣尤深，自为家法，为乾嘉汉学顶尖人物。徐世昌谓："石臞覃研朴学，体大思精。校理经史群书，博综审择，会通贯穿。衷众学而求一是，在国朝诸大师中自立一宗。文简继之，其所撰述沾溉百年不尽。曾文正公《圣哲画像》，以石臞父子殿焉，其推崇至矣……"又说其论诗"谓古体当以汉魏六朝为宗，近体则当法盛唐。宋人诗佳处得力于唐人，而新其壁垒，不可转袭其貌"。他的骈文作品也真气贯注，能够抒发自己的真实情感。

顾敏恒（1748—1792）字立方，号笠舫，江苏金匮人，初与孙星衍、方正澍于江宁读书。乾隆五十二年进士，官苏州府学教授。工诗文，著有《辟疆园遗集》。与同里杨芳灿齐名，时比之颜（延之）、谢（灵运）。他代人撰《重修梁昭明太子庙碑》，袁枚阅后，叹为六朝高手。其骈文与杨芳灿齐名，而无杨芳灿雕琢华缛之病，能出之以自然。

杨芳灿（1753—1815）字才叔，号蓉裳，江苏金匮人。乾隆四十二年拔贡，廷试一等，以知县分发甘肃，后入资为员外郎，旋丁母忧，归主衢州正谊书院、杭州诂经精舍等讲席。杨芳灿工骈体文，以唐骈体为归，惊才绝艳，"以四杰之才思，兼六朝之采色"（《续修四库全书提要》《芙蓉山馆文钞》评语）"世谓盈川复生"，"骈体之工凡不上掩温、邢，下侪卢、骆"（《国朝耆献类征初编》卷一百四十七）。著有《芙蓉山馆文钞》，有诗序、书信、碑记、记、诔、表、墓志铭等。集中名作有《忆江南早春赋》《绿静园记》《灵州移建太平寺碑》以及《重修汉平襄侯祠碑记》等。《重修汉平襄侯祠碑记》王文濡评云"伯约伪降，煞具苦心，文能曲曲传出，伟议宏辞，可当一则史论"。杨芳灿骈文受到选家重视，曾燠《国朝骈体正宗》选其骈文《重修汉平襄侯祠碑记》等五首，屠寄《国朝常州骈体文录》选其骈文多达三十五首。

吴鼒（1755—1821）字山尊，安徽全椒人。嘉庆四年进士，终侍讲学士。受业朱筠之门，博通经术，而不为章句所累。所作骈体文沉博绝丽，人谓合任昉、邱迟为一手。在翰林八年，进奉文字多出其手。著有《吴学士文集》，辑有《八家四六文钞》。《吴学士文集》中多寿序、图序、诗序、颂等应俗之作，然而集中骈体佳作亦复不少，亦有个性。张维屏《国朝诗人征略》说他"慷慨任气，磊落使才"。清末谭献评价他"独于骈偶之篇，奄有唐贤之体，任、沈清英而不疏，齐、梁绮丽而不缛，闳深若张燕公，开阖若杜牧之，所以郎伯齐名（孙伯渊）、青蓝谢色也（刘圃三）"（谭献《吴学士文集序》）。集中名作有《题襟馆消寒联句诗序》《甲寅七夕集都门咏篸轩图补序》《家荷屋侍御筠清消夏图序》《洪节母传》《团扇赋》《并蒂莲赋》等。

曾燠（1760—1831）字庶蕃，号宾谷，江西南城人。乾隆四十六年进士，改庶吉士，历官户部主事、军机章京、户部员外郎、两淮盐运使、湖南按察使、湖北按察使、两淮盐政等。曾燠工骈体文，擅诗词。著有《赏雨茅屋诗文集》及《清代骈体正宗》等。其诗文选入吴鼒《八家四六文钞》，集中名作有《秋湖觞芰序》《书徐闰斋桃花夫人庙碑后》《重宁寺传宗和尚传戒引》《重修曾襄愍公祠碑文》《听秋轩诗序》等。《听秋轩诗序》是为闺秀骆绮兰诗集所作序，"宕逸以取致，约举以尽情，玉润珠圆，方斯文境"；《书徐闰斋桃花夫人庙碑后》"持论既平，措辞亦雅"。① 曾燠以主持风会自居，所以集中文字也以应酬和流连风景之作为主。

赵怀玉（1747—1823）江苏武进人，乾隆四十五年召试举人，授内阁中书，后官山东兖州知府。著有《亦有生斋文集》。赵怀玉在乾嘉时期颇有文名，集中文字，多诗文序、书画题跋、碑志及传状，十有八九为应俗之作，而与孙星衍、洪亮吉书信，则情致委婉，为可读可传之作。其他骈文，如《刘谨之碑文》《汪大经墓志》《刘种之哀辞》及《校刻独孤宪公毗陵集序》《陁解》等文，虽未警卓，亦自清婉。

王芑孙（1755—1817）字念丰，号惕甫，江苏长洲人，乾隆五十三年召试举人，官华亭教谕。芑孙幼有异禀，早岁即能诗文，文名著于公卿间。在京师时，馆董诰、梁诗正、王杰、刘墉、彭元瑞家，常常代诸人削草。故芑孙名位虽不高，而交游甚广，一时学人名士，争与之友。为文体格稍弱，而雅洁可诵。古文辞与桐城派异趣，亦具个性。著有《惕甫未定稿》，外集为骈文。王芑孙《读赋卮言》明于骈体源流，为清代骈文重要论文，亦为骈文名作。《横云秋兴图记》则"绵邈其音，如聆空山之瑟"（王文濡《清代骈文评注读本》），颇为工致入情。

吴锡麒（1746—1818）字圣征，号谷人，浙江钱塘人。乾隆四十年进士，改庶吉士，授编修，曾两充会试同考官，嘉庆六年，授国子监祭酒。著有

---

① 以上评语均见王文濡《清代骈文评注读本》。

《有正味斋集》，是现存骈文作品最多的作家之一。乞归后侨寓扬州，历主东仪、梅花、安定、乐仪等书院讲席。其骈体文李慈铭认为"辞旨清切"。集中文字，以书信、游记、序为佳，善于言情，笔致清丽，《寄王冶山同年书》云"委婉有致，澄洁无垽"，《与黄相圃书》云"飙厉霜摧，哀逝赋之遗响也"，《答张水屋书》云"情生文耶，文生情耶？天人兼到之作"。（以上评语均见王文濡《清代骈文评注读本》）游记名篇有《游泰山记》《游焦山记》《游西山记》，皆叙次雅顺，描写工致，间附考证，亦具神采。吴锡麒虽然才力苦弱，但文风清切，气息调匀，在乾嘉骈文作家中亦自成一家。

朱文翰（生卒年不详）字苍眉，号见庵，安徽歙县人。乾隆五十五年会元，孔广森之甥。著有《退思粗订稿》。文翰经术渊源于孔广森，学有心得，不为浮泛之谈。工为骈体文，集中名作有《复舅氏孔巽轩先生书》《仪郑堂遗文后序》，皆可补正史传。而《菁簪录序》"抑塞磊落，可当斫地之歌"（王文濡评语），可以想见其襟抱。

凌廷堪（1755—1809）安徽歙县人，乾隆五十五年（1790）进士。官宁国府教授，奉母之官，毕生致力于著述。著有《校礼堂文集》。廷堪深于礼学，为乾嘉礼学大师，同时博通诸经，于天文、算学、乐律均述造有得，此外，在音韵训诂、版本校勘、金石文字方面亦有识力。廷堪自幼笃嗜魏晋六朝辞赋，精于选理，操笔为文，具有六朝大家章法，文集中骚、赋、辞、七、表、启、檄、铭、诔、颂、赞等各体皆工，钱大昕称其"精深雅健，无体不工，儒林文苑，兼于一身"。集中文字，佳作如林，《九慰》《七戒》高深华赡，《孔检讨诔》缠绵悲怆，均文情并茂，不愧作家。集中书信，往往出之以四六，而轻便流利，有意到笔随之妙。江藩说他"雅善属文，尤工骈体，得魏晋之醇粹，有六朝之流美，在胡稚威、孔巽轩之上"，未免有阿好之嫌。其《西魏书后序》以气运词，转折波澜，而识议超拔，议论风生，非矜于小慧者可比。

四、阮元、张惠言、恽敬、李兆洛、董祐诚等人的骈文创作

第四个时期（嘉庆初年至道光初）骈文创作，气势很劲，理论上也颇有建树，从与古文平分秋色到要与桐城古文争正统地位，很可说明。阮元提出"文笔说"，稍后李兆洛倡"骈散合一"的理论主张，都表示人们对于"未成

文章，先成蹊径；初无感发，辄起波澜"①的桐城派古文已深致不满，思有以自异。当然，此前汪中、袁枚、邵齐焘、王太岳等人在创作中已经走骈散分立或者骈散合一的道路，但此时提出骈文为正统或者骈散合一正反映了时代大势所趋。与此同时，骈体文家也能不断吸取古文家的创作经验。而对于骈文，研究也更深入，在艺术欣赏和写作技巧上都有不少值得称道的经验。

阮元（1764—1849）字伯元，一字梁伯，号芸台，江苏仪征人，乾隆五十四年（1789）进士，选庶吉士。累官至体仁阁大学士，加太傅。又尝总裁会试，得人称盛，一时名士如张惠言、陈寿祺、王引之、许宗彦、姚文田、郝懿行等均出其门。阮元学问淹博，所至以经术文章倡导后进，督学浙江时，修《经籍纂诂》；及巡抚浙江，立诂经精舍，延王昶、孙星衍主讲席；督两广，立学海堂，以古学课士。组织修纂了《十三经注疏校勘记》《清经解》等大型书籍，取并世学者钱大昕、汪中、刘台拱、钱塘、孔广森、张惠言、焦循、凌廷堪等诸家遗书，整理刊布，嘉惠士林。阮元虽为达官，一生不废学，于经史、小学、天算、舆地、金石、校勘均造其微，而尤长于治经，识解通达，洞见精微。著有《研经室集》。阮元深于选学，重申"文笔之辨"，对于桐城文派等提出批评，以后李兆洛倡"骈散合一"则是对其理论上的修正，桐城文派后期萎苶不振，阮元是起了作用的。至于阮元本人的骈文创作，《四六丛话后序》以流丽之笔，发精湛之思，"源流支别，了然于胸"②。《兰亭秋禊诗序》则有如写意，融情、景、思于一体，不炫博，不逞才，平实中具隽永之致，饶有魏晋人雅趣。虽不以文显，而文格自高。除是之外，阮元集中佳作还有《叶氏庐墓诗文序》《重修郑龚祠碑》《重修会稽大禹陵碑》《重修郑公祠碑》《历山铭》，亦为情文俱胜之作。

乐均（1766—1814）原名宫谱，字元淑，江西临川人。嘉庆六年举人。家贫，幕游四方，客曾燠幕最久。乐钧诸体文皆绮丽。著有《青芝山馆诗文集》。《重修朝云③墓碑》"清圆流利"。本文借古语以申今情，古藻斑斓，情词郁勃。

刘嗣绾（1762—1820）字纯甫，一字简之，号芙初，又号扶初，江苏阳

---

① 语出朱锡庚为其父朱筠文集所作序文，见《笥河文集》卷首，嘉庆二十年家刊本。
② 王文濡《清代骈文评注读本》。
③ 朝云，姓王，钱塘人，宋苏轼侍妾，随轼南迁，殁于岭外，墓在今广东惠阳县。

湖人，嘉庆十三年（1808）进士，改庶吉士，授翰林院编修。擅诗词，工骈体文，"少作明艳，中年则以沉博排奡为胜，晚更清遒骏迈，以快厉之笔，达幽隐之思"（《清史列传》本传），著有《尚絅堂集》。刘嗣绾骈文名作有《城南觞月记》《与蔡浣霞书》《贻友人书》等，以书信、序、游记等小品文字为主，清丽动人。

胡敬（1769—1845）字以庄，号书农，浙江仁和人，嘉庆十年进士，改翰林院庶吉士，散馆授编修，累迁侍讲学士，以乞养归。少受知于阮元，善诗文。谭献说他"诗篇劲拔，一洗软熟。骈文纯用唐法，亦与岑华居士（吴慈鹤）抗手"。著有《崇雅堂骈体文钞》《应制村稿》《崇雅堂诗钞》等。

吴慈鹤（1778—1826）字韵高，号巢松，江苏吴县人，嘉庆十四年（1809）进士。选庶吉士，授翰林院编修，官至翰林院侍讲。著有《蓝鲸集》《岑华居士外集》等。骈文佳作有《春日游白云山序》《与彭甘亭书》。《春日游白云山序》是描写广州白云山的游记。文章以白描为主，极少用典，描写细致生动，山水神韵，流落笔底，令人飘然神往。而《与彭甘亭书》道及聚散之感，能勾起读者共鸣。其中"及来南中，遂事戎幕。鸟禽百叶，苦竹秋香。天未晓而笳吟，营初春而柳细。将军树下，竟容长揖之人；都尉军中，遂有悲歌之客"则不无危苦之言，非经历练者不能道。"长安之远，远于日边；刀镮之思，思在今夕矣"用典融化无迹，显出运用语言技巧的纯熟。王文濡说其"风骨遒上，气韵沉雄"，洵为知言。

李兆洛（1769—1841）字申耆，晚号养一老人，学者称养一先生，江苏武进人。嘉庆十年进士，选庶吉士，授编修，散馆改安徽凤台县知县，勤于政事，清廉自守，以丁忧去官，遂不复出。主讲江阴暨阳书院几二十年，门下弟子众多。著有《养一斋文集》，辑有《骈体文钞》。李兆洛之学本出于卢文弨，研精考证训诂之学，其后泛览群集，汉宋兼采，与当时标榜汉学者异趣。精于舆地、天文，为学以实用为归。为文主张骈散合一，认为古文当宗两汉，不当仅尊唐宋。而欲宗两汉，非自骈体入不可。其观点见于《骈体文钞》两序中。集中佳作有《骈体文钞序》《怀远县重修文庙碑》《国子监生王君碑》《皇朝文典序》《姚石甫文集序》等。其《养一先生文集》中志传文颇夥，《洪饴孙孟慈墓志》《左辅仲甫墓志》《黄汝成潜夫家传》皆可与史传相补证，唯牵于酬应，不能别择，叙次芜冗，苦少剪裁，亦是通人一弊。

刘开（1784—1824）自明东，号孟涂，安徽桐城人。诸生。年十四师事姚鼐，为姚门四杰之一①。刘开虽为桐城派弟子，但为文宗尚与桐城不同。刘声木称其"名虽居四杰之一，实不尽守师法，其为文天才宏肆，光气煜爚，能畅达其心中所欲言，然气过嚣张，类多浮词，与姚鼐简质之境悬绝"。创作上不刻意于骈散之分，而随其意之所之。刘开对于骈散文持论通达，《与王子卿太守书》为清代骈文理论的重要著作。《游石钟山记》刻画尽致，如入画境。

彭兆荪（1789—1821）字湘涵，又字甘亭，号甘亭居士、忏摩居士，江苏太仓直隶州镇洋县（今江苏省太仓市）人。乾隆四十八年援例为国子生，后屡试不第，历游曾燠、张敦仁、胡克家等幕府，道光元年（1820）荐举孝廉方正，力辞不就卒。彭兆荪长于骈体文，尤以精《文选》体称名于世，所著《小谟觞馆文集》四卷、《续集》二卷，凡文112篇，均系骈文。李慈铭云："千里（指顾广圻）先生深于汉魏六朝文学，熟于周秦诸子之言，故其为文或整或散，皆不假绳削而自合。甘亭毕力于文，骈体自为专家，然工丽虽胜而痕迹亦显，此文人学人之别。"②彭兆荪《读史偶钞序》云"原原本本，如数家珍，论史有心得，不仅以文笔见长"，《答李宏九进士书》云"一肚皮不合时宜，借此宣泄，隽快处，可唤醒一般干禄人"，《鲍贞女圹铭》云"运典遣词，适合分际"（评语均见王文濡《清代骈文评注读本》）。这些文字均有感而发，语见真际。

董祐诚（1791—1823）字立方，号兰石江苏阳湖人，嘉庆二十三年举人，是乾嘉间著名学者，李兆洛称其有经世才，衣食奔走，足迹半天下。少为沉博绝丽之文，稍长肆力于律历、数理、舆地、名物之学，识力超卓，迥出侪辈，惜乎早卒，未竟其才③。著有《董方立遗书》。其文集甲集皆散文考据之作，乙集为骈体文。其骈文独具个性特征，李慈铭说他"其文博丽警秀，足与其乡人洪北江、张茗柯相颉颃"。《兴平县马嵬堡唐贵妃墓碑》《长安县志叙传》《武功县后稷庙碑》诸篇，均为有得之言。而《道洪右甫叙》《云溪乐府叙》为讥刺现实的作品，在清代骈文中为生面别开之作。王文濡说他"骨

---

① 按姚门四杰有不同的看法，或以方、梅、姚、刘，或以方、管、梅、姚。
② 李慈铭《越缦堂读书记》，上海书店2000年版，第1101页。
③ 见李兆洛《养一斋文集》卷三十一，清光绪四年重刻本。

肉停匀，风格不让乃兄"①，尚不足以概括之。其兄董基诚（1787—1840）字子诜，号玉椒，江苏阳湖人。嘉庆二十二年（1817）进士。授户部主事，后改刑部，最后官河南开封知府。著有《栘华馆骈体文》，董祐诚遗稿由董基诚整理出版。

方履籛（1790—1831）字彦闻，号术民，本江苏阳湖人，占籍顺天大兴。嘉庆二十三年举人，大挑知县。著有《万善花室文稿》。方履籛有治理才能，治闽俗，一改烈妇殉夫之陋习。他"于学无所不究，经史有异同者必集诸书反覆互证乃已"。"其学出自两汉，非寻常经生家言，凡天文、地理、氏族源流、六书、九章之法，耆阇梵策之书，皆旁通博涉，无所不窥也"②。嗜好金石文字，有多出《金石粹编》《寰宇访碑录》所未载者。方履籛年十三为文示于杨芳灿，杨惊为奇才，既长，与李兆洛、陆继辂、吴育、董基诚、董祐诚游，以文字相切磋，境界益进。精于金石之学，学有所得。张舜徽称其"履籛尝病为骈体者，气弱不能持论。故其自为之文，独震荡飘忽，气逸不可止。而格韵超秀，不堕唐以下，自是嘉道间骈文能手。托体甚高，而词采华健，固非世俗为俪偶之文者所可企"。集中文字，骈体佳作甚多，如《答董方立书》《黄氏息园记》《游菊江亭记》《董方立诔》《与李申耆书》等篇，都是传世之作。

第三节　乾嘉骈文的余响

道光、咸丰（1821—1860）及同治、光绪（1861—1910）年间，清代骈文虽开始逐渐从繁盛走向衰落，但乾嘉骈文的流风余韵还在，同时也随着时代的推移而有一些新的变化。这里以同治元年为界可分为前后两期，即道（光）、咸（丰）时期和同（治）、光（绪）时期。关于这个时候的社会风气，梁启超说清自"嘉、道以还，积威日弛，人心渐以获得解放，而当文恬武嬉之既极，稍有识者，咸知大乱之将至，追寻根原，归咎于学非所用"（梁启超《清代学术概论》），于是"经世之学"复起。当时思想界的启蒙人物是包世

---

① 王文濡《清代骈文评注读本》中《书春觉轩诗集后》评语。
② 张惟骧：《毗陵名人小传稿》卷六，1944年蒋维乔等镌刻本。

臣、龚自珍、魏源等人。龚、魏二人皆治《公羊》之学，以微言大义求证于当世，积极入世，与乾嘉治学之精神异趣，学风大变，文风也随之而变。但因为处于新旧交替的时期，各种矛盾和斗争也还相当激烈，反映在文学上则出现以曾国藩为首的重整桐城派旗鼓的保守的一派和以龚自珍、魏源为代表的革新的一派。虽则如是，即使是保守派的作家也不再固守桐城派的樊篱，如曾国藩文章的取径就比桐城派阔大，于义理、考据、辞章之外加之以经济。而且曾国藩作为清朝"中兴"的功臣，气魄和胸襟也绝非桐城作家所及。在他旗下聚集了一大批"幕府群彦"，如张裕钊、黎庶昌、薛福成、吴汝纶等，都能独辟蹊径，自成一家，此外，郭嵩焘、王闿运等也都以文名，以致有人称之为"湘乡派"，使古文的文脉又延长了几十年。而龚、魏之文则更带有个性特征，黄象离《重刻古微堂文集跋》云"龚氏文深入而不欲显出，先生文（魏源）深入而显出，其为独辟町畦，空所依傍，一也"，而章炳麟《校文士》则斥龚、魏之文为"伪体"，魏源"不学"，龚自珍"佻达""无心得"，无论毁誉，正可看出龚、魏文风的不同以往。

一、道光、咸丰时期骈文作家作品

道、咸之际的骈文开始走向衰落，骈文作家依然不少，虽然其中也不缺少佳作，但是与乾嘉时期相比，相去不可以道里计。能够有所成就的作家或是不规规于骈散之分，或是不以骈文名家，这是因为时代发生变化，而社会风尚和审美趣味也发生了变化，骈文发展的空间让位于新的文体和样式。不过，此时骈文创作并未消歇，作家人数依然众多（见附表3），只是杰出作家和佳作已远不如前。这时骈文选家依然活跃，如王先谦《国朝十家四六文钞》《骈文类纂》、张寿荣《后八家四六文选》、张鸣珂《国朝骈体正宗续编》、姚燮《皇朝骈文类苑》以及屠寄《国朝常州骈体骈体文录》都是重要的骈文选集，不少骈文作品就是通过这些选集而得以保留下来的。

龚自珍（1792—1841），原名巩祚，字尔玉，号定庵，浙江仁和人，道光九年进士，累官内阁中书、礼部主事，著有《龚自珍全集》。集中骈文名作有《太仓王中堂（掞）奏疏后》《武进庄公（存与）神道碑铭》《海门先啬陈君祠碑文》《写神恩铭》等。另外，还有《汪文简公墓表铭》《丁朝雄神道碑铭》《卢敏肃公神道碑铭》，皆叙事谨严，典重有法。龚自珍骈散均擅，格调高雅，骈文作品体裁有赋、铭、赞、序、启、颂。其作品选入《骈体文林初目》的有《阮尚书年谱第一序》《写神思铭》《黄山铭》等骈文作品。

周寿昌（1814—1884）字应甫，一字荇农，又字介福，晚号自庵，湖南长沙人。道光二十四年顺天乡试举人，二十五年成进士，入翰林院，官编修，累迁内阁学士兼礼部侍郎。毕生从学，学文于梅曾亮，受古文法，为文"清丽可喜"（刘声木《桐城文学渊源考》）。诗文集主要有《思益堂集》。

姚燮（1805—1864）字梅伯，号复庄，又号二石生、大梅山民等，浙江镇海人，道光十四年乡试举人，其骈文著作颇丰，所著《复庄骈俪文榷初编》八卷，收文112篇，《复庄骈俪文二编》八卷，收文125篇，其骈文创作"足以抗手六朝，绝尘一代"①。姚燮又辑有《皇朝骈文类苑》，共收125家512首骈文，大体反映了清代骈文创作的成就，为研究清代骈文的重要参考资料。姚燮又曾手批曾燠《国朝骈体正宗》，以骈文名家品评骈文，自有会心之处。

谭莹（1800—1871）字兆仁，号玉生，一字玉笙，别号玉山，广东南海人。道光二十四年举人，官化州训导，升琼州府学教授。著有《乐志堂集》。时人谓其律赋"胎息六朝，非时手可及"（《清史列传》本传）。时阮元开学海堂，以经史诗赋课士，见谭莹作《蒲涧修禊序》与《岭南荔枝词》，甚为赞赏。骈文为时所推，"沉博绝丽，奄有众长。粤东二百年来，论骈体必推莹，无异辞者"②。张舜徽亦云"言之有物有序，与夫徒事堆砌以缛采取长者大殊"（《清人文集别录·乐志堂文集》）。其骈文名作有《农具诗序》等。

除了上面所讲的骈文作家之外，当时太平天国公私文翰有许多也用骈体写成，其文章反映现实黑暗的真实程度和洋溢着的精神气象远非上述作家所及。这方面的材料可以参看郑振铎《晚清文选》、罗尔纲《太平天国文选》（上海人民出版社1956年版）等著作，其中保存了文章中本身就有的相当一部分的骈体文字。

二、同治、光绪时骈文作家作品

同、光时期的骈文作家主要有周寿昌、俞樾、钱振伦、王诒寿、李慈铭、

---

① 王韬《瀛壖杂志》卷四。
② 《清史列传》本传，中华书局1987年版。

王闿运、张之洞、屠寄、叶德辉、许贞干、朱铭盘、赵铭、张寿荣、张鸣珂等作家（具体作家作品情况见附表4）。这个时候处于封建社会末期，不仅古文受到猛烈的批判，骈文创作也由于属于贵族文学缺少新鲜活泼的内容已经奄奄一息，题材和内容走向偏狭，加上小说、戏曲等市民文学逐渐成为文学主流，风气已经大变，但骈文创作依然有一定成就，特别是清末民初一些学者（如章太炎、刘师培等）和维新派人物（如康有为、梁启超等）参与创作，为骈文创作注入新的活力。

李慈铭（1830—1894）原名模，字式侯，改名慈铭，字爱伯，号莼客，别署霞川花隐生、花隐生，晚年自号越缦老人、莼老等，浙江（今绍兴）会稽人。道光三十年补县学生员，凡十一次应南北乡试，同治九年始中举，五应礼部试，于光绪六年始中进士，补户部江南司资郎，十六年补江西道监察御史。李慈铭自言于经史子集、稗官野史、佛典小说无不涉猎，所作有骈文、杂记、笔记、诗词曲等。著有《越缦堂文集》《越缦堂诗集》《湖塘林馆骈体文钞》等。骈文名作有《四十自序》《梦故庐记》等。其弟子最著者为同邑陶方琦，著有《汉孳室文钞》（见蔡冠洛《清代七百名人传》李慈铭本传）。

王闿运（1833—1916）字壬秋，一字壬父，号湘绮，湖南湘潭人。咸丰七年举人。因家贫，就食四方，依人作幕。光绪三十四年授翰林院检讨。王闿运以经术、辞章名海内，"生平造诣，经、史、诸子、文翰皆有独到，而诗尤高"（汪辟疆《近代诗人小传稿》）。其文章"溯庄、列，探贾、董，其骈俪则揖颜、庾，诗歌则抗阮、左，记事之体，一取裁于龙门"（《清史稿》本传）。王闿运骈文名作有《秋醒词序》《桂颂》等。著有《湘绮楼文集》《湘绮楼日记》等。

刘履芬（1827—1879）字彦清，一字泖生，诸生，浙江江山人。少随父学，"俱娴韵语"（刘毓家《嘉定县知县世父彦清府君行述》）。刘彦清长于骈文，王颂蔚评云："色瓅尔而莹，声璆然以清，刊落雕饰，乃见纯质，其陶而洁也。幽花媚烟，骨苍泽鲜，其杰且妍也。雄骏轶肆，寸衔检制，方枘圆凿，惟意所剧，则又律法之娴，动合自然也。"刘履芬骈文名作有《陶古红梅词序》《航海与都门友人书》等（《古红梅阁骈文·后序》）。著有《古红梅阁集》）。

顾寿桢（1836—1864）初名家栋，字寿昌，后改名寿桢，号祖香，浙江绍兴人，咸丰元年举人，曾主扶风书院。同治初年刘蓉巡抚陕西，辟入幕府，旋卒。著有《孟晋斋文集》。谭献《复堂日记》卷三云："阅顾祖香《孟晋斋文集》，有《七药》及《幽忧论》十首，皆坚韧卓绝，散文朴至，骈俪黝栗，在稚威、北江间，何减方彦闻耶？"其骈文在清末亦为孤秀特出。骈文名篇有《与朱芗孙书》《与章飞卿书》等。

谭献（1832—1901）原名廷献，字涤生，后更字仲修，号复堂，自号半厂居士，浙江仁和人。同治六年中举，选秀水教谕，其后历任多处县令，很不得志，贫穷终老。著有《复堂类集》。谭献经术辞章兼擅，多独得之言。自言于经学嗜庄存与、庄述祖，于文章嗜汪中、龚自珍，于骈文嗜孔广森。其词学衍常州词派而广大之，选清人词为《箧中词》，"亦近代词坛之一大宗"（龙榆生《近三百年名家词选》）。骈文规模六朝，为文炼字摘句，深有得于晋、宋、齐、梁文辞之奥，而能免时人四六格调之累，与并世之李慈铭、樊增祥相去固有间，因二家之文四六格调太多。谭献为朱启勋《骈体文林初目》，所作《骈体文林叙》亦可诵。

张之洞（1837—1909）字孝达，号香涛，直隶南皮人，同治二年进士，官至体仁阁大学士，军机大臣兼管学部。骈文集有《广雅堂骈体文》，为其骈文作注者有郭中广、陈崇祖。张之洞骈文名作有《故定州直隶州马佳君寺碑文》《张子青八十寿序》《李少荃傅相七十寿序》等篇，层次谨严，气息渊雅。另有《祭汉虞仲翔唐韩文公宋苏文忠公文》为集中可传之作。

表2　顺治、康熙、雍正时期骈文作家作品一览表

作家姓名	籍贯	生卒年	诗文著作	备注
钱谦益	江苏常熟	1582—1664	《初学集》《有学集》	偶尔做骈文，集中哀祭文、嫜词等为骈文
顾炎武	江苏昆山	1613—1682	《亭林诗文集》	集中有骈体文字
黄宗羲	浙江余姚	1610—1695	《南雷文定诗文集》	又有《黄宗羲全集》第10、11册，浙江古籍出版社1993年版
王夫之	湖南衡阳	1619—1692	《王船山诗文集》	又有《思问录》《楚辞通释》

续表

作家姓名	籍贯	生卒年	诗文著作	备注
陈维崧	江苏宜兴	1625—1682	《陈检讨四六》	清初骈文一大家，其骈文沉博绝丽，开一代风气
王嗣槐	浙江仁和	康熙年间人	《桂山堂文选》	为"桂山堂六君子"之一
吴农祥	浙江钱塘	1632—1708	《萧台集》《梧园集》	据云有《骈体文》四十卷，又有《梧园诗文集》稿本三十四册，浙图藏，又有抄本《流铅集》十六卷，北大图书馆藏本。
毛奇龄	浙江萧山	1623—1716	《西河全集》	曾燠《国朝骈体正宗》，张之洞《书目答问》"骈体文家"皆列入
毛际可	浙江遂安	1633—1708	《安序堂文钞》	毛际可序陈维崧文集称"骈体中原有真古文辞行乎其间"，其次子毛士储著《骈体东园竹屿诗文稿》
毛先舒	浙江仁和	1620—1688	《思古堂文集》《东苑文钞》	毛先舒序陈维崧俪体文谓"尤耽俪体，独冠当时"
吴兆骞	江苏吴江	1631—1684	《秋笳集》	善骈文，惊才绝艳，与陈维崧、彭师度有"江左三凤凰"之目
董俞	江苏华亭	1631—1688	《玉凫词》《浮湘》《度岭》《樗亭》	工赋，人比之吴绮
陆圻	江苏吴县	1614—1667年后	《威凤堂文集》《从同集》	与陈维崧、彭师度号称"江左三凤凰"
高士奇	浙江钱塘	1643—1702	《清吟堂全集》	《全集》七十六卷，撰进奉文字。评李商隐骈文"义山骈体，杰出三唐"
王应奎	江苏常熟	1684—1757	《柳南文钞》	其随笔中关于骈文技法、风格有精当见解
吴绮	江苏江都	1619—1694	林蕙堂集	吴绮工倚声，骈文与陈维崧齐名
陆繁弨	浙江钱塘	1651—1700	《善卷堂四六》《拒石子》《小赋》《杂著》	骈文名篇有《晋游草序》，精于书序
尤侗	江南长洲	1618—1704	《鹤栖堂集》	擅词及骈文，以骈文辞赋为时文

续表

作家姓名	籍贯	生卒年	诗文著作	备注
章藻功	浙江钱塘	生卒年不详（康熙四十二年进士）	《思绮堂集》	骈文与陈维崧、吴绮齐名，所作以新巧胜
姜宸英	浙江慈溪	1628—1699	《姜先生全集》	黄人《中国文学史》列为古文家，其《东汉文论》称"东汉文体日趋骈俪，遂滥觞晋魏六朝不能遏也"
朱彝尊	浙江秀水	1629—1709	《经义考》《日下旧闻》	朱氏擅长散文、骈文
魏禧	江西宁都	1624—1680	《左传经世》《魏叔子文集》	为文有个性，间作骈义，有识见
蒲松龄	山东淄川	1640—1715	《聊斋文集》《诗集》	工骈文，擅词藻
魏际瑞	江西宁都	1620—1677	《魏伯子文集》《五杂俎》	见前面论述
汪琬	江南长洲	1624—1691	《陈处士墓表》《尧峰山庄记》	清初古文三大家，称许陈维崧骈文
韩菼	江苏长洲	1637—1704	《有怀堂诗稿》《文稿》	以时文名家
施闰章	安徽宣城	1618—1683	《施愚山先生学余文集》《诗集》《别集》	清初著名诗人，其断案判词华美工丽
朱鹤龄	江苏吴江	1606—1683	《愚庵小集》	《新编李义山文集序》为骈体
魏象枢	山西蔚州	1617—1687	《寒松堂全集》	集中有"骈文"标目
张英	安徽桐城	1637—1708	《笃素堂文集》《存诚堂诗集》	有《陈检讨四六序》
高不骞	江苏华亭	1615—1701	《萝郡草》	康熙时任供奉内廷
王晫	浙江仁和	1636—？	《霞举堂集》《今世说》	《今世说》中有关于骈文资料

续表

作家姓名	籍贯	生卒年	诗文著作	备注
钮琇	江苏吴江	？—1704	《临野堂集》	潘耒盛推其骈体之工
李渔	浙江兰溪	1610—1680	《李渔全集》	辑有《四六初征》，著有《笠翁对韵》等
李因笃	陕西富平	1631—1692	《受祺堂文》	与李颙、李柏合称为"关中三李"
谷应泰	直隶丰润	1620—1690	《明史纪事本末序》	《明史纪事本末序》为骈文史论
李绳远	浙江海宁	1632—1708	寻壑外言	与李良年、李符合称"三李"，工骈文，诗风古朴
陈梦雷	福建侯官	1640—1712	《松鹤山房诗集》《文集》	主编《古今图书集成》，有关骈体对偶艺术资料值得重视
汪芳藻	安徽休宁	康、雍间人	春晖楼四六	雍正11年拔贡，部驳不与试
纳兰性德	满洲正黄旗	1655—1685	《通志堂诗集》《渌水亭杂记》	诗文兼擅，骈文华赡
徐乾学	江南昆山	1631—1694	《憺园集》《憺园文录》	奉敕纂《御选古文渊鉴》六十四卷
陈至言	浙江萧山	1656—？	《菀青集》	毛奇龄称赏其文
陈莱孝	浙江海宁	康、雍间诸生	《骈俪文》	诗文清绮，其妻杜蘅，著有《静好居集》《零陵子吟草》
方学成	安徽旌德	康熙年间廪生	《砚堂四六一卷》	另有《梅川文衍》十二卷
张大受	江苏长洲	1660—1723	《匠门书屋文集》	师承朱彝尊，善诗古文，尤工骈体
殷绎	江苏高邮	1660—1742	《竹栗山庄诗钞》《樊桐诗钞》	骈文未见

续表

作家姓名	籍贯	生卒年	诗文著作	备注
黄之隽	江苏华亭	1668—1748	《香屑集》	此集卷一为集唐人句自序，独出心裁
顾成天	江苏委县	1671—1752	东蒲草堂集、花语山房诗文小钞	《东蒲草堂集》卷十二为骈文
韩海	广东番禺	1677—1736	《东皋草堂文集》	诗古文用力深，尤工四六、骈文
瞿源珠	江苏宜兴	生卒年不详	笠洲诗草、俪体骈文一卷	中国社会科学院藏本

表3 道光、咸丰时期骈文作家作品一览表

作家姓名	籍贯	生卒年	诗文著作	备注
方东树	安徽桐城	1772—1851	《仪卫轩文集》	据刘声木《考槃文集》，有骈文18篇
林伯桐	广东番禺	1778—1847	《修本堂骈体文钞》	阮元聘为学海堂山长
张维屏	广东番禺	1780—1859	《张南山全集》	与黄培芳、谭敬昭合称"粤东三子"，工诗文
张澍	甘肃武威	1782—1847	《养素堂文集》	《记梵净山记》《龙关楼铭》等为骈文名作
钱仪吉	浙江嘉兴	1783—1850	《衎石斋纪事》	《碑传集》中辑录《罗聘墓志铭》，为骈体特例
钱泰吉	浙江嘉兴	1791—1863	《甘泉乡人稿》	《曝书杂记》有《文选》"注例说"
谢堃	江苏甘泉	1784—1844	《春草堂骈体文》	另有传奇四种，《香草堂诗话》八卷
路德	陕西盩厔	1784—1851	《柽华馆骈体文》	另有《柽华馆诗文集》，为时文名家
林则徐	福建侯官	1785—1850	《云左山房文钞》	陈衍《石遗室诗话》称其"少工骈俪，饶有才华"

续表

作家姓名	籍贯	生卒年	诗文著作	备注
梅曾亮	江苏上元	1786—1856	《柏枧山房文集》	早年工骈文,后师事姚鼐,致力于古文
许梿	浙江海宁	1787—1862	《古均阁遗著》	编《六朝文絜》,影响颇巨
刘文淇	江苏仪征	1789—1854	《清溪旧屋文集》	与薛传均、包世荣等五人结社,为本原之学
袁翼	江苏太仓	1789—1863	《邃怀堂全集》	《晚清簃诗话》称其"亦工为骈体文",门人高安朱舲为之笺注
吴颉鸿	江苏上元	1790—1838	《荃石居骈文》	为"毗陵后七子"之一,《吴虞日记》有载
黄金台	浙江平湖	1790—1861	《木鸡书屋文钞》	工骈文,又有《红楼梦杂咏》一卷
徐士芬	浙江嘉兴	1791—1848	《漱芳阁集》	与杜受田为"澄怀十友"
龚自珍	浙江仁和	1792—1841	《龚自珍全集》	集中有骈体文字
金应麟	浙江钱塘	1793—1852	《豸华堂文钞》	博极群书,骈文瑰玮
魏源	湖南邵阳	1794—1857	《魏源集》	龚魏并称,他与汪全泰、黄爵滋等举办诗会
梅植之	江苏江都	1794—1843	嵇安诗集、文集	诗学杜甫、谢灵运,骈文亦佳
熊少牧	湖南长沙	1794—1878	《读书延年堂骈体文存》	道、咸间以诗名海内外,亦工骈文
蒋湘南	河南固始	1795—1854	《七经楼文钞》	少工骈文,倡骈散合一,重经世之学
梁廷枏	广东顺德	1796—1861	《藤花亭骈文》	梁氏另有《曲话》

续表

作家姓名	籍贯	生卒年	诗文著作	备注
张际亮	福建建宁	1798—1843	《张亨甫全集》	与姚莹友善，工诗
傅桐	安徽泗州	生卒年不详	《梧生骈体文》	王先谦选入《十家四六文》，与江山刘履芬论骈体源流，有识理
马沅	江苏上元人	生卒年不详	《驻帆阁骈体文二卷》	与张集馨、倭仁每旬集会，作诗文
陆长春	浙江湖州	生卒年不详	《梦花亭馆骈文》	工书法及骈文
汤成彦	江苏阳湖人	生卒年不详	《汤秋史遗著》	内有《听云山馆骈体文》
高继珩	直隶迁安	1797—1865	《养渊堂古文》《养渊堂骈体文》	骈文之工，上追徐庾
王柏心	湖北监利	1799—1873	《柏柱堂全集》	其《沈棠溪古文序》有识见
夏炜如	江苏江阴	1799—1877	《鞠录斋稿》	阳湖派文家，文多应酬之作
谭莹	广东南海	1800—1871	《乐志堂文集》	其骈文沉博绝丽，奄有众长
郑献甫	广西柳州	1801—1872	《补学轩文集》	工骈文，有论骈体篇目
朱琦	广西临桂	1803—1861	《怡志堂文初编》	为清代古文后劲，"岭西五家"之一
林昌彝	福建侯官	1803—1876	《林昌彝诗文集》	辑有《近代骈体文选》
舒焘	湖南溆浦	？—1855年以前	《绿绮轩诗文集》	有《骈文钞》一卷
洪齮孙	江苏阳湖	1804—1859	《淳则斋骈文》	洪亮吉幼子，谭评其文"家学不坠，韵味少减"

续表

作家姓名	籍贯	生卒年	诗文著作	备注
罗汝怀	湖南湘潭	1804—1880	《绿漪草堂文集》	张舜徽称其尺牍与王闿运同工
汪承恩	安徽黟县	？—1882	《萝藦别墅文钞》	从齐彦槐学诗
张金镛	浙江平湖	1805—1860	《杂文》	刘声木云："其文博丽斧藻，晚益消宕，而微会于骈散奇偶之通"
杨传第	江苏阳湖	？—1861	《汀鹭文钞》	阳湖派文家
姚燮	浙江镇海	1805—1864	《复庄骈体文榷初编》	诗词曲、骈文均负时誉
黄燮清	浙江海盐	1805—1864	《拙宜园集》	工诗，长于骈文
谢质卿	江西南康	生卒年不详	《转蕙轩骈文》	道光二十六年（1846）举人，谢启昆孙
董兆熊	江苏吴江	1806—1858	《味无味斋骈文》	杨象济称其"日好为骈语，积百余篇。"
周闲	浙江秀水文钞	1808—1875	《范湖草堂遗集》	博学，工诗文、词曲，善绘事
徐鼒	江苏六合	1810—1862	《未灰斋文集》	《水云楼词序》为骈文
周沐润	河南祥符	1810—1862年以后	《柯亭子骈体文集》	骈文根柢徐庾，辅以气，浩瀚冠一时
曾国藩	湖南湘乡	1811—1872	《曾文正公全集》	集中偶有骈文，另笔记、日记中有关于骈文论述

续表

作家姓名	籍贯	生卒年	诗文著作	备注
许宗衡	江苏上元	1811—1869	《玉井山馆文略》	谭献称"伤心人，别有怀抱"
薛寿	江苏江都	1812—1872	《学诂斋文集》	另有《续文选古字通》《读画舫录书后》等
徐子苓	安徽合肥	1812—1876	《敦艮吉斋文钞》	另有《吴中判牍》《带耕堂遗诤》
周寿昌	湖南长沙	1814—1884	《思益堂集》	王先谦录其骈文为《思益堂骈文》
钱振伦	浙江湖州	1816—1819	《示朴斋骈体文六卷》	另有未刊稿本《示朴斋骈体文剩》一卷
黄绍昌	广东香山	1816—1895	秋琴馆诗文集	工诗及骈文
杨岘	浙江归安	1819—1896	《迟鸿轩集》	"俪体脾睨似阮元"，精书法
徐有珂	浙江湖州	1820—1878	《小不其山房骈文》	又有《小不其山房集》十二卷
谢章铤	福建长乐	1820—1893	《赌棋山庄集》	工诗文，并在词学、方言方面有建树
孙鼎臣	湖南善化	1819—1859	《苍莨集》	精选学，又有《诗赋初集》《孙芝房文稿》
李元度	湖南平江	1821—1887	《天岳山馆四六文》	又选有《赋学正鹄》《小题正鹄全集》等，今有《李元度集》
俞樾	浙江德清	1821—1907	《春在堂全书》	自称"溺于词章"，著述颇丰
赵树吉	四川宜宾	道光三十年进士	《鄢山房骈文二卷》	又有《文略》二卷等
方朔	安徽怀宁	生卒年不详	又有《枕经堂金石书画题跋》	又有《枕经堂金石书画题跋》

续表

作家姓名	籍贯	生卒年	诗文著作	备注
龙汝霖	湖南攸县	1824—?	《坚白斋集》	与王闿运等倡"兰林词社",称"湘中五子"
周星誉	浙江山阴	1826—1884	《传忠堂古文》	又有《鸥堂剩稿》《鸥堂日记》
王维翰	浙江黄岩	1828—1890	《彝经堂集》	中有骈文一卷
徐锦	浙江嘉兴	1834—1862	《琴鹤山房遗稿》	又有《灵素堂诗文集》七卷,未刊本
陈文田	江苏泰州	生卒年不详	《晚晴轩骈文存》	《贩书偶记》著录《晚晴轩俪体文存》二卷
舒藻	云南昆明人	生卒年不详	《寄庐赋钞》	有《大观楼碑记》
许丽京	安徽桐城	生卒年不详	又有《兰园诗集》《续集》	又有《枕经堂金石书画题跋》

表4 同治、光绪时期骈文作家作品一览表

作家姓名	籍贯	生卒年	诗文著作	备注
张寿荣	浙江镇海	1827—?	校刊《皇朝骈文类苑》,辑《后八家四六文钞》	校刊《皇朝骈文类苑》,辑《后八家四六文钞》
刘履芬	浙江江山	1827—1879	长于骈文,与傅桐论骈文家法	长于骈文,与傅桐论骈文家法
赵铭	浙江秀水	1828—1889	《琴鹤山房遗稿》	许景澄从之学词章,习经世学
汪瑔	广东番禺	1828—1891	《随山馆集》	《与叶兰台书》等可考见一时风会
王韬	江苏长洲	1828—1897	《弢园文录外编》《弢园尺牍》	著述富,能诗,工骈文

续表

作家姓名	籍贯	生卒年	诗文著作	备注
程鸿诏	直隶大兴	生卒年不详	《有恒心斋诗文集》	为文阂丽，师冯志沂受古文法
张鸣珂	浙江嘉兴	1829—1908	《寒松阁五种》	与谢章铤友善，有《国朝骈体正宗续编》
朱凤毛	浙江义乌	1829—1900	《虚白山房骈体文》	朱一新父，又有《续集》
李慈铭	浙江会稽	1830—1894	《湖塘林馆骈体文钞》	诗文与王闿运齐名，又有《越缦堂读书志》
庄棫	江苏丹徒	1830—1878	《蒿庵遗集》《远遗堂文集》	又有《东庄读书志》
王诒寿	浙江山阴	1830—1881	《缦雅堂文》	好古学，精骈文
杨浚	福建晋江	1830—1890	《冠悔堂骈体文钞》	陈衍云"骈文多用习见故实，且极少虚字。"
杨葆光	江苏娄县	1830—1912	《苏庵集》	兼工书画，任则吟社社长
王星誠	浙江山阴	1832—1859	《西皂山居残草》	李慈铭为其辑遗稿
谭献	浙江仁和	1832—1901	《复堂类集》	晚清词学巨擘，骈文师法六朝
冯可镛	浙江慈溪	1831—1890	《浮碧山馆骈体文》	笺注《国朝骈体正宗》
王闿运	湖南湘潭	1833—1916	《湘绮楼诗文集》	晚清骈文大家，工诗词
许灿	浙江嘉兴	1833—1897	《晦堂古文四六》	又有《晦堂诗钞》，辑《梅里诗辑》
庄士敏	江苏武进	1834—1879	《玉馀外编文钞》	又有《能思思斋遗文》

续表

作家姓名	籍贯	生卒年	诗文著作	备注
杨恩寿	湖南长沙	1835—1891	《坦园日记》	又有《词余丛话》
沈景修	浙江秀水	1835—1899	《蒙庐诗存外集》《沈景修函牍》	与谭献等为"湖舫文会",晚年工倚声
李恩绶	江苏丹徒	1835—1911	《讱庵骈体文存》	又有《讱庵类稿》
顾寿桢	浙江绍兴	1836—1864	《孟晋斋文集》	又有《周列士传》一卷
徐寿基	江苏武进	1836—1920	《酌雅堂骈体文》	又有《志学斋诗文集》
张荫桓	广东南海	1837—1900	《铁画楼诗文集》	内有骈文二卷,又有《日记》传世
张之洞	直隶南皮	1837—1909	《广雅堂骈体文》	今有《张之洞全集》两种
王咏霓	浙江黄岩	1838—1915	《涵雅堂集》《思误居丛稿》	工诗文,善书兼篆刻
赵国华	河北丰润	1838—1894	《青草堂集》	有自订年谱
孙德祖	浙江会稽	1840—1905	《寄龛文存》	又有《寄龛诗质》《寄龛志》
张预	浙江钱塘	1840—1911	《崇兰堂骈体文初存》	其父张道工诗,善骈文
顾森书	江苏无锡	1841—1904	《篁韵庵骈文草稿》	辑有《勤斯堂诗汇编》
王先谦	湖南长沙	1842—1918	《虚受堂文集》	辑有《骈文类纂》《国朝十家四六文钞》
缪荃孙	江苏江阴	1844—1919	《艺风堂文集》	偶作骈文,从常熟张敬堂学骈文

续表

作家姓名	籍贯	生卒年	诗文著作	备注
许景澄	浙江嘉兴	1845—1900	《许文肃公外集》《遗稿》	从赵铭学词章，工骈文
诸可宝	浙江钱塘	1845—1903	《璞斋集》	辑《畴人传三编》
谭宗浚	广东南海	1946—1888	《希古堂诗文集》	内有骈文，谭莹子，影响及于越南
袁昶	浙江桐庐	1846—1900	《安般簃集》	工书，善骈文
樊增祥	湖北恩施	1846—1931	《樊山集》	工诗词及骈文，骈文有百万言
周家禄	江苏海门	1846—1910	《寿恺堂诗文集》	与朱铭盘从军朝鲜
朱一新	浙江义乌	1846—1931	《佩弦斋诗文存》	另有《无邪堂答问》，于骈文深造有得
洪炳文	浙江瑞安	1848—1918	《花信楼文稿》《骈文》	内骈文三卷，又有《后南柯》等传奇
尹恭保	江苏丹徒	1849—？	《抱山房骈文》续稿	另有《江东词稿》
王树枏	河北新城	1851—1936	《陶庐文集》	有《陶庐骈文》一卷
赵藩	云南剑川	1851—1927	《向湖村舍骈文集》	又有《石禅骈文钞》八卷，《自订年谱》
程颂藩	湖南宁乡	1852—1888	《程伯翰先生遗集》	有弟陈颂万后序
朱铭盘	江苏泰州	1852—1893	《桂之华轩遗集》	骈文磅礴郁纡，雄深雅健
周锡恩	浙江平湖	1853—1900	《传鲁堂骈文三卷》	牌记题"乙卯冬月圻水汤氏浙江沈氏刻于长沙

续表

作家姓名	籍贯	生卒年	诗文著作	备注
陈三立	江西义宁	1853—1937	《散原精舍文集》	"同光体"诗人
黄绍箕	浙江瑞安	1854—1908	《鲜庵遗文》	又有《蓼绥阁诗》《璐河词》
邓濂	江苏无锡	1855—1899	《巽庵集》	与杨道霖、秦坚等称"梁溪七子"
郑文焯	奉天铁岭	1856—1918	《大鹤山房全集》	与王鹏运、文廷式、况周颐称"晚清四词人"
朱启勋	江苏宜兴	1857—1902	《朱又笏先生遗文》	又有稿本《骈体文林初目》，浙江大学图书馆藏本
张其淦	广东东莞	1857—1947	《松柏山房骈体文钞》	《岭南名臣赞序》张之洞拔为学海堂第一
易顺鼎	湖南龙阳	1858—1920	《哭庵丛书》	工诗词、骈文，与樊增祥齐名
康有为	广东南海	1858—1927	《康南海文集》	政论等骈散杂出，又有骈文论述
宋育仁	四川富顺	1858—1931	问琴阁文录	与吴之英创《蜀学报》，吴亦善骈文
范钟	江苏南通	1859—1913	《蜂腰馆诗集》	与范当世、范铠并称"通州三范"
李详	江苏兴化	1859—1931	《李审言文集》	与王式通称"北王南李"，李以雕藻、王以秀润称
陈荣昌	云南昆明	1860—1935	《桐村骈文》	又有《虚斋文集》等多种
蔡篯	浙江黄岩	生卒年不详	《写经堂诗文钞》	与王荼、王维翰同学
叶德辉	湖南湘潭	1864—1927	《观古堂骈俪文》	著述闳富，有《观古堂书目》

续表

作家姓名	籍贯	生卒年	诗文著作	备注
谭嗣同	湖南浏阳	1865—1898	《谭嗣同全集》	早年习古文，后习骈文，其全集今有两个版本
杨钟羲	辽宁辽阳	1865—1940	《骈体文略》	又有《雪桥诗话》等
孙雄	江苏常熟	1866—1935	《郑学斋文存》	又《师郑堂骈文》《郑堂骈文》
杨寿枏	江苏无锡	1868—1949	《思冲斋骈文钞》	另有《云在山房骈文诗词选》
孙德谦	江苏元和	1869—1935	《四益宧骈文稿》	著有理论著作《六朝丽指》
袁蟫	安徽太湖	约1870—？	《瞿园诗草》	又有《瞿园杂剧》等
梁启超	广东新会	1873—1929	《饮冰室合集》	其文摆脱骈散拘束
夏仁虎	江苏南京	1874—1963	《哀金陵赋》	又有《枝巢四述 说骈》
陈含光	江苏仪征	1879—1957	《含光丽体文》	张仁青《六十年来之骈文》录其文多篇
郭则澐	福建闽侯	1881—1947	《龙顾山房骈体文钞》	能词，为沤社成员
刘师培	江苏仪征	1884—1919	《左庵集》	善骈文，有《刘申书先生遗书》
饶汉祥	湖北广济	1884—1927	《（玉白）轩文集》	另有《黄陂文存》，为樊增祥弟子，参阅张仁青《六十年来之骈文》
古直	广东梅县	1885—1959	《客人骈体文》	与李详合撰《汪容甫文笺》
黄侃	湖北蕲春	1886—1935	《黄侃论学杂著》	张仁青《六十年来之骈文》选录其《朱母涂太夫人诔》

续表

作家姓名	籍贯	生卒年	诗文著作	备注
郭传璞	浙江鄞县	生卒年不详	《金峨山馆文》	少从姚燮游，工骈文，能诗，好藏书。
许玉瑑	江苏吴县	生卒年不详	《诗契斋骈文》	又有《草心吟馆骈体文初钞》《骈体文录》。文稿及日记藏女婿胡玉缙家
谢鹤年	广东高要	1900—1960	《养云楼骈文钞》	又有《养云楼古文钞》等
黄孝纾	福建闽县	1900—1964	《匑厂文稿六卷》	骈文喜好汪中、洪亮吉，上溯六朝骈文喜好汪中、洪亮吉，上溯六朝
成惕轩	湖北阳新	1911—	《楚望楼骈体文》	为张仁青导师，今有《楚望楼诗文集》

正编 02

清代骈文复兴的文化镜像

第一章

乾嘉骈文作家地域分布及作家群

文学地理学以及从地域角度来研究文学给文学研究拓展了新的空间,有关著作如陈正祥《诗的地理》、胡阿祥《魏晋本土文学地理研究》、曾大兴《文学地理学》等令人耳目一新。有关清代骈文则有曹虹等《清代常州骈文研究》、路海洋《社会·地域·家族：清代常州古文与骈文研究》等深化我们对常州骈文创作的认识。

我们这里拟对骈文创作群体进行分析。主要分两个方面来谈：一是乾嘉骈文作家的地域分布情况及其成因；二是南方骈文作家群体研究。

第一节 乾嘉骈文作家的地域分布

一、乾嘉骈文作家的地域分布状况

乾嘉时期骈文作家的地域分布有两个显著特点。一是南北差异大,分布极不均匀。统计结果表明,乾嘉时期骈文作家地域分布的总体情况是：南方作家多,骈文创作成果丰硕；北方作家少,成就远不及南方。其中南方又主要集中在江苏、浙江、江西、安徽等省份,尤其是江苏的苏州、常州、扬州和浙江的杭州等城市,常州更是其中之最,骈文创作之盛为历代罕见。

从乾嘉时期的骈文作品集（包括选集和总集）所收录的骈文作品来看,这一分布特点是明显的。曾燠《国朝骈体正宗》共选43家172篇作品,其中江苏22人,浙江13人,安徽2人,北方籍作家只有王太岳、朱珪两人；王先谦《骈文类纂》选录清代骈文作者64人文章507篇,选文最多者为洪亮吉,131篇。王文濡《清代骈文评注读本》选录吴兆骞到王闿运选60家作品120

篇。吴鼒《八家四六文钞》收袁枚、刘星炜、邵齐焘、洪亮吉、孔广森、吴锡麒、曾燠、孙星衍8家作品，其中孔广森是山东人，曾燠为江西人，其余6人均为江、浙人。清代"骈文三大家"胡天游、汪中、洪亮吉也都出于江浙。

　　本人对乾嘉骈文作家作品所做详细统计（见附表1及女性作家表），更证明这一结论不容置疑。乾嘉骈文作家共有201人（女性作家29人）。其中直隶大兴的有王太岳、朱筠、朱珪等4人，河北有纪昀等8人，山东有孔广森、刘墉等3人。南方江苏、浙江、安徽、江西省为骈文高产区域，安徽省主要有吴敬梓、金兆燕、曹振镛、凌廷堪、吴鼒、朱文翰、刘开等19人。江西作家主要有彭元瑞、蒋士铨、曾燠、乐钧、朱为弼等12人。浙江主要有胡天游、杭世骏、齐召南、袁枚、吴锡麒、王昙、查初揆等50人（其中女性作家10人）。江苏省最多，共有95人（女性作家12人）。江苏的常州、苏州、扬州为骈文作家集中的区域。苏州主要有邵齐焘、石蕴玉、孙原湘、顾广圻、郭麐、吴慈鹤、彭兆荪、毕沅、王昶、曹仁虎、钱大昕等18人（其中女性作家3人），扬州主要有汪中、阮元、阮福、王念孙、焦循、汪全泰、汪全德等作家11人，常州主要有刘星炜、洪亮吉、孙星衍、赵怀玉、庄述祖、刘逢禄、宋翔凤、杨芳灿、王芑孙、杨揆、张惠言、刘嗣绾、李兆洛、董祐诚、董基诚等36人（其中女性作家2人）。

　　201人中，江苏作家95人，浙江作家50人，安徽19人，三省作家约占骈文作家总数的80%，江苏一省竟几乎占了一半，达47.5%。常州一地有作家36人，约占18%。正因常州骈文作家众多，成就杰出，故晚清屠寄编纂《国朝常州骈体文录》，录骈文作家43人，骈文569首，蔚为大观。

　　乾嘉以后，骈文创作与研究向四围拓展，福建、湖南、广西等省均有骈文作家和评论家。由北向南呈条带状分布，直隶、山东、河北、安徽、江苏、浙江、福建、广东均有骈文作家。这一方面是因为受文坛风气影响，很多作家对骈文写作产生兴趣；另一方面是由于战争给江南生产力以巨大的破坏，造成城市和文化的衰颓，江南文化遭受重创，对清代骈文创作也产生很大的影响。不过，江南骈文文脉一直延续，李详、章太炎、黄侃、夏仁虎、钱锺书、钱仲联等都有不俗的作品传世①。

---

① 比如钱锺书的名作《管锥编》就是用骈体文字写成，文风典雅。钱仲联先生文集中骈体佳作不少。

二是同一地区同一时段集中出现一批文学家，使这个区域成为人文荟萃之地，并且带来创作上的兴盛与繁荣。由于乾嘉骈文作家集中于南方，同一地区的骈文作家在文学创作上往往相互切磋，同气相求，结果形成了地域性作家群体，如扬州作家群、常州作家群、浙江作家群等，鉴于下文对作家群体有详论，这里不再赘述。

二、乾嘉骈文作家地域性特征的成因

乾嘉骈文作家分布情况已如上述，主要集中于江淮地区，尤其是常州、苏州、扬州、杭州等繁华都市，这中间说明经济的繁荣对于骈文创作的影响不可小觑。下面《乾嘉骈文创作与江南商业文化》将有详论，这里先不做论述。除此之外，造成这种差异的原因主要还体现在以下几个方面。

第一，江南独特的重文风气刺激和促进了骈文创作的繁荣，江南士人普遍重视骈文。章太炎《清儒》中云："初，太湖之滨，苏、常、松江等诸邑，其民佚丽。自晚明以来，喜为文辞比兴，饮食会同，以博依相问难。故好浏览而无纪纲，其流风遍江之南北。惠栋兴，犹尚该洽百氏，乐文采者相与依违之。"①这种重文的风气对于骈文创作是起了很大作用的。事实上，江南骈文创作的兴盛与江南社会文化渊源甚深。汪中的骈文作品在江南传颂一时，汪中作《哀盐船文》，杭世骏序之，以为"惊心动魄，一字千金"②；为毕沅撰《黄鹤楼铭》，时人把它当作"三绝"之一③。王念孙《〈述学〉叙》说汪中之文"当世所最称颂者：《哀盐船文》《广陵对》《黄鹤楼铭》"。而汪中在扬州的邸第则成为当时骈文家经常集会的场所，同时也是衡文的重要阵地。据吴鼒《问字堂外集题词》记载：后六年，从先生客扬州。一日集汪容甫家，容甫称今之人能为汉、魏、六朝、唐人之诗者，武进黄仲则也；能为东汉、魏、晋、宋、齐、梁、陈之文者，曲阜孔巽轩、阳湖孙渊如也④。孙星衍《仪郑堂遗稿序》亦云："往余在江淮间，友人汪容甫出巽轩检讨骈体文相示，

---

① 章太炎《清儒》，《检论》卷四。傅杰编：《章太炎学术史论集》，中国社会科学出版社1997年版，第328~329页。
② 杭世骏序见汪中《哀盐船文》，《述学》，"江都汪氏丛书"本。
③ 见王引之为汪中所撰《行状》，另外"两绝"分别是钱坫的篆额、程瑶田的书石，载《述学·附录》。
④ 巽轩为孔广森字，渊如为孙星衍字。

叹为绝手。"由此可见骈文为江南文人宴客集会的重要谈资，骈文在他们心目中有重要地位。

第二，江南诗社、文社活动相当频繁，促进了骈文创作的繁荣。乾嘉时期江南诗社、文社活动相当频繁，活动内容丰富，甚至闺秀也组织举办联社活动。乾嘉骈文作家参与诗社、文社活动相当频繁，比如赵味辛与同人的"蝴蝶会"实为"壶碟会"①，经常进行诗酒唱和、品题等文化活动。朱筠京城邸第"椒花吟舫"是骈文作家洪亮吉、黄景仁、孙星衍等经常进行文酒诗会的地方②。骈文作家王芑孙经常与杨芳灿、洪亮吉、孙星衍、吴锡麒等进行诗酒赋会③。骈文家之间经常切磋骈文技艺，吴修《昭代名人尺牍小传》卷二十四保存的汪中与孙星衍手书（不著日期）云：

渊如足下：《石鼓文证》一篇为足下写作，今辄附上。又《黄鹤楼铭》《广陵对》二篇，其文奇绝，存怀祖处，可取观之。汪中顿首。（另有一行小字云"《黄鹤楼铭》可与稚存观之"）

张惠言在《与钱鲁斯书》中也提到自己的两篇骈文作品④：

惠言往为（邓石如）作《书势》一首⑤，录草奉呈。又望《江南花赋》一首近作亦附往，足下观之，可以识仆比者结兴之所存。

从信中语气看，张氏对自己的作品颇为得意。这些材料说明当时作家在书信中经常谈论骈文，骈文是他们生活的重要内容。另外，江南这种文学性质的集会相当普遍，并且把这种风气扩散到其他地区，吴锡麒给鲍茂勋的信中就忆及江南文人在北京"时时"聚会：

---

① 见刘声木：《苌楚斋三笔》卷一"城西文社盛事"，中华书局1996年版。
② 见姚名达撰《朱筠年谱》。
③ 参见秦瀛《王惕甫墓志铭》、王鎏《族兄惕甫先生传》，《碑传集补》卷四十七。
④ 张惠言：《茗柯文补编》卷上，《四部丛刊本》。
⑤ 即骈文作品《邓石如篆势》，载《茗柯文补编》。

弟之近况亦复如常。惟贫之累人，竟不能免。都中诸故人可能如往时消寒会中时时相聚否？晤时望致意也。拙稿骈体文前已刻成稿，览□。诗词各种尚不能一时剞劂，候告蒇后再当寄呈。即此稿请近安不次。(《明清文人尺牍墨宝》第152册，第288页)

　　这说明江南文人不仅经常集会，而且这种风气已波及京城。
　　第三，江南私家藏书相当丰富，对于需要博学的骈文创作来说是十分有利的。乾嘉时期著名的骈文作家汪中、纪昀、卢文弨、孙星衍均拥有相当丰富的私人藏书①，孙星衍归养时，"（从山东）启行之日，惟载万卷书笈"②。汪中藏书曾达数万卷③，这些藏书不仅对于其本人创作有帮助，而且形成一种风气，有利于骈文创作。藏书家也好骈文，乾嘉时期著名藏书家请顾广圻为其创作《百宋一廛赋》，并且自为之注。黄丕烈所撰《百宋一廛赋》序云④：

　　予以嘉庆壬戌迁居县桥，构专室以贮所有宋椠本书，名之曰"百宋一廛"。请居士（顾广圻）撰此赋既成，辄为之下注，多陈宋椠本之源流，遂略鸿文之诂训。博雅君子，幸无讥焉。

　　这篇骈赋后收入顾广圻《思适斋集》卷一，可见他对此文相当看重。
　　第四，乾嘉时期骈文作家重视地方文集的整理，其中也包括地方色彩较强的骈文集的整理。骈文作家对于诗文集的整理十分重视，王昶辑有《湖海文传》等不下数十种作品，每种卷数有百十卷之多。他们在整理文集时也重视骈文作品的编选，有些甚至是带有地域性选本性质。吴鼒的《八家四六文

---

① 见叶昌炽《藏书纪事诗》、吴晗《江浙藏书家考略》、杨立诚与金步瀛合编《中国藏书家考略》。
② 张绍南撰《孙渊如年谱》嘉庆二年，缪荃孙《耦香零拾》本。
③ 叶昌炽：《藏书纪事诗》卷五，上海古籍出版社1999年版，第549页。
④ 见顾广圻：《思适斋集》卷首，道光十九年徐渭仁刻本。

钞》明说以师友为选择的范围，基本上是江苏、浙江骈文作家选本①，只是由于所选八家也就是当时声名最著的骈文大家，所以大家一般认为是代表当时整体骈文创作水平的骈文选集。曾燠的《国朝骈体正宗》（主要工作其实是由彭兆荪完成）所选42人中，江苏占22人，浙江13人，安徽2人，绝大多数是江、浙人，所选地域也十分集中。

第二节 南方骈文作家群

如上所述，乾嘉骈文创作呈明显的南北差异，北方作家虽也有骈文作家如朱珪、朱筠、纪昀、孔广森等，但其群体性特征不明显；南方骈文作家不仅数量众多，分布广泛，而且在时代思潮、人际交往、地域文化、个人风格的基础上形成了地域性的作家群。其中常州作家群、浙江作家群群体性特征比较明显。另外，南方骈文领域还存在一个家族同时出现几位大家的现象，形成家族作家群；更有甚者，女性亦加入骈文写作队伍，且成就斐然，她们相互切劘，互通声气，形成女性作家群。下面我们一一分述之。

一、乾嘉骈文地域作家群

（一）常州骈文作家群

常州骈文作家群是乾嘉时期最大的地域性作家群，其延续时间之长、作家人数之众、创作成就之大，为历代所罕见。吴鼒所辑《八家四六文钞》中，刘星炜、孙星衍、洪亮吉3家属常州籍；张寿荣刻《后八家四六文钞》，8位作家中又有张惠言、董祐诚、李兆洛等3家为常州人；而屠寄所刻《国朝常州骈体文录》三十卷，专选常州一地43家骈文作家作品。由此可见常州骈文创作的繁荣兴盛程度。下面是常州骈文作家群作家作品简表：

---

① 见吴鼒《卷施阁文乙集·题词》，《八家四六文钞》卷首。所选袁枚、刘星炜、邵齐焘、洪亮吉、孔广森、吴锡麒、曾燠、孙星衍8人，其中虽然孔广森山东人，曾燠为江西人，而曾燠长期活动于江浙地区，主持两淮盐运使达13年之久，

表5 常州骈文作家群作家作品简表

作家姓名	籍贯	生卒年	骈文著作	备注
刘星炜	武进	1718—1772	《思补堂文集》	"骈文八家之一",骈赋"名贵光昌"
秦蕙田	无锡	1702—1764	《味经窝文集》	又有《五礼通考》
叶燾凤	荆溪	生卒年不详	文集失传	文集失传,史论选入《词科摭言》中
王苏	江阴	1763—1816	《试畯堂文集》	又有《试畯堂诗集》、《赋钞》
孙尔准	金匮	1770—1832	《泰云堂文集》	工诗,尤长于词
洪亮吉	阳湖	1746—1809	《洪亮吉集》	"汪洪"并称,骈文高古遒迈,风格清倩
庄述祖	阳湖	1751—1816	《珍艺宦文钞》	恽敬、张惠言、庄述祖等《商榷经义古文》
孙星衍	阳湖	1753—1818	《问字堂外集》	骈文尚典雅高华
洪齮孙	阳湖	1804—1859	《淳则斋文集》	又有《梁疆域志》《战国地名考》
洪符孙	阳湖	1784—?	《齐云山人文集》	参考吴兴华《读＜国朝常州骈体文录＞》
赵怀玉	武进	1747—1823	《亦有生斋文集》	文集二十卷,有赋、颂、连珠、序、跋、启、诫、零丁、赞、铭、状、青词、神诰、告文等
恽敬	阳湖	1757—1819	《大云山房文集》	早年研治经学,工骈文辞赋
张惠言	武进	1761—1802	《茗柯文》	与恽敬为阳湖派创始人
张琦	武进	1765—1833	《宛邻文》	阳湖派中坚,夫妻均能文
张成孙	武进	1789—?	《端虚勉一居文集》	为张惠言子,少从庄述祖讲学,工骈文为张惠言子
李兆洛	武进	1769—1841	《养一斋文集》	辑有《骈体文钞》
承培元	江阴	1791—?	《夫须山馆诗文稿》	师事李兆洛,又有《说文引经证例》《经滞揭橥》等

续表

作家姓名	籍贯	生卒年	骈文著作	备注
陆继辂	阳湖	1772—1832	《崇百药斋文集》	与侄陆耀遹并称"二陆"
陆耀遹	阳湖	1771—1836	《双白燕堂文集》	又有《双白燕堂外集》《诗集》等
杨芳灿	金匮	1753—1815	《芙蓉山馆文集》	骈文为洪亮吉、法式善所称
杨揆	金匮	1760—1804	《桐华馆文》	与兄芳灿有"二难"之目，戏剧家杨潮观侄子
顾敏恒	无锡	1748—1792	《辟疆园文集》	诗才清丽，又工倚声，骈文尤擅
刘嗣绾	阳湖	1762—1820	《尚絅堂文集》	常州骈文后劲，亦工诗
方履籛	阳湖	1790—1831	《万善花室文集》	以骈文称，嗜金石文字
方骏谟	阳湖	生卒年不详	《敬业述事之室文集》	方履籛子，见《毗陵名人小传》卷八
董基诚	阳湖	1787—1840	《栘华馆文集》	与弟祐诚同选入《十家四六文钞》
董祐诚	阳湖	1791—1823	《兰石斋文集》	又有《水经注图说残稿》等
董士锡	武进	1782—1831	《齐物论斋文集》	张舜徽评陆继辂"其能持论，自在董士锡上，而文辞过之"
周济	荆溪	1781—1839	《味隽斋文集》	与张惠言创常州词派
刘承宠	阳湖	1798—1827	《麟石文钞》	刘逢禄次子，集附其父集末
钱相初	阳湖	1783—1814	《钱申甫骈体文》	精于词
汪岑孙	阳湖	同上		文集失传。
蒋学沂	阳湖	生卒年不详	《菰米山房文集》	生平事迹见《毗陵名人小传稿》

续表

作家姓名	籍贯	生卒年	骈文著作	备注
汪士进	武进	生卒年不详	《鬐云轩文集》	与赵申嘉、吴颉鸿、庄缙度等称"毗陵后七子"
陆懋恩	阳湖	1803—1874	《读秋水斋文集》	工诗，擅骈文
庄受祺	阳湖	1811—1866	《枫南山馆文集》	善魏碑，工篆书
庄士敏	武进	1834—1879	《能惧思斋文集》	子庄蕴宽亦治骈文
汤成彦	阳湖	1811—1868	《听云仙馆文集》	又有《自怡悦斋应酬俪体文存》等
杨传第	阳湖	？—1861	《汀鹭文钞》	与董毅"弥笃守常州一派"
蒋曰豫	阳湖	1830—1875	《问奇堂文集》	承常州学派，以北江、渊如、皋文为矩矱
夏炜如	江阴	1799—1877	《南陔堂文集》	文集有缪荃孙序
何栻	江阴	1816—1872	《悔余庵文集》	工诗、古文、善书
管乐	阳湖	生卒年不详	《游养心斋文集》	以作幕终其生
吴颉鸿	武进	1790—1838	《荃石居骈文》	毗陵后七子之一

常州骈文作家群又大致可以分为前后两期，刘星炜、庄存与、洪亮吉、赵怀玉、孙星衍等为前期，张惠言、恽敬、董祐诚、杨芳灿、庄述祖等为后期。

作为一个地域性的创作群体，常州骈文作家群形成了自己的创作特色，这主要体现在以下几个方面。

1. 常州作家群在取材上有一个共同倾向，即普遍喜欢写作言情和游记类骈文，其中洪亮吉尤为突出。

2. 这些作家往往骈散兼作，他们在骈文里面也常常夹杂散体句式，就是以古文著称的阳湖文派诸人也都有过学习骈俪的一个阶段①。以后李兆洛提出"骈散合一"说应该是受这种风气影响。

3. 强调文有本原，以学济文。比如不以学术名家的赵怀玉在《答管编修书》中说："窃有意于古文辞，谓足以见性情，征根柢。"其他以经术和辞章兼擅者则更可想见。但常州骈文作家群与我们将在本文第七章"乾嘉骈文与乾嘉学派"里论述的"以学济文"又有所不同。这里，常州骈文作家群所讲之"学"概念要宽泛一些。另外，骈文作家根据自己的学术研究对象不同，形成自己的艺术风格，比如恽敬的骈体风格就带有法家的风味，刘师培谓之"峻洁"，而庄存与受今文经学影响，其骈文则"深美闳约"，这是因为他们所治学问不同的缘故。

4. 虽然常州骈文作家群风格多样，但有一种共同的主导风格——轻倩清新②，人们因此称之"常州体"。"轻倩"风格主要特点为：（1）很少用典，甚至不用典，在一些写景作品中纯以白描手法出之；（2）讲究语言的锤炼和色泽的浓淡；（3）时参散句，或者以散行之气运骈偶之词；（4）讲究气格和风韵，如洪亮吉的游记《八月十五泛舟白云磎诗序》：

> 小雨复晴，秋花转媚。云溪小阁，月来沉沉。钱塘郭生，南巷吕子，或携壶觞，远挈箫笛。余与孙君，买舟深港，径可十尺，租才百钱。王生居廛，叠市甘脆，菱栗之属，灿已盈艇。与二三子，拍游其中，障袖作帆，折柳代楫。西经红桥，东阻北郭，两岸宿鸟，一川游鱼，随波沸腾，离树上下，啾啾唧唧，声不得歇。沿溪以北，梢有竹树，下荫密藻，宽可米亩。黑白万羽，浮沉千头，波喧叶飞，悉萃其里。从洲以南，檐瓦可数，桥阴数尺，乃界中外。孤箫一声，高树答响。

全文基本运用白描方法，格调清新，语言清丽，风格"轻倩"。

---

① 蒋逸雪和曹虹对于此均有详细的说明，分别见蒋逸雪《论阳湖派》，载《南谷类稿》第143页；曹虹《阳湖文派研究》第94~95页。
② 见刘麟生《中国骈文史》第10章"清代骈文之复兴"，蒋逸雪《论阳湖派》则援引刘氏说法，瞿兑之《骈文概论》则以"格调纤仄"名之。

（二）浙江作家群

浙江骈文创作在清代非常兴盛，顺治、康熙时期浙江骈文创作几乎与江苏分庭抗礼，主要作家有毛奇龄、毛先舒、毛际可、吴兆骞等。其中毛奇龄作品奇肆，可与陈维崧并驾齐驱。乾嘉时期浙江骈文创作亦自成特色，且形成了带地域特征的创作群体。这个时期骈文作家以齐召南、杭世骏、全祖望、袁枚、胡天游、吴锡麒、王昙等为代表。大致可分为前后两个时期：一、胡天游、杭世骏、齐召南、全祖望可看作前期；二、袁枚、吴锡麒、王昙、查初揆、沈涛、陈文述等为后期。下面是浙江作家群作家作品简表：

表6　浙江作家群作品简表

作家姓名	籍贯	生卒年	骈文著作	备注
胡天游	山阴	1696—1758	《石笥山房集》	曹伯韩等人著作列胡天游、洪亮吉和汪中为清代中期骈文三大家
杭世骏	仁和	1696—1773	《道古堂全集》	李肖聃《记常州骈文》对杭世骏骈文称誉有加
陈兆崙	钱塘	1700—1771	《紫竹山房文集》	陈兆崙深得文理，另女作家陈端生为其孙女
吴颖芳	仁和	1702—1781	《吹豳录》	与金农等称"西泠五布衣"
齐召南	天台	1703—1768	《宝纶堂集》	齐召南《石笥山房集序》称胡氏"骈体文直掩徐庾"
全祖望	鄞县	1705—1755	《全祖望全集》	全祖望的深谙史学，文以根柢经史、熔铸汉魏为特色
赵一清	仁和	1709—1764	《东潜文稿》	又有《水经注笺刊误》等
袁枚	钱塘	1716—1797	《袁枚全集》	清代性灵派代表人物
孙士毅	仁和	1720—1796	《百一山房集》	为《四库全书》总纂官之一
汪辉祖	萧山	1730—1803	《龙庄四六稿》	汪辉祖为一代名幕，生平见其《病榻梦痕录》
沈初	平湖	1735—1799	《经进文稿》	又有《西清笔记》
周春	海宁	1735—1821	《松蔼骈体文》	又有《周松蔼先生遗书八种》传世
沈叔埏	秀水	1736—1803	《颐采堂全集》	撰有《文心雕龙赋》

续表

作家姓名	籍贯	生卒年	骈文著作	备注
章学诚	会稽	1738—1801	《章氏遗书》	有名作《文史通义》
戚学标	太平	1742—1825	《鹤泉文钞》	少时师从齐召南
邵晋涵	余姚	1743—1796	《南江文钞》	邵晋涵深于史学，校勘《永乐大典》
吴锡麒	钱塘	1746—1818	《有正味斋集》	为清中叶骈文大家，亦擅诗词，是朱彝尊、厉鹗之后的浙派大家
杨梦符	山阴	1750—1793	《梦符文稿》	又有《心止居集》
陈鳣	海宁	1753—1817	《简庄文钞》	常与吴骞、黄丕烈赏鉴善本
王昙	秀水	1760—1817	《烟霞万古楼集》	骈文有名于时，与龚自珍友善
徐熊飞	武康	1762—1835	《白鹤山房集》	有家学渊源，另有《修竹庐谈诗问答》
许宗彦	德清	1768—1819	《鉴止水斋集》	许氏妻梁德绳能诗，孙许善长工词曲
胡敬	仁和	1769—1845	《崇雅堂诗文集》	胡氏家族骈文见《刻鹄斋丛书》
查初揆	海宁	1770—1834	《筼谷文集》	以骈文知名
朱为弼	平湖	1771—1840	《蕉声馆集》	以经学家兼作骈文
陈文述	钱塘	1771—1843	《颐道堂全集》	工骈文与诗，与杨芳灿有"陈杨"之誉
沈钦韩	祖籍浙江吴兴，迁居江苏吴县	1775—1831	《幼学堂文集》	与吴锡麒有书信往来
王衍梅	会稽	1776—1830	《绿雪堂集》	张寿荣选入《后八家四六文钞》
陈球	秀水	乾嘉间诸生	《燕山外史》	其佚作笔者另有考证

从表6所列作家籍贯可以看出，浙江作家群其实是以杭州为中心而形成的地域作家群体①。

---

① 钱塘、仁和同属杭州府，秀水、会稽、海宁等地则与杭州相近。

浙江作家群形成自己的风格和特色。浙派初宗云间派，后乃脱化。杨钟羲《雪桥诗话》卷三"临江乡人（吴颖芳）谓浙诗衍派云间，尚傍王、李门户，竹垞出，尚根柢考据，擅辞藻而骋謇谔，士夫咸宗之。俭腹咨嗟之吟不取，风云月露之句薄而不为，浙诗为之大变"。李审言云："骈文一道，自国初以来，名辈迭出。浙派初宗云间，后亦别开户牖。谷人以后，弥共睢珍，仲瞿、梅伯，披猖无已。稚威闳览，虬户篠骖，隶事诡越，学渠者死，诚亦不免。定庵错综金石，其弊日甚。湖口碧眉，刻意摹放，眩目頇耳，语至累译。卷施之体，钻仰猥积，肬箧探囊，非止旁采，举其偏词，即揣对句。"① 这是对于浙派文学源流的叙说的重要文献，不仅承认浙派文学，而且诗和文都能自成一派，杨钟羲侧重于浙派诗，但浙派诗人中朱彝尊、吴颖芳均为骈文作家。李详则从骈文方面来分浙派，认为浙江骈文作家初宗晚明"云间诗派"，而后脱化；并且列举了这一派主要的骈文作家胡天游、吴锡麒、王昙、姚燮、龚自珍，其中胡天游、吴锡麒、王昙为乾嘉时期重要的骈文作家，胡天游更是乾嘉时期开骈文创作风气的作家。但若说浙江作家群为一个骈文创作流派则尚待斟酌，我以为目之为浙江作家群比较合乎实际情形。

浙江作家群的主要特征大约有以下几点。

1. 浙江作家群群体或宗派意识不强，人员比较松散，所以我们从当时记载中几乎看不到关于"浙派"的说法。

2. 乾嘉时期浙江作家群大致可分为学者型骈文作家和纯粹以文学创作为职志的骈文作家，前者如齐召南、杭世骏、全祖望、赵一清等，后者如袁枚、吴锡麒、王昙、查初揆等，其分界比较明显。

3. 浙江作家群骈文创作有自身的特色。

（1）从骈文创作的题材内容来看，由于受到黄宗羲、万斯大等人重视史学学风的影响，浙江作家群特别是全祖望、齐召南、杭世骏、赵一清等人的骈文作品中补正史传的碑传、行状等题材内容作品和地理性质的作品占很大比重，并且在当时有比较大的影响。

（2）从作品体制上来看，由于其治学内容的影响，其骈文作品以短札、小品最工，亦有情趣。刘师培云：

---

① 李详：《李审言文集》，江苏古籍出版社，第1038页。

  时江淮以南，吴越之间，文人学士应制科之征，大抵涉猎书史，博而不精，谙于目录、词章之学。所为之文以修洁擅长，句栉字疏，尤工小品。然限于篇幅，无奇伟之观。竹垞（按指朱彝尊）、次耕（按指潘耒）其最著者也，钝翁、渔洋、牧仲之文亦属此派。下逮雍、乾，董浦、太鸿犹沿此体，以文词名浙西，东南名士咸则之，流派所衍固可按也。①

刘氏深于骈文之学，所言极是。

  （3）浙江作家群虽然风格多样，但其主导风格以博富为特征，这是他们普遍学习和究心于唐代骈文的缘故。从胡天游开始就有这种倾向，胡天游文学"初唐四杰"，兼宗燕、许，沉博绝丽，"负声有力，振采欲飞"②。杭世骏则唐宋兼采，"大宗之文，雅赡富丽"③。这些作家我们前面均有介绍，这里不再赘述。为了对浙派有更深的了解，下面再介绍几个浙派骈文作家。

  全祖望（1705—1755）字绍衣，一字谢山，鄞县人，雍正壬子举人，荐举鸿博，乾隆元年进士，改庶吉士，以知县候选，遂不出。主讲浙江蕺山书院、粤之端溪书院，其学渊博无涯涘，于书无不贯穿，阮元称其经学、史才、词章三才兼备，所著书皆有补于文献，有《鲒埼亭集》及外集。骈文选集中一般不选其作品，其骈文影响不大，但是其骈文自有个性特征。全氏史学属于浙东学派，此派认为"言性命者必究于史"，"史学所以经世，固非空言著述"，主张"应酬文字，十九束阁"。④《鲒埼亭外编》卷四十六《与友人绝交书》可与嵇康《与山巨源绝交书》媲美，作者对于一个丑恶文人的嘴脸描摹殆尽，展现了作者耿介的气节。其《祭苍水张公文》云：

  呜呼！十九年之旄节，此日全归；三百载之瓣香，一朝大去。汉皇原季布，圣朝之大道如天；柴市殣文山，异世之孤忠若一。为问南屏深处，孤魂已为忠武、忠肃之邻，试看朱鸟飞来，野祭半在，重三重九之日。惟兹枌社，虽甲乙之侣无存；瞻彼蚝滩，顾萝茑之遗未替。适逢忌

---

① 刘师培《论近世文学之变迁》。
② 张仁青把胡天游归入"三唐派"是有眼力的。
③ 李慈铭：《越缦堂读书记》，上海书店出版社2000年版，第1010页。
④ 全祖望《鲒埼亭集外编》卷50《钱芍庭七十序》。

日,薄荐生刍,溯遗事于七十八岁之遥,若存若殁;夸丰功于三十一城之捷,可涕可歌。固知此志之长存,更幸熙朝之不讳。重歌薤露,以当平陵①。

此文为晚明抗清志士张苍水而作,文章沉郁苍凉,劲气直指。此类表彰晚明人士的文章还有不少,这与作者致力于晚明史籍著作的学术旨趣相表里。

查揆(1770—1834)又名初揆,字伯葵,号梅史,浙江海宁人。嘉庆九年举人,官蓟州知州。著有《筼谷文集》。查揆少受知于阮元,而立身谨慎,不与妄人交。旅食四方,卖文自给,诗文为时所推重。亦工骈体文,徐世昌云"梅史工骈俪之文,诗雄健清峭"②。集中名作有《钱塘龚氏谱序》《西湖新建岳忠武庙合祀流芳翊忠祠栗主记》《屠兰渚丈昔游图序》《西湖白苏二公祠碑铭》等,其中《屠兰渚丈昔游图序》《西湖白苏二公祠碑铭》名重当世,颇为流行。

王昙(1760—1817)一名良士,字仲瞿,浙江秀水人,乾隆五十九年举人。著有诗文集《烟霞万古楼诗文集》。钱咏称其"为学无所不窥,如游侠,兼通兵家言。善弓矢,上马如飞。慷慨悲歌,不可一世",世目为狂,蹇促场屋,终身潦倒。王昙当时颇有文名,与舒位、孙原湘齐名,法式善为作《三君咏》。其骈文很有个性特征,毁誉不一,谭献评云"阅王仲瞿《烟霞万古楼集》诗篇,一往清折,未免疏犷,世以为奇,乃正病其无奇"③,李详讥其骈文为"野狐禅",而窦光鼐评其《西楚霸王庙碑》以为二千年来无此手笔。平心而论,王昙之骈文亦有个性特色,《西楚霸王庙碑》亦有气势,虽好议论,但无古文家道学气。《哀江南文》模拟庾信《哀江南赋》,咏叹明朝灭亡的历史,寄托作者对于明朝覆亡的惋惜之情,并且指出"国不由乎人灭,地不系乎天亡"的道理,具有一定的现实意义。集中佳作还有《隋萧愍后哀文》《上工侍师二书》《李忠毅公神道碑》等。

---

① 《鲒埼亭外编》卷五十,《四部丛刊本》。
② 徐世昌《晚晴簃诗话》卷一百十七。
③ 谭献:《复堂日记》,河北教育出版社2001年版,第40页。

二、乾嘉骈文家族作家群

（一）乾嘉骈文家族性作家群体的成因及其特征

乾嘉骈文创作的家族性特征比较明显，出现了许多家族性作家群。这种家族作家群中，有时一门出现两位骈文大家，双峰并峙，其中兄弟作家如董祐诚、董基诚兄弟，汪全德、汪全泰兄弟，杨芳灿、杨揆兄弟；父子作家如王念孙、王引之父子；夫妇作家如郝懿行、王照圆夫妇，孙星衍、王采薇夫妇；此外还有孔广森、朱文翰舅甥等。他们在家族中产生很大影响，以他们为中心形成大的家族作家群体。有时一个家族作家群中只有一位特别杰出，但足以影响一门，形成骈文作家群。如洪氏家族作家群，以洪亮吉为中心，影响至于洪符孙、洪饴孙父子和洪亮吉之中表赵怀玉等；张氏家族作家群，以张惠言为中心，影响及于其弟张琦、子张成孙、外甥董士锡等。

乾嘉骈文家族性特征主要体现在三个方面。

1. 以血缘或姻亲为纽带，形成了有一定规模和数量的家族性作家群，并各有其创作成就，对当时文学创作有相当的影响。比如洪氏家族的洪亮吉、洪饴孙、赵怀玉骈文创作均能变化成家，自成一格，其中洪亮吉在乾隆中叶甚至是转移一代风气的人物①。董氏家族中的董祐诚、董基诚、李兆洛等是嘉庆年间颇有影响的骈文作家。姻亲关系的作家群体在文化望族中特别突出。比如张氏、董氏、钱氏、洪氏皆为江淮一地文化望族，家族之间通过婚姻关系编织了一张庞大的创作群落，如陆继辂的继母为庄氏女，董士锡与张惠言、张琦为甥舅关系，而张惠言之女又为董士锡妻，陆继辂妻室钱惠尊为董士锡祖母的从孙侄女，陆继辂次女则嫁给洪饴孙长子，张琦娶常州汤修业女汤瑶卿，张惠言之子从庄述祖学，董祐诚与李兆洛为中表兄。

2. 家族文学具有连续性、继承性。比如吴兆骞为清初著名作家，嘉道之际的著名文人吴育则为后人；吴锡麒与其子吴清皋均擅骈文，吴清皋之子吴尚先也能为骈体文，著有医学性质的骈文集《理瀹骈文》；谢启昆之孙谢质卿为道、咸之际的著名骈文家；胡氏家族胡浚、胡敬、胡念修一脉相承，胡念修把胡浚、胡敬骈文集刻入"刻鹄斋丛书"；庄存与、庄述祖、刘逢禄、宋翔

---

① 见瞿兑之《骈文概论》一五《清代骈文》。

凤也莫不如是。

3. 家族文学创作的活动特点，他们同声相应，同气相求，相互切磋，有着相同或类似的审美理想和审美的趣味。

上面我们分析了家族性骈文作家群体现象，而导致家族性骈文作家群的形成原因，则大致有以下几点。

1. 江南科举和文化兴盛，形成很有影响力的科举家族和文化望族，在骈文兴盛时，则形成了家族骈文作家群。比如阮元辑《扬州府志》，亦拟列氏族一表，但因故未成事实，阮氏自己说"入都后，当事者有所碍而未之纂"。吴汝纶辑《深州风土记》，列有所谓《人谱》一门，其数量占全书五分之一；柳诒徵重修《江苏通志》。其采访条目，于社会志下，也列有氏族一门，但由于多种原因，通志未成。而事实上江南骈文创作的兴盛与江南科举家族存在内在的联系，庄培因"乾隆间毗陵人以鼎甲通籍者如杨述曾、汤大绅、钱维城、赵翼、刘跃云、孙星衍、洪亮吉皆是也"①，这里赵翼、孙星衍、洪亮吉都是当时重要的骈文作家，其中孙、洪名尤著。乾嘉时期著名的科举家族如庄氏家族，包括庄存与、庄述祖、刘逢禄、刘承宠、宋翔凤，他们都是当时重要的骈文作家。再比如钱氏家族，包括钱大昕、钱塘、钱坫等，也是当时比较有名的骈文作家。

2. 家族文化的自觉传承意识使骈文创作家族化。陈寅恪云："东汉以后的学术文化，其重心不在政治文化中心之首都，而分散于各地之名都大邑。是以地方大族盛门乃为学术文化之所寄托。中原经五胡之乱，而学术文化尚能保持不坠者，固由地方大族之力，而汉族之学术文化变为地方化或家门化矣。故论学术，只有家学之可言，而学术文化与大族盛门常不可分离也。"②陈寅恪这里说的是学术家族化，其实骈文创作也是如此。前面我们所说的庄氏家族、钱氏家族就是家族性的骈文创作群体，这样的骈文创作家族还有吴氏家族、洪氏家族、董氏兄弟、朱氏兄弟等。而且，文化家族有着自觉的传承意识，比如骈文家焦循之子焦廷琥曾说"吾死不足惜，然父之书未刊，母老子幼，至为遗憾。吾父著作未刻行者甚多，《孟子正义》投注心血甚多，叔

---

① 张惟骧《清代毗陵名人小传稿》卷五。
② 陈寅恪：《崔浩与寇谦之》，《岭南学报》，1950年第11卷1期。

父能否助我一臂之力。至少出钱，请先出版，若不如是，则我死不瞑目"①，后焦循之弟焦征在道光二年左右刊刻。汪中之子汪喜孙为衷集其遗文终身不懈。

（二）乾嘉骈文家族性作家群体举隅

乾嘉时期骈文作家家族群体众多，最著名者为洪氏家族、庄氏家族，影响较大的另有张氏家族（因在论述阳湖派时将会讲到，这里暂且搁置），此外尚有吴氏家族，以吴锡麒、吴清皋、吴清鹏为代表；钱氏家族，以钱大昕为中心，包括钱坫、钱塘等；赵翼家族，主要有赵翼、赵怀玉②；陈氏家族，以陈文述为中心，主要作家有陈文述、汪端等；鲍氏家族，以鲍皋为中心，主要作家有鲍皋、鲍之钟、鲍之芬等；董氏家族包括董基诚、董祐诚、李兆洛等。

洪氏家族以洪亮吉为中心，洪亮吉生有五子，次子盼孙早殇，其余四子"饴孙、符孙、胙孙、齮孙，亦能读父书，传古学"（孙星衍《洪君传》）。洪亮吉与其重要的学侣及文友赵怀玉为中表兄弟，但赵氏我们前面已经有介绍。

洪饴孙（1773—1816）字孟慈，又字祐甫，洪亮吉长子，嘉庆三年举人。洪饴孙与骈文作家吴育、李兆洛、方履籛等均有交往。洪齮孙称其"生平邃于史学，著述至十余种"，又云"凡于天文地理、职官姓氏以及诗古文词阴阳五行家言，莫不曲畅旁启，钻厉精博，蕴其修古好学之思，发为闳博英特之观，既能洸洋适己，亦足超度流辈"，著述今存有《毗陵艺文志》《三国职官表》多种，而诗文皆不传。洪饴孙幼从庄珍艺（述祖）、庄宇逵两先生授经，与同县庄曾仪、丁履恒、黄载华、黄乙生、陆继辂、陆耀通、庄绶甲、刘逢禄为文学之友。

洪符孙（1784—？）字幼怀，洪亮吉第三子，国子监生，著有《齐云山人文集》，善骈体文，张鸣珂《国朝骈体正宗续编》选其《兰石斋骈体文序》，而屠寄《国朝常州骈体文录》选其骈体文《道光鄢陵县志序》《与蒋子潇书》三十三首，文体以书信、诗序擅长，其中《拟连珠》二十首，精心结撰。

洪齮孙（1804—1859）字子龄，一字芝龄，为洪亮吉幼子，道光十九年

---

① 焦廷琥《焦廷琥文稿》稿本，现藏北京图书馆。
② 赵怀玉为赵翼侄孙，见赵翼与王昶书信，《清代名人手札甲集》，沈云龙编《近代中国史料丛刊》第142册，第163～166页。

举人，官广东镇平知县。能诗文，尤工骈体。著有《淳则斋骈文》二卷，张鸣珂《国朝骈体正宗续编》选其《吴慎庵先生地理便览序》《孙希彭师竹庐诗集序》《先贤吴学士祠版文》等五篇。屠寄《国朝常州骈体文录》选其《汉魏六朝隋唐地理书目考证叙录》《吴慎庵先生地理便览序》《拟新乐府三首序》《伯兄祐甫先生遗书总叙》《杨礼堂寒梅晓梦图叙》《周季华女史天启宫词叙》《祭养一先生文》等十六篇。洪齮孙《孙希彭师竹庐诗文集序》《汉魏六朝随唐地理书目考证录序》《方彦闻先生隶书楹帖跋》《毛君拙斋哀诔》婉约排荡，集中最完善之作。

庄氏家族以庄存与为中心，这个家族在清代学术史上占有重要的位置，在文学上特别是骈文创作上亦有相当的成就，由治今文经学而及文学，且自成家数，只是因其经学成就突出，遂为掩盖，未能引起重视。章太炎《与支伟成论清代学术书》云：

> 文士既以熙荡自喜，又耻不习经典，于是有常州今文之学，务为瑰意眇辞，以便文士。今文者：《春秋》，公羊；《诗》，齐；《尚书》，伏生。而排摈《周官》《左氏春秋》，《毛诗》、马、郑《尚书》，然皆以公羊为宗。始武进庄存与，与戴震同时，独喜治公羊氏，作《春秋正辞》，犹称说《周官》，其徒阳湖刘逢禄，始专主董生、李育，为《公羊释例》，属辞比事，类列彰较，亦不欲苟为恢诡。然其辞义温厚，能使阅者说绎。及常州宋翔凤，最善傅会，牵引饰说，或采翼奉诸家，而杂以谶纬神秘之辞。翔凤常语人曰：'《说文》始一而终亥，即古之《归藏》也'，其义瑰玮，而文特华妙，与治朴学者异术，故文士犹利之"，"'今文'之学，不专在常州。其庄、刘、宋、戴（宋之弟子）诸家，执守'今文'，深闭固拒，而附会之词亦众，则常州家法也。

这里，章太炎对于今文经学的授受源流进行了剖析甚微，其实文学创作也存在同样的源流关系。下面我们分别介绍其主要作家及其作品。

庄存与（1718—1788）字方耕，号养恬，乾隆十年殿试第二人及第，授编修，累迁礼部侍郎。乾隆十三年（1748年）散馆，庄氏因大考列二等遭到乾隆皇帝斥责："编修庄存与考列汉书（指汉文）二等之末，其不留心学问，已可概见","不准授为编修",令他"闭门读书,留心经学"。著有文集《味经斋文稿》。其文"戛戛独造,辩而精,醇而肆,恉远而义近,举大而不遗小"①。魏源说:"(庄氏)在乾隆末,与大学士和珅同朝,郁郁不得志,故于《诗》《易》君子小人进退之际,往往发愤慷慨,流连太息。读其书可以悲其志云。"② 庄存与《冬官司空记自序》反对统治者骄奢淫逸③,要推行善政,其中一段云:

> 盖事典之始坏也,民则勤于财,其中也勤于力,其甚也勤于食。民勤于食,而六府三事斁矣。遂乃筑长城,治驰道,穿骊山,兴阿房,身危子杀,厥孙不嗣,岂不哀哉?书曰:德惟善政,政在养民。又曰:每岁孟春,遒人以木铎徇于路。官师相规,工执艺事以谏。仁哉明哉,夏王之作司空,周公之作事典也。其道甚著,万世卒不废,安可泯灭哉?……

这是借历史事实来进行劝诫统治者施行仁政、善政,关心老百姓的疾苦。

庄述祖(1750—1816)字葆琛,庄培因子,乾隆四十五年进士。铨选得县令,后为桃源同知,不一月呈请归养。《毗陵名人小传》卷五云"五经悉有撰著,旁及《逸周书》《尚书大传》《史记》《白虎通义》",其诗文集《珍埶宦文钞》。有颂、赋等骈文作品,其赋作成就较大。其中《燕赋》写得比较有情趣,这里录其中一段:

> 既呢喃而传语,乍差池而倚风;学飞初试,舞絮先迎,衔花先落,叠蕊先轻;素裳兮摇曳,红襟兮未整。疑新箔而迥飞,惊钏响而顾影。

此段文字清新流丽,描写细腻,而不假修饰,自然生动。

刘逢禄(1776—1829)字申受,江苏武进人,刘纶孙,为庄存与外孙。

---

① 蒋逸雪:《论阳湖派》,齐鲁书社出版社1987年版,第144页。
② 魏源:《武进庄少伯遗书序》,见《魏源集》,中华书局1976年版,第237页。
③ 黄人、沈粹芬:《清文汇》乙集卷十四,《清文汇》,北京出版社1996年影印本,第1620页。

嘉庆十九年进士，改庶吉士，散馆，授礼部主事，在官十二年不迁。著有诗文集《刘礼部集》。李慈铭说他"诗赋皆肆力于汉魏，而理致肤拙，所得者鲜，然赋皆纚纚数万言，郁勃闶肆，诗亦多古色古调，亦足见汲学之深矣"，又云"道光四年，河南学臣请以汤文正公从祀圣庙，议者以汤公康熙中在上书房获谴难之。先生奋笔议曰：后夔典乐，犹有朱均；吕望陈书，难匡管蔡。议遂定"①。其学术宗旨尊西汉而薄东汉，好与郑玄为难。集中文字有赋、骚、七、赋、颂、辞、吊文、哀文、赞、连珠等，《反招魂》《招隐》为拟骚之作，也较出色。

刘承宠（1798—1827）字麟石，一字子中，刘逢禄次子。嘉庆二十四年举人，官知县。他"才藻绝俗，力学嗜古，甫壮遽卒，士论惜之"（《毗陵名人小传》卷六《刘逢禄附录》）。骈文名作有《七夕赋》《学谢希逸月赋》《狼烟台记》等，《国朝常州骈体文录》选其《勃海槐赋》《学谢希逸月赋》《吊亡友臧木斋文》等六篇。

宋翔凤（1779—1860）②，字于庭，江苏长洲人。庄存与之外孙。嘉庆五年举人，历官泰州学正、旌德训导、耒阳等县知县。著有《朴学斋文录》四卷。其学出于舅氏庄述祖，其《庄珍艺先生行状》，详述其学术渊源。宋凤翔精研名物训诂，以进而求其微言大义，涉览较博，而确有心得。宋翔凤"自少而好为俪语，上规八代。集中文字，亦以骈体为多。与沈钦韩交最密，行文气息，亦复相似"（张舜徽《清人文集别录》卷十三）。骈文名作《写韵轩图赋》可见其文章特色：

> 写韵轩者，王铚夫先生墨琴曹夫人所居之室也。当夫九门洞启，肩摩毂争；一麈相和，昧旦鸡鸣；望尘海而如梦，与冰壶而共清。异凡俗之俦俪，抗古昔而迈征。王孙未归，芳草之堂重至；仙人不死，写韵之轩以成。迨乎德公为鹿门之游，伯通有皋桥之寄，相与谐来，请从此逝。守数亩与半弓，已经年而历岁。墨染云飞，琴清月丽；凤凰琁帏，芝兰玉砌。非宛洛之旧游，结江湖之深契；移家轻范蠡之名，拔宅是淮南之例。洲名蓼子，高踪则香；苑号鸿城，芳城又绍。当灵思之往来，杂仙心于微眇。非山川

---

① 李慈铭：《越缦堂读书记》，第1103~1104页。
② 宋翔凤生年按《疑年录》为1776年，而《清史列传》则为1779年，待考。

之可限，与云烟而同埒。纵横缣素，寂寞灵龡。写空中之楼阁，记闺里之春秋；已披图而发詠，遂下笔而未修。乃为歌曰：鲟溪水三尺，蛇门树几重，中有仙人宅，亦名畸士宫。亩宫尺宅亦寄尔，千载迢迢得尔美，彩鸾唐詠作烟飞，但愿斯图传不已。

此文是作者为王县夫人曹贞秀所作序，描写闺房情好之状，作出尘之想，极力譬况形容，委婉尽致。刘师培说宋翔凤工"绵邈之文，其音哀而多思"①，也是说宋翔凤善言情状特点的。

三、乾嘉骈文女性作家群

（一）乾嘉女性作家群体及其成因

据胡文楷《历代妇女著作考》（以下简称《妇考》）著录②，中国前现代女作家凡4000余人，而明清两代就有3750余人，占中国古代女性作家的90%以上。特别是清代女作家更多，约3500余家，"超轶前代，数逾三千"。其中江浙两省，又占80%。据《妇考》所收，江苏省清代女作家有1425人，著作有1707种。但胡氏所收并不完全，南京大学图书馆史梅女士又辑到《妇考》未收者118人，著作144种③。这样，清代女作家江苏一省就有1543人，著作1851种。现有材料表明，清代浙江省的女作家也不少于江苏省。这样算起来，在清代仅江浙两省就有女作家约3000人，著作约4000种。这是一组十分可观的数字。由此不难看出，明清女性文学是中国文学史上一个宗珍贵的遗产。

由于清代骈文的繁盛，女作家从事骈文创作者也为数不少（参见表3），且或有血缘、姻亲关系，或有其他来往，故我们将之作为群体来进行研究。明清女性文学还出现了许多新的文学现象，值得特别关注，女性作家群体特征有如下几点：1. 创作主体的家庭化。明清两代，由于经济的繁荣、文化的发展和社会的相对稳定，出现了许多文学世家，以一男性为首，提倡指导，而后形成了该家庭中一代或数代女性的文学群体。一家之中，祖孙、母女、

---

① 刘师培《论近世文学之变迁》。
② 胡文楷：《历代妇女著作考》，上海古籍出版社1985年版，第5页。
③ 史梅：《清代江苏妇女文献的价值和意义》，《文学评论丛刊》2001年第4卷第1期。

婆媳、姊妹、姑嫂、妯娌，均系诗人、词人、文学家。乾嘉时期这种现象比较突出，比如毕沅一家，母亲及姐妹毕汾、毕湄与智珠皆能诗，毕母又是"西泠十子"之一。如张琦一家，能文女子荟萃一门。2. **女性骈文作家效仿江南文人社会生活，结文社，诗酒留连，并且形成一种社会风气。**文社活动比较频繁，许多骈文作家或学者之妻从事文学创作，包括骈文创作。因为骈文大体属于言志的系统，题材侧重于抒情，受到女性作家的青睐是自然的。3. **女性骈文作家与当时著名文学家（往往也是骈文大家）交往，比如毛奇龄、陈维崧与女作家有交往。**乾嘉时期胡天游、袁枚均著录女弟子，而且形成一定的规模①。俞陛云《清代闺秀诗话》云："陈云伯（文述）之妇，陈小云之室，钱塘汪允庄，七岁赋《春雪诗》，诵木元虚《海赋》、庾子山《哀江南赋》，两遍即背诵，不遗一字。熟于史事，虽僻事。叩之辄应以对……"受其影响，女性作家也重视骈文创作。4. 乾嘉时期，女性骈文作家队伍成分比较复杂，有望族中的大家闺秀，也有小家碧玉，有农家女，也有风尘女子。这里所录许多女作家多是中下层知识分子的家庭成员，且有向中下层发展的趋势，但一个有趣的现象是古文家的家庭里基本上没有吟诗作赋的女性，个中原因，耐人寻味。

上面我们叙述了女性作家群及其特点，由此可见女性骈文创作的繁盛状况，而女性骈文创作繁荣的原因，我想主要有以下几点。

1. **"女学"的发达。**许多著名文学家的启蒙老师就是自己的母亲，程同文四岁丧父，母教之读，过目成诵，有"神童"之目。汪中七岁丧父，是在母亲的教导下成才的。2. **社会经济条件的许可。**江南本身物质文化条件的繁荣，促成了女性开始注意自己内心世界的展现，呼吸闺阁外面的空气，虽然女性解放和自由的意识还处在萌芽状态，但要求表现个性，抒发个人感受的愿望相当迫切。

（二）乾嘉骈文女性作家的骈文创作

那么，乾嘉时期到底有多少女性作家，其创作有何特点？我们先来看作家情况。乾嘉时期女性作家具体情况参见表7：

---

① 袁枚《随园诗话补遗》，说严蕊珠爱先生骈体文字，并熟知其中典故出处。

表7 乾嘉时期女性作家作品简表

作家姓名	籍贯	生卒年	诗文集	备注
王端淑	浙江山阴	生卒年不详	《然脂集》《吟红集》	王季重女
高景芳	旗人	雍正、乾隆时人	《红雪轩诗文集》	高琦女，张宗仁妻
徐昭华	浙江上虞	雍正、乾隆间人	《徐都讲诗集》	毛奇龄女弟子
沈纕	江苏长洲	生卒年不详	《翡翠林雅集》	沈起凤女
王麟书	四川华阳	生卒年不详	《昭如女子诗钞》	金堂曾子健妻
江珠	江苏甘泉	1764—1804	《青藜阁诗集稿》	江藩妹，吾学海妻
孙云凤	浙江仁和	1764—1814	《湘云馆诗词》	袁枚女弟子、词集有郭麐序
孙云鹤	浙江仁和	生卒年不详	《听雨楼词集》	孙云凤妹，金纬室
孙荪意	浙江仁和	同上	《贻砚斋诗文稿》	诸生高第室，与洪亮吉有交往
沈绮	江苏常熟	同上	《环碧轩四六》	诸生殷樽妻
骆绮兰	江苏句容	同上	《听秋轩诗集》	辑有《闺中同人集》
刘琬怀	江苏阳湖	同上	《问月楼诗草》	刘嗣绾姊
胡慎容	浙江山阴	同上	《红鹤山庄诗词》	胡天游女弟子
陆观莲	浙江嘉善	同上	《蒋湖寓园草》	桐庐叟丹生妻
沈彩	浙江平湖	同上	《春雨楼集》	贡生陆烜妾
赵荼	上海人	同上	《滤月轩诗文集》	汪延泽妾
汪端	浙江钱塘	1793—1839	《自然好学斋诗集》	陈文述之媳
苏畹兰	浙江仁和	生卒年不详	《坤维正气集》《闺吟集秀》	诸生倪一擎妻
刘慧娟	广东香山	同上	《昙花阁集》	举人梁有成妻
李淑仪	安徽新安	同上	《疏影楼名花百咏》	黄仁麟妾
李馥玉	江苏长洲	同上	《红余小草》	华亭诸生徐同叔妾
庄德芬	江苏武进	1713—1774	《晚翠轩诗文连珠稿》	董思驯母
侯芝	江苏上元	1760—1829	《再生缘序》	梅曾亮母

续表

作家姓名	籍贯	生卒年	诗文集	备注
朱素仙	江苏松江	生卒年不详	《玉连环序》	农家女
陶贞怀	江苏无锡	同上	《天雨花》	
郑瑶圃	福建闽县	同上	《绣余吟草》	贡生林某妾
程芙亭	浙江上虞	同上	《绿云馆吟草》附赋三篇	副贡徐虔复妻
王麟书	四川华阳人	同上	著有《昭如女子诗钞》内有《落花无言赋》《大雪赋》	金堂曾子健妻
熊琏	江苏如皋	同上	《澹仙赋钞》《文钞》	陈生妻,前有翁方纲、法式善等序

下面,择要介绍乾嘉时期主要骈文女作家及其作品。

庄德芬(1713—1774)字端人,江苏武进人,知府董思驹母。早寡,子仅九岁,家贫亲自督课,子赖以成立。著有《晚翠轩诗文连珠汇》,凡赋、连珠、无言古今体诗一卷,七言古今体诗一卷,诗余一卷。庄仲方《映雪楼藏目考》云:"《晚翠轩遗稿》三卷,阳湖董(人蜀)妻,吴县庄德芬撰。德芬,字端人,余族曾祖姑也。生子九岁而夫死,亲课极严。其子思驹成进士,官浔州知府。其诗自道所得,不以藻缋为工。"

李馥玉(生卒年不详)字复香,江苏长洲人,李韫玉妹,华亭诸生徐同叔妾。工诗画,尤精骈体。著有《红余小草》《沁体园集》。《红余小草》凡诗八十四首,诗余九首,附有《泖塔赋》《柳带赋》《秋雨赋》《络纬赋》《蟋蟀赋》等骈体文字。

沈绮(生卒年不详)字素君,江苏常熟人,诸生殷樽妻,年仅二十一而卒。著有有《环碧轩集》《徐庾补注》四卷。沈善宝《名媛诗话》"博通经史律历之学",工诗古文。

刘琬环(生卒年不详),字韫如,号撰芳,江苏阳湖人,刘嗣绾姊,典史虞朗峰妻。著有《补栏词》一卷,原名《红药栏词》,前有刘琬怀自序,为骈体。

孙云凤(1764—1814)字碧梧,表袁女弟子,浙江仁和人。《湘筠馆诗》

二卷、《词》一卷，是书有嘉庆十九年甲戌（1814）杭州爱日轩刊本，诗集有许宗彦序，词集有郭麐序，附骈体文二首。

孙荪意，字秀芬，一字苕玉，浙江仁和人，贡生高第妻，有《贻砚垒诗稿》四卷附骈体文三篇、尺牍三篇，前有曹斯栋、洪亮吉序。

沈纕（约1736—1796），字蕙孙，号散花女史，江苏长洲人，教谕沈起凤女。是书为《吴中十子诗钞》之一。其中《绣余草》有任兆麟、江珠序，《浣溪词》有自序，合称《翡翠楼集》。《雅集》则有《白莲花赋》八首。

江珠（1764—1804）字碧岑，一字小维摩，江苏甘泉人。江藩妹，吾学海妻。著有《小维摩集》《清黎阁集》。江珠与吴中名媛如张允滋、朱宗淑、沈纕、席兰枝等结清溪吟社，合集有《吴中十子诗钞》。江珠工诗词，尤长于骈体文，其为沈纕所作《绣余草》序即为骈体文。

苏畹兰（生卒年不详）字纫之，号香严，浙江仁和人，诸生倪一擎妻。其夫撰传云："（苏畹兰）尝缉明以来烈妇奇迹见于传记者，成《坤维正气录》十卷；集古今名媛诗，著《闺吟集秀》六卷。《香严诗文》二卷。体素弱，善病，栖心内典，因自号香严居士。"其《闺吟集秀》自序云：

> 三代之兴，窈窕妃媛，有盖文才，搦管挥毫，驰骋于法度之中，为世所传，以兴内教。近代以来，少习文章，六艺之奥，湮灭无闻。发华缄而思飞，嗟林下之风致，不及远矣。兹者遇圣明，向慕往哲，每获一书，嗟其出群，即日勘校，悦目怡心，当分明记之矣。积有岁时，谬蒙深拾。于是咏萱草之喻，用寄幽怀。十年以上，具知委曲。独念汉宫有水，情系无违；荐梦尚遥，思心成结。颐道家之秘言，察天下之珍妙；固可触忧释疾，目玩意移，纵心所欲，一一从其消息而用之。群华竞芳，笔如神助，亦谓生有余幸矣。妾自省愚陋，弄文舞字，非妇人所便。每为一字，若不由规矩，虚费精神。因吐其胸中，割所珍以相助。才记姓名，兼亦载吾姓名。相对展玩，虽失高素皓然之业，使知音者读之，其间有稍异常流，当见其志，我劳如何？颇亦自适。吾反覆念之，家素贫俭，室无鸡黍之餐，无香薰之饰；每感笃念，随时而作。诚知微细，何得动而辄俱；而面墙术学，神假微机，以达往意，获我心焉。闻知前志，观者勿以妇人玩弄笔墨为诮焉则足矣。

李淑仪（生卒年不详）号三十六峰女史，安徽新安人，李氏青衣，黄仁麟妾。著有《疏影楼名姝百咏》一卷。前有骈体自序，录一段："嗟乎！春蚕未老，缠绵清泪成丝；锦瑟空谈，宛转惊心入拍。自觉蜂愁蝶怨，到处逢情；未识燕去鸿来，几生消劫。问诸花，花不解其故也；问诸人，人莫究其源也；问诸天，天难任其咎也。此无他，情生劫耳！"

侯芝（1766—？）或称侯香叶夫人，她在《再生缘叙》中云："诗以言情，史以记事。至野史弹词，代前人补恨，或恐往事无传，虽俚俗之微词，付枣梨而并寿。余幼习翰墨，敢夸柳絮吟风；近抱采薪，不欲笔花逞艳。是以十年来拼置章句，专改鼓词。花样翻新，只空词难达意；机丝巧织，未免手不从心。近改四种，《锦上花》业已梓行，若《再生缘》传钞收（疑"将"字之误）十载，尚无镌本，因惜作者发思，删繁撮要……"（谭正璧《中国女性文学史话》百花文艺出版社 1984 年版）

郑瑶圃（生卒年不祥）福建闽县人，贡生林某妻。著有《绣余吟草》《虹屏近稿》。上册为律赋二十一篇，下册骈文三篇及古近体诗一百六十余首，书前有陈秋坪序。

沈彩（生卒年不祥）字虹屏，浙江长兴人，平湖庠生陆烜妾。著有《春雨楼集》十四卷。《春雨楼集》前有汪辉祖及梅谷序、图赞、题辞。卷一赋七篇，卷二至卷七为诗，卷八卷九为词，卷十卷十一为文，卷十二至卷十四为题跋。缪荃孙《云自在龛随笔》卷四《书籍》云"平湖陆梅谷藏书甚富，刊《奇晋斋丛书》。夫人查氏能诗工词，妾沈虹屏善题跋，亦工诗词"，可资掌故。

朱素仙，松江人，其生平不可考，但据雨亭主人，即《玉连环序》的作者的介绍，则为一农家女，晚年且过着耕作的生活。序云："云间朱氏，贫家女子也。少孤寡，有德性，嗜学，颇博，注《周易》，擅诗赋。至晚年，极爱盲词。常邀太仓项金娣谈唱诸家传说，语人曰：听其音，则有响遏行云之妙；味其言，则无勖正淫邪之美。仅可悦世人之耳，不堪娱帷薄之目也！"因此作《玉连环》，又名《钟情传》，授项歌之。始听，淡然；再听则勃然；终则怡情悦性之靡既矣。后数年，朱与项相继而亡，则《玉连环》之音韵，亦从而与之俱亡。嗟乎，何《玉连环》之遭遇如此耶！此序作于嘉庆十年（1805年）。（胡文楷《历代妇女著作考》第431页）

陶贞怀（生卒年不详），江苏无锡人，清初著名弹词女作家，著有《天雨花》弹词。其《天雨花》自序中云：

> 盖礼不足防而感以乐，乐不足感而演为院本，广院本所不及而弹词兴。夫独弦之歌，易于八音；密座之听，易于广筵；亭榭之留连，不如闺阁之劝谕。又使茶熟香温，风微月小，良朋宴座，促膝支颐，其为感发惩创者多矣"，更有悲怆之音，凄凉之韵。…爰取丛残旧稿，补缀成书。嗟乎！烽烟既靖，忧患频仍。澹看春蚓之痕留，自叹春蚕之丝尽；五载药炉，一宵蕉雨；行将化石以去，其能使顽石点头也乎？别本在清河张氏嫂，莒城张氏嫂，同里蒋氏姊，高氏姊，管氏妹，并多传钞脱讹。身后庶将此本，丁宁太夫人寄往清河。顺治八年，岁次辛卯，八月二十九日，梁溪陶贞怀自序。

序文为骈体文字，文字清丽，很少用典，而且以情感真挚细腻见长。

陆观莲（生卒年不详）字少君，号雨鬈道人，浙江嘉善人，桐庐殳丹生妻，《蒋湖寓园草》与夫偕隐，读书工诗古文。《神释堂脞语》云："少君骈俪之文，工雅；诗亦清映，足以品目烟霞，献酬岩壑。偕隐有斯人，以视少愚之妇，风流彷佛矣。"（胡文楷《历代妇女著作考》第471页）。

浦映渌（生卒年不详）字湘青，江苏无锡人，武进黄永室，工词，得白石、玉田神髓。《绣香小室自序》云："日暖昼长，燕翻莺舞，颇弄文墨，不敢告人。近因云孙北首，燕路寂寂，家居偶编旧集，复辑新篇。"（施淑仪《清代闺阁诗人征略》卷二）

汪端（1793—1839）字允庄，号小韫，浙江钱塘人。七岁能诗，人以小韫呼之。18岁与陈文述之子陈裴之结婚。著有《自然好学斋集诗集》（生平事迹见《清诗纪事·列女卷》第15903页）。许宗彦《序略》"余亚汪君季怀幼女端，幼失怙恃，尝依余室人居，每终日坐一室，手唐人诗默诵，遇得意处，嗑然以笑。咸以书痴目之，资敏甚，诵庾子山《哀江南赋》才三遍，倍文不误一字"。尝选《明三十家诗选》，其例言即由骈体写成，代表了她的文学见解；尝谓诗不可不"清"，而尤不可不"真"："清"者，诗之"神"也。王、孟、韦、柳，如幽泉曲磵，飞瀑寒潭，其"神"清矣。李、杜、韩、苏，如长江大河，鱼龙百变，其神亦未尝不清也。若神不能清，徒事抹月批风，枯淡闲寂，则假王、孟而已。"真"者，诗之骨也。诗以词为肤，以意为骨。康乐跻（足也），故其诗高迈；元亮高逸，故其诗冲澹；少陵崎岖戎马，故其诗沉郁；青莲向慕灵，故其诗超旷。后人读之，想见其人性情出处，所以为真诗。若乃生休明之世，而无病呻吟，处衡泌之间，而恣谈国是，则伪少陵而已。

上面我们分别介绍了乾嘉时期主要骈文女作家及其作品。综合上面所述作家作品，骈文女作家的创作有以下特点。1. 题材范围比较狭小，以抒情为主，侧重描写自己内心的感受和情愫。当然也不排除有些作品有一定的思想和见解。2. 文体形式上以诗序、抒情小赋、抒情短札见长。

第二章

乾嘉骈文与清代知识分子政策和文化政策

文学与政治的关系是文学研究一个永恒的话题,而且问题十分复杂,但文学发展必然受到统治者政策的影响和制约。章太炎认为文学的内容和文风与当时统治者关系十分密切,"文章虽与风俗相系,然寻其根株,皆政事隆污所致。怀王不信谗,则《离骚》不作;汉武不求仙,则《大人赋》不献"①。梁启超在《中国近三百年学术史·清代学术变迁与政治的影响》② 中系统论述清代学术与政治的关系,为我们探究清代政治与文学提供了很好的视角。研究清代骈文,我们自然必须考虑到清朝文化政策的作用和影响。本章拟探讨清朝前中期统治者的知识分子政策、文化政策和科举制度对清代骈文的影响。

第一节 清朝前中期知识分子政策和文化政策及其对骈文创作的影响

一、清前中期知识分子政策和文化政策

这里所讲的清代前中期主要指康熙、雍正、乾隆三朝,这三朝的文化政策不尽相同,总体情况是由宽趋严,又由严趋宽。乾隆后期和嘉庆初年政策则较为宽缓,其目的是加强和巩固封建专制统治。这种文化政策和知识分子政策对清代学术思想产生了很大影响。它的变化与君主个人的性格和喜好有

---

① 章太炎:《菿汉三言》,辽宁教育出版社 2000 年版。
② 参见梁启超《中国三百年学术史》,东方出版社 1996 年版。

关。康熙是中国历史上为数不多的英主，冲龄践祚，经历过政治斗争的大风大浪，且富于远见灼识，学识宏通，他说"一事不谨，即贻四海之忧；一时不谨，即贻千百世之患"，在位61年间，励精图治，宵旰乾惕，削"三藩"，统一全国；诛鳌拜，独揽大权。政治上实施专制统治，钦定《性理精义》，重刊《性理大全》，表彰理学①，早年虽间兴"文字狱"，但都为其未亲政时之事，不能全归罪于他。他亲政后，采取了一系列宽松的政策，学术思想上也较为自由。梁启超称"他（指康熙）本身却是阔达大度的人，不独政治上常采宽仁之义，对于学问，亦有宏纳众流的气象。试读他所著《庭训格言》，便可窥见一斑了。所以康熙朝的学者，没有什么顾忌，对于各种问题，可以自由研究"②。相比之下，雍正则好猜忌，刚愎自用。乾隆则好大喜功，颇涉浮华。这两朝思想日趋保守，知识界较为沉寂。但雍正、乾隆依然是清代历史上颇有作为的君主，在对待知识分子和采取文化政策方面也不是一味的高压，而是刚柔相济，宽严结合，所以在他们的时代清朝经济文化达到极盛时期，成就了历史上少有的"康乾盛世"。雍、乾两朝政治高压政策主要包括以下四个方面。

1. 大兴文字狱。雍正时期骇人听闻的文字狱接连不断，乾隆时更是层见迭出，变本加厉。从乾隆六年（1741）至乾隆五十三年（1788）48年间，共发生文字狱案74起，最多的一年即乾隆四十三年（1778）就发生了10起，可见当时文网之严酷③。频繁的文字狱导致不少知识分子"避席畏闻文字狱，著书都为稻粱谋"（龚自珍语），给他们心理抹上了浓重的阴影，以致不敢谈论政治或与政治有关的话题。

2. 与"文字狱"相仿，密折制度亦始于康熙时期。康熙公开宣称"天下大矣，朕一人闻见岂能周知，若不令密奏，何由洞悉"。据杨启樵先生称"康

---

① 昭梿《啸亭杂录》卷一"崇理学"云："仁皇夙好程朱，深谈性理，所著《几暇余编》，其穷理尽性处，虽夙儒耆学，莫能窥测。所任李文贞光地、汤文正斌等皆理学耆儒。尝出《理学真伪论》以试词林，又刊定《性理大学》《朱子全书》等书，特命朱子配祠十哲之列。故当时宋学昌明，世多醇儒耆学，风俗醇厚，非后所能及也。"
② 梁启超：《中国近三百年学术史·清代学术变迁与政治的影响》，东方出版社1996年版，第24页。
③ 见邓之诚：《中华二千年史》卷五，中华书局1983年版；故宫博物院编：《清代文字狱档》，上海书店1986年版。

熙朝密折，目前尚有三千余件"①，比如李煦奏折、江宁织造曹府的档案文字资料中，均存有大量有关清朝君主与他们安插在江南的耳目的私人来往信件。乾隆时期则因袭这种制度，虽然乾隆后期政策有所缓和，但是总体情况则如前述。

3. 加强文化统治的另一个方面的内容是《四库全书》的修纂。这是一项浩大的工程，始于乾隆三十八年（1773），至四十七年（1782）才告成。对此事，历来评价不一，其中不少人持批判态度，把它与"文字狱"相提并论。通行的看法认为乾隆是想借修书之名义查禁不利于清统治的书籍，即"寓禁书于修书"。因为自清朝入关承续大统之后，为了消除汉人反满和敌视情绪，频繁下令征集明天启、崇祯朝实录或野史、笔记等涉及清朝的史料。乾隆也曾表明寓禁书于修书之意，"明季末造，野史甚多，期间毁誉任意，传闻异词，必有诋触本朝之语。正当及此一番查办，尽行销毁，杜遏邪言，以正人心而厚风俗，断不宜置之不办"②。这样做的效果也很明显，乾隆中因修《四库全书》之便，焚毁抵触清室之书，自三十九至四十七年（1774—1782），先后奏销24次，焚书538种，13862卷。而据黄爱平《四库全书纂修研究》称"在长达十九年的禁书过程中，共禁毁书籍三千一百种，十五万一千多部，销毁书板八万块以上"③，其他未焚而经抽毁及改易字句者，不计其数，由此可见禁书的严重情况。清代统治者禁书有明显的政治目的。一是以政治标准定取舍，大量销毁书籍，禁书中对明代的历史文献的纂改尤为严重，它们被大量地销毁、纂改、删节。被禁毁书目大都被标上"违碍""狂悖""触犯""狂吠""语涉干犯""语多指斥""多言时事"等字样；甚至连"多有感愤之语""多怨怼之语"的书籍也在禁书之列，近乎吹毛求疵。二是禁书与文字狱紧密关联，禁书集中时期也是文字狱的高发期，并且已有蔓延和扩大的趋势。就具体情形而言，康熙、雍正为了稳固自己的统治兴文字狱实有不得已的成分。但在政局稳定的乾隆时期大兴文字狱，且以打击普通读书人和下层民众为主要对象，则令人费解。更为可笑的是，在所处理的案件中，有不少

---

① 杨启樵：《雍正帝及其密折制度研究》，上海古籍出版社2003版，第157页。
② 参阅《清高宗实录》卷964乾隆三十九年上谕。
③ 黄爱平：《四库全书纂修研究》，中国人民大学出版社1989年版，第78页。

人为精神病患者①。此外，处理的手段也过于严酷，因文字狱而送命的士子民众可谓举不胜举。当然，禁书和文字狱是统治者加强文化专制的手段，是文化史上的厄运，这是毫无疑问的。但《四库全书》的修纂还是一件极有意义的工作，不能作全盘否定。理由有三个。

（1）文字狱其实是封建统治者政治斗争的一种有效的手段。雍正通过文字狱达到了铲除政敌，为自己的继承皇位正名的目的。而乾隆则借助大兴文字狱加强了自己的专制集权。

（2）《四库全书》所禁毁的书籍多为关涉明末历史，以及含有不利于清朝统治者的文字，而对于远离政治的书籍则不加禁止。更重要的一点是，《四库全书》的修纂集中了当时知识界的精英，四库全书馆是"汉学家的大本营"（梁启超语，见《中国近三百年学术史》），选择人员以"学问优长"为标准，汇集了经学、史学、文学等各界的文化巨子。而且此书在"辨章学术，考镜源流"方面做了许多极有意义的工作，其中《四库全书总目》直到今天还有重要的参考价值。如果纯粹出于禁书，付之一炬可矣，用不着耗费大量的人力物力来进行编纂整理。《四库全书总目》对于我们今天仍然有重要的参考价值，所以说"寓毁于修""寓禁于修"要做具体分析。

（3）文字狱的扩大和泛滥其实与江南汉族地主本身有关，甚至可以说是他们一手促成。不少汉族官员为邀功取媚，深文罗织，用士子的鲜血染红自己的乌纱帽。而民间告讦之风日炽，推波助澜，据漆永祥统计的100起文字狱案件中，涉及私人告发的（怀挟私人泄愤目的）的达31起②，有些甚至出于地方督抚捕风捉影的捏造。满族统治者也乐得利用汉族地主阶级的弱点，对他们进行制约和削弱。有些案件连乾隆本人也觉得有些过头，比如乾隆二十六年（1761）胡宝瑔上奏"余腾蛟诗文案"，乾隆说"若撷拾诗句，吹毛求疵，不惟无以服人心，即凡为诗者，亦将不敢措一语矣"③，不予深究，甚至后来还对"文伙"予以治罪。

4. 在思想上，清朝统治者推行程、朱理学与表彰"汉学"并行不悖，其目的也是为了钳制人们的思想。他们将程、朱理学确认为官方政治哲学，并

---

① 漆永祥：《乾嘉考据学研究》，中国社会科学出版社1998年版，第75页。
② 漆永祥：《乾嘉考据学研究》，中国社会科学出版社1998年版，第77页。
③ 蒋良骐、王先谦等纂，《东华录》乾隆二十六年上谕，光绪年间刻本。

使其庸俗和实用化，朱维铮云"在尊崇的同时，没有忘记疑忌。因此，一面表彰理学名臣，一面讥斥'假道学'；一面'以理杀人'，一面压迫真理学；一面追贬'贰臣'，一面申斥宰相竟想'以天下为己任'"①（《壶里春秋》第138页），这在清朝历代君主中已相沿成习。在严苛的思想控制之下，士子想通过仕途来实现自己的理想和价值几无可能。更有甚者，臣子上奏竟自称"奴才"，丧失了起码的人格尊严。而清代帝王对待近臣也往往缺乏应有的尊重，如乾隆皇帝对纪晓岚、彭元瑞等即以娼优蓄之②。在对知识分子进行思想控制的同时，清统治者又大力提倡经学，如康熙曰："自汉唐儒者专用力于经学，以为立身致用之本，而道学即在其中。"又云："治天下以人心风俗为本，欲正人心，厚风俗，必崇尚经学。"③ 学者胡渭、阎若璩等均以潜心学术受到康熙的褒奖。乾隆也效法乃祖，提倡实学，反对蹈虚。乾隆八年（1743）命刊布《十三经注疏》于学宫（《四库全书总目提要》卷十五《毛诗正义》），以至于"鼓箧之儒，皆骎骎乎研求古学"。阮元也称："我朝列圣，道德纯备，包涵前古，崇宋学之性道，而以汉儒经义实之。圣学所指，海内向风，御纂诸经，兼收历代之说，四库馆开，风气益精博矣。"④ 乾嘉时期，汉、宋学术的对立未始不与此相关。可事实的真相却是，清代统治者对于汉、宋学说并不是真正感兴趣，他们对于程、朱理学和汉学缺少学术层面探讨的兴趣和热情，但因程、朱理学所倡导的"忠君"和"孝义"思想是维系封建伦理的基石，能为统治者推行专制政治服务，故统治者乐于推阐；而汉学则引导大批知识分子沉湎于"为学问而学问"的狭小天地，焚膏继晷，皓首穷经，不问政治，这也是统治者所希望的。再者，汉、宋之争属于知识分子内部矛盾，能够消耗汉族知识分子的精力和热情，对于清代统治者的专制统治是有裨益的。

总而言之，文字狱、禁书、密折制度以及推崇"程朱理学"等文化政策

---

① 乾隆四十五年命纪昀等修《历代职官表》，对于宰相首辅，心存猜忌，乾隆有"惟在人主太阿不移，简用得人，则虽名丞相，不过承命奉行……"，又有"昔人言，天下安危系于宰相，其言实似是而非也"。
② 印鸾昌：《清鉴》，见"文化政策"章，中国书店1985年版，第461页。
③ 分别见《康熙起居注》二十一年八月初八日条，《圣祖实录》卷二百五十八康熙五十三年条。
④ 《拟国史儒林传序》，《研经室集》一集卷二，中华书局1993年版。

是清代统治者加强文化专制的重要手段，其目的是巩固和加强皇权统治。因为是以少数民族统治汉族人口占绝大多数的中国，民族矛盾和纷争不可避免，而采取高压政策则是迅速稳固政局行之有效的手段。但有鉴于元朝统治的失败教训，清初统治者深知必须利用汉族地主的势力，争取他们的支持，同时最大限度分化瓦解反满同盟，而在严酷和高压的同时采取怀柔政策，则是这种统治策略的体现。清政权能够统治中国近270年（1644—1910年），这绝非侥幸和偶然。

在摧折汉族知识分子的同时，清朝统治者也极力拉拢利用汉族知识分子，以加强和巩固其专制统治。这些政策主要包括三个。

1. 南巡。康熙和乾隆多次巡幸江浙地区，这是清朝笼络江南知识分子的一种策略。康熙南巡是在"三藩"既平、台湾归顺之后，其目的是借南巡的名义考察江南民情、士风，稳定江南社会局势，政治意图十分明显。如大力倡导忠孝和节义，对节妇予以表彰；对致仕官员表示抚慰。如对致仕缙绅汪琬之崇礼，康熙谕江苏巡抚汤斌曰："汪琬久在翰林，有文誉。今闻其居乡甚清正，特赐御书一轴。"而对于更多的士子献诗、献赋，康熙也赏赐有差。这种做法实际上也收到了显著的成效。康熙中期之后，江南反满排满情绪得到遏止，为"康乾盛世"的出现奠定了良好的基础。而乾隆南巡的规模和时间大大超过康熙，从乾隆十六年（1751）始，迄乾隆四十九年（1784）终，乾隆曾六次巡幸江南。其目的之一是"以几暇之适情"去"眺览山川之佳秀，民物之丰美"（《清高宗实录》）。而另一目的则是考察民情和河防。在南巡过程中，为了笼络汉族官僚地主、缙绅富商、文人士子，乾隆竭力表现出优礼学人、尊重学术的姿态。他说人不读书，就有"粗俗气"和"市井气"①。还告诫说"经史，学之根柢也。会城书院，聚黉庠之秀而砥砺之，尤宜示之正学"。命将武英殿所刊《十三经》《二十二史》各一部发给江宁钟山书院、苏州紫阳书院和杭州敷文书院②。同时，乾隆还以"三吴两浙为人文所萃，民多俊秀，加以百年教泽，比户书声，应试之人日多而入学则有定额"（见《清高宗实录》）为由，命增加江苏、安徽、浙江三省学额。而对进献诗赋的读书人进行考试，授以功名。在乾隆十六年（1751）上谕中有云："朕省方观民，

---

① 《清高宗实录》卷五。
② 乾嘉年间纂《南巡盛典》卷二十五"乾隆十六年三月初一"。

南巡江浙，绅士以文字献颂者，载道接踵，朕加之甄录，分别考试，此次考中之谢墉、陈鸿宝、王文（应为"又"）曾皆取其最精者，且人数亦不多，著加恩特赐举人，授为内阁中书，学习行走，仍准其参加会试。"又谕："此次考中之蒋维植、钱大昕、吴烺、褚寅亮、吴志鸿，照浙省例特赐举人。"被赐举人还有程晋芳、鲍之钟等①。

2. 在官僚制度体制上采取满汉混合的官僚体制，完善翰林院制度和内阁体制，让知识分子参与国家和政府管理，使汉族知识分子享有晋升的机会。

3. 君臣之间经常诗酒唱酬，襄赞太平盛世。康熙、雍正、乾隆都有御制诗文集。乾隆的创作更是惊人。他酷嗜《文选》，平生吟咏不辍，《乐善堂诗文集》中《静宜园记》《碧云寺碑文》等骈体文字雅致清新，如《碧云寺碑文》云："西山佛寺累百，惟碧云以闳丽著称，而境亦殊胜。岩壑高下，台殿因依；竹树参差，泉流经络。学人潇洒安禅，殆无有踰于此也。"写景细致，情感自然，不乏文人雅致。清代皇帝身边文学侍从济济多英士，如满人纳兰性德，蒙古人法式善，汉人则不胜枚举，如在纪昀《纪文达公文集》中，包含了大量与皇帝唱酬的文字，体裁相当广泛，涉及赋、颂、折子、跋文等多种类型。嘉庆帝也留心词赋②，其为朱珪所作谕祭文亦典雅密丽，凡此，皆可见当时宫廷重文风习。众所周知，君主好尚往往对整个社会风气产生重要的影响，康、雍、乾三朝，朝廷文学之上，文酒诗宴，唱酬无间。此外，清代开博学鸿儒科，倡导儒学，编纂图书③，故清代学人，多能兼通儒学。而列名经师儒林者，亦多文采斐然。

此外，文化上的怀柔政策还对科举考试政策的规范和制度化产生了重大的影响，而科举与骈文创作有着莫大的关系，值得探讨。

二、清前中期知识分子政策和文化政策对乾嘉骈文创作的影响

上面已简要论述了清代统治者的文化政策，接下来就这种政策的背景与

---

① 《钦定科场条例》，沈云龙主编："近代中国史料丛刊"第480册，第4064页。
② 见《清朝野史大观》卷一"仁宗留心词赋"条。
③ 从康熙开始，朝廷组织大批知识分子纂修各种大型类书、丛书，如张英等辑《渊鉴类函》、张玉书编《康熙字典》《佩文韵府》、张廷玉《骈字类编》《子史精华》，"稽古右文，崇儒兴学"。

乾嘉骈文的关系进行探讨。文学与政治的关系是老生常谈而又不可避免的话题，它主要体现在：其一，文学创作不能完全脱离政治的干预和影响；其二，文学创作可以相对游离于政策之外，还可以对政治进行批判、揭露和反思。清代康、乾时期的文化政策较为特殊、复杂，而且对知识分子文学创作的影响是广泛而深远的。

其不利的影响表现为五个方面。一是高压政策和严酷的思想文化控制对于不同阶层和具有不同思想基础的人们的心理结构、审美观念以及文艺创作产生了多方面的影响，导致不少文人作家人格和性情受到严重扭曲和摧抑。因为怕触时讳，乾嘉时期的文学作品很少有人就时事发表感慨，特别是对重大政治问题，士人大多噤若寒蝉。谢国桢《明清史谈丛》云："到了清初，大兴文字狱，'文网'甚严，士人在积压之下就不敢谈政治和时事，而流入王士禛辈写《池北偶谈》，只可谈些吟风弄月、闲情逸致的东西和钻研训诂考据的札记。"一些知识分子甘心充当封建统治者文化思想的传声筒，鼓吹风教、润色鸿业，另一些知识分子则在政治高压沉闷的气氛下，表现出畏惧、失落、郁愤和要求摆脱专制束缚的心态。李祖陶《与杨蓉诸明府书》云："今之文人，一涉笔惟恐触碍于天下国家……人情望风觇景，畏避太甚。见鳝而以为蛇，遇鼠以为虎，消刚正之气，长柔媚之风，此于世道人心，实有关系"①，宋翔凤也说"行事之间，动遭蹇难；议论所及，娄从谗讥。故人旧友，或相告绝。幸为太平之人，不撄罗网之累。然身心若桎梏，名字若黥劓"。这可以说是当时士人心态的真实写照。

二是受政治高压的影响，文学作品的题材和内容因而受到了诸多限制。其中描写重大政治事件及反映现实题材少之又少，除了大量歌功颂德、粉饰太平的作品外，就是一些嘲风弄月、游戏笔墨及应酬唱和之类无关痛痒的文字。不少作品对社会现实和民瘼采取漠视态度，文章大多缺少个性色彩和充沛的感情。清代统治者大倡"忠孝"，且要求贯彻其统治思想，康熙说"文章以发挥义理，关系世道为贵，骚人词客，不过技艺之末，非朕所贵也"②，乾隆在《〈清诗别裁〉序》中也称："且诗者何？忠孝而已耳！离忠孝而言诗，吾不知其为诗也。"翻开《清实录》，这样的记载可谓比比皆是。由此可见清

---

① 李祖陶《迈堂文略》卷一，《续修四库全书本》。
② 《清实录》康熙十二年癸丑八月辛酉上谕。

代统治者的一贯主张。忠孝题材和主题在不断重复和复制，导致文学缺少真气和性情。由于统治者粉饰太平，推阐盛世之音，出现了大量铺张扬厉的所谓大块文章，模拟汉大赋的声容状貌，它们大致包括两类。1. 疆域赋，和宁出使西藏所作《西藏赋》并自注万余言，从文化史的角度看，有其独特的价值。徐松的《新疆赋》也是此类作品。除这两篇赋外，此类作品还很多，英和《卜魁城赋》（收入《满蒙丛书》）、张澍《天山赋》①也是此类作品。2. 寻常馆阁文章，涉及典制、仪式、诏令、巡幸、庆吊、倡和等方面，马俊良选入《俪体金膏》也都是此类文字，这些文章除了写作技巧的华美精巧和具有文献史料价值以外，无甚深意。

　　三是在表达方式上也呈现出一些特点。其主要表现为：对社会问题的揭露和反映一般都比较含蓄婉曲，甚至对个人感情的表露也比较隐晦曲折，惧怕罹祸。与此相联系，许多作品追求伤感美和怪诞美，讲究寓意性、象征性和影射性，或者在形式上多追求典雅和精美，有的作品好用僻典和难字、奇字以炫博。同时，由于汉学与宋学的对立，在骈文创作中，也出现了宗宋和宗唐及汉魏六朝两种倾向的对立。

　　四是写作上模拟和因袭，同题同类作品大量出现，不仅内容上重复和复制，写作技巧上也殊乏新意。比如《哨鹿赋》《冰嬉赋》等反映帝王生活的作品，以及一些台阁文人相互唱和的作品。

　　五是文风上追求华美、典雅，台阁文风有重新抬头之势。人们津津乐道于"春容之象""台阁气象""雅懿鸿穆"等风格，直省将军督抚永玮、刘峩等《请祝万寿表》"极天所覆，偕一十七省而工乐舒长；入人也深，阅五十二年而弥加沦浃"，"虽天地为心，如父母布言施报；而岁月以冀，即愚贱亦具性情"。大学士阿桂《奏请编辑八旬盛典疏》"九五演易，九五演范，叠五策天地之全；八千岁春，八千岁秋，积八入宫商之颂"，"嘉筵绍于彤墀，老吾老及三千叟；太和光于蔀屋，孙生孙者二百家"②。其他如曹文埴、于敏中、郑王臣等谢折都写得典正博大。除此之外，张若霭、谢墉、彭元瑞等亦精于此道。

　　但一个不容忽视的现象是清代骈文在这种高压政策下呈现出繁荣的景象，

---

　　① 张澍《养素堂文集》卷一。
　　② 见陆以湉：《冷庐杂识》"疏表杰作"，中华书局1984年，第267页。

并且俨然有与清代桐城古文并辔齐趋甚至凌驾其上之势。大致有以下四个原因。

一是积习与传统。曾国藩《湖南文征序》云:"自东汉至隋,文人秀士,大抵义不孤行,辞多俪语,即议大政,考大礼,亦每缀以排比之句,间以婀娜之声,历唐代而不改,虽韩、李锐志复古,而不能革举世骈俪之风,此皆习于情韵者也。"① 确实,自六朝唐宋以来一直到明代台阁应用文字以骈文为主,虽然经过唐宋古文运动的打压,经过宋四六文体形式革新,专重形式,有人斥之为"俗调""滥调",等到元明,骈文创作逐渐衰微。因而有清代的骈文复兴。蒋伯潜、蒋祖怡《骈文与散文》中谈到清代骈散文复兴原因:"清代文学复兴的原因,一方面由于异族的压制,不得不藉文字作安慰;一方面乘几千年的余绪,在这时来做一总结帐,于是造成了空前绝后的局面。骈文和散文也就同时争起,相互辉映,成为文体演变中的奇葩。"② 清代骈文先有晚明文学复古运动的张扬,在清初已经呈现复苏迹象,到了清代乾隆时期,又有统治者的推波助澜,骈文复兴也就顺理成章了。

二是统治者的喜好。他们的态度直接决定政治气候以影响文学。康熙、雍正等励精图治,重视事功学问。对于文章风气,康熙明确提出"措诸行事,有裨实用"。他说:"朕观古今文章风气,与时递迁。六经而外,秦汉最为古茂,唐宋诸大家已不可及。凡明体达用之资,莫切于经史,朕每披览载籍,非徒寻章摘句,采取枝叶而已。正以探索源流,考镜得失,期于措诸行事,有裨实用,其为治道之助,良非小补也。"③ 这是典型的文学实用主义,对文学创作是有害的,但这是问题的一方面;要求质实文风与骈文写作需要作者有学识又是一致的,对骈文发展是有利的。其实,康熙帝只是反对过于华丽的文风,对于骈体形式并不排斥。而乾隆则颇喜词华,彭元瑞华词献媚,深受其宠信。又顾棪在乾隆巡视津定时,以"分明析木津前过,最是桃花涨后宜"的丽句获赏,均可为证。上面我们提到乾隆自己也写骈体文字,当然,他这些文章是骈散结合,语气流转自然。

三是南巡献诗、献赋风气的影响。乾隆往往以南巡作为考试的内容,有

---

① 《曾国藩全集·诗文》,岳麓书社1994年版,第333~334页。
② 蒋伯潜、蒋祖怡:《骈文与散文》,上海书店出版社1997年版,第87页。
③ 见《大清圣祖仁皇帝实录》,中华书局影印本,第1599页。

些是即兴命题，如浙省修海塘，便以《海塘得失策》为题，在南巡时观看回民扒竿、绳技等杂技演出，便以《观回人绳技赋》为题考试士子。这些时事或即兴题材内容的考试有利于选拔吟咏敏捷的文学侍从之士，如后来担任《四库全书》总校官的陆费墀、内阁学士谢墉，曾任四川、湖北学政，在上书房行走的吴省钦等都是历次南巡选拔考试中遴选出来的。这种考试在某些方面也能促进文学创作，形成重文的风气和氛围。士子的文学才能往往是其获得入仕的重要资本，所以骈文受到重视自然是题中应有之义。

四是馆阁文体和日常应用文多用骈体，骈文的实用范围很广，对于当时的文学发展也有相当影响。这主要体现在两方面：一方面有工于奏牍的作家，比如纪昀、彭元瑞、吴鼒就是以工于奏牍受到皇帝的赏识的，他们都是当时很有影响的骈文作家；另一方面需盛世鸿文，所谓"润色鸿业"，鼓吹休明，比如马俊良所选《俪体金膏》大部分就是这样的文字。桐城姚伯昂侍郎（元之）善于写谢恩折，其略云："圣无弃物，木虽朽而仍雕；帝有恩言，垢纵污而顿涤。钦承新命，回忆前尘。燕识旧巢，庇下之欢更洽；羊追歧路，补牢之计弥殷。臣惟有事事讲求，时时省察。向倾葵藿，感恩有甚于迁除；收望桑榆，纠过常萦于癏寐。"虽是程式之文，亦出以心机，措辞雅近宋人①。再比如袁枚《与延绥将军书》："角声霄汉，延陀之妖雪惊飞；檄草朝成，西毒之黄龙气尽……小丑尚存，英雄为之气涌；匈奴未灭，何以家为？……盖渭桥谒而麟阁画十一将，高昌灭而北方靖三十年。"写得颇有气势，令人感奋。王文濡评语云："指挥若定，王景扣虱而谈，读之使人气壮。"

第二节　清代科举考试与乾嘉骈文创作

一、清朝科举考试对乾嘉骈文创作的影响

清代统治者鉴于元朝迅速灭亡教训，对汉族地主和知识分子采取高压与

---

① 陆以湉《冷庐杂识》，中华书局版，第134页。又新科进士朝考始于雍正年间"新科进士于引进前朕欲先行考试，再引见，一应仍照殿试预备。朕将诗文各体出题，视其所能，或一篇或两三篇，或各体俱作，悉听其便，此进士朝考之始"。（雍正元年十一月二十九日奉上谕）同样也是重视进士的诗赋才能。

怀柔并重的政策，入关以后很快建立健全科举考试制度。这样做的目的是：一方面为知识分子提供出路和进入仕途的机会，缓和紧张的民族关系和矛盾；另一方面也为自己统治机构培养人才。

本文所指的清代科举考试，既包括常规的乡、会试，也包括恩科及制科等特殊考试，还包括中进士后的庶吉士散馆考试及考差与翰詹大考①。

乡、会试是清代常规考试，也是清代取士的主要方法和途径。每逢子、午、卯、酉例有乡试，由各省统一组织考试，考中者称举人，取得会试资格或做官机会。逢丑、未、辰、戌年为会试之年，考中者称为进士。乡、会试有正科，也有恩科。所谓恩科，即国家有喜庆之事，诸如皇帝生日，谓之"万寿"；皇帝娶后，谓之"大婚"；新君即位，谓之"登极"，是年加试一科，称为"恩科"。清代乡、会试均考三场，各场分别试以四书文、五经文、诏、表、判、策、论。乾隆五十二年（1787）定首场四书文三篇、五言八韵诗一首，二场经文五篇，三场策问五道，遂成定制。考试最主要的内容是时文（或称经义、制义、四书文，俗称八股文）和试帖诗（亦称试律）②。时文代圣贤立言，不允许有个人意见的发挥，文体形式讲究排偶，每篇由破题、承题、起讲、入手、起股、中股、后股、束股等部分组成。其中，起股、中股、后股、束股这四个段落才是正式的议论，中股为全篇文字的重心。在这四个段落中，每一段落都有两相比偶的文字，合共有八股，通称"八股文"③。试帖诗也对对偶、押韵、用典十分讲求，并有严格的规定。所有这些均需要骈文的写作技巧和功夫（关于这一点，我们将在下面《科举考试文体与乾嘉骈文创作》论述），同样，八股文的训练同样对骈文写作也有帮助，这种现象自然对骈文创作的繁荣产生影响。

在科举考试中，考生八股文借用骈文技法自是不宣之秘，甚至写作有时纯用骈偶技法，比如《皇朝文献通考》（即《清朝文献通考》）卷五十三云："又据磨勘试卷大臣奏：江南省第一名顾问卷头场四书文三篇纯用排偶，于文体有关。且首艺未经点题，请将该考官及本生交部查议。制艺代圣贤立言，

---

① 这里采用商衍鎏《清代科举考试述录》的说法，详参《清代科举考试述录》第2、3章，三联书店1958年版。
② 清代科举考试内容前后有所变化，而且也有过议废除八股之举，比如乾隆三十八年兵部侍郎舒赫德请求废制义，格于议未能行。
③ 刘声木《苌楚斋四笔》卷五有"钞文中式"事例，可见八股文之虚矫造作。

原以清真雅正为宗,朕屡经训谕,不啻至再至三,何得又将骈体录取,且拔冠榜首,所谓厘正文风者安在?况三艺俱用排偶,场中易于辨识,并不必再用字眼。"这里,所谓"于文体有关",反对排偶,认为过于讲究形式技巧,会削弱代圣贤立言的宗旨,与统治者要求润色鸿业,展现盛世华的要求相悖,这源于人们对于六朝文的根深蒂固的观念,是惧怕"文章误国"的心理作祟。在《钦定科场条例》中我们还能找到多条这样的法令。这说明考生自觉不自觉在八股文写作中运用骈文的技法已成积习,由来已久。其中主要的原因是试卷评阅官和考生平时的知识素养以及审美情趣。从考试内容来看,八股文代圣贤立言,不许考生自由发挥,没有置喙的余地。但试策则灵活得多,虽然大多以大政时政为主要内容,但也有直接以论述六朝文甚至直接涉及骈体理论和骈体文作法内容的试题,需要考生对文学发展和文体演变有相当的认识。比如乾隆己卯(1759年)山西乡试策问试题三道中有一道涉及诗歌体制、源流的问题,嘉庆壬戌(1802)会试五道中有一道策问士子关于文章、词赋观点的试题①。考生在考试中很注重展现自己的文学技巧以博取考官青睐,文风日趋华靡,以至于清廷几次下令要求革除这种风气。其实效果并不明显,因为要把文章写得漂亮是自然的。有时各省的乡试题则充满了生活气息和地方色彩,如1759年浙江乡试题目为《江海出明珠》,1760年恩科为《楼观沧海日》;1762年的《涉江采芙蓉》表现了浙江的地方色彩,并有一定的生活气息;1759年江西乡试题为《秋水长天一色》,1783年试题为《月涌大江流》,就透露些许地方风情。而1795年江南的《岭衔宵月桂》、福建的《南中荣橘柚》、广东的《攀桂仰天高》、陕西的《仙人掌上雨初晴》,1798年山西乡试题《秋光凝翠岭》、广东的《巨海犹萦带》、广西的《桂岭环城如雁荡》都是文采飞扬,富有韵味,蕴涵浓郁的地方色彩和历史文化渊源,具有浓郁的文学特性。同时也易于使考生发挥想象力,拓展思绪的空间。

在科举考试中,衡文的标准中文学性和艺术性往往是重要的尺度,与《文选》"事出于沉思,义归乎翰藻"的审美标准相一致。主持和组织考试的士大夫,是通过科举考试形成的知识阶层,而其考试内容与六朝贵族们所掌握的知识素养并无本质区别。他们在评阅试卷时通常以美文标准作为衡鉴:

---

① 见《纪晓岚文集》第一册,河北教育出版社1995年校点本,第266~274页。

重视辞藻，讲究声律，重视文章的艺术性，考试试卷评语中诸如"奇情壮采""有光有色，别开奥窔""声情俱壮""风骨遒上，藻采高翔""典丽矞皇""清新俊逸，庾鲍风流""气和音雅，玉润珠圆""深情绵邈，情深文明"这样的词句屡见不鲜①。六朝人品评人物的语句在清代考试试卷评语中经常出现，如房师评毛敬昭试卷"铺锦列绣，雕绘满眼，雅人深致，腹有诗书气自华"②；评姜人侨卷"葛稚川之称陆平原也，曰：元圃积玉，无非夜光；鲍明远之称谢康乐也，曰：初日芙蓉，自然可爱。作者以雄健之笔，抒醇茂之词。昔贤所云，并臻其胜"；福保《赋得三复白圭》批语云"律切工致，气体清醇"③。叶梦珠《阅世篇》卷二云："乡会试中式者，各刻硃卷，分送亲友。旧例：本房座师在第一页上总装批语于中式名次籍贯后，四六骈俪，连篇累牍，以后则同考官依次小批，末后两大座师批取及中字。自顺治己亥后，始革去分房名色，同考试官公阅公荐，遂无四六总评……"乾隆十五年（1750）汪由敦主持京闱，"得一五经卷，才气超轶，兼数人之长，二场所拟诏诰，复极典雅，心知为才士，亟取入解颐"，此人即赵翼④。从上面所列资料可以明显感觉到多是以六朝美文的标准来衡量科举考试文体，其中尤以诗赋等文体方面为突出。

这种华美的文风如此普遍，以致当时有些人对此存有异议。如朱珪认为"俳词偶语，学六朝靡曼"是古文之一弊（《小仓山房尺牍》三《覆家实堂》）。然这并非是朱珪的发明，在他之前，魏禧、朱彝尊均有类似的看法。魏禧说"魏晋以来，其文靡弱"（见于其《论文书》）。朱彝尊称"魏晋以降，学者不本经术，惟浮夸是务，文运之厄数百年"（《与李武曾论文书》）；"魏晋而下，指诗为缘情之作，专以绮靡为事"（《与高念祖论诗书》）；"近今士子或故为艰辛语，或矜为俳俪辞，争长角胜，风檐锁院中偶有得售，彼此仿效为夺标良技。不知文风日下，文品益卑，有关国家抡才大典，非细故也"⑤。要求原本经术，强调文学的社会作用和意识形态功能，从而稳定封建社会秩序。乾隆也说："朕思学者修辞立诚，必理为布帛菽粟之理，文为布帛

---

① 参阅《清代朱卷集成》第231册，此类词语不少概见。
② 《清代硃卷集成》第231册《乾隆庚寅科第二场〈易〉一房》，台湾成文出版社1992年版。
③ 《清代硃卷集成》第290册。
④ 汪由敦《松泉诗文集》卷11《赵云松瓯北初集序》。
⑤ 章中和《清代考试制度资料》乾隆十九年上谕。

菽粟之文，而后可以垂世行久。"乾隆十年（1745）上谕："国家设科取士，首重在四书文，盖以六经精微尽于四子书。设非读书明理，笃志潜心，而欲握管挥毫，发先圣之义蕴，不太相径庭耶？我皇考有清真雅正之训，朕题贡院诗云'言孔孟言大事难'，乃古今之通论，非一人之臆说也。近今士子或故为艰辛语，或矜为俳俪辞，争长角胜，风檐锁院，中偶有得售，彼此仿效为夺帜争标良技，不知文风日下，文品益卑，有关国家抡才大典，非细故也。"①

这种考试风尚直接导致整个社会重文风气的形成。从童蒙时候开始，士人就注意学习写作技巧和培养文学素养，而裁对和练字选词是必须的训练。饶宗颐先生探其源云："唐玄宗命徐坚编纂《初学记》，其书在每一项之下，以'叙事''事对'为主，然后选录一些诗赋等。李翰著《蒙求》，亦以对偶为文，作为小学的教材。到清代康熙六十年，御纂的《分类字锦》，共六十四卷，为成语、对偶集大成之作。"② 其实清代童蒙平常习诵的《声律启蒙》《笠翁对韵》《幼学琼林》等韵对书多而且传播十分广泛。另外，《文选》也成为人们获得文学知识和训练写作技巧的重要书籍。齐召南、孙星衍能够背诵《文选》全部，洪亮吉为贵州学政时把《文选》列为士子必读书目，阮元也在自己所开办的诂精精舍和学海堂以经史课士，其中《文选》是必修的课程。许多作家从小显示出文学创作的天赋，如袁枚、钱大昕、朱筠、董祐诚、顾敏恒、王昶等。王昶少从沈德潜游，有"清露滴苔径，暮寒生竹楼"句，为时人所传诵③。王昶《湖海诗传·蒲褐山房诗话》称："君（钱大昕）聪颖非常，髫中时即有神童之誉。"张锦麟（"岭南三子"之一张锦芳之弟）十岁通经能诗，以"碧天如水燕双飞"得名，时呼为"张碧天"，与张锦芳并有"双丁两到"之目。鲍之钟以《初月赋》为刘墉所赏识；金兆燕作《旗亭画壁记》，卢见曾爱而刻之；程廷祚"年十四，作《松赋》七千余言，惊其长老"；黄介"作小赋，似魏晋间语"④。而《清史稿》《清史列传》所载更多，这里就不再举例了。

---

① 吴鼎雯《清朝翰詹源流》，"近代中国史料丛刊"第291册。
② 饶宗颐：《澄心论萃·汉字与诗学》，上海文艺出版社1996年版，第144页。
③ 见朱克敬：《儒林琐记》，钱仲联《清诗纪事》第九册，第5604页。
④ 见吴德旋《初月楼闻见录》卷五。

为了笼络知识分子，同时也为朝廷选拔特殊人才，封建统治者往往在常规科考之外，根据实际需要设立各种名目的考试，即制科考试。制科考试是进士科之外的考试，包括博学鸿词、经济特科、孝廉方正、经学和召试。

其中的博学鸿词科考试因为要求士子博学和工于奏牍，与骈文或者四六文关系密切。这样的考试清代共举行过两次①。一次是康熙十七年（1678）。试题为《璇玑玉衡赋》一篇、《省耕诗》五言排律二十韵一首。是科与荐诸人中以骈体名者有毛奇龄、陈维崧、尤侗、毛升芳、王嗣槐、吴农祥、夏骃、黄始、周清原、叶舒崇诸人。一次是乾隆元年（1736），定博学鸿词之例，此次鸿博科考试内容虽有所改革，诗赋考试外增试论策，但四六仍很关键。乾隆元年召试176人于保和殿。考试一场题为《五六天地之中合赋》赋一篇，《赋得山鸡舞镜诗》七言排律一首，文题为《黄钟为万事根本论》；第二场试经、史、制、策各一。取一等五人刘纶、杭世骏等均授翰林院编修②。是科入荐的黄之隽、胡天游、陈黄中、齐召南、杭世骏、邵昂霄、叶薰风、袁枚等人并以四六闻名。

夏仁虎云："及于清代，作者辈出（指骈文作家），则鸿博之科启之也。"③ 这次考试在士子心理产生了广泛的影响，助长了社会对于诗赋作品的重视。比如全祖望因为已入词馆，不能参加考试，但是仍拟作了《五六天地之中合赋》，杭世骏据此将其收入《词科掌录》中④。所以博学鸿儒与乾嘉骈文发展也存在密切的联系。

下面谈庶吉士散馆和翰詹考试。与明朝一样，清代实行翰林院庶吉士制度，翰林院为清班之选，地望清要。为皇帝近侍人员，颇受重视。《清史稿·选举志》云："凡留馆者，迁调异地官。有清一代，宰辅多由此选，其余列卿尹、膺疆寄者，不可胜数，士子咸以预选为荣。"由此可见翰林地位的重要。袁枚曾说杨芳灿与陈熙皆为翰林才，却困于风尘俗吏，为之惋惜不已（袁枚《随园诗话》）。陈康祺《郎潜纪闻》也云："今新列词垣者，几视部郎为哙

---

① 雍正也曾有意举行博学鸿词科考试，但因为匆匆去世，尚未及施行。
② 乾隆二年补试续到者于体仁阁，赋题为《指佞草赋》、诗题为《赋得良玉比君子》七言排律。
③ 夏仁虎：《枝巢四述·旧京琐记》，辽宁教育出版社1996年版，第8页。
④ 杭世骏《词科掌录》卷二云："是科征士中，吾石友三人，皆据天下之最，太鸿（厉鹗）之诗，稚威（胡天游）之文，绍衣（全祖望）之考证，近代罕有伦比，岂非命也夫！"

等，盖由事例既开，六部司员皆可入赘行走，而柏台芸馆，必由科目进身。部郎黯然。"统治者以翰林备著作和顾问之选，并且对此做出了明文规定："翰林以文章为职，古文、诗赋俱当取法前代大家。务须典雅醇正，勿为险怪纤巧……"① 既然骈文写作为翰林必备的条件，翰林院官员自然会重视骈文，而这种风气对当时社会的影响也是显而易见的。

平时庶吉士们必须学习诗赋写作，培养写作技巧，自然包括作骈文的方法。而在翰林院三年学习期满，则要进行散馆考试，其考试内容，初为五言八韵诗或十韵诗及论各一篇，不出论题则用时文。雍正元年（1723）改用诗、赋、时文、论四题，可选其二。雍正说得很清楚："教习庶吉士所以造就人才，使之沉潜经籍，涵泳艺林，可以典制诰之文，鸣国家之盛……"② 并且于雍正十三年（1735）改为专考诗赋。乾隆帝颇喜词华，自然更重视士子的文学才能，所以有清一代实际上翰詹考试以诗赋为主，乾隆十三年、乾隆十七年年、乾隆三十三年、乾隆三十八年、乾隆五十年、乾隆五十六年乾隆皇帝亲自主持的考试，无一例外都须试律赋和试帖诗③，比如乾隆十三年的赋题是"竹泉春雨赋"，诗题是"赋得洞庭张乐"；乾隆三十三年（1768）赋题是"拟张华《鹪鹩赋》"，诗题是"紫禁樱桃出上阑诗"。

考试的结果直接关系到参考人员的去向和前途，考试优等将得到奖励和美差，差等则受到训斥、降职甚至黜革。比如乾隆十年（1745）一甲第二名庄存与于十三年（1748）散馆考试二等末，高宗谓其不留心学问，不准授为编修，俟引见时酌量候用。比如乾隆五十四年（1789），孙星衍是上年乙末科一甲第二名进士已授职编修，是时和珅当国，散馆试《励志赋》，孙用"匑匑如畏语"④，和珅指为别字，抑置二等改官部曹。再比如乾隆三十三年（1768）御试翰詹于正大光明殿，擢吴省钦等官，余降调休致有差，赋题是"拟张华《鹪鹩赋》"，诗题是"紫禁樱桃出上阑诗"，论题是"新疆屯田议"⑤。又如乾隆四十六年（1781），王念孙散馆试《日处君而盈度赋》，考一

---

① 见清代《庶吉士进学规条》，国家第一历史档案馆所藏清顺治所定《庶吉士进学规条》。
② 吴鼎雯《清朝翰詹源流编年》雍正十一年上谕。
③ 以上资料均见章中和《清代考试制度资料》、吴鼎雯《清朝翰詹源流编年》。沈云龙编"近代中国史料丛刊"第269册、291册。
④ 匑音穷，敬谨也，见《史记·鲁周公世家》。
⑤ 吴鼎雯《清朝翰詹源流》。

等五名，任工部都水司主事。其子王引之嘉庆八年（1803）散馆考试，大考《拟潘岳藉田赋》，钦取一甲三名，擢侍讲。由于长期只考诗赋，因而诗赋才能的高低，往往决定其政治前途，可见其重要程度。胡敬曾说："吾师朱文正、阮仪征两相国有凭是（指词赋）拔取人才。"（《敬修堂词赋课钞序》）所说未免夸大，但也说明词赋的重要。所以当时士子把《文选》以及诗赋的学习当作不传之秘，英和《恩福堂笔记》云："迨余入词垣，（指彭元瑞）勖余曰：'向读之经书，不可抛荒；已读之诗文，仍未足用。应将《文选》及《唐宋诗醇》《文醇》尽卷熟读，可为好翰林矣。'余因是加励。"① 另外，翰林出缺，也例由进士出身的其他部门的人遴选。清人吴振棫在其《养吉斋丛录》称："外班翰林，考试诗赋，以非所习，辄以下等改官。"不娴诗赋竟至影响到外班翰林的升黜②，可见其重要性。

下面我们再来看考差与翰詹大考。考差是为乡试遴选考官的制度之一，始于雍正三年，雍正七年、九年、十三年皆举行过考试，间用保举之法。乾隆时期也曾一度采用考试与保举相结合的办法，乾隆三十六年（1771）后则废除保举方法，因此考差持续时间相当长，影响也比较大。考试的内容雍正时试时文二篇，乾隆加试诗一首。嘉庆后试四书文一篇、五经文一篇、诗一首。分别高下以备选用拣派，而衡量的标准除要求"人品端方、学问优长"外，主要以文章的写作才能为标准③。这种考试采用自愿参加形式，而翰林因为清苦，参加考试可以获得外放美差（主考、房官、学政等），借以改变经济拮据的状况，"从前京官，以翰林为最清苦。编检俸银，每季不过四五十金，所盼者，三年一放差耳。差有三等，最优者为学差。学差三年满，大省可分余三四万金，小亦不过万余金而已……"④。虽然所获多少不均，但因为有直接的经济利益的诱惑，大家趋之若鹜，甚至奔走攀援，以期在考试中获得好的成绩。

清制大考则专为翰林官之考试。始于顺治之时，每隔数年即大考一次，

---

① 见道光十七年刻本《恩复堂笔记》卷下，英和（1771—1839），乾隆五十八年进士，著有《恩福堂诗集》《恩福堂笔记》等，见道光十七年刻本《恩复堂笔记》卷下。
② 所谓外班翰林是非由进士出身的而进入翰林院的官员。
③ 参考商衍鎏《清代科举考试述录》第三章"进士及关于进士系内之各种考试"，三联书店1958年版。
④ 何德刚《春明梦录》六〇《翰林放差情况》，六二《笔者考差经历结局》。

合满汉之翰林出身者均一律与试。这种考试包括所有翰林出身的官员（不包括国子监祭酒和司业），所以规模亦不小，在士子文人中的反响也比较大。这种考试与考差不同，是所有翰林出身的官员必须参加的一种考试，带有强制性质，而且不准托病逃避。假如实在有病，病痊愈后仍将补考。《凌霄一士随笔》云："翰詹大考起于乾隆二年（按：此说与商衍鎏所说有出入，俟考）。少詹以下，编、检以上，均令与试，不准规避。优者可超擢，（一等第一，编检可以擢读学，且有擢少詹者），劣者则罚俸、降官，或逐出词曹有差。故翰林之文事荒疏或书法不佳者，一闻大考，每惴栗失色。"① 这是因为词臣应娴习典故、撰拟文字，备顾问编纂之用，而同时又为主持各省衡文之考官，恐不称职，所以时加考试，分别高下，予以升转降黜，为特别之考绩，这是大考用意之所在。因为这种考试直接关系到现任官员职位的升降，自然特别受到重视。乾隆时期大考约每六年一次，一共举行了十次。嘉庆大考共有四次。考试的内容乾隆时期以赋一篇、诗一首为主，视情况加论或疏一篇，嘉庆因循之②。因为这种考试规格比较高，翰林一般来说学问优长，擅长词赋，所以试题往往偏难，博学与否往往决定考试结果的好坏，比如瞿兑之在《人物风俗制度丛谈》中有这方面内容的记载："《蓬窗附录》引《柳下呓闻》：'考试翰詹命题稍僻皆不知所出，傅文忠公问阅卷诸公曰：岂无一二知之者乎？曰：只有一卷知之。公曰：此人宜置之劣等。彼既知出处则当布告同人，奈何秘而不宣？此非端人也。"③ 又云："丙寅大考翰詹赋为'齾冕昭文'，出唐无名氏《九月授衣赋》。诸人瞠目不知所出，或有以为《左桓二年》臧哀伯语。兴义景剑泉师曰：'非也，哀伯语乃衮冕黻珽昭其度也，下文火龙黼黻昭其文也，自为句。此必昔人合两文为一，何得以为哀伯语？'同人皆以为然。"由此看来，博学对于翰詹考试是非常重要的。而博学、赋和骈文有着很深的关系，这种考试自然会促进和刺激骈文创作的兴盛。

综上所述，清代科举考试对于乾嘉骈文的繁荣和发展是起了重要作用的，主要表现在三方面。一、乡会试等常规考试对于文章写作才能的重视，促使士子文人重视文学才能的培养，养成重文的社会风气，这对于骈文创作是有

---

① 徐凌霄、徐一士：《凌霄一士随笔》，载《国闻周报》第6卷第30期。
② 参阅商衍鎏《清代科举考试述录》第三章"进士及关于进士系内之各种考试"。
③ 瞿兑之《人物风俗制度丛谈》四十八《试题出处》。

利的。二、馆阁考试、翰詹考试试律赋和试律，对于律赋和试律创作具有推动作用，律赋本身是骈文的一体，而试律的写作也与骈文有着密切的联系，方濬师云："先师宝坻李文恪公曾语濬师曰：'唐人以诗赋取士，士之工此者多，故新语中推唐人为第一。清朝自乾隆间会试增五言八韵，一时应试者妥章造句，钩心斗角，几于家隋珠而户卞璧。嘉道以前，献纪文达公启之，钱塘吴谷人祭酒继之，歙鲍双五侍郎、大兴王楷堂员外双继之，类皆撷三唐之精英，而上承汉魏，六朝风旨，融会法则，谨严格调，盛矣哉，足以空前而绝后矣。'"① 这种风气自然会使大家重视骈文的写作。三、实际上应用的需要也对骈文繁荣起到推动作用。比如李兆洛就是因为馆阁多用骈体，而肆力于汉魏六朝文学，"台阁中多用骈体，乃颇肆力于汉魏六朝之文，又选阅自汉以来至国朝臣表奏硕儒论议，其文辞醇茂而章程明切者录之，篇首载其事由，篇末究其说行止，然人自为集，非若名臣奏议经济录等书之分立门户也"②。

二、科举考试文体与乾嘉骈文创作

清代科举考试（包括馆阁、翰林院考试）文体最常见的是时文（或称经义、四书文，俗称八股文）和试律、律赋、策论，而这几种文体都与骈文有着密切的关系，这里主要谈律赋、试律、时文及其与骈文的关系，下面分别加以介绍。

一是律赋与骈文。

试律和律赋是清代考试文体中与骈文关系最为密切的两种文体。有人认为试律之面目近于律赋，故论试律，不可不言律赋。限于应试与应制，律赋与试律言必庄雅，无取纤佻，虽原本风雅，而闺房情好之词，里巷愁怨之诉，不许阑入。所以由此看来，要切实了解试律，必须对于律赋有比较明确的认识，而要作好试律，有律赋的根底来作试律，也就会来得容易。这里先谈律赋。

律赋与骈体的关系比较复杂，有人认为律赋就是骈体，亦即广义的骈文。夏仁虎《枝巢四述·说骈》就说"赋亦骈之一种"③，赋包括古赋、俳赋（骈

---

① 方濬颐《蕉轩续录》卷二《海上生明月诗》。
② 《李申耆年谱》嘉庆十一年。
③ 夏仁虎：《枝巢四述·旧京琐记》，辽宁教育出版社1998年版，第7页。

赋）和律赋，那么，律赋自然也是骈体之一。马积高先生《清代学术思想的变迁与文学》则认为律赋为广义的骈文，包括俳赋（骈赋）和律赋①。但清代大多数的骈文选集都不选律赋，许多人的集子也不载律赋，可能是因为这是一种考试文体的缘故。另外，律赋也很少有值得流传的作品，这是由于限时、限韵、限格、限题、限韵所造成的，骈四俪六，拘牵语病，束缚章法，同于律诗等多种束缚，限制了作者思想和情感的表达和发挥。律赋在形式上很接近时文，王艺斋《论律赋》一段文字云：

　　律赋第一段之第一联犹制义之破题也，第二联犹制义之承题也。……第一段笼起全题，尚留虚步，犹制义之起讲也；第三段必叙明题之来历，犹制义之下必承明上文也；第三段渐逼本位，而从前一层着笔，或用两层夹出者，犹制义之起比也；第四段、第五段，则实赋正面，犹制义中比也。第六段、第七段，用旁衬。或翻腾以醒题意，犹制义之后比也。第八段或咏叹，或颂扬，或从题中翻进一层，尤制义之结穴也。

此论律赋结构、谋篇，全用八股之法，在清代颇具典型意义。既然时文有着那么多的束缚，律赋自然也不例外。刘衍文《雕虫诗话》云："律赋之兴，源于应试。命题阅卷，评审为难，虽严其格律，苛其用韵。初非本欲故难举子，实乃便于取用也。不意遂成定式，久而乃规范益严，绳墨愈细，士子欲因难见巧，日夕揣摩，艺遂精进，突过前修。唐之律赋，尚有摘华，宋则质朴无文，故世之论者，皆以宋不如唐。实则草创之初，下续未久，两皆未能完善。"（刘衍文《雕虫诗话》卷二）但无论如何，律赋与骈文的关系密切。

律赋是从俳赋（骈赋）演化而来的，康熙御制《历代赋汇序》即以史学观论证赋用论。如其论先秦赋《诗》言志，荀况、屈原确立赋体，汉世昌明大盛后继谓："三国两晋以逮六朝变而为俳，至于唐宋变而为律，又变而为文。……唐宋则用以取士，其时名臣伟人往往多出其中，迨及元而始不列科目。朕以其不可废也间尝以是求天下之才，顾命词人参稽往昔，搜

---

① 马积高：《清代学术思想的变迁与文学》，第110~111页。

采缺逸，都为一集。"同此思想，孙梅《四六丛话》卷四叙赋，以屈原、荀况为祖，继论："两汉以来，斯道为盛，承学之士，专精于此。赋一物则究此物之情状，论一都则包一朝之沿革……左、陆以下，渐趋整炼；齐、梁而降，益事妍华；古赋一变而为骈赋。江、鲍虎步于前，金声玉润；徐、庾鸿骞于后，绣错绮交；固非古音之洋洋，亦未如律体之靡靡也。自唐迄宋，用赋造士，创为律赋，用便程式，新巧以制题。险难以立韵……又有骚赋，源出灵均，幽情藻思，一往而深。……又有文赋，出荀子《礼》《智》二篇，古文之有韵者是已，欧、苏多有之。"近代文章学家来裕恂也持相似观点，他在论述了古赋的源流之后，接着说："三国两晋，征引俳词；宋、齐、梁、陈，加以四六，则古赋之体变矣。逮乎三唐，更限以律，四声八韵，专事骈偶，其法愈密，其体愈变。"① 可以这样说，律赋是俳赋（骈赋）的格律化。

而俳赋（骈赋）一般被认为是骈文或其变化，是清代较为普遍的观点。朱一新云："至如雍容揄扬之作，铿锵镗鞳之词，源出于《颂》，别是一格。以骈文论，则《曾选》（按指曾燠《国朝骈体正宗》）刘圃三（指刘星炜）最工此。"② 事实上，从当时的目录分类来看，乾嘉时期的人们也普遍把俳赋（骈赋）看作骈文之一种，比如吴鼒《八家四六文钞》中选有刘星炜的《驾幸京口三山赋》《驾幸寄畅园赋》《驾幸邓尉香雪海赋》等几篇"名贵光昌"之俳赋，而孔广森的《仪郑堂骈俪文》中则收有其创作的《四极四和赋》《赤婴母赋》，这些文章也受到骈文选家的重视。此后姚燮辑《骈文类苑》、王先谦辑《骈文类纂》、屠寄辑《国朝常州骈体文录》也遵循这一做法。而作者本人对俳赋（骈赋）也比较重视，比如曾燠的《赏雨茅屋外集》收有《斗百草赋》《枫人赋》《铜鼓山赋》《续铜鼓山赋》等几篇俳赋（骈赋），袁枚的集中也收集其创作的一些俳赋（骈赋）。当然，也有强调两者区别的，如曾燠所辑《国朝骈体正宗》、张鸣珂辑《骈体正宗续编》都不选俳赋（骈赋），既然标明"正宗"，可能暗示俳赋（骈赋）属于别调。如刘衍文《雕虫诗话》云："小赋为诗情画意之赋，为侧重心理描写与感受之赋，是赋的抒情化。与古赋较，则变古奥为清俊，且更清倩自如。古体混杂而欠浑成，俳赋

---

① 来裕恂：《汉文典》卷三《文体》，南开大学出版社1993年版，第345页。
② 朱一新：《无邪堂答问》，中华书局2000年版，第92页。

则使之格律化，而其体有别于文（骈文）与笔（散体）及诗。其与骈文之分，在于俳赋有韵而骈文不用韵；其与散文之分，在于两两相对；与诗之分，在于渐不用五字句及七字句，偶有之，唯虚字以连缀耳。且其用语也，多用并列、对照、映衬、喻意等对仗以集中体物，故总体而论，多整齐划一。顾其格虽纯，时亦拘泥而拙，于是律赋代而兴焉。"① 从上面的所列事实和观点来看，俳赋（骈赋）其实是广义的骈文，即便把它与其他骈文种类分开，它与骈文也存在剪不断理还乱的关系。

二是试律与骈文。

试律，就是五言八韵诗或五言六韵诗，也是一种考试文体。试律虽与近体诗形式上极为相似，却有着本质的不同："试律虽源于近体，但近体与试律实不相同。古近体义在于我，试帖义在于题；古近体诗不可无我，试帖诗不可无题，此其所以异者。"② 洪亮吉认为有"作家"不善此体者，有善此体非"作家"者③。从乾隆二十二年开始，场屋中增试五言八韵诗（也有人谓"五言六韵"）。乾隆二十二年奉谕改试排律，规定："嗣后令试第二场表文，可易以五言八韵唐律一首。夫诗虽易学而难工，然宋之司马光尚自谓不能四六，故有能赋诗者而不能作表之人，断无表文华赡可观，而转不能成五字试帖者，论篇什既简，司试者得从容校阅，其工拙尤为易见。"乾隆三十五年谕："前因科场表判，半多涉雷同剿窃陋习，是以改试排律，使士子各出心裁。若以诗为仅尚词华，则前此表判，独非骈体乎？"这段话揭示了试律的特点，指出这种文体与骈文有着密切的联系。试律讲究用典用字，炼句炼字，层次虚实，气息调匀。试律之结构略同八股。毛奇龄、金甡（雨叔）皆有此说。首联名破题，次联名承题，三联如起比，四五联如中比，六七联如后比，结联如束比。试律以用韵为最要，得字官韵必须在首联中押出，不可更换。试律生色和出彩，全在对仗用典，这也是骈文基本功之一。纪昀擅长此体，其《题从侄虞惇试帖》云："十年珥笔凤凰池，格律潜教小阮窥。他日三条官烛下，诸公应识纪家诗。"自注："试帖多尚典赡，余始变为意格运题，馆阁诸公每呼

---

① 刘衍文：《雕虫诗话》卷二，见张寅彭《民国诗话丛编》第473页。
② 商衍鎏《清代科举考试述录》第249页。
③ 徐珂编《清稗类钞》，中华书局校点本，第585页。

此体为纪家诗。"① 胡思敬《九朝新语》云:"本朝词臣以文章名世者……河间纪文达与嘉定钱詹事齐名,曰'南纪北钱'",郭则沄《十朝诗乘》云:"乾嘉年间,庙堂著作出河间纪文达者为多,有《平定回部凯歌》绝句云云,当时推为名作。"

至于试律之选本、稿本,则毛奇龄有《唐人试帖选》;纪晓岚有《唐人试律说》,又选有《庚辰集》,以理法为主,而工巧次之,皆为乾隆时之作。自刻之稿,有纪晓岚《我法集》《馆课存稿》、翁方纲《复初斋试律说》、法式善《同馆试律钞》、金甡《今雨堂诗墨》、王芑孙《九家试帖》。这些人中,大多数是骈文作家,亦可觇见一时风会。

三是时文与骈文。

时文或称制义、经义、四书文,俗称八股文。时文要求俳偶,骈文成分很重。不少作者在遣词造句时,借鉴六朝以来骈文的写作方式,以增强文章的文学色彩。这主要表现在三个方面。1. 讲究对偶精工。比如徐锡麟、钱泳《熙朝新语》记载张廷玉之子若霭应试文云:"僚采之际,喜则相规。无诈无虞,必诚必信,则同官一体也,内外亦一体也,文武亦一体也。广而至于百司庶司,何莫非臂指手足之相关,此则纯臣之居心,庶不负千载一时之遭逢,赞襄太和之上理。"② 受到考官一致的好评,并且因此获隽。2. 重视典故。在考试中搬弄典故,炫耀才学是当时士子的一种比较普遍的风气。而且主考官对于引经据典、博学的考生也青睐有加。如乾隆五十一年(1786)孙星衍七月返句容就试,是科主试为朱珪,首题"过位"一节,二场经文引证博赡,三场对策通古学,深得朱珪赏识。朱谓"君时艺虽不佳,吾阅之字里行间皆通人气息也"(《孙渊如年谱》乾隆五十一年),因而获选。但也有弄巧成拙者,如乾隆五十九年(1794)会试抽阅第一名进士朱文翰墨卷,见其书文第三艺内有"寸衷矗没孤行之语,恭查《康熙字典》'矗'音密,《尔雅·释诂》:'矗没,勉也。'注云:'矗没,尤黾勉也。'""似此掺杂难字,立异矜奇,势至群起效尤,日趋诡僻"③。3. 文风华美铺张。与试士子文章常常喜欢搬弄辞藻,注重形式技巧,以投考官所好。而阅卷的考官品评试卷也以形式

---

① 纪晓岚:《纪晓岚文集》(第一册),第495页。
② 徐锡麟、钱泳《熙朝新语》,台湾文海出版社,第353页。
③ 《钦定科场条例》乾隆五十九年。

优美作为衡文的重要标准,因而得以获隽的文章大都形式讲究、典故运用得当、辞藻丰富。士子们袭用《文选》字句也因此成为不宣之秘。但问题在于时文是一种严肃的功令之文,如果过分讲究形式华美,容易堕入纤巧的境地。这种现象引起统治者的重视。雍正十三年(1735)谕:"降及魏晋,渐就浮靡,六朝尤甚,姿态益工,意格益陋,文运所关非浅鲜也。"又云:"近今士子或故为艰辛语,或矜为俳俪辞,争长角胜,风檐锁院,中偶有得售,彼此仿效为夺帜争标良技,不知文风日下,文品益卑,有关国家抡才大典,非细故也。"① 乾隆也多次下令要求士子精研圣人四书文,读书明理。如乾隆四十九年(1784),议结江南等省乡试卷,内江南第一名顾问第一场三艺纯用排偶,于文体有关,所有该省正副考官都受到相应的处分。但实际上收效甚微,所谓习俗移人。乾隆四十五年(1780)邵晋涵充广西乡试正考官,其《广西乡试录序》云:"凡夫恢张以袭声华者,朴塞而无实得者,摈勿录。舍短取长,求其留心经训,与不悖先民矩矱者,慎而录之。虽所造深浅不同,因文征行,望其为读书敦本之士,于设科取士之意,庶几无负。"② 也很可以说明当时考试的文风。

  时文与骈文的关系比较密切,骈文家阮元已揭其秘:"时文曰八股者,宋元经义四次骈偶而毕,故八也。今股甚长,对股仿此,偶之极矣。震川辈矜以古文为时文,耻为骈偶。孰知日坐长骈大偶之中而不悟也。出股数十字,或百字对股,一字不多,一字不少,起承转合,不差一豪,试问古人文中有此体否?"③ 周作人也有同样看法:"八股文生于宋,至明而少长,至清而大成,实行散文的骈文化,结果造成一种比六朝的骈文还要圆熟的散文诗,真令人有观止之叹。而且破题作法差不多就是灯谜,至于有些'无情搭'显然须应用诗钟的手法才能奏效,所以八股不但是集合古今骈散的菁华,凡是从汉字的特别性质演出的一切微妙的游艺也都包括在内,所以我们说它是中国文字的结晶,实在是没有一丝一毫的虚价。"④ 时文是散文的骈化或者变体,这是很有见地的。

---

① 《钦定科场条例》第 473 册,台湾文海出版社,第 1225 页。
② 邵晋涵《南江文钞》卷五,《续修四库全书》本。
③ "豪"当为"毫"。此为阮元手写条幅,《研经室集》未载,原件藏扬州博物馆,载《书法丛刊》1990 年第 24 辑。
④ 周作人:《论八股文》,载《中国新文学的源流》。

综合上述分析，科举考试的文体时文、试律、律赋和骈文存在着密切的联系，其他如表、判、策论也莫不如是。并且由于这些文体关系着士子文人的命运和前途，增强了社会对文艺的普遍重视，从而促进和刺激了骈文的发展。

另外，还有与科举有关的是程式之文，诸如新建学、展拜文庙、进表等活动，均需有文记之，其中，许多篇章以骈体写成。在《钦定国子监志》中选录多篇，如曹学闵《请增建太学辟雍疏》、梁国治《奉敕纂辑监志恭进表》蔡新《辟雍工成，圣驾临雍讲学，恭进诗册表》、陆宗楷《辟雍工成，圣驾亲诣释奠，恭进诗册表》①等。我们选取陆宗楷《辟雍工成，圣驾亲诣释奠，恭进诗册表》一段如下：

原夫班麟吐绂，瑞应星芒；赤雀衔书，符征斗曜。擅首出于天开地辟，集大成而玉振金声。惟圣人为百世之师，若孔子则生民未有。是以三千弟子，宗洙泗而心仪；历代帝王，祠黉宫而展礼。粤自太牢肇祀，沛功成逐鹿之年；王礼隆封，唐运启跃龙之日。先圣称于武德，太师赠自乾封。秩重经师，陈二十一贤之灌献；爵隆高弟，绘七十二子之冕旒。杜之伟乐府新词，登歌作谱；裴世期元嘉旧议，佾舞传仪。历考囊编，代多隆礼……

文庙告竣，文臣礼赞。文章写得气势开合，深得八股神理，流转自然，颇有宋四六文的韵致。比如新科状元与进士上表谢恩②，例用骈体，这里抄撮下来，供大家参考：

赐进士及第第一甲第一名臣某等诚惶诚恐稽首顿首上言：伏以风云通黼座，太平当利见之期；日月丽亨衢，多士协汇征之吉。书思亮采，君瞻圣治日新；拜手飏言，共睹文明丕焕。龙章特锡，人知稽古之荣；燕赉频颁，世仰右文之盛。阊阖开而丝纶式沛，冠裳集而环珮交辉。橐

---

① 所引篇目文字见《钦定国子监志》卷七十三，北京古籍出版社 2000 年版，第 1269~1287 页。
② 吴振棫《养吉斋丛录》云："传胪后，状元率诸进士上表谢恩。表式则前一科状元授之，报以银五十两。相传表文为刘黄冈（按即刘子壮，湖北黄冈人，顺治进士）所撰，迄今未尝改作……"见《养吉斋丛录》，第 88~90 页。

笔有怀，聊镌志庆。窃维直言射策，金门优特诏之科；孝秀明经，药榜重南宫之选。罗簪缨於阙下，欣看入彀储英；宣凤诏於日边，争识辟门吁俊。盖取士以得人为重，期楩楠杞梓之兼收；而扬言实拜献先资，如舟楫盐梅之共济。名标雁塔，遘钜典之载光；胪唱螭头，传熙朝之盛事。清班随玉笋，杏花增上苑之辉；仙宴泛金卮，杨柳湛曲江之色。遭逢何幸，欢忭难名。

钦惟皇帝陛下，乾元资始，泰运光亨。敕几以亮天功，师济叶赓飏之庆；敛福以敷民极，训行归道路之平。大孝光昭，善继述以绥猷，丕承丕显；至仁洋溢，亶聪明而时乂，引养引恬。六府孔修，正绘绣彰施之日；九德咸事，适菁莪乐育之期。固已文焕功巍，丕冒均沾乎雨露；乃犹咨谋迪简，旁求下逮乎刍荛。黄纸颁题，远见云笼华盖；朱衣前引，聚看烛尽春星。仰承天语之谆详，临轩咫尺；俯竭愚忱之固陋，对策悚惶。何期微末之敷陈，辄荷宠荣之贲及。彤墀高唱，欢腾鹭序班中；御笔亲题，光耀鸾迴纸上。锡兼金以盈镒，怀归儒席之珍；制宫锦而分袍，荣溢艺林之采。主恩优渥，戴高厚以何穷；圣泽涵濡，思涓埃其奚补。

臣等观光有愿，辅治非才。诵先忧［忧］后乐之言，窃慕希文志操；讲正谊明道之学，未窥董相精微。滥等而效昌言，罔经禅济；握椠而谈治道，只愧迂疎。愿布葵忠，殚素心而靖献；尚竭驽钝，骧仕路心驰驱。伏愿学懋缉熙；德隆广运。风同八表，珠囊与金镜齐辉；福应九如，华祝偕嵩呼并献。羽篇诗书隆造，士俗咸邹鲁之风；股肱耳目广储，贤廷集夔龙之彦。则重熙累洽，和气常流。咸五登山，苞符毕见。敷天裒对，合麟游凤舞以呈祥；万国来同，纪玉检金泥而作颂。臣等无任瞻天仰圣激切屏营之至，谨奉表称谢以闻。某年月日赐进士及第第一甲第一名臣某等谨上表。

这种文字虽为程式之文，但极注意文章起笔，"伏以风云通黼座，太平当利见之期；日月丽亨衢，多士协汇征之吉"，典正重大，气势不凡，能够笼罩全篇。而颂圣之处亦雍容揄扬，典丽矞皇，"敷天裒对，合麟游凤舞以呈祥；万国来同，纪玉检金泥而作颂"。通篇对仗精致，四六相间以成文，辞藻华丽，音调浏亮，气息调匀，表现出文教昌明、重熙累洽的盛世繁荣气象。

第三章

乾嘉骈文与作家游幕活动

"幕府"这个名词由来已久,本名"莫府"。吴玉搢云:"莫府,幕府也。《史记·李牧传》云:市租皆输入莫府。如淳曰:将军征行无常处,所在为治。故言莫府,莫大也,此解未明。《李将军传》'莫府'省约文书籍事。《索隐》曰:凡将军谓之幕府者,盖兵门合施帷帐,故称幕府。古字通用,遂作莫耳,此解盖为得之。"(《别雅》卷五)这里指的是军事机构,后来泛指各级官吏聘请编外人员的统属。"安平杨敞,家在华阴,故给事大将军幕府,稍迁至大司农,为御史大夫。元凤六年,代王欣为丞相,封二千户"。(《史记》卷二十)郑天挺《清代幕府》中"幕府"一词即取此义。清代幕府数量和规模是前代无法比拟的,前人对此有所研究,其中成就较著者有郑天挺《清代的幕府》《清代幕府制度的变迁》以及近年出版的尚小明《学人游幕与清代学术》等。至于幕府与清代文学的关系已很少论述或者尚未涉及。事实上,清代骈文与幕府存在密切联系,值得深入研究,这是撰写本章的理由。

第一节 乾嘉时期的幕府现象与骈文作家游幕活动

一、乾嘉时期的幕府现象

从现有文献资料来看,清代顺、康时期幕府活动已经相当频繁,活动的内容和范围也相当广泛。这是由于幕府是除了入仕以外的读书人,谋取衣食之资和进身之阶的出路之一。清代幕府大致可分为三个时期:一是顺、康时期,为清代幕府前期,风气渐开;二是乾、嘉时期,幕府活动相当频繁，活动内容和形式多样，其中以文学学术活动最著；三是道、咸时期，这个时期产生了所谓晚清"四大幕府"，军事活动为其突出的特征。清初幕府的出现是随着统治渐趋稳定，因统治者润色鸿业的政治需要而出现的。

乾嘉时期文人游幕活动相当频繁，原因大致如下：

1. 统治者的默许和社会风气的影响。周星誉《王君星诚传》云：

> 国家当康熙、乾隆之间，时和政美，天子右文，王公大臣相习成风，延揽儒素，当代文学之士以诗文结主知，置身通显者踵趾相错。下至卿相、节镇，开阁置馆，厚其廪饩，以海内之望，田野韦布，一艺足称，无不坐致赢足①。

可以看出，招揽幕客和文士游幕得到上层统治者的默许，社会对于游幕持肯定的态度。再比如雍正元年乙酉谕吏部"各省督抚衙门事繁，非一手一足所能操办，势必延请幕宾相助，其来久矣"，并令"嗣后督抚所延幕客，须择历练老成、深信不疑之人，将姓名题具"（《清世宗实录》卷五）。梁启超《清代学术概论》也说："清高宗席祖父之业，承平殷阜……隐然兹学之护法神也。"章学诚也说："今天子右文稽古……"（《答沈丹樨论学》）。另一方面有一部分宏奖风流的官僚主持风雅，比如卢见曾、毕沅、曾燠、阮元等，幕府文化成为当时一项重要的内容。

2. 社会环境稳定，学术文化事业发达。康熙中期至嘉庆末相当长的时间内，社会政治稳定，经济发展。虽然乾隆年间屡有农民起义和少数民族分裂叛乱发生，但主要出现于边境地区，对于中原腹地和政治中心以及江南地区影响不大。在这种情况下，各级官员将发展文化学术事业作为一项重要的内容，几部大型的官修丛书如《古今图书集成》《四库全书》《全唐文》《渊鉴类函》等陆续告成，学术文化活动相当频繁，使得这个时期入幕士人以从事文事活动为主，对学术文化事业的发展产生了深远的影响。除修书之外，入幕士人文事活动还包括以下两类。一是公私文翰处理，包括上下公文、交际

---

① 见汪兆镛编：《续碑传集》卷81，台湾文海出版社。

应酬文字乃至私人之间书信。如汪辉祖《佐治药言序》云：

> 余不幸少孤家贫，年二十有三，外舅王坦人先生方令金山，因往佐书记。明年，外舅解官持服，常州太守胡公赏余骈体文，招之幕下，间以余力读律令，如有会心，稍为友人代理谳牍，胡公契焉。

其次为代撰呈送给皇上的章奏、折子或者所谓盛世鸿文，或者撰写应景文章。这些文章大多为骈体文，是幕府文事活动必不可少的组成部分。如汪辉祖虽精于刑名之学，但他开始入幕的原因是因为会写骈体类的公文。骈文作家陈黄中以善理章奏而闻名（彭绍升《陈和叔传》）；汪中在武昌毕沅督抚官署所撰《黄鹤楼铭》《汉上琴台之铭》等亦属此类，当时《黄鹤楼铭》与程瑶田书石、钱坫篆额并称"三绝"（王引之所撰汪中《行状》），这样，督抚通过与文化名流交接或者举办各种文化活动，扩大自己的社会影响和声誉。另外，这类应用文字多而且繁富，而官吏分身乏术，而且又不能敷衍塞责，所以常常请人代撰。《清朝野史大观》卷八中"奏疏纰缪"条云："满洲入仕之途甚宽，各部院笔帖式目不识丁者殆至多数，循资比俸，亦可至员外郎中，然不能得京察一等，无外补之望，乃以保送御史为出路。朝廷视满御史甚轻，但保送即记名，不必考试也。故满御史多不能执笔作书，间或上书言事，亦他人为之捉刀。"由此可见，重要章奏尚需请人代笔，一般公私文翰更可想见。

3. 与文人士子的处境及当时的官僚制度有密切关系。通过科举步入仕途是大多数读书人的理想和奋斗目标，但事实上，"金榜题名"对于绝大部分读书人来说荆棘丛生，充满艰险，甚至只是一种遥远的梦想。士人即使考中举人、进士，也不意味着马上就能获得职位。"雍正时进士有迟至十余年而不能得官者，举人知县铨补，则有迟至三十年外者矣。乾隆年间仅成虚名，廷臣屡言举班壅滞，谋疏通之法。十七年始定大挑制，于会试榜后举行，仅乾隆三十一年、五十二年两科于榜前挑选，大挑六年一次，资格初为经过会试正科四科者"[①]，比如全祖望散馆后以知县候选，至死也未获得一官半职。而

---

① 商衍鎏：《清代科举考试述录》第二章"举人及关于举人系内之各种考试"，三联书店1958年版。

且，统治者高度集权，对于臣下以奴蓄之，士大夫很难在政治上有所作为，一切秉承主子意见。如梁启超所云："官之迁皆以年资，人无干进之心，即干亦无幸获，得第早而享年永者，则顺跻卿相，否则以词馆郎署老。"① 曹振镛为官三昧"多磕头"也形象地说明了这一点。因此，一些正直的士大夫即使考中进士也不欲为官。但是士人总要生存，他们往往选择幕府、书院以及家塾为谋生手段，而幕府所提供的生存空间相对较大，因而产生的影响和作用也最大。

二、乾嘉时期骈文作家的游幕活动

乾嘉时期文人游幕活动相当频繁，其中骈文作家异常活跃，活动的范围和规模均为前所未有，下面是乾嘉时期骈文作家活动情况简表。

表8 乾嘉时期骈文作家活动情况简表

幕宾姓名	幕主姓名	入幕年代	主要活动	后来情况	资料来源
袁枚	金鉷	1736年	诗酒唱和	溧水、江宁县令	杨鸿烈《袁枚年谱》袁枚《随园诗话补遗》
袁枚	李重华、嵇璜	1737年	入馆课徒	同上	《随园年谱》
胡天游	周锦柱	1748年	修《宁武府志》	副贡	胡元琢《胡天游年谱》
胡天游	钱之青	1749年	修《榆次县志》	同上	同上
胡天游	裘曰修	1751年	入馆课徒	同上	同上
胡天游	卢抱孙	1752年	文事	同上	同上

---

① 梁启超：《清代学术概论》十八。

续表

幕宾姓名	幕主姓名	入幕年代	主要活动	后来情况	资料来源
胡天游	河间县令	1753年	修《河间县志》	同上	同上
胡天游	田姓县令	1755年	修志	同上	同上
陈黄中	顾混同	1737年	佐戎幕	诸生	陈黄中《导河书》
陈黄中	待考	1742年	文奏	同上	《东庄遗集》卷一
朱筠	刘统勋	1750年	修《盛京志》	学政	《朱筠年谱》
王昶	阿桂	1768—1771年	云南军营效力	刑部侍郎	《清史列传》二十六 严荣《王述庵先生昶年谱》
王昶	温福	1771—1772年	佐理军事	同上	严荣《王述庵先生昶年谱》
王昶	阿桂	1772—1776年	佐理军事	同上	同上
王昶	毕沅	1776年	文酒诗会	同上	同上
王昶	杨卓	1781年	修《青浦县志》	同上	同上
王昶	熊枚	1797年	主娄东书院	同上	同上
王昶	阮元	1799年	主敷文书院	同上	同上
孙士毅	阿桂	1769年	军事及文檄	大学士	同上
赵文哲	阿桂	1768年	参军幕		《清史列传》七十二
孙士毅	傅恒	1769年	主章奏	四川总督	《清史列传》二十六
刘秉恬	傅恒	1769年	随营	四川总督	《清史列传》二十七
王昶	温福	1769年	四川军营办事	刑部侍郎	《清史列传》二十六
赵翼	汪由敦	1754—1761年	代撰文稿	贵西兵备道	《瓯北先生年谱》
蒋士铨	张嗣衍	1752年	文事	编修	《清容居士行年录》
蒋士铨	熊学鹏	1766年	主绍兴蕺山书院	同上	《清容居士行年录》
蒋士铨	郑大进	1772年	主扬州安定书院	同上	同上

139

续表

幕宾姓名	幕主姓名	入幕年代	主要活动	后来情况	资料来源
程廷祚	卢见曾	1758年	著书	诸生	陆萼庭《金兆燕年谱》
金兆燕	卢见曾	1758年	撰写传奇剧本	教谕	同上
沈大成	王恕	1737年	掌书记	诸生	汪大经所撰行状
沈大成	潘思榘	1748年	文事	同上	同上
沈大成	卢见曾	1754—1757年	校书、编书	同上	严长明《题沈学士五十小像》
杨揆	福康安	乾隆五十六年	谋画军务	四川布政使	《清史列传》七十二
沈起凤	戴全德	1779年	编写迎銮大戏	教谕	《沈起凤年谱》
汪中	沈业富	1769年	掌书记	拔贡	汪喜孙《先君年表》
汪中	朱筠	1771年	游学	同上	同上
汪中	江宁某幕主	1772年	游学	同上	同上
汪中	朱筠	1773年	游学	同上	同上
汪中	冯廷丞	1774—1775年	掌书记	同上	汪喜孙《汪容甫先生年谱》
汪中	毕沅	1789—1790年	诗酒文会	同上	同上
汪中	全德	1794年	校书	同上	同上
顾广圻	黄丕烈	1796年	校雠	诸生	汪宗衍《顾千里先生年谱》
顾广圻	阮元	1801年	分纂《十三经注疏校勘记》	诸生	同上
顾广圻	胡克家	1808—1814年	与彭兆荪撰《文选考异》、校《资治通鉴》胡三省注	同上	同上
顾广圻	孙星衍	1811年	为校古书	同上	同上

续表

幕宾姓名	幕主姓名	入幕年代	主要活动	后来情况	资料来源
顾广圻	孙星衍	1814—1816年	助孙校《全唐文》	同上	同上
严可均	盐政伊龄阿	待考	助校《全唐文》	教谕	《李审言文集》
洪亮吉	朱筠	1771—1773年	校文	贵州学政	林逸《洪北江年谱》
洪亮吉	沈业富	1773年	掌书记	同上	同上
洪亮吉	袁鉴	1774年	入馆课徒		同上
洪亮吉	陶太守、林光照	1775年	校史、课徒		同上
洪亮吉	王杰	1776年	校文		同上
洪亮吉	刘权之	1777年	校文、问学		同上
洪亮吉	朱筠	1778年	校文、游历		同上
洪亮吉	黄泽定	1779年	校文		同上
洪亮吉	查礼	1780年	掌书记		同上
洪亮吉	毕沅	1781—1785年	筹划兵饷		同上
洪亮吉	毕沅调河南	1785年	佐河工		同上
洪亮吉	陆继萼	1785年	修县志		同上
洪亮吉	毕沅	1788年	文酒之会		同上
洪亮吉	李廷敬	1789年	修《常州府志》	同上	同上
黄景仁	潘恂	1767年	文事	候补县丞	黄逸之撰《黄仲则年谱》
黄景仁	王太岳	1769—1770年	文事	同上	同上
黄景仁	沈业富	1771年	识邵晋涵、汪中等	同上	同上
黄景仁	朱筠	1771年	与洪亮吉校文	同上	同上

续表

幕宾姓名	幕主姓名	入幕年代	主要活动	后来情况	资料来源
黄景仁	张芳佩	1775年	主正阳书院	同上	同上
黄景仁	程世淳	1780年	佐文幕	同上	同上
黄景仁	沈业富	1783年	养疴	同上	同上
孙星衍	刘权之	1777—1778年	与洪亮吉校文	山东督粮道	《洪亮吉年谱》《孙渊如年谱》
孙星衍	章攀桂	1778年	识汪中	同上	同上
孙星衍	朱渌	1813年	纂《松江府志》	同上	同上
邵晋涵	朱筠	1772年	登进士补官时	翰林院编修	《黄仲则年谱》
王昙	不明	1809年	佐河工幕	乾隆间举人	孙原湘《天真阁集》
汪辉祖	胡文伯	1754年	文奏	道州知州	《佐治药言》《学治杂说》《病榻梦痕录》
汪辉祖	魏廷夔	1755年	文奏	同上	《佐治药言》《学治杂说》
汪辉祖	蒋志铎	1767年	刑名	同上	同上
汪辉祖	刘雁题	1772年	刑名	同上	同上
汪辉祖	兴德	1780—1781年	刑名	同上	同上
汪辉祖	王晴川	1781—1785年	刑名	同上	同上
王芑孙	董诰	乾隆年间	文奏	文士	《清史列传》七十二
王芑孙	梁师正	乾隆年间	文奏	文士	《清史列传》七十二
王芑孙	王杰	乾隆年间	文奏	文士	《清史列传》七十二
王芑孙	刘墉	1791年	文奏	文士	《清史列传》七十二 法式善《梧门诗话》
王芑孙	彭元瑞	乾隆年间	文奏	文士	《清史列传》七十二
王芑孙	睿亲王、董诰馆邸	1790年后	文奏、文章	文士	昭梿《啸亭杂录》、王氏《惕甫未定稿》

续表

幕宾姓名	幕主姓名	入幕年代	主要活动	后来情况	资料来源
石韫玉	勒保	1800年	军事谋画	山东按察使	《清史列传》七十六
徐鑅庆	毕沅	毕为陕西督抚、河南巡抚时期	文奏	蕲州知州	《吴会英才集》《雨村诗话》
徐鑅庆	毕沅	1797年	参与镇压白莲教起义	同上	《渊雅堂编年诗稿》一四
吴文溥	毕沅	1808年	文事	贡生	袁枚《随园诗话》
吴文溥	阮元	1798年阮元巡抚浙江	校阅《两浙輶轩录》	同上	《两浙輶轩录》陈鸿村语
吴文溥	将军某公	待考	文酒诗会	同上	《南野堂笔记》
陆耀遹	朱勋	嘉庆年间	军事、尺牍	文士	《清史列传》七十二恽敬传附
彭兆荪	胡克家	胡克家为江苏布政使时	帮办幕务	文士	《清史列传》七十三
彭兆荪	张敦仁	张敦仁为扬州知府时	文事	同上	《清史列传》本传
彭兆荪	王昶	1802年	编撰诗文集	同上	严荣《王述庵年谱》
彭兆荪	曾燠	1804年	文酒之会	同上	《小漠觞馆诗》卷八
彭兆荪	林则徐	1820年	帮办幕务	同上	《凤巢山樵求是録》
刘开	蒋攸铦			诸生	《清史列传》卷七十二
李兆洛	鲍溁	1822年	课徒	凤台知县	《顾千里先生年谱》
陈文述	阮元	嘉庆年间	随赴溧阳	崇明知县	《清史列传》七十三
王衍梅	阮元	嘉庆年间	依阮元于广东	武宣知县	《清史列传》七十三黄安涛传附
包世臣	朱珪	嘉庆年间	练兵	新喻知县	《清史列传》七十三

从表8可以看出乾嘉时期骈文作家游幕活动的特点。一是幕府活动的范围相当广泛。二是活动频繁，流动性大，活动的内容和形式多样。三是出现了一批以幕府作为职业的骈文作家，且以文化活动作为主要的内容：1. 修书、著书、校书，在幕府中完成的诗文集有《国朝山左诗钞》《两浙輶轩录》《淮海英灵集》《国朝骈体正宗》，以及《四库全书》的校理；2. 诗酒唱和，如毕沅幕府的消寒之会、文人修禊活动、曾燠的"邗上题襟"，修禊活动在清朝乾嘉时期很盛行；3. 阅卷与佐理翰墨；4. 撰写各类应用性质的文章，包括公私文翰、应酬文、应景之作，甚至私人书信往来，均委托幕宾办理，比如，赵翼为汪由敦撰写各种应酬文章，汪中为冯廷臣撰写过各种应酬性质的文章。而出自汪中手笔的名作《黄鹤楼铭》《汉上琴台之铭》就是在毕沅武昌幕府时所作的应景文字。四是幕府人员游幕的形式多样，有先做官后入幕的，也有先入幕后做官的，有些幕府人员后来成了幕主，也有一直做幕宾的。五是著名的骈文作家胡天游、汪中、洪亮吉、孙星衍、彭兆荪、王芑孙都曾经游幕，其中有些人幕府活动成为其生活的重要内容。

三、几大幕府与骈文创作群体

乾嘉时期幕府数量众多，特别是州县一级的幕府则更仆难数。其中影响比较大的当推卢见曾、朱筠、毕沅、曾燠、阮元等幕府，这几大幕府对清代学术文化的推动产生很大的影响，对清代文学创作和骈文的影响尤大。

（一）朱筠幕府

朱筠（1729—1781）字竹君，又字美叔，号笥河，直隶大兴人。乾隆十九年（1754）进士，改翰林院庶吉士，散馆，授编修，三十六年提督安徽学政。三十八年，朱筠建议就《永乐大典》搜辑遗书，《四库全书》因之得大典中五百余部书，皆世所不传，次第刊布，沾溉后学，筠实首功。四十四年提督福建学政，乾隆四十六年卒，年五十三。朱筠博学多问，好奖掖后进，承学之士望为依归。视学所至，以人才经术教士，深孚众望，著有《笥河文集》。

朱筠幕府主要活动在朱筠为安徽学政时，即乾隆三十六年（1771）至乾隆三十八年（1773），幕中主要文人和骈文作家见下表，活动的区域和范围主要在安徽、江宁一带。朱筠幕府主要人员和活动情况见下表：

表9 朱筠幕府主要人员和情况简表

幕宾姓名	籍贯	在幕时间	幕中活动	资料来源
吴兰庭	浙江归安	1771—1773年	与洪亮吉、黄景仁等游处	吕培等撰《洪亮吉年谱》、朱筠《笥河文集》
庄炘	江苏武进	1771年	同上	吕培等撰《洪亮吉年谱》、朱筠《笥河文集》
高文照	浙江武康	1771—1773年	校文、诗酒酬唱	黄逸之《黄仲则年谱》
章学诚	浙江会稽	1766—1768年	学文章于朱筠、并与修《顺天府志》	徐熊飞《高东升先生遗诗叙》、黄逸之《黄仲则年谱》、胡适《章实斋年谱》
章学诚	浙江会稽	1771—1772年	与邵晋涵论史、随朱筠校文	同上
邵晋涵	浙江余姚	1771—1772年	随朱筠校文、与章学诚论史	黄云眉《邵二云年谱》
王念孙	江苏高邮	1771—1775年	代朱筠撰《重刻说文解字系传序》	叶衍兰《清代学者像传》
汪中	江苏江都	1771—1773年	始治小学,与王念孙同校《大戴礼记》等	刘盼遂《高邮王氏父子年谱》、汪喜孙《容甫先生年谱》、洪亮吉《伤知己赋》
洪亮吉	江苏阳湖	1771—1773	校文	林逸《洪北江年谱》
洪亮吉	江苏阳湖	1771—1773年	随朱筠校士、始从事诸经正义及《说文》《玉篇》	姚名达《朱筠年谱》
黄景仁	江苏阳湖	同上	游览名胜、与洪亮吉、邵晋涵等随朱筠校文六郡	吕培等撰《洪亮吉年谱》
张凤翔	浙江上虞	同上	校文	黄逸之《黄仲则年谱》
莫与俦	直隶宛平	1772年前后	文事	洪亮吉《伤知己赋》、朱筠《和州梅豪亭记并铭》
李威	福建龙岩	1774年	从游问学	洪亮吉《伤知己赋》

续表

幕宾姓名	籍贯	在幕时间	幕中活动	资料来源
徐瀚	直隶宛平	1771年前后	助朱筠重刻《说文解字》	姚名达《朱筠年谱》
徐钰	安徽青阳	1780年	为朱筠修补破损书籍	孙星衍《韩林院编修洪君传》

从表9可以看出，朱筠幕府有以下特点：1. 幕府活动的内容以校文、谈艺论文以及进行学术、创作交流活动为主；2. 乾嘉时期著名的文人和骈文作家如汪中、洪亮吉、孙星衍、洪亮吉等都受过他的熏陶，而史学大家章学诚则为其弟子，由此可以见他对当时学术和文学的影响；3. 游玩山水和诗文创作是朱筠及幕中文士生活的重要内容。

朱筠幕府对于清代学术文化活动有很大影响。朱筠是清代学术文化开一代风气的人物。《四库全书》的开馆和纂修直接由他发起，他本人学识渊博，于文字、声韵、训诂之学，孜孜以求。而且爱好奖掖后进，许多人经过他的揄扬和培养而成为当时学者，他与当时著名学者和文化名人如戴震、袁枚、王昶、纪昀、翁方纲、钱大昕、邵晋涵、王念孙等均有交往。而汪中、江藩、吴蔚、洪亮吉、孙星衍、黄景仁、陆锡熊、章学诚、汪辉祖等则是其学生，其中一些人通过他举荐和揄扬而成名成家，由此可以看出他在当时的地位。朱筠当时以文学知名，并且因此受到皇帝的赏识，称"朱筠学问文章殊过人"①，章学诚与之游，即以学文章为事②。所以其幕府活动内容中文学是一项很重要的内容。幕中诗酒文会不断，其中传为美谈的是太白楼黄仲则赋诗③，与王勃与会滕王阁盛会后先辉映。他回到京城，其"椒花吟舫"也是文人士子时常光顾之地，诗酒吟咏无虚日。另外，朱筠颇有名士风范和古道热肠，振拔孤寒④，不仅收留寒士，而且向别的幕主推荐，为其寻找栖身之

---

① 见姚名达编《朱筠年谱》乾隆三十九年。
② 见胡适《章学诚年谱》及张舜徽《清人别集提要》卷七。
③ 见黄逸之《黄仲则年谱》乾隆三十七年。
④ 比如黄仲则移家京城，朱筠为之安顿，见姚名达《朱筠年谱》乾隆四十年。

地①，培养了大批幕府群彦。

（二）毕沅幕府

毕沅（1730—1797）字纕衡，号秋帆，又号弇山，自号灵岩山人，江苏镇洋人。乾隆二十二年（1757）以举人为内阁中书，军机处行走，二十五年成进士，授修撰。二十九年升侍读，三十年升左庶子，后历任陕西按察使、陕西布政使，乾隆三十八年授巡抚，抚陕最久，五十三年，授湖广总督兼署湖北巡抚，嘉庆元年督剿白莲教，卒于军。毕沅生性颖悟，少曾从沈德潜、惠栋游，弱冠北游，方观承有"国士"之目②。治学范围颇广，经学则笃守汉人家法，史学则考辨精审，又因为位高望重，当时文学之士，多游其门。著《灵岩山人诗集》四十卷、《灵岩山人文集》四十卷及《山海经校注》《墨子校注》《续资治通鉴》《关中金石记》《中州金石志》等多种。毕沅精于进奉文字，翰林院掌院刘统勋非常器重之，凡院中文章制诰悉委其手定③。

毕沅幕府主要活动于乾隆三十八年（1773）至乾隆五十九年（1794）间，前后达二十多年。其中又可分为三个时期：1. 毕沅抚陕、督陕时期（乾隆三十八年至五十年），活动时间最长，活动区域和范围主要在关中一带，幕府主要骈文作家有孙星衍、洪亮吉、钱坫、黄景仁等；2. 毕沅为河南巡抚期间（乾隆五十年至五十三年），主要活动于开封及周边地区，幕府主要骈文作家有洪亮吉、孙星衍、钱坫、邵晋涵、凌廷堪、徐鑛庆等；3. 毕沅为湖广总督时（乾隆五十三年至五十九年），幕中主要骈文作家有洪亮吉、汪中，其中汪中名作《黄鹤楼铭》和《汉上琴台之铭》均作于此时。

---

① 乾隆三十四年，黄景仁因朱筠的介绍幕游长沙，入王太岳幕，见是年《黄仲则年谱》。
② 史善长《弇山毕公年谱》乾隆十三年云："于时惠栋博通诸经，著书数十种，至老弥笃，公叩门请谒，问奇析疑，征君辄娓娓而谈，由是经学日邃。十五年，从沈德潜游。"
③ 见史善长撰《弇山毕公年谱》乾隆二十八年。

表10 毕沅幕府主要学者文人及活动情况简表

幕宾姓名	籍贯	在幕时间	幕中活动	资料来源
程晋芳	江苏江都	1783—1784年	病故于幕中	赵怀玉《勉行堂五经说序引》
吴泰来	江苏长洲	1781—1788年	主讲关中书院、大梁书院与洪、孙钱坫为文酒之会	张绍南《孙渊如先生年谱》、吕培《北江年谱》、张其锦《凌次仲年谱》
严长明	江苏江宁	约1773—1785年	游太华、终南之胜饮酒赋诗	钱大昕《内阁侍读严长明传》、孙星衍《湖北金石诗序》
吴文溥	浙江嘉兴	1777—1779年	掌书记	吴文溥《南野堂诗集》卷三
吴文溥	同上	1793—1794年	掌书记、诗酒文会	同上
章学诚	浙江会稽	1793—1794年	成《文史通议》内外30余篇	胡适《章实斋年谱》
章学诚	同上	1787—1788年	至河南见毕沅，主文正书院	《章实斋年谱》《邵晋涵年谱》
邵晋涵	浙江余姚	1786年	诗酒文会	《邵晋涵年谱》《洪北江年谱》
钱坫	江苏嘉定	1774年以前在幕，1781年在幕	与洪亮吉等切磋训诂、地理之学	《清史列传》卷六十八、《孙渊如年谱》乾隆四十六年
汪中	江苏江都	1789—1790年	为其撰《汉上琴台之铭》《黄鹤楼铭》	汪喜孙《汪容甫先生年谱》
洪亮吉	江苏阳湖	1781年	因孙星衍之介入关中	林逸《洪北江年谱》
黄景仁	江苏武进	1781年秋	游幕西安	黄逸之《黄仲则先生年谱》
孙星衍	江苏阳湖	1781年	毕沅邀其往西安	《孙渊如先生年谱》

续表

幕宾姓名	籍贯	在幕时间	幕中活动	资料来源
杨芳灿	江苏金匮	1786—1787年	与洪亮吉、钱坫、孙星衍、吴泰来为文酒之会	余一鳌《杨蓉裳先生年谱》
凌廷堪	安徽歙县	1787—1788年	与洪亮吉、方正澍、吴泰来为文酒之会	张其锦《凌次仲先生年谱》
张琦	江苏吴县	待考	学诗于方正澍、洪亮吉、孙渊如	王豫《江苏诗征》
汪端光	江苏江都	1786年	文事	方正澍《同人于相国寺演剧饯王藕夫东归》、《子云诗集》卷六
钱泳	江苏金匮	1788年	谈艺论文	钱泳《履园谈诗》"以人存诗"
方正澍	安徽新安	1786年	为毕沅作《河南新乐府》六章	史善长《弇山毕公年谱》

分析表10和参考有关史实，毕沅幕府有以下特点：1.毕沅幕府规模大，活动的地域和范围广，形成陕西、河南、湖北几个中心，幕府人数众多，时间也较长，在清代可能只有阮元幕府可与之相比；2.毕沅幕府接纳和吸收的幕府人才以江南为主，人才的异地流动也是其显著的特点；3.毕沅幕府编撰了大量的学术文化书籍，比如《续资治通鉴》《关中金石记》《经训堂丛书》《乐游联唱集》等，对于校勘、金石、史地等方面成就卓著；4.因为毕沅是文人、学者、官员集一身，加上一门风雅，母亲及姐妹毕汾、毕湄与智珠皆能诗，毕母又是"西泠十子"之一，所以文学创作也是幕府活动的重要内容。据《弇山毕公年谱》，"乾隆三十七年，毕沅抚陕，招宾客赋诗，自此之后，凡知名之士来幕中者皆续咏焉"。毕沅于乾隆四十八年陕西巡抚任上，与吴泰来及幕中文士为消寒之会，"自壬寅十一月十七日始每九日一会，至癸卯二月二日止，分题拈韵，成《官阁围炉诗》二卷"。另《乐游联唱集》则是毕沅与幕府人员及朋旧唱酬的结集，而《吴会英才集》则是毕沅编辑的地域性文学总集。

(三) 曾燠幕府

曾燠 (1760—1831) 字庶蕃, 号宾谷, 江西南城人。乾隆四十六年辛丑进士, 改庶吉士, 历官户部主事、军机章京、户部员外郎、两淮盐运使、湖南按察使、湖北按察使、两淮盐政等。曾燠工骈体文, 擅诗词。著有《赏雨茅屋诗文集》, 辑有《国朝骈体正宗》等。

曾燠幕府主要活动于乾隆五十八年 (1793) 至嘉庆十一年 (1806), 曾燠任两淮盐运使期间, 承续卢见曾幕府风雅之风, 主要活动于扬州一地, 主要文人和骈文作家有吴锡麒、王芑孙、吴鼒、乐钧、刘嗣绾、郭麐、彭兆荪、陆继辂等, 与清代骈文创作存在甚深渊源。其幕府活动内容和人员组成见表 11:

表 11　增燠幕府活动内容和人员组成简表

幕宾姓名	籍贯	在幕时间	幕中活动	资料来源
章学诚	浙江会稽	1797 年	拟修方志	胡适《章实斋年谱》
王友亮	安徽婺源	1793 年	文酒之会	曾燠《邗上题襟集》, 钱泳《履园丛话》卷八
吴锡麒	浙江钱塘	同上	同上	同上
王芑孙	江苏长洲	1798—1800 年	文会	王芑孙《题城南雅游图后》,《惕甫未定稿》卷十六
吴鼒	安徽全椒	1797—1798 年	文会	吴鼒《西园十一咏并序》,《吴学士诗集》卷一
刘嗣绾	浙江阳湖	1803—1805 年	文酒诗会	刘嗣绾《尚絅堂诗集》卷三十四
乐钧	江西临川	1801—1804 年	文会、诗会	《青芝山馆集》
郭麐	江苏吴江	1801 年	与陆继辂、乐钧等为文酒之会	陆继辂《先太孺人年谱》,《崇百药斋文集》卷二十
彭兆荪	江苏镇洋	1804—1805 年	刊《小谟觞馆集》校勘《骈体正宗》	彭兆荪《小谟觞馆诗集》卷八, 缪朝荃《彭甘亭年谱》
陆继辂	江苏阳湖	1804—1807 年	与乐钧、郭麐等读书作文	陆继辂《先太孺人年谱》,《崇百药斋文集》卷二十

从表11中我们可以看出，曾燠幕府的最大特色以文艺创作和交流为主，幕府也以接纳来自各地的文化名流为主，类似于现在文联和作家协会的性质。关于这点，同时代的人有详细的记载，如王昶《蒲褐山房诗话》："维扬为南北要冲，又有平山、蜀岗、虹桥诸名胜，故士大夫往来者篮舆笋屐，徘徊旬日而不能去。然二十余年觅船投辖，地主无人，每有文酒寂寥之叹。宾谷开东阁之樽，集南都之音，予门下士被其容接者尤多。而擘纸挥毫，散华落藻，揽《题襟馆诗》两集，遂觉烟月争辉，江山生色。"王豫《群雅集》亦云："廉访（指曾燠）官两淮都转时，筑题襟馆，召致海内名士，弦诗斗酒，于梅花、安定两书院尤加意栽培。王文简后所仅见也。"

曾燠幕府对于清代文学创作产生比较大的影响，对于清代骈文创作的推动也是显而易见的。一是曾燠本人是乾嘉时期重要的骈文作家，他对骈文的爱好与创作成就，无疑会对其幕客产生深刻的影响，骈文这种美文受到重视是题中应有之义。二是清代影响很大的骈文选集《国朝骈体正宗》由彭兆荪选编，曾燠筹资出版，在当时产生比较大的反响，而另一部骈文选集《八家四六文钞》的编者吴鼒也是出入运使官署的幕客，所以说到清代乾嘉时期的骈文创作，不能忽视曾燠幕府作用的。

（四）阮元幕府

阮元（1754—1849）字伯元，号云台，又号芸台，江苏仪征人。乾隆五十四（1789）年进士，选庶吉士，授编修，擢少詹事，历官山东、浙江学政，兵、礼、户部侍郎，浙江、江西巡抚，湖广、两广、云贵总督，道光朝官拜体仁阁大学士，致仕，加太傅，卒谥文达。生平以主持风雅、热心教育为职志，在浙主办诂精精舍，在广东创办学海堂，造士甚众。阮元本人学问精深，工诗词及骈体文，诗文集有《研经室集》。组织编写了《淮海英灵集》《两浙輶轩录》《十三经校勘记》《皇清经解》《经籍纂诂》《浙江通志》《广东通志》《山左金石志》等著作。为我国古代文学事业的繁荣和发展作出了重大贡献。

阮元幕府主要活动于乾隆末嘉庆初，活动区域和范围涵盖江南半壁，因为阮元早达且官运亨通，所以阮元幕府活动时间相当长，规模也最大。阮元幕府主要文人和骈文作家有吴文溥、孙星衍、杨芳灿、凌廷堪、江藩、焦循、顾广圻、陈寿祺、朱为弼、陆耀遹、郭麐、陈文述、王衍梅、董士锡等。

表 12　阮元幕府主要人员及活动情况简表

幕宾姓名	籍贯	在幕时间	幕中主要活动	资料来源
王昶	江苏青浦	1800 年	主讲诂经精舍	严荣《述庵先生年谱》
程瑶田	安徽歙县	1802 年	为阮元监铸杭州府镈钟	罗继祖《程易畴先生年谱》
段玉裁	江苏金坛	1801—1803 年	校订《十三经校勘记》	刘盼遂《段玉裁先生年谱》
吴文溥	浙江嘉兴	1799—1800 年	校订《两浙輶轩录》	吴文溥《南野堂笔记》
武亿	河南偃师	1794—1795 年	辑《山左金石志》	阮元《山左金石志序》
赵魏	浙江仁和	1795—1797 年	校订《山左金石志》辑《两浙金石志》	阮元《研经室集》
孙星衍	江苏阳湖	1800—1801 年	主讲诂精精舍	张绍南《孙渊如先生年谱》
杨芳灿	江苏金匮	1808 年	同上	余一鳌《杨蓉裳先生年谱》
凌廷堪	安徽歙县	1808 年	讨论经史	张其锦《凌次仲先生年谱》
江藩	江苏甘泉	1818 年	辑《皇清经解》、纂《广东通志》	闵尔昌《江子屏先生年谱》
焦循	江苏甘泉	1795—1796 年	著《游山左诗钞》《游浙诗钞》	王永祥《焦理堂先生年谱》
顾广圻	江苏元和	1801—1802 年	校勘《十三经注疏》	汪宗衍《顾千里先生年谱》
陈寿祺	福建闽县	1801—1803 年	治文书，以诗文受知	吴守礼《陈恭甫先生年谱》
陆耀遹	江苏阳湖	1797 年	文事	陆耀遹《双百燕堂诗集》卷一

续表

幕宾姓名	籍贯	在幕时间	幕中主要活动	资料来源
朱为弼	浙江平湖	1797—1804 年	参纂《经籍籑诂》、订正《两浙輶轩录》	《蕉声馆文集》卷五
陈文述	浙江钱塘	1798—1802 年	治文书，以诗文受知	陈文述《颐道堂诗选自序》
陆继辂	江苏阳湖	1797—1799 年	助校试文	《崇百药斋文集》卷二十

从上面的材料可以看出，阮元幕府有如下特点：1. 阮元幕府活动的范围广，时间相当长，影响大，对于整个清代学术文化活动产生深远的影响；2. 学术文化活动内容丰富（具体情况见上面阮元介绍），成就巨大；3. 由于阮元思想开通，学识宏富，能够容纳不同观点和学术旨趣的学者，所以学术论争和文艺创作有比较宽松的环境和氛围。

阮元幕府对于骈文创作的影响则主要体现在阮元重申"文笔之辨"，视骈文为文学之正统，排斥桐城派古文，其主要的观点集中在《文笔说》《学海堂文笔策问》《文选旁证序》中，对于恢复文学抒情传统和追求文学形式美的内在要求具有积极的作用。

乾嘉时期这几大幕府囊括了当时重要的知名的骈文作家，其中有些作家基本上以游幕终老一生，如汪中、彭兆荪、王芑孙、顾广圻、乐钧、郭麐等；有些则在幕府中耗费了自己大半人生，比如洪亮吉、孙星衍等，幕府活动成为他们生活重要的内容。虽然他们在幕府不一定都从事骈文创作或文字工作，但撰写各类文翰依然是其中重要的内容，这对于当时骈文创作和文风的形成是有相当影响的。另外，这几大幕府的幕主们都是骈文作家，其中曾燠和阮元是其中有代表性的作家，阮元更是转变风气的一代人物，因而，我们研究乾嘉时期的骈文以及清代骈文是不能忽视幕府影响的。

第二节　幕府制度对于乾嘉时期骈文创作的影响

一、幕府为骈文作家提供生存和交流的场所

上面我们已经了解乾嘉时期骈文作家与幕府的关系及其活动情况,但幕府活动对于骈文创作到底起怎样的作用,是通过什么方式产生作用和影响的呢？下面试作论述。

首先,幕府为骈文作家提供了生存和栖身之地。像汪中虽然享有大名,且被当时人目为"狂人",因为没有科名,依然只能出入于各大幕府谋食。杜恒灿（约1662年前后在世）历为郎廷极、贾汉复、梁化凤诸人门客,毕生出入幕府中,以卖文为活。如汪中、孙星衍、洪亮吉"经学与文词杂糅","斯三子者,皆以绵邈之文,传食公卿"①。而作为幕府文人,其收入来源,除了正常的"岁修"或"例钱"类似于我们现在的薪俸之外②,其他的来源主要有三个。一是课徒（包括书院、私塾和作家庭教师的）收入,如乾隆三十九年（1774年）洪亮吉入常镇通道袁鉴署授徒,岁修二百金。二是校文和批改科考试卷所得,比如乾隆四十四年（1779）,洪亮吉仲弟以少孤失学,学为贾折本,洪亮吉决计携弟北上,苦无盘缠,入常州知府黄泽定署校文,薄有所得,才能成行。三是卖文,以文谋生,洪亮吉仲弟得病,洪亮吉质衣医治,至不能举炊。乾隆四十五年（1780）,乾隆南巡,诸臣例献赋颂,洪亮吉代为捉刀,又恭逢万寿,求文者踵户。二月至七月,卖文（主要是应用性质的骈文）得润笔四百两。生计稍裕。而卖文这种社会现象比较普遍,而且得到广泛的认可,金安清："往时官场承平之际,上下皆重文字,凡贺禀贺启,皆骈俪绝工,一记室,修有千金者。即才学之士,得以遨游公卿间,得高价。"③

其次,幕府为骈文作家提供增长知识和交流创作经验的机会。这里主要表现为四个方面。1. 入幕能够得到幕主的重视和举荐。比如章学诚"余自乾

---

① 刘师培：《清儒得失论》,载《刘师培辛亥革命前文选》,三联书店1998年版。
② 比如乾隆四十五年（1780）洪亮吉为四川按察使者礼幕府掌书记,岁修四百金。参见是年《洪北江年谱》,汪辉祖《佐治药言·俭用》亦云"游幕之士,月修或至数十金"。
③ 金安清：《水窗春呓》卷下"书契圣手"。

隆丁亥，旅困不能自存，依朱先生居，侘傺无聊甚。然由是得见当时名流及一时闻人之所习业"（《章氏遗书》卷十八《任幼植别传》）。还有就是学习写作，章学诚从朱筠游学即是明显的例子①。2. 幕府或幕主的藏书为作家（包括学者）提供阅读的机会，扩大了作家的知识面，且可借鉴写作技巧。毕沅、阮元幕府均收集了许多大量书籍，有些是当时稀见的图书资料，拥有类似于私人性质的图书馆②。这些丰富的藏书可以丰富作家的知识面，扩大他们的视野，对创作无疑是有帮助的。3. 幕府经历本身对于创作也有积极的影响，赵翼、王昶、洪亮吉、孙星衍、钱坫、陈黄中或主章奏或参戎幕，表明他们对现实的关注，而且，骈文本身的工具性和实用性功能得以体现，骈文文体自有其写作规范和价值，这种应用性的公文成为专门的学问，虽然没有像我们现在这样成为作为一种专门研究的对象，但在相关著作中我们还是可以找到类似的论述，比如明吴讷等《文章辨体·文体明辨》，清孙梅《四六丛话》、彭元瑞《宋四六话》、王兆芳《文体通释》也有这方面的内容。实用性文章的写作有时也需要文学方面的储备和素养，且有些写作规律对于实用性文章和文学作品是同样适用的，这对于作家的创作也是有帮助的。4. 幕府为作品提供传播和扩大影响的机会，甚至为文人出版文集。如乾隆二十三年，惠栋逝世不到三个月，卢见曾将其遗著刊刻行世。阮元欲刻胡天游遗集③，同时刻印了汪中、孙星衍等诸人集子。比如汪中代毕沅所撰《黄鹤楼铭》，时人誉之为"三绝"④，后来有人研习和模仿他的作品也有这方面的原因。

三是幕府文人雅集和品评对于骈文创作有着直接的影响。幕府文人雅集、文酒之会等频繁活动对于创作的直接推动作用，比较有名的是毕沅的关中"消寒之会"、曾燠的"邗上题襟"等活动，且形成一定的创作氛围和风尚。有时名流胜集，如乾隆三十六年，朱筠幕下士聚集，张凤翔、王念孙、邵晋涵、章学诚、庄炘、黄景仁、戴震、汪中等俱为一时名流⑤，类似于现在的文

---

① 胡适《章实斋年谱》乾隆三十年（1765年）云，"始学文章于朱筠。朱先生一见许以千古"。
② 孙星衍云"（予）逾二崤而西，著述于关中节署，毕督部藏书甲海内，资给予，使得竟其学"（《孙忠愍侯祠堂藏书记》，《五松园文稿》卷一）。
③ 袁枚《小仓山房尺牍》卷十《与阮芸台宗伯》。
④ 见王引之所撰《行状》，《述学》附录。
⑤ 据《黄仲则年谱》乾隆三十六年记载。

学研讨会和学术讨论会，对于文化学术交流是有影响的。比如孙星衍《八家四六文》序云：

> 岁乙巳余客中州节署，（按指毕沅官署，时孙星衍为毕沅幕客），值巽轩以公事至，时秋帆中丞（按指毕沅，时为河南巡抚）爱礼贤士，严道甫侍读、邵二云阁校、洪稚存奉常皆在幕府，王方川编修亦出令来中豫，极有朋文字之乐。

毕沅《吴会英才集》也有类似记载：

> 杨（舍人）嗣以词赋通籍，珥笔机廷，吟红药之翻阶，对紫微于画省，摛华揿藻，倜傥不群，顷暂假游秦，道出大梁，见投长句。时蓉裳偕至，而子云、稚存、渊如、秋塍辈俱在座中，灯下樊楼，留连觞咏，才士之盛，真不减当日邹枚也。

这种例子在当时的文献记载中几乎俯拾即是，这些文献资料内容丰富，为我们研究骈文提供了重要的参考，这里就不再多举例了。这种活动虽然随着幕主的播迁而有所变化，但是活动频繁，形式自由，对于促进骈文创作极有利。

在幕府，除了日常应用文外，文学创作也是幕主、幕宾生活的重要内容，所以幕府往往成为批评作品和衡量作品高低的阵地。比如毕沅辑《吴会英才集》评骘杨芳灿，说其骈文"惊才绝艳，世谓盈川复生"[1]，毕沅《吴会英才集》"故其赠友诸什，情溢于文"。这样看来幕府对于推动骈文创作，引领时代风气和审美好尚有着不可忽视的作用。

四是幕府文人在幕府进行创作上交流的同时，有些人因处境相类甚至建立深厚的感情。乾隆五十一年（1786），汪辉祖与邵晋涵话别，泫然流涕，"此行幸邀封典，即作归计，未必再入此门。脱不幸，铭幽之文，责在吾子。"[2] 幕友生死之交，于此可以概见。而乾隆五十九年（1794），孙星衍简

---

[1] 钱仲联：《清诗纪事》第10册，第6985页，引潘清《挹翠楼诗话》语。
[2] 汪辉祖：《梦痕录余》乾隆五十一年。

放山东兖沂曹济兼管黄河兵备道,巡抚玉德公为其举主,学使为阮元,阮元有诗纪云"万朵荷花五名士,一时齐望使君来",为其送行。另外,有马履泰、武亿、桂馥与阮元幕下名士常相过从,燕集大明湖。嘉庆元年,大家为吴鼒与族妹完婚,这是幕宾相互之间彼此信任的一个显著例子,也是文坛美谈。

二、骈文作家壮游活动对于创作的影响

文人壮游是一个常读常新的话题,从大自然中吸取创作的灵感和经验对于创作有帮助是,这方面古人早有自觉,在古人论文著作中,"江山之助"是使用频率相当高的一个词汇,明清时代更是俯拾即是,魏禧论文"有得水分者,有得山分者。子瞻水分多,故波澜动荡;退之山分多,故峰峦峭起",朱彝尊好以水喻文,阅其《秋水集序》《禹峰文集序》可以得之。尚镕《三家诗话》云"渔洋诗以游蜀所作为最,竹垞诗以游晋所作为最,初白诗以游梁所作为最,子才诗以游秦所作为最",也是认为地理环境造就文学作品的境界。而文人对于山川助文境的自觉意识也超乎寻常,如黄景仁认为自己缺少幽并豪侠之气,决计游京师,洪亮吉所撰《行状》云"(黄景仁)平生于功名不甚置念,独恨其诗无幽并豪侠气,尝蓄意欲游京师,至岁乙未乃行"①,黄景仁有诗赠别表达其心情。这里选其中一首:"翩与归鸣共北征,登山临水黯愁生。江南草长莺飞日,游子辞归去友情。五夜壮心悲伏枥,百年左计负躬耕。自嫌诗少幽并气,故作冰天跃马行",这里字里行间洋溢着一股热情与激动。

乾嘉时期,幕府为骈文作家提供了壮游的机会。如雍正八年(1730)全祖望应山东学政罗风彩之聘,充当短时间的幕僚,游览三齐名胜古迹。此后作家如洪亮吉、汪中、黄景仁、杨芳灿、王昶、张惠言等更是频繁出游,而清代游记文学的发达也未始与此无关。比如洪亮吉性喜游览,徐世昌《晚晴簃诗话》说他"平生雅嗜游览,足迹遍吴、越、楚、黔,游嵩、华、黄山,皆登绝壁题名……诗有真气,亦有奇气"。黄景仁则壮游成癖,乾隆三十五年(1770),黄景仁客王太岳幕府,洪亮吉所撰黄景仁《行状》云:"是时君已

---

① 乾隆乙未年,即1775年,笔者注。

览九华，陟匡庐，历洞庭。每独游名山，经日不出，值大风雨，或瞑坐大树下，牧竖见者以为异人。"而有些幕主如朱筠本身也嗜游览登临，常常与幕下文人弟子游览，比如乾隆三十六年（1771）冬，朱筠任安徽学政，偕幕下士游采石，乾隆三十七年（1772）三月，与诸名士游青山①，同年四月，又与诸名士游九华，"四月，先生（按指黄景仁，时在朱筠幕）随朱筠、邵晋涵及亮吉等，历游黄山、齐云、九华诸胜……五月十九日，先生（按指黄景仁）与学使及同幕诸子游齐山。游九华，止一宿庵，由一宿庵之中峰。先生与亮吉均有诗纪事"（《黄仲则年谱》乾隆三十七年）。

这种游历，有助于骈文作家文境诗境的增进，如黄仲则出游湖南等地归来后，前后诗境居然大变，"居半载，游大江以归。先生自湖南归而诗益奇肆……其雄宕之气，有若鼓怒于海涛者，先生诗境，至此而锐变"（《黄仲则年谱》乾隆三十五年）。比如洪亮吉，朱克敬说他"为诗文有奇气。尤工骈体文，与胡天游、袁枚并称三大家"②。康发祥说其诗有"雄直之气"（《伯山诗话》），张维屏《听松庐诗话》亦云"先生未达以前名山胜游诗，多奇警。及登上第，持使节，所为诗转逊前。至万里荷戈，身历奇险，又复奇气喷溢。信乎山川之能助人也"③。洪亮吉前后诗风文风的变化与其经历和游览的地理环境有莫大关系。

同时，乾隆时期文人并没有把问题简单化、绝对化，往往把游历与社会生活结合起来考察，如阮元《顾亭林先生肇域志跋》云："亭林先生生长离乱，奔走戎马，阅书数万卷，手不辍录。观此帙，密行细书，无一笔率略。始叹古人精力过人，志趣远大。世之习科条而无学术，守章句而无经世之具者，皆未足与语此也。"（《研经室三集》卷四）这说明他们在游历的同时注重社会经验的积累。

这种壮游对于文学或骈文创作有利之处是：一是可以开阔作者的眼界，广见闻，拓展写作的内容和空间，扩大题材的写作领域和范围；二是提升作家的精神境界，廓大作家的胸襟和怀抱。骈文作家们于山水相遭中体味自然

---

① 见洪亮吉《五陉联吟集》诗注。
② 朱克敬：《儒林琐记》，《暝庵丛稿》附《儒林琐记》，挹秀山房丛书本，光绪十二年长沙刻本。
③ 张维屏：《国朝诗人征略》，引《听松庐诗话》。

的广袤与雄奇，为文章增加壮美之气，比如上面所提及的洪亮吉诗文前后风格的变化就是明显的例子。又如彭兆荪，王芑孙评其文云"湘涵少长边塞，多接通流，精求缘起，熟析利病，有山川以助其奇，有风云花鸟以壮其思。又不幸久困，有羁愁骚屑，摧撞拂郁以激宕其心中所存，由是佹辞异采，匪意横发，长篇短制，随意杂施"（王芑孙《小谟觞馆集序》）。彭兆荪名作《五台山赋》《雁门关赋》气象博大雄奇，《雁门关赋》尤为杰出，如其描写边塞风光：

凛凛凋岁，巉巉塞垣；黄芦匝地，层冰射天。斜日奄忽，薄于虞渊。一径入云，有关屹焉。尔其俯滹沱，通广运，隔六角，通全晋。圭峰夏屋承其趾，龙河豹突流其润。望虎落之周遭，压龙堆而称峻。屋属壁立，闉阇洞开。堠火星灿，堞齿鳞排。风紧马缩，天空雁来。飞楼矗其缥缈，冻旌纷以氅毷。西顾丫角偏头，东睇紫荆倒马。山川郁而相缭，泉石渥兮成赭。渺几代之烽烟，判何年之夷夏。缅汉唐之纠纷，独苍然而涕洒。

这种景象，非亲历其境者，决然写不出。此时彭兆荪年纪尚轻，却能有如此境界，信乎山川之能助人。而洪亮吉的名篇《出关与毕侍郎笺》描写洪亮吉千里奔赴黄景仁之丧，其间景色，亦得之于所历之境："自渡风陵，易车而行，朝发蒲坂，夕宿盐池。阴云蔽亏，时雨凌厉。自河以东，与关内稍异，土逼若巷，涂危入栈。原林黯惨，疑披谷口之雾；衢歌哀怨，恍聆山阳之笛"，纯用白描手法，而刻画入微，如在目前。洪亮吉也曾经说过："征君（庄宇逵）常箴余好游远近名山，垂暮不倦，然余自问性情品学不及征君，庶藉山水以补之，亦古人学画不能去而后塑之遗意也。"① 说明他们有意识地从山水相遭中获取灵感和智慧。

三、幕府应用文体对于骈文创作的影响

有些文体与幕府存在直接的渊源，或者是从幕府产生出来的。像檄文、露布就是用于军事活动的文书，起震慑、扬威的作用，我们现在能看到的较

---

① 洪亮吉：《庄达甫征君春觉轩诗序》，《更生斋文续集》卷一。

早的檄文是司马相如的《喻巴蜀檄》，到了魏晋时代，檄文也就骈体化了，陈琳《为袁绍檄豫州》《檄吴将校部曲》，阮瑀的《为曹公作书与孙权》是此类中名作。唐代骆宾王《为徐敬业讨武曌檄》则为规整的四六文。令狐楚认为方镇里的公文"指事立言而上达，思中天心；发号出令以下行，期悦人意"（《荐齐孝若书》，引自宋朝姚炫编《唐文粹》卷八十六）。檄文尤应如此。清代乾嘉时期社会比较安定，军事活动比较少，但这类文体依然不少，比如王昶、赵翼等在军中草檄文书①，如王昶《祭阵亡将士文》就是此类作品。这类作品因为以实用为目的，一般来说文学价值不是很高。

大致说来，幕府中日常应用文体（当然也包括军事类的文书）主要是用骈体写作，《国朝骈体正宗》《八家四六文钞》《国朝常州骈体文录》《国朝骈体正宗续编》等骈文选集都选有此类作品，为佐证参考。清人马俊良的《俪体金膏》则集中地选录骈文，辑录了有清一代这类文体的大部分佳作，是重要的文献资料。《俪体金膏》所收文体相当丰富，有露布、奏折、谢恩折、邸报、颂、赞、序、表、科牒文、跋、疏等；反映的社会内容也相当广阔，涉及政治、经济、社会、文化等各个方面的内容，有些材料可以作为当时历史真实的材料，特别是以骈体写作的密折。

将乾嘉时期幕府骈体文按文体进行分类，大致可分为如下三类。1. 公文，包括上行文（奏疏、章表、笺奏、上书、奏折、贺表、谢表、弹事、封事等）、下行文（训示、手令、批答、札付、考语等）和平行文（函、公移、牒等）。这些公文中，受到重视的主要是向朝廷呈送的公文，一般需要请名家名手写作，而平行文和下行文则可以由一般书启师爷办理，所以选入马俊良《俪体金膏》的基本上是向朝廷进献的文章。2. 酬应之篇，风雅之什。这些作品虽然也是应用文。文学性较强，主要是要适合幕主的口味，也请名手代撰，其中不乏佳作，如汪中的《黄鹤楼铭》《汉上琴台之铭》等即是。3. 书信、书札，这些书信多是代笔，有些是公事应酬，对于个人而言，其内容并无意义，其内在心理现在已不能不得而知，而作品的社会意义相当重要。

我们先来看公文。公文的写作与文学创作不同，它的写作有一定程序，写成后又有上达下发等运作程序。关于那些应用文体的写作与运行程序，甚

---

① 纪昀：《阅微草堂笔记》"余从军西域时，草奏草檄，日不暇给，遂不复吟"。

至遣词造句的讲究，当时有专门的工具书①。公文的写作对于写作者有着特殊的要求，除了文章才华、语言表达能力之外，还要熟谙朝廷法令、现时政策、公文格式、当时避讳等。同时要重视发文者与收文者的身份地位，讲究尊卑等级。公文是为了解决实际问题的，为了达到目的，还要有说服力，声情并茂。在语言形式上，当时的公文所用的都是四六体。虽然我们很难找到清代有关公文写作的指导性文件，但是我们翻阅马俊良编的《俪体金膏》就会发现这些文体如露布、奏折、谢恩折、邸报、颂、赞等都有固定的格式和行款，甚至遣词造句都有讲究，通过这样严格的形式束缚所写的东西自然很难有独到的作品。此类文章还有一个很重要的地方，即文体形式本身有时比内容更重要，过多的修饰性和繁文缛节已经使文章的文学性降到冰点。我们通读大多祝文、祷告、青词、谢恩折、赋、颂，虽然为文者殚精竭虑，苦思经营，却往往令人不能卒读。就是选在马俊良《俪体金膏》的有些作品，如《钦赐药锭谢折》《赐鹿肉谢折》等文章亦是如此。但章、表、启、奏、疏、檄、露布、牒及各种公私书函等公私文书的起草，需要专门训练。前面周星誉所说"田野韦布，一艺足称，无不坐致赢足"，所说虽不免夸大其词，但当时的幕府普遍重文的风气却是不争的事实，这方面的材料参看清代人的笔记就可以大致得出类似的结论。比如法式善《清秘述闻》、陆以湉《冷庐杂识》、方濬师《蕉轩录·蕉轩续录》、梁章钜《浪迹丛谈》及无名氏《清朝野史笔记大观》等笔记史料中，这样的例子屡见不鲜。但乾嘉学者文人学力深厚，往往在极难用巧处着力，显示出高超的艺术技巧和脱化的能力，也还有可读性的作品，比如胡天游《拟一统志表》、纪昀的《平定两金川露布》以及袁枚的几篇贺表，能有天人兼到的艺术境地。胡天游《拟一统志表》尤突出，其中如"于是度地经野，封山肇州，表以圭臬，则千里而远，千里而近，风阴朝夕之景，案然而自平；划以沈榆，则营州之东，邠州之西，华裔崇卑之位，叙焉而必正"，惨淡经营，亦有佳境。另外，他们有些短章也能写得颇有情致。这里选录毕沅《进吴江棹歌》②：

---

① 据周一良、赵和平二先生的研究，敦煌文献中有此类著作，见周一良等《唐五代书仪研究》。
② 马俊良：《俪体金膏》卷四，《丛书集成初编》本，第89页。

紫盖飞花，正二月时巡之候；青郊弭节，慰三吴望幸之忱。地界江淮，星分牛女，值岁纪之一旬，庆乘舆之三至。仰惟皇帝陛下，典懋省方，道勤展义，抱万姓之痌瘝，视天下若几席。数万里山川风景，频驻仙舆；廿年宵旰忧勤，时劳清问。再经吴会，大沛恩纶，旋返六飞，又逾五载。江头父老，咸计日以待春旂；茂苑莺花，亦向阳而迎法驾。时则遐庭扫荡，绝徼清夷；拓规外之版图，均被和风甘露；召域中之瑞应，群瞻景曜祥光。自武成奏凯之年，嗣慈寿称觞之岁，七旬宣庆，万国承欢。而吴越阻修，士民吁请，愿效华封之祝，敬陈绛县之书。皇帝乃俯纳民虔，屡颁凤诏，遂申明德，载减鸾仪。春丽江山，扶大安之雕辇；道除警跸，散内府之金钱。民间歌舞之情，不殊旧日；天上雨膏之赐，更沛新恩。屏雕饰而从游观，东南水利，处处仰赖宸谟；课农桑而咨晴雨，稼穑民依，时时总烦睿虑。而平江迤逦，画舫迎还。花步洲边，首记南都之佳丽；姑苏台畔，载欣北极之瞻依。溯泰伯之遗风，人知礼让；访吴宫之旧址，俗尚繁华。迩因圣泽涵濡，王言训勉，闾阎既并沐生成，风气亦渐归淳朴。睹万家知烟火，如游化国之春；减十里之笙歌，仅效清尘之役。所过山亭水榭，重挥御笔以留题，偶来佛地珠宫，齐献瑶觞而介寿。宸游悦豫，黎庶欢欣，盼仙跸之经行，而两戒山河，周临日驭；乐春华之韶媚，而十旬春顾，半注吴头。臣生长田间，遭逢昌运，仰蒙异数，叨列清班，殿陛簪毫，曾侍豹尾属车之侧；沧波垂钓，来自菰烟庐雪之中。习闻欸乃之清声，窃效土音之是操。因胪民谚，专采吴风，制吴江棹歌三十首，聊以抒桑梓之下情，扬隆平之盛事。谨再拜稽首以献。

这种文字典雅工致，文章开头注重定下基调，"紫盖飞花，正二月时巡之候；青郊弭节，慰三吴望幸之忱"，色彩华美，辞藻艳丽，而对仗工整。四句话本来说的是一个极普通的意思，就是望皇帝南巡，但经过这样的处理和加工，就有生气，有意境，这是骈体文字的妙用，即施于难于立言之处，上面的句子如果用散体文字来写，就兴味索然。而后面则从各方面描述物阜民丰，人间一派祥和乐陶的景象，采用象征、比喻、对偶等多种修辞艺术手段，铺张华美，但不板滞，在庙堂文字中自属佳构。

酬应之篇、风雅之什，是幕府骈体中比较有文学色彩和性情的文字。上面我们讲到幕府文人雅集活动相当频繁，所以相关应景文字自然也就多了起来，这类文字主要有序跋、疏、启、诗序、图序、题词等。比如谢启昆《树经堂文集》中《以牡丹酥饷友人启甲辰》：

节过寒食风前，饧稀粥白；人在沉香亭北，绿暗红残。倍惜春阴，苏学士煎还未忍；休抛秾艳，李尚书赠岂无因。国色可餐，忘朝饥于季女；天香入馔，谢午割于庖人。瓣瓣拈来，不辨姚黄魏紫；团团接就，奚论蓬饵枣糕。百花王讵甘与酪奴同进，五色食何妨令稚子争尝。翠釜燖时，脂犹腻手；玉盂擎出，脆可点心。品是无双，胜盘中之饾饤；痕留一捻，佐厨下之羹汤。制自何人，法未传于馔谱；酥惊为甚，味宜添夫食单。槐叶冷淘，未足方其浓厚；木兰坠露，亦应逊此菁华。敢云剩馥残膏，湯溉沾于良友；窃幸仙姿异骨，尚依恋于绮筵。献以筠筐，聊充箧实，庶使玉环、飞燕，不随风雨以俱埋；愿为绣腹锦心，仍写清平之绝调。

这属于日常交际文字，赠送物品，总是左右采获，从时令、制作、风味以及心情方面进行叙述描绘，并表达自己的希冀与愿望。汪中的《汉上琴台之铭》则为其中的名篇佳构，选取一段如下：

居人筑馆其上，名之曰琴台。通津直道，来止近郊；层轩累榭，迥出尘表。土多平旷，林木翳然。水至清浅，鱼藻交映。可以栖迟，可以眺望，可以泳游。无寻幽陟远之劳，靡登高临深之惧。懿彼一邱，实具二美。桃花渌水，秋月春风；都人冶游，曾无旷日。夫以夔襄之技，温雪之交，一挥五弦，爰擅千古。深山穷谷之中，广厦细旃之上，灵踪所寄，奚事刻舟？胜地写心，谅符元赏。

余少好雅琴，粗谙操缦，自奉简书，久忘在御。弭节夏口，假馆汉皋，岘首同感，桑下是恋。于以濯足沧浪，息阴乔木；听渔父之鼓枻，思游女之解佩，亦足高谢尘缘，希风往哲。何必抚弦动曲，乃移我情？

这是山水序记，虽然是代毕沅所作，实际上熔铸了汪中自己真切的感受，琴台胜迹，山水清音，让人驻足赏玩，从大自然中体悟人生哲理，顿生出尘之想，是因为山水太美，还是人生不如意、社会险恶，或者兼而有之，给我们留下了相当一段空白。这篇文章与时人誉之为"三绝"的《黄鹤楼铭》均为汪中骈文中的名篇，为人广为传诵。

人际交往的书信，其中朋旧之间的书信最有价值，不仅具有学术价值，也具有文学价值，这里收录杨芳灿与黄景仁的一封信：

> 某白：自别光仪，甚相思想，不见叔度，鄙吝日增，古人云然，殆不谬也。前在兰陵与诸君翦烛，商略文艺，第时负重忧，戚然不怡。及匆匆返棹，孤坐蓬庐，藜藋塞门，径无行者。追忆曩时聚首，又邈若梦中，不觉泪之浙浙承睫也。昨以不弃，示之绪言，雒诵再三，心折久矣。云蒸龙变，虬翔鸾跃，希世宝矣，希世之宝，当为秘之惜。失贫窭之子，藏燕石者什袭，享敝帚者千金，此矜惜之过也。若陶朱猗顿之家，掷夜光，碎结绿，则暴殄之过为尤甚。
>
> 窃见足下有所撰作，略无留手，而倦于裒录，弟私以为过矣。又尝论人之聪明才力，当用其所长，掩其所短，与其博而不精，毋宁严而不滥。譬如首路者，裹糇粮，整车骑，虽昆仑流沙之远，遄途刻日可至也。若朝思登昆仑，夕欲泛洞庭，吾恐愿奢志纷，终至白首乡闾耳。古人遗集，奚啻百数，谈六艺，说五经，陈言累累，盈缃溢缥，后人视之，惛然欲睡，以塞鼠供蠹粮矣。向亦镂心刻骨，求其可传，乃今如是，悲乎！词赋小道，然非殚毕生之力不能工也。而好高者，往往失之，子建既小辩破言，子云复老不晓事，强思画虎，故薄雕虫，愿足下勿为所误，幸甚。
>
> 弟穷愁轗轲，万缘都废，惟文史结习，未能去怀，日来窥班、马之巨制，仿徐、庾之玮词，铢积寸累，自谓有得，然真赏殆绝，知音者稀。张率之诗云沈约，则句句嗟称；庾虬之赋诋相如，篇篇传写。庸流之人，贵耳贱目，依古有然，何足怪也。想摄卫为宜，服食增胜，兹因风便，敢献狂言。

这封书信选自黄逸之编《黄仲则年谱》乾隆三十九年（1774）的记载，信写得周情款至，组织酝酿，反复道尽，而情词真挚，骈散结合而流宕自然，用典融化而不着痕迹，与杨芳灿本人"惊才绝艳"的文风有所不同，所谓文至则无所不至。

上面是名家所写书信，其实有些普通幕府文人因为接触社会底层，其作品现实性和社会价值往往更大一些，比如梁绍壬《两般秋雨庵随笔》① 所载葛秋生致赵秋舲书信，是当时黑暗现实真实生动的记录，录之如下：

秋舲同年足下：仆以伯伦嗜酒之身，忽得长吉呕血之疾。空江冷署，一病经年。意将物化蛮邦，长与故人生死辞矣！乃春蚕未死，尚许牵丝；而秋雁遥来，欣逢剖素。注存而外，兼述异闻……

往岁长安之行，仆非游倦；顾瞻时势，进取良难。厥有数端，请陈其略：夫玉雕楮叶，寸阴不废其功；蛩视车轮，三载必专其力。仆涸迹尘埃之内，置身案牍之旁。柔史刚经，久沦肺腑，秦章汉律，渐入膏肓（当为"肓"）。加以役志锥刀，瘁形筹尺。而谓挟《货殖》之传，可游琼苑；持名法之学，能贡玉堂乎？此其尼行之故一也。矧夫公车竞发之时，甫当仆病未能之日。虽蓍蔆未死，难忘向日之诚；而蒲柳将零，敢作抟风之想？叫鹧鸪而南飞翼倦，望燕鸿而北向心惊。势难握铅椠以登程，载刀圭而就道。岂有嘶风病马，能随良御先驱？而喘月胡牛，敢望相公垂问者乎？此其尼行之故二也。且夫远游者必饰裘马，挟策者不废金赀。苟宜橐之稍赢，庶行囊其克壮。而乃官清似水，事集如云。开门有烂用之钱，棚箧无盖藏之烬。晏子卅年之狸制，已付债家；孟光百岁之荆钗，胥归质库。雀皆罗尽，蚨不飞来。势难分老亲鹤俸之肥，作游子貂裘之费。此其尼行之故三也。而况有资成季子之行，无人于缪公之侧。老父性高简略，雅厌纷纭。乘厩内之家驹，不知牝牡；徒床头之阿堵，绝口钱刀。使左右不有亲臣，将筹画重劳长者。公私交瘁，栽花之蘖易燔；服事徒虚，寸草之心更歉。此其尼行之故四也。

盖陈偏隅积弊之风，以渎他日贤侯之听乎？墨江当冲北道，扼要南

---

① 梁绍壬：《两般秋雨庵随笔》卷三，上海古籍出版社1982年版，第150~158页。

方。孖水岑山，绝少和平之气；蛮花狁鸟，全非妪煦之春。以故林密藏奸，草深聚匪。盟香会火，开来一县白莲；孽帛妖旗，飞上满城黄鹄。花巾扎额，绣铁横腰。每当月黑风高，山深水曲，蚁屯估客，千艘捆载而来；乌合幺麽，一网搜牢而去。虽复屡惩重法，严示明条；而乃朝令悬头，夕祸旋踵。其民情之剽悍有如此者！今夫吏为社鼠，役是城狐；所在皆然，于斯为甚。阳作官之牙爪，阴与贼为腹心。每当密捕渠魁，被研胁党，秋毫察处，泥首者未毕其词；春色藏时，属耳者早通其信。术工偏于纵虎，师早漏于多鱼。然犹故示先机，虚耗在官之费；私开法网，广搜买命之钱。于是晋未与师，秦先遣谍。青虫变幻，化为蝴蝶而飞；黄雀深藏，反被螳螂之诱。其胥役之诪张有如此者！至若郑居两大，敢辞玉帛牺牲？齐出一军，例献资粮屝屦。然而大官一饭，中人十家。缝染酒浆，非时之需必备；翟阁炮辉，惠下之泽无虚。大舟舳而小舟舻，十夫推而百夫挽。盘匜载路，鲁馈吴师者百牢；委积连云，晋馆楚谷者三日。又况劣弁之食饕无厌，鹜已献而索凫；毫奴之喜怒难防，狐作威而假虎。或至莠言自口，蜚语成灾。其供应之纷繁有如此者！

且夫绅士为里党观型之地，巨室为国家藏富之区。无如吞噬成风，桀骜积性。乡邻一攘窃之细，束缚而诬以强梁；家庭一诟谇之微，风影而攻其帷薄。无故囚人子弟，勒取赎之多金；有时戕及祖宗，发已埋之朽骨。律令之所难逭，神鬼之所不容。而乃比比皆然，时时习见。难成信谳，孰挽刁风？其薄俗之浇漓有如此者！际此蛮隅，又当瘠壤；佩鞘都尽，籯担徒虚。当局者既费运筹，旁观者亦难借箸。愁城兀坐，乐境全非。

矧仆自遘疾以来，从事者苓，小除曲蘖。学苏公之量，不过三蕉；登张子之筵，怕尝九酝。用是逸情顿减，狂与都消；心冷如灰，肠枯若井。虽复偶拈楮墨，闲事讴吟；而寒暄酬赠者居多，图绘性灵者绝少。欲如尔日之雨窗选韵，雪舫联诗；月榭填词，风帘读曲，岂可得哉？岂可得哉？此仆所以梦寐追寻，而形神飞越者也。

这篇文字写尽卖文为生者的心酸与痛苦："又况劣弁之食饕无厌，鹜已献而索凫；毫奴之喜怒难防，狐作威而假虎。或至莠言自口，蜚语成灾"，描写寄人篱下的生活，很真实。事实上，这种现象也相当普遍。郭麐"应俗文章游子泪，及时虾菜异乡春"，彭兆荪"随例盘餐回味少，代人文字惬心无"①，王汝玉认为彭、郭两人诗句"真写出了才人乞食、名士卖文之感"，这里又何尝不是如此。而且对于社会现实的残酷和不公提出了自己强烈的控诉："然而大官一饭，中人十家。缝染酒浆，非时之需必备；翟闱炮辉，惠下之泽无虚。"社会是多么的不平等，"大官一饭"与"中人十家"鲜明的对比，一切尽在笔底显豁，真实生动，笔锋感情充沛，深沉有力。

上面我们讲了幕府应用文体，大多用骈体来写作，幕府文体对于骈文创作自然会有影响，具体说来，主要体现在以下三个方面。1. 幕府文体写作在当时非常普遍，与骈文作家的写作技巧有绝大的关系。2. 幕府应用文受到官员的普遍重视，自然会对骈文的创作起着促进作用。向朝廷呈献之文章，幕主相当重视，比如阮元亲自缮写，嘉庆五年（1780）四月初八日奉谕云："朕观卿之奏折，皆系自缮，若此则不胜其劳，恐有妨公事。俟后密折之折应自行缮写，寻常例奏应令人代写，稍省精神。"乾隆五十八年之谕旨对于时任安徽巡抚朱珪有这样一段文字："昨安徽巡抚朱珪，进御制说经古文。阅其后跋，以朕说经之文，刊千古相承之误，宣群经未传之蕴，断千秋未定之案，开诸儒未解之惑，颂皆过当。"（见《国朝宫史续编》卷九十五）可是后来朱珪官运亨通，深受重用，与其练达老成不无关系。其实在李煦的密折中，我们也经常见到用骈体写的文字。3. 由于这类文字种类多而且内容丰富，扩大了骈文表现的范围和领域。

---

① 吴县王韫玉：《梵麓山房笔记》卷六。

第四章

乾嘉骈文创作与江南商业文化

经济与文学是复杂而饶有兴趣的话题，时下有诸多学者对此进行深入而细致的探讨，颇有创获。我们知道，虽然文学与经济无直接联系，但经济是社会的基础，文学是社会的上层建筑，社会基础发生变动，自然也会引起上层建筑变化，其中政治、法律、道德、宗教等尤为显著。文学与经济的关系则较为复杂，甚至呈现反动的倾向，但文学的形态和发展都与经济具有密切的关系。这是因为：社会的发展离不开经济，作为意识形态的上层建筑包括文化艺术必须有经济作为支撑，当我们要对某种文学自身的特点及其演变加以描述时，自然应着眼于文学本身，以文学为本位来思考，但我们要研讨某种文学何以呈现此等形态及做这样的发展时，就不能不把文学与文化的其他部门，尤其是经济联系了。经济对文学所起的作用是多方面的，这主要表现在通过对作家精神及人格建构的影响而影响文学的内容，以及通过推动人的生活方式及需求的变化而影响文学的发展这两个方面。事实上，乾嘉骈文的兴盛就与江南经济的繁荣有相当的联系。下面我们将从两个方面来探讨这个问题：一是江南经济对于乾嘉骈文创作的影响；二是乾嘉骈文创作对于江南经济的反映与影响。

一、江南经济的繁荣对骈文创作的影响

（一）江南经济的繁荣为文化发展提供社会物质条件

明清时期的江南（包括江苏、浙江、安徽的一部分）经过历朝的开发，呈现出富庶繁荣的景观。清代时江南商业经济得到很大发展，据嘉庆《黎里志》（吴江黎里镇）记载："镇之东曰东栅，每日黎明，乡人咸集，百货贸易，而米及油饼为最多，舟楫塞港，街道摩肩。"类似的集市还有丝墟、大谷

市、桑市、猪市、菜市、猪谷市等。乾嘉时期江南是当时漕运、水运的中心和交通要道，也是南来北往的商贩、文人墨客和各级官吏穿梭往来、驻足之地，同时又是货运的集散和转运地。盐业、木业、丝织业、茶业、典当业等行业相当发达，经济非常繁荣。

  谈到清乾嘉时期江南经济的繁荣与发展，不能不谈到当时的盐业和盐商。属封建国家垄断经营的盐业，在社会生活中起着举足轻重的作用。清代"两淮岁课，当天下租庸之半"（嘉庆《两淮盐法志》），而江南盐商操纵整个盐业市场，拥有商界最庞大的资产。为了保持江南经济优势，清代政府曾采取"恤商裕课"政策以扶持商人。盐商中又以徽商最具神通。陈去病云："徽郡商业，盐、茶、木、质铺四者为大宗。茶叶六县皆产，木则婺源为盛。质铺几遍郡国，而盐商咸萃于淮浙。"盐业居于首位，最富者为两淮盐商。市面"以盐业为根源，而操奇计赢，牢笼百货为之消长者，厥为钱业，岁获利颇丰"①。盐商获利后，勾结官府，不断博取政治资本。康、乾二帝多次南巡，盐商"时邀眷顾，或召对，或赐宴，赏赉渥厚，拟于大僚，而奢侈之习，亦由此而深"②。如著名盐商江春不仅得赏布政使衔，亦曾蒙殊恩，得与"千叟宴"。江淮地区因为是盐商的集中区域，经济十分繁荣。其中苏州、扬州、南京等江南一些城市人口已经达到数十万之多，如淮安"四方豪商大贾，鳞集麇集，侨寄户居者，不下数十万"③。这些城市，由于盐商的带动，百业俱兴，手工业、商业得到很大发展，店铺林立，人声鼎沸，货畅其流，呈现出一派忙碌繁荣的景象。而扬州是鱼盐辐辏之地，为当时全国的金融中心。"扬郡财源，向恃盐务，通利则各业皆形宽裕"。市面"以盐业为根源，而操奇计赢，牢笼百货为之消长者，厥为钱业，岁获利颇丰"④。李斗的《扬州画舫录》对于当时扬州的市井风情极尽描摹之能事，都市的富庶与繁华，烟火万家，商贾辐辏，令人意乱神迷。

  江南商业的繁荣和经济的发展带动了城市的繁荣和发展，而城市的繁荣带来城市文化和整个学术文化的开展。当时的乾嘉学派就是以这里为中心向

---

① 参看《申报》影印本18册165页。
② 《清史稿》卷一百二十三《食货·盐法》。
③ 乾隆《淮安府志》卷十三《盐法》。
④ 《申报》影印本18册，第133页。

全国辐射的。江南尤其是江淮地区事实上为当时的文化中心。盐商、富商在当时文化发展过程中起过相当大的作用，江南盐商之作为学术、艺术的头号赞助商，这一点已经引起学者的注意①。盐商特殊的生活方式对于整个社会风气都有重大影响。龚炜有这样的记载："吴俗奢靡为天下最，日甚一日而不知返，安望家给人足乎？予少时，见士人仅仅穿裘，今则里巷妇孺皆裘矣；大红线顶十得一二，今则十八九矣；家无担石之储，耻穿布素矣；围龙立龙之饰，泥金剪金之衣，编户僭之矣。饮馔，则席费千钱而不为丰，长夜流湎而不知醉矣。"② 袁枚云："其时两淮司禺莢者侈侈隆富，多声色狗马、投瓊格五是好。"③ 吴蘦揭露当时社会风气时说"邗上盐务与人情败坏，不可言说"④，郭麐《灵芬馆诗话》也说"扬州自雅雨（指卢见曾，曾为两淮盐运使）以后数十年来，金银气多，风雅道废"，这其实是一种畸形的病态的生活方式。另外，生活质量的提高和城市文化的繁荣，使得如园林建筑艺术、绘画艺术、戏曲、杂耍、说唱等各个门类普遍受到重视，通俗化和市场化的作品有着广泛的前景，并且对于整个江南社会文化生活产生影响。阙门《广陵竹枝词》云"今日游来明日游，新穿花样巧梳头。引得三家村妇女，乱施脂粉抹香油"，桂超万云"凡在邻境皆有女工，惟扬州群与嘻嘻，无所事事，共去青春之景，约去看花；难消白日之闲，邀来斗叶"⑤，以至于锣鼓响处，莲步争趋；茶酒肆中，玉颜杂坐。扬州青楼文化的发达有目共睹，也为文人所津津乐道。艺妓中也不乏精通文墨者，如青楼女子梁桂林有《看菊绝句》云"纵教篱落添佳色，过尽春时不算花"，苏高山自题绝句"裊裊湘筠馥馥兰，画眉笔是返魂丹。旁人慢拟图花谱，自写飘蓬与自看"⑥。但这种生活方式连乾隆也承认其合理性："富商大贾以有余补不足，而技艺者流，藉以谋食，所益良多，使禁其繁华歌舞，亦诚易事，而丰财者但知自啬，岂能强取之以

---

① 参阅艾尔曼《从理学到朴学——中华帝国晚期思想与社会变化面面观》第一章，江苏人民出版社1997年版。
② 龚炜：《巢林笔谈》卷五"吴俗奢靡日甚"，中华书局1981年版，第113~114页。
③ 袁枚：《诰封光禄大夫奉宸苑卿布政使江公墓志铭》，《袁枚全集》第2册，江苏古籍出版社1993年版，第576页。
④ 《与鲍树堂（茂勋）书》，载《明清名人尺牍墨宝》，台湾文海出版社，第336页。
⑤ 桂超万《宦游纪略》卷五，《惇裕堂全集》本。
⑥ 李斗：《扬州画舫录》卷九《小秦淮录》，中华书局1960年版，第199、202页。

赡民?"①

与此同时,盐商为了改变其暴发户形象,获得社会的承认和长期保持经济活动中的优势地位,在大肆挥霍、骄奢淫逸之余,也纷纷采取右儒左商或左儒右商的方式,所谓"贾为厚利,儒为名高",这就有利于推动文化学术事业的发展。一方面,他们通过商籍让子弟参加科举考试博取功名,走上仕途来巩固已有的社会经济地位。据统计,清顺治三年至嘉庆七年(1646—1802年),近160年中,两淮盐商中共产生了139名进士,208名举人②。歙县丰南盐商吴鋺,"一门七子"俱有科名。著名盐商马曰琯、马曰璐及江春等家族科第不断,代有其人。徽商子弟程晋芳、凌廷堪、程恩泽尤为两淮盐商中最著者。以至于沈垚有"四民不分"及"士多出于商"的论断。另一方面,这些盐商大肆招揽宾客,修建亭台馆舍、藏书楼、戏院,举办各种形式的文化活动,如结诗会文社,聘请名家鉴定书画、校勘古籍,资助学者文人从事文化学术活动,形成一时风气。盐商江春乾隆三十一年(1766)为纪念苏东坡七百岁生日,在康山草堂招客赋诗,"一时文人学士,如钱司寇陈群、曹学士仁虎、蒋编修士铨、金寿门农、陈授衣章、郑板桥燮、黄北垞裕、戴东原震、沈学士大成、江云溪立、吴杉亭烺、金棕亭兆燕,或结缟纻,或致馆餐"③。梁启超曾云:"淮南盐商,既穷奢极欲,亦趋时尚,思自附于风雅,竞蓄书画图器,邀名士鉴定,洁亭舍、丰馆谷以待。"④

作为文化艺术活动重要内容之一的骈文创作自然也受到重视。江南经济的繁荣为骈文发展提供了有利的条件,具体表现在三个方面。

1. 盐商、富商直接向文士提供经济资助,为骈文作家提供了生存和写作的条件。比如戏曲家金兆燕寄食扬州,凡园亭集联及大戏词曲,皆出其手。如秦黉以母老归养,为江春康山草堂常客,并与蒋士铨、金兆燕等人唱和。据李斗《扬州画舫录》记载当时出入于盐商、富商以及盐政官署的文人学者有近百人之多,如梅文鼎、朱彝尊、阎若璩、查二瞻、朱筠、钱大昕、王昶、

---

① 嘉庆《扬州府志》卷三《巡幸志三》。
② 参阅朱保炯、许沛霖《明清进士题名碑录索引》(上海古籍出版社1980年版)和叶显恩《明清徽州农村社会与佃仆制》(安徽人民出版社1983年版)中第五章"徽州的封建文化"。
③ 见陆萼庭所撰:《明清戏曲家丛考·江春与扬州剧坛》,学林出版社1995年版,第236页。
④ 梁启超:《清代学术概论》,东方出版社1996年版,第60页。

王鸣盛、袁枚、卢文弨、邵晋涵等。乾嘉时期著名骈文家王芑孙，就曾在此卖文为生①。又如吴鼒也曾得到鲍茂勋经济上的资助，鲍茂勋为其供应入京的盘缠及升迁所需费用。吴鼒为当时有名的骈文大家，由他亦可觑见当时一般情况。江南充裕的经济条件为骈文作家提供了优裕的生存和写作条件，而骈文写作技能也成了文人谋生的重要手段。

2. 繁华的都市为骈文创作提供了交流经验、传播作品的场所，也使得骈文作品有了广阔的市场。孙星衍为孔广森《仪郑堂骈俪文》序云：

　　往余在江淮间，友人汪容甫出巽轩检讨所作骈体文相示，叹为绝手。后数年，巽轩从都门为余亡妻作诗序见寄，故未相识也。

一面商略、切磋，一面品题、标榜，遂成为风气。文中特别提到汪中，这是因为汪中为当时的骈文高手。汪中的住处常成为文人聚会的场所，焦循《亡友汪晋藩传》提到过他曾与汪晋藩等人在汪中家中彻夜长谈，极尽友朋文字之乐的情状。这种重视骈文写作的风气，与隐藏在背后的功利目的有着重要的联系。

3. 经济的发展带动了文化的繁荣，文化的繁荣为骈文的兴盛准备了条件。江南为"文化渊薮"，藏书富甲天下，与此相关，金石、书画、造纸、印刷刊刻、书坊业等文化行业全面勃兴。骈文作家生活、往来其间，大得其益。比如汪中通过为书贾鬻书而得以自学成才。又如汪梧凤以藏书著称，家有不疏园，喜交来客，汪中、黄仲则客其家②，不仅能够解决一时生计问题，而且通过阅读其丰富的藏书，提高了自己的学识和创作水平。

总而言之，江南繁荣的社会经济和优裕的生活环境为乾嘉时期文化学术事业的发展（包括骈文的兴盛）提供了充足的物质条件。

(二) 江南经济的繁荣促进和刺激骈文创作的兴盛

上面我们提到江南商业繁荣和经济发展为整个社会文化的发展提供了物

---

① 洪亮吉《岁暮怀人诗二十四首·王孝廉芑孙》诗"传经帐后縢双叠"诗下自注云"君以卖文为活"，《洪亮吉集》第2册，中华书局2001年版，第808页。

② 汪中客汪梧凤家见《述学》汪中为汪梧凤所撰墓志，黄景仁事迹则见于《中国藏书家考略》，上海古籍出版社1987年版。

质条件,而骈文创作作为江南文化的重要组成部分,自然不能不受当时江南经济繁荣和商业文化的影响。况且骈文实用性和华美性两方面的特点都适应市场化的需求和投合市民的审美趣味。

第一,经济活动、社会生活与骈文写作。

盐商、富商在经济上拥有厚重赀财,乃至富埒王侯,但其社会地位并不高。明清时期虽然有所提高,但并没有本质意义上改变,而中国传统社会依然是官本位的社会,读书做官依然是正途,汪中敢于手批盐商就很可说明这一点①。盐商因此一方面夤缘攀附,勾结官府要人巩固已有地位,另一方面也通过与文人交往以博取声誉。因而盐商获利之后,其目的主要不是用于扩大再生产,而是主要用于消费性支出,并由此产生了特有的文化需求,这包括楼台亭阁的建筑、装饰,生活中的应酬、礼仪、娱乐等。骈文这种富于装饰性的文字也自然成了最受欢迎的一种点缀,成为都市生活中的一种"流行色"。骈文作家因此成为盐商、富商争相延致的对象。各种骈体文字及与之相关的文体几乎成为当时都市生活中不可或缺的东西。总之,骈文拥有较为广阔的市场,其具体体现在两个方面。

1. 经济活动领域。由于经济的繁荣,工程兴造(包括会馆、园林、房屋、台阁)频繁,而每事兴造都需要骈文这种华美、铺张的文体为其装点,比如上梁文、碑记、疏等。在乾嘉时期的骈文创作中,有相当一部分这样的内容。有些反映清代城市及工商业发展状况,有些反映会馆和公所的性质和作用,有些反映工场作坊主和雇工之间的关系,或反映手工作坊和工场的基本情况。其中比较多的是有关会馆的内容。如戴曦撰《金华会馆碑记》、史茂撰《陕西会馆碑记》、陶易撰《重修东齐会馆碑记》、万世荣撰《潮州会馆碑记》等②。还有就是伴随经济活动而来的书、启、契约等文体。这类文体因为讲究经典组织,铺排渲染,锻炼雕琢,一般用骈体写作。

2. 一般交际往来中应酬性质的应用文体,如寿文、祭文、赠序、庙文、碑文、募疏、图记、图序、书、启、题辞及碑文,世称之为酬世之文,因人际交往的需要而大行其道。这种文体大多请名手写作,并给予相当的经济报酬。由于盐商、富商们有雄厚的经济实力,他们的加入和提倡,无疑起到了

---

① 见洪亮吉:《伤知己赋并序》,见《洪亮吉集》中华书局 2001 年版,第 287~291 页。
② 参阅《明清苏州工商业碑刻集》,江苏人民出版社 1981 年版。

推波助澜的作用，使得寿序、墓志等大肆泛滥，以至于成为清人文集中比重最大的部分。如李慈铭当时所见到的邵晋涵的文集，因为其中缺少寿序、墓志这类文字，从而就断言其非全集①。张宗祥对此有精当评价："自唐以来，文学之士专好刻集，集中之文，传记、墓铭居十四五。凡人一有文名，志在成集，当世富贵者必攀援请托，以撰其先世之传记，意在借此人之集传之无穷。"而结果是，"不独事不足传，且累其文亦不足传"②。我们知道寿序始于宋季，至明始盛，归有光《朱君顾孺人双寿序》云"吾乡之俗五十而称寿，自是率加十年而为寿"，至清人，则四十、三十皆有寿序。文体日繁，篇幅充筐填篚，读之令人生厌。当然其中也有可读的作品，这是因为传主本身事迹可传③。比如王昶《钱晓征七十寿序》云："君早年勇退，栖情林壑，履中而蹈和，凝麻而葆粹，荣利不足以眩其心，纷华无所动于志，以道义为膏粱，以诗书为服食。"实为钱大昕一则小传④。当然，文至寿序，可谓恶道，当时有识之士深摈斥之。

上述文字中，骈体是其中抢眼的部分，因为骈文易于敷衍成文，于"无米"的状态下"为炊"，所以章学诚云："求立言之旨于寿文之中，百无二三可录，求寿文于骈丽之中，则篇篇皆佳什也。"乾嘉骈文作家诗文集中不乏为商人所作寿序、墓志铭，如杭世骏《候补主事马君墓志铭》（马曰琯）（《道古堂文集》卷四十三）、厉鹗《候选儒学教谕马君墓志铭》（马曰楚）等即是。

朱珪有一篇为总商鲍志道作的墓志铭，即《诰封中宪大夫鲍翁墓志铭》，在文中称赞他"以善发身，人忘其贫；以经易籯，子获以成；名无虚文，以昌其后昆"。而王芑孙则称其"公弃书早，顾好宾接文士，晚而筑室所居之东偏，杂莳花木，题曰'静修俭养'。自少岁勤身勉义，不娱声色，与人交，生死不相背负，不宿诺，时或面折人，而亦乐推人善，其商于淮也久，与众休戚，不私便利。以故公之疾也，淮之人私忧之，其殁也，无远近，知与不知，

---

① 李慈铭《越缦堂读书记》中《南江文钞》题记。
② 张宗祥《清代文学·清代文学概述》中《论应酬文之弊病》，。
③ 比如魏禧认为"震川寿序宕逸多奇，不减古人之叙诗文、记山水"。
④ 王昶：《春融堂集》卷四十二，《续修四库全书》本。

咨齋相吊"①，俨然一孟尝君再世。纪昀也曾为鲍志道夫人撰写墓表，即《中议大夫赐三品服肯园鲍公暨配汪淑人墓表》。

第二，骈文写作的商业化。

上面我们讲到江南商业经济的繁荣为骈文创作提供条件，商人对骈文创作起到的推动作用，这里我们谈一下骈文创作的商业化。这主要表现在三个方面。

一是骈文写作带有明显的功利实用目的。许多文人墨客往来江淮，在博取声名的同时，也不断在获取可观的经济收入。李斗《画舫录》云："市井屠沽，每藉联匾新异，足以致金。"金农之在扬州，不仅鬻字卖画，而且亦出卖文才，《两浙輶轩录》说他"寄食维扬几二十年，卖文所得，岁计千金。"再如王鸣盛，"家本寒素，往往卖文谀墓以给用"②。墓志、传状与寿序同属应酬之文，但因为主于状写传主生平事迹，以垂世行远，因而以重金假手于名家撰写墓志铭成为普遍的社会现象。袁枚寄食江宁，"除清俸盈余外，卖文润笔，竟有一篇墓志送之千金者。董怡亭观察世明，鲍肯园参议志道之重文墨，亦难得也。东坡先生云'一生不得文章力'，岂其然乎？因之总算田产及生息银，几及三万，非我初心所望，亦汝二人修来之福也"③。袁枚并不讳言作文受金的事实，亦可见当时习俗如此。

二是文学作品的商品价值日益增高。袁枚《随园老人遗嘱》有云："随园《文集》《外集》《诗集》及《尺牍》《诗话》、时文、三妹诗、《同人集》《子不语》《随园食单》等版，好生收藏，公刷公卖。"④ 汪中也曾计划印行市面罕见书籍获利，"文宗阁江都汪容甫管之，文汇阁仪征谢士松管之。汪容甫尝欲以书之无刻本或有刻本而难获者，以渐梓刻，未果行而死"⑤。而瞿兑之《人物风俗制度丛谈》一三二也说：

> 汪容甫自叙颇道贫薄，而孙渊如撰传称其能鉴别彝器书画，得之售

---

① 王芑孙：《掌山西道监察御史加三级府君鲍府君行状》（鲍志道），《渊雅堂全集·惕甫未定稿》卷十五。
② 王昶：《王鸣盛传》，《春融堂集》卷六十五。
③ 袁枚：《随园老人遗嘱》，《袁枚全集》本第二册卷首。
④ 袁枚：《随园老人遗嘱》，袁枚《小仓房文集》卷首。
⑤ 李斗《扬州画舫录》卷四《新城北录中》。

数十百倍，家渐丰裕……江藩《汉学师承记》亦云："晚年有盐使全德耳其名，延君鉴别书画，为君谋生计，藉此稍能自给。"容甫盖不患贫，亦非甚狂也。

汪中其实很有经济头脑，善于经营，这得益于其早期鬻书于市的经历。

三是江南文化消费市场不断扩大。乾嘉时期书坊业勃兴，书籍流通渠道畅通，这对于文学包括骈文创作和传播很有推动作用。缪荃孙《云自在龛随笔》引《郑蕊畦湖录》①云：

> 旧家子弟好事，往往以秘册镂刻流传，于是织里诸村民以此网利，购书于船，南至钱唐，东抵松江，北达京口，走士大夫之门，出书目袖中，低昂其价，所至每以礼接之，号为"书客"。二十年来，间有奇僻之书，收藏之家往往资其搜访。今则旧本日稀，书目所列，但有传奇、演义、制举时文而已。

一些名家的骈文集则成为畅销书，比如吴锡麒的骈文集风行一时，"先生名重中外，诗文集凡数镌版，贾人藉渔利致富。高丽使者至，出金饼购《有正味斋集》，厂肆为之一空"②。吴振棫《国朝杭郡诗续辑》云："高丽、琉求使人以重金购其集。所为骈体，尤有名于时，踵门乞者，几于一缣一字……"刘声木云："道咸以来，最通行骈文，莫如袁简斋明府枚、吴谷人太史锡麒两家。良以词旨僿陋，易于模仿，为俗人所悦目，遂不觉风行一时，流传极盛"③。袁枚、吴锡麒之骈文集因为适合大众口味，易于模仿，所以在当时及以后都很风行。"贾人藉渔利致富"，自是题中应有之义。

（三）江南商业文化对骈文创作风格和审美趣味的影响

江南商业社会不仅促进和刺激骈文创作的兴盛和繁荣，而且也影响和引导骈文作品的风格和趣味。这主要表现在以下三个方面。

1. 盐商、富商对当时文风与审美风尚的影响。这是由于商人和盐政官员

---

① 缪荃孙：《云自在龛随笔》，山西古籍出版社1996年版，第213~214页。
② 法式善《有正味斋诗集序》。
③ 刘声木《苌楚斋随笔》卷一。

在当时江南社会生活中占有相当的社会地位，其举手投足均具有巨大的影响力。他们总是要求创作者按照自己的喜好进行创作，比如金兆燕为卢见曾门客，"不自知耻，为新声作诨剧，依附俳谐以适主人意。主人意所不可，虽缪宫商、（夻）拍度以顺之不恤。甚则主人奋笔涂抹，自为创语，亦委曲迁就"①，金兆燕说的虽是戏曲，其他其实也不能例外。沈起凤曾在扬州卖文为生，为盐政官员编写迎銮大戏，或者为盐商、富商代撰诗文，石韫玉说他"虽工郁轮调，耻入歧王宅"②，沈起凤不入"歧王宅"倒也未必，而"歧王"喜欢"郁轮调""霓裳拍"却是事实。郭麐"应俗文章游子泪，及时虾菜异乡春"，彭兆荪"随例盘餐回味少，代人文字慊心无"（吴县王汝玉《梵麓山房笔记》卷六），王氏认为"真写出了才人乞食、名士卖文之感"。盐商、富商之衡文评文，附庸风雅，其骈文观和审美情趣对于当时骈文创作无疑会产生相当影响。

2. 书商选编、品评骈文作品的活动对骈文创作的影响。一方面反映出商人自身的审美趣味和观念，同时也要将消费者即广大市民的审美趣味和观念融入其中，这反过来自然又会制约骈文作家的创作趣向。如艳体骈文，由于迎合一部分猎奇心理，成为当时创作的热门题材，沈东讷编《丽情集》，又名《清五十名家艳体骈文类编》，收集陈维崧、尤侗等人所作序、赋、跋、碑、铭等体裁的艳情骈文百余篇。这类骈体文一般写得形式华美、色泽惊艳，很受当时人的欢迎，可见其对创作风气的影响自然也是很大的。

3. 商业社会的特点对骈文创作的影响。商业社会的特点，使得文学创作带有明显的功利性和商业性，一方面使文学得以快速发展和普及，但另一方面也不免使文学创作陷入恶道。因而这些为满足某种个人目的而创作，出现很多创作上的弊端。如大量的谀墓之文，既不符合事实，也非有感而发。王昶对当时请人作文现象不以为然，其《与卢绍弓书》云："窃怪世之葬亲也，往往丐贵人之最显者使之为志，显者不能自作又授诸门人弟子，承讹沿俗。"③ 这样的创作，自然空洞无物，生气全无，事实上不可能出现好的作品。

---

① 见陆萼庭：《金兆燕年谱》，《清代戏曲家丛考》，第145页。
② 见陆萼庭：《沈起凤年谱》，《清代戏曲家丛考》，第158页。
③ 王昶：《春融堂集》卷48，《续修四库全书本》。

总而言之，经济与文学创作的关系比较复杂，经济对于文学的影响有好和坏两方面的影响，因为文学是自由的、抒情的、拒绝功利的，而经济恰恰要求文学为实用的目的服务，使文学染上铜臭味。但另一方面，由于物质丰富了，生活富裕了，又会造成一种重文的风气，这种需求就会刺激和促进文化的发展。

二、乾嘉时期骈文创作对当时江南经济繁荣现象的反映

（一）反映当时江南经济和文化生活的题材内容、体裁

江南经济繁荣和商业社会促进了骈文创作的兴盛，而且也成为骈文创作的题材和内容，同时也使得骈文创作出现了一些特点。

首先来看题材和内容方面。

1. 反映市井生活、都市风情的。江南商业文化的发达，使得城市生活变得丰富和多彩，带有新的气息。文学作品自然会有所反映，其中记秦淮诸事的作品，如《板桥杂记》《续板桥杂记》《石城咏花录》《清溪风月录》① 大多是此类作品（其中包括骈文作品）。而骈文作品中反映市井都市风情最著者则为包世臣的《都剧赋》，描写嘉庆中叶茶园故事，词极雅丽，读之可以考见当时社会风气的演变。因文章比较长，这里选取一段以见端倪：

> 尔乃演完牌派，卸装便捷。登楼访旧，窥帘劳捷。一膝初弯，两股遂叠。池人仰视，座邻面热。飞来飞去，罗浮仙蝶。泥订晚缛，不论开发。粤若请分析简，名堂高会；帘垂右楼，媚于闺内。久贤深闺，乍招侪辈；冶容尽饰，以骄优坠。压岭三重，衮边五派；朝珠补服，助作娇态。剧至午后，渐及鄙秽，桑中鬟鬓，柳荫解襘。垂帘忽转，风暖微碎，互论妍媸，各矜宠爱。迨至日薄西山，寒风递荐，堂会客稀，茶园人散。骊驹在门，华毂交乱；竞赴饭庄，重申缱绻。雅座宜宾，尤珍独院，方恋藏钩，莫知传箭。更有移尊优寓，为乐永宵；群居未协，剧饮方豪。履舄交错，芗泽招邀；归炫所欢，揾我当傫。是故观光佳士，自分著作。或以题名兴高，或以落第神索。渐看囊而羞涩，继肤箧以单薄。逢人饰

---

① 见缪荃孙：《云自在龛随笔》，山西古籍出版社1996年版，第208页。

词,见金便攫;不恤诡随,趋填欲壑。以选调常调,索米京职;挥金买笑,轮指奋翻。短票屡转,对扣何惜?取常穷檐,任意罗织。比肩宜岸,相望绝域;举国若狂,沦胥相委。前辙初覆,后旗复靡。惟首善之名区,表万方以仰止;信文武所不能,道一张而一弛。

又乾隆年间所修《淮安河下志》卷一《疆域》① 云:

方盐策盛时,诸商声华煊赫,几如金、张、崇、恺,下至舆台厮养,莫不璧衣锦绮,食厌珍错,阛阓之间,肩摩毂击,袂帉汗雨,园亭花石之胜,斗巧炫奇,比于洛下。每当元旦元夕,社节花朝,端午中元,中秋蜡腊,街衢巷陌之间以及东湖之滨,锦绣幕天,笙歌恬耳,游赏几无虚日。而其间风雅之士倡文社,执牛耳,招集四方知名之士,联吟谈艺,坛坫之盛,甲于大江南北。好行其德者,又复振贫济弱,日以任恤赒济为怀,远近之挟寸长、求虚植及茕独之夫,望风而趋,若龙鱼之走大壑,迹其繁盛,不啻如《东京梦华录》《武林旧事》之所叙述,猗欤盛哉!

这里描写盐商聚居的淮安河社区的时尚生活,涉及园亭、池沼、饮食、节令、诗酒文社等活动,可见当时都市生活繁华和丰富之一斑。

2. 由于盐商、富商大兴土木,兴建楼台亭阁,带动了整个城市建设的繁荣和发展,这往往也会在骈文家笔下反映出来。骈文作家描写当时都市建设和人居环境的作品很多,其中,描写扬州城市环境的骈体佳作当推胡善麐的《小秦淮赋》,前有序云:"扬州城西而北有虹桥焉,天下艳称之,其水号小秦淮,盖与金陵相较而逊焉者也。名之旧矣,而知者尚少。幽居多暇,因为赋之。"其文云:

试问吴城旧址,隋苑余基;十三楼之丹碧,念四桥之涟漪。云山起阁,九曲名池,莫不蔓草迷离,烟光明灭。望里荒寒,寻来凄切,入名区而访胜,孰停骖而驻辙,惟水之潆洄,抱高城之嵯峨。尔乃源从蜀岭,

---

① 王觐宸纂、程业勤增订:乾隆《淮安河下志》,抄本,现藏江苏淮安市图书馆。

委注韩溟。近穿廛闤，远入郊坰。① 镜流写月，剑卧涵星。映层峦而凝紫，照芳陇以呈青。延缘远岸，窈窕回汀，北界黄金之坝，西通保障之湖，南潆带而沼汇，东箭直于城隅。条四达而无碍，绵十里而有余。其中则有官柳连堤，野桃散谷；处处枌榆，家家桑竹；碧梧风飐，苍松雨沐；桧是龙文，槐为兔目；林杏飘红，岭梅绽绿，海棠如锦，木兰似玉；拒霜低映，银杏高矗。既匝地以千章，亦参天而万族。又有鼠姑台迥，芍药田低；菰蒲接畛，芹茆仍畦。芦荻萧萧，中山诗里之垒；蓼花的的，放翁梦处之溪。池荷掩冉于左右，陇菊迤逦于东西。彼凡葩之谁尚，杂庶草而难稽。于是别馆棋布，名园鳞次；杰阁华堂，瑶阶玉砌；广榭山巅，孤亭水际；门挂藤萝，墙封薜荔；花明塔里，风语铃中；回环台榭，贔屃碑丰②；经声炉气，暮鼓晨钟。似青莲之涌地，若彩云之东空。更复烟霭摘星之楼，树蔚平山之奥。路畔酒垆，桥边茶灶。园丁豆下之棚，花叟松间之帱。间杂平坻，纷纭曲隩。

当夫春风初暖，冬冰未彻；暑雨乍收，秋云正洁。相与呼俦命侣，络绎纷纶，乘画舫，出重闉；随轻飙，泛清沧。丝管竞奏，肴核杂陈。或赏静于蒙密，或乐旷于空明；或观奇而暂止，或趋胜而径行；或孤游而自得，或骈进而纷争；或鱼贯而委蛇，或蝟集而纵横。游鳞匿影，啼鸟藏声。齐姜宋子，厌深闺之寂寞；越女吴姬，爱风物而流连③。亦复画轮远出，锦缆徐牵；粉光帘外，鬓影栏前。留衣香之阵阵，露花笑之娟娟。

既而晚烟渐起，明霞已没；华灯张，兰膏发，火树炫煌，银花蓬勃。倒海之觞频催，遏云之曲靡歇。散万点之疏星，冷中天之皓月。一岁之中，非夫重阴沍寒，未有寂历湖光；空濛林樾，信为费日之场，而销时之窟也。盖俗尚轻扬，邑居繁庶，日为之因自然而培护。于以怡心神，鸣悦豫；而风流才士，文章宿老，更与扬其光华，傅其丽藻。以故未臻此者，望虹桥如在银河，思法海若游蓬岛；方将与明湖而相埒，何为较

---

① 濚洄：水流回旋；嶰嵲：高山；蜀岭：指蜀冈；韩溟：指运河；廛闤：指民居或市肆区域；郊坰：郊野。
② 贔：传说中一种龟状动物，旧时驮大石碑的石座雕塑成贔屃状。
③ 姜：泛指名门闺秀、官宦之女。宋子：专指王侯之女。吴姬：泛指吴地的美女。"爱风物而流连"，原本为"受"。

秦淮而称小哉①。(李斗《扬州画舫录》卷九)

此类赋属于赋物题材,刘勰对此有界定"京殿苑猎,义尚光大。又云:草区禽族,庶品杂类,触兴致情,因变取会,则赋物尚焉"②,其特点是铺张和即景兴怀。张相《古今文综》将此类作品分为山水、京都、宫殿、园囿、祠庙、物景、杂物七类。本篇作品兼有园囿和物景两类性质。该赋吸收了汉赋铺张华丽的手法,描摹景物工致入画,东西南北面面俱到,有近景,有远景,有总观,也有细写,但在汉赋的基础上有所变化,铺排而不陷于凝重板滞,句式多变,字数不定,三言、四言、五言、六言、七言、九言交错,且适当运用虚字,注意观察的角度和文章的剪裁,注意词语色彩的搭配,铺排而不失灵动,丽而能清,华而不缛,有魏晋人雅致风情。

3. 反映商业活动经济交往活动的骈文作品。由于人际交往、商业活动频繁,与此相关的文章比如契约、誓词、致词、碑记、题记等文章也就相应地增多。比如会馆应运而生,相应的此类作品如碑记、题记等文章也就明显地多了起来,因为文章须显得典雅、精致,这些作品往往是用骈体写作而成的。如陶易《重修东齐会馆碑记》云:"然其制作,旷敞靡丽,即陬区僻壤,欲求其位处阳明,地通灵秀,朴斫而不陋,藻雅而完固者,盖亦鲜矣。""馆建于此,春秋虔肃以祈报,岁时雍和以燕享,宜乎天地效灵,人事致祥,以陟降昭格之匪遥,而知庥嘉福庆之洊至也。"③ 再比如乾隆五十七年(1792年)《重修苏城机神庙碑记》则记述手工作坊的情况④。这其中也有名家手笔,比如杭世骏所撰《吴阊钱江会馆碑记》⑤云:

会馆之设,肇于京师,遍及都会,而吴阊为盛。京师群萃州处,远宦无家累者,或依凭焉。诸计偕以是为发棹骛鞍之地,利其便也。他都会则不然,通商易贿,计有无,权损益,征贵征贱,讲求三之五之之术,

---

① 蓬岛:蓬莱仙岛;明湖:杭州西湖别称,即明圣湖。
② 刘勰:《文心雕龙·铨赋第八》,人民文学出版社1962年版。
③ 见《明清苏州工商业碑刻资料集》,第337~340页。
④ 《明清苏州工商业碑刻集》,江苏人民出版社1981年版,第23页。
⑤ 注:该记写于乾隆三十七年,由杭世骏撰写,梁同书书之,载《明清苏州工商业碑刻集》,第20页。

无一区托足，则其群涣矣。吾杭饶蚕绩之利，织纴之巧，转而之燕、之齐、之秦晋，之楚、蜀、滇、黔、闽、粤，衣披几遍天下，而尤以吴阊为绣市。国家百货初通，吾乡人之业于吴阊者，愿受一廛，迄无宁宇。或地僻而艰于往来；或室湫隘而蹋于栖止。假馆他族，百年于兹。

乾隆二十三年，始创积金之议。以货之轻重，定输资之多寡。月计岁会，不十年而盈巨万，费有借矣。阊关东北桃花坞，京兆宋氏之归庐在焉。凡为楹者计一百三十有奇，垣墉高而瓴甓坚，堂构焕而栋宇壮。冬有温庐，夏有凉荫，洵廛郭之佳憩，而羁旅之安宅也。以白金七千二百两易之。易朽败，鲜漫漶；修河塘以通水，而输载不劳；按方位以凿井，而郁攸可远。榜曰'钱江会馆'。堂之中祀神，以义合者有所宗也。封疆大吏暨藩伯监司，咸书额以张其事，盖体圣天子通商惠旅之至意。而吾乡人之至者，得以捆载而来，僦赁无所费，不畏盗窃，亦不患燥湿。自今以始，毋以为唐肆，徇情而馆私人；毋以为过所，畏执而称使客。守之以恒，协之以和，传之永永可也。乡人归，群然造余，请志颠末。余不能措一议，目诸君所口述者而遂记之。若夫经费之数，垂久之规，碑阴列之详矣，不复赘焉。

这里，先叙述会馆之由来、会馆之功能与价值，然后则具体描写"钱江会馆"的位置及会馆的建筑风格、周遭环境的便利与优美，最后写会馆建造之后，为乡人提供歇息与聚会的场所，并且写出作记之缘由，文字简省，骈散相间，轻便流利。这一类文章，虽然文学价值不是很高，好作品难觅，但比起寿序、墓志来，总是要来得切实一些，对于我们了解当时经济活动和社会发展状况提供了较为具体的材料，值得重视。

再从作品的体裁来看。

反映当时江南经济和社会生活的体裁不外乎两类：一是应用文体，包括上面我们所说的碑记、题记、启、上梁文、青词、疏、告语、表；一类是迎合市民口味的文学性质的体裁，如序、尺牍、书信、笔记等休闲消遣性质小品文字。当然，这种分类也不是绝对的，有些应用性质的文体也有一定的文学性，如上述作品中杭世骏所写碑记就很像一篇小品文字。这类作品很多，这里试引两则文字如下：

先生借省会之余闲，访野人于物外，一株梅萼，半榻茶烟，想别后犹殷然在念也。伏惟风雅一席，主之者有人；本朝王司寇之遗风，六七十年来为《广陵散》矣。先生以硕德峻望，起而继之；又掌财赋之均输，居东南之盛地，宜海内文士归之者，如晨风之郁北林，龙鱼之趋薮泽也。先生玉秤在心，因材而笃，虽汲汲顾影，劳不可支，每谈及斯文，便眉飞色舞而不能自己，此殆天之默相其精神，以扶持大雅耶？①

寄斋尘杂，衰病侵颓；久旷鱼缄，殊勤鹤望。近来扬州景状，至繁华二字已无可言。而弟复羁屑其间，尤增枯寂。幸赉令郎世大兄屡相存问，兼至隆施，此皆大兄大人致念交情，高云远披，得使故人天末亦邀大惠之溥将也。昨视邸抄，欣悉大兄大人仰荷殊恩，特膺华秩，簪毫鸾披，实参中秘之荣；翔步凤痴，盖表头衔之峻。副端明之重望，展经济宏才。从此卿月弥圆，福星远照，伫见出扬六纛，内历三旌。无垠瞻依，不胜欣忭，谨承动静，即贺荣禧。临颖驰切。②

这些文字叙事言情，既显得温文尔雅，也能曲尽其致。

(二) 风格和审美情趣

市民审美风尚和趣味基本上追随当时的文人，所谓江南名士是盐商、富商企羡的对象，由于中国传统社会的特点，商人的价值观念和审美情趣与士人靠拢而不是疏远，使得商业中也有一定的文化气息。而文人在生活方式和价值观念上受城市和市民生活的影响，包括受盐商、富商生活观念和价值观念的影响。这就使得文人在创作中，封建道德说教的色彩有所冲淡，转而力求张扬情欲和表现自己的个性，对于恢复文学自由抒写的传统具有积极意义。与此同时，也存在生活态度放任与放纵的倾向，历史责任感与道德自律性减弱，私欲膨胀，生活方式奢华，其消极意义也不容忽视。

在骈文作品中，也体现着江南商业文化的影响，表现出特有的审美情趣。具体体现在以下四个方面：

1. 市井风情与市民口味。明清以来，由于江南经济的发展，江南社会生活方式趋向奢华。在文学审美上反映为，追求形式技巧的华美，注重情欲的

---

① 袁枚：《小仓山房尺牍》卷一《与卢雅雨转运》。
② 《明清文人尺牍墨宝》第152册，第289页~291页。

宣泄与放纵。明末吴江闺秀叶小鸾《艳体连珠》以"发""眉""目""唇""手""腰""足""全身""七夕"为题,如《目》云"盖闻含娇起艳,乍微略而遗光,流视扬清,若将澜而讵滴。故李称绝世,一顾倾城;杨著回波,六宫无色。是以咏曼睩于楚臣,赋美盼于卫国";《全身》云:"盖闻影落池中,波惊容之如画,步来簾下,春讶花之不芳,故秀色堪餐。非铅华之可饰,愁容益倩,岂粉泽之能妆。是以容晕双颐,笑生媚靥,梅飘五出,艳发含章"。"香艳丛书"第六集卷三《代某校书谢某狎客馈送局帐启》《忓船娘张润金疏》《冶游自忏文》亦是此类作品。康熙时余怀所撰《板桥杂记》是描写市井风情的作品,乾隆年间珠泉居士所撰《续板桥杂记》亦类似。再比如清溪研香所撰《续板桥杂记叙》云:

渡名桃叶,洵足勾留;里接长干,由来佳丽。风流东晋,骚人挥尘之场;旷达南朝,狎客分笺之地。歌楼舞榭,倡家俱白玉为樯;月夕花晨,荡子以明珠作楲。扬画帘于水畔,婉度轻歌;启绣户于花前,曼呼小字。芙蓉屏里,无非绿酒银釭;玳瑁筵中,尽是紫箫红笛。所以入清溪之曲,过客魂销;问长板之桥,羁人心醉者也。独是偎红倚翠,不乏绮人;刻烛分题,罕逢佳士。听鸡声之断爱,沟水东西;伤马足以无情,浮云南北。嗟尔纨绔,徒挥买笑千金;咄彼绮罗,未得解人一目。纵或寄情杂咏,注意闲吟;要皆风云月露之敷词,无复俊逸清新之雅韵。

这里,于都市市井风情描摹,穷形尽相,可谓当时社会风气的真实写照。洪亮吉《西溪渔隐诗序》"先生居西江而不专主西江之派,观集中《题湘花女史诗》及《戏效香奁体》诸作,则又宛然西昆……"①,则说明士大夫也以风流自赏自诩,更说明这种骈文作品很受市场欢迎。

2. 华丽、奢靡的色彩。梁章钜《楹联续话》卷四云:"谢椒石曰:'金瓶芍药三千朵,玉轴琵琶四百弦。'此宋人教坊大使垣裪句,见于《浩然斋雅谈》。乾隆间,扬州游客有书作柱联以谒某商者,商喜,遂厚赠之。想见彼时商家穷泰极侈,故于此等语独有当也。若今时,则不然矣。"伍少西毡铺也请

---

① 《清代文论选》,人民出版社1999年版,第648~649页。

杨法书额"伍少西铺",至于罗聘《一本万利》、黄慎《渔翁得利》等一类吉利作品,更是大商小贩们孜孜以求的了。商人的目的就是在于得到实惠,获取经济利益。在骈文作品中,自然也会出现这种倾向,如杭世骏《江可亭寿序》(《道古堂集外文》)云:

　　鹤亭、橙里皆喜结客,第宅櫋连,园池宏敞,肴膳之丰,缟纻之殷,诗篇酬和之霍绎,照耀大江南北,猗欤盛哉。

这种作品,极尽铺排之能事,很难想象会出自杭世骏之手。显然与当时正是当时商业社会的繁华、奢侈有关。再比如廖景文《清倚集卷》云:

　　高大中丞其倬抚吴时,出《十美图》画册,属名题咏。十美者,西子、明妃、文君、文姬、绿珠、潘妃、玉环、薛涛、红线、双文是也。十美佳矣,顾余读《琵琶记》一书,觉古今名媛,莫如牛氏,中秋望月云:长空万里,见婵娟可爱,全无一点纤凝,殆为千金丽质,特地写照。核其生平,规奴,则曰:"端不为春闲愁",绝异杜丽娘因梦成感;愁配,则曰:"莫把嫦娥强与少年",亦异崔双文借简传情。迨后甘居赵次,苦辞父归,事既殁之舅妈,成所天之节义。伟哉,帼中丈夫矣。惜为子虚乌有,若世有其人,当于十美中高置一座也。

这是廖景文为自己戏曲集所作序,虽然议论并无高明之处,而文辞华艳,备记风月繁华之盛,反映士大夫的审美情趣。

3. 游戏、滑稽风味。游戏和滑稽因为很投合市民的审美心理,就很容易在商业社会中风行。比如赵翼《赵瓯北戏控袁子才》云:

　　赵云松观察戏控袁简斋太史于巴拙堂太守。太守因以一词为袁、赵两家息讼,并设宴郡斋以解之,想见前辈风趣。其控词云:"为妖法太狂,诛殛难缓事:窃有原任上元县袁枚者,前身是怪,括苍山忽漫脱逃;年老成精,阎罗殿失于检点;早入清华之选,遂膺民社之司。既满腰缠,即辞手版;园偷宛委,占来好水好山;乡觅温柔,不论是男是女。盛名所至，轶事斯传；借风雅以售其贪婪，假觞咏以恣其饕餮。有百金之赠，辄登诗话揄扬；尝一脔之甘，必购食单仿造。婚家花烛，使刘郎直入坐筵；妓宴笙歌，约杭守无端阑席。占人间之艳福，游海内之名山，人尽称奇，到处总逢迎恐后；贼无空过，出门必满载而归。结交要路公卿，虎将亦称诗伯；引诱良家妇女，蛾眉都拜门生。凡在胪陈，盖无虚假，虽曰风流班首，实乃名教罪人。为此列款具呈，伏乞按律定罪。照妖镜定无逃影，斩邪剑切勿留情。重则付之轮回，化蜂蝶以偿凤孽；轻则递回巢穴，逐猕猴仍复原身。"（梁绍壬《两般秋雨庵随笔》、葛虚存《清代名人轶事》所录均同）

袁枚在当时江南社会中为"风流才子"，生活比较放纵。赵翼的戏谑虽多少带有夸张的成分，但大体说的是实情，而这种作品在当时大家颇为传诵，也可觑见一时风气。另外，沈起凤《谐铎》卷二《讨猫檄》云："似老僧入定，不见不闻；傀儡登场，无声无臭。优柔寡断，姑息养奸；遂占灭鼻之凶，反中磨牙之毒。阎罗怕鬼，扫尽威风；大将怯兵，丧其纪律。自甘唾面，实为纵恶之尤；谁生厉阶，尽出沽名之辈。"写猫呼朋引类，贪图享乐与安逸，却在老鼠面前喓喁怯懦，可怜兮兮，表面上是写猫，实际上是拟人，描摹现实生活中趋炎附势之徒，他们自相标榜，而实际上外强中干，不堪一击。

4. 语言通俗、口语化的趋向。骈文本来属于雅文学的范畴，与通俗和大众化相背离，但戏曲和小说的通行，就使穿插于其间的各类骈体文字，也有了通俗化的倾向。这属于别调，但亦有情趣。倪蜕《自题小影》①云："这个老儿，有些尴尬。道是乞人，没有绣袋；道是神仙，未离尘界。头上插草标，身子公然不卖。一味的流波无懈，行云无碍。天下事许多般，自有人担戴。说什么深根宁极而待，来来来，俺与你住西园闭门种菜。"再比如西土痴人《常言道序》②：

---

① 倪蜕：《鸣剑阁集》文集卷一，民国三年刻云南丛书初编本集部。
② 小说《常言道》，四卷十六回，清人撰，姓氏不详，题"落魄道人编"。此书讽刺逐利之徒，回目字数参差不等，有六字句，也有十三字句。《中国古代珍稀本小说丛刊》第6册，春风文艺出版社1997年版，第310页。

为人在世，若梦浮生，花花世界，碌碌红尘。只求傥来富贵，那惜过去光阴，但能天从人愿，自然福至心灵。虽则只无一定，算来人有同心；处世莫不随机应变，作事无非见景生情。有生色必须亲身下降，无好处聊作袖手旁观，不见面未免怒目相向，一到手便肯唾面自甘。人来求我，但觉扬眉吐气；我去求人，不妨摇尾乞怜。设或听其自然，正可俟夫瓜熟蒂落；无如求之不得，犹不免乎藕断丝连。官清私暗，不顾违条犯法；阳奉阴违，那管害理伤天。旁观者清，人人要做好事；当局者迷，个个会生恶念。历观夫古圣格言，言者非不谆谆，尽以为老生常谈，听者竟属藐藐。别开生面，止将口头言随意攀谈；迸去陈言，只举眼前事出口乱道。言之无罪，不过巷议街谈；闻者足戒，无不家喻户晓。虽属不可为训，亦复聊以解嘲，所谓常言道俗情也云尔。嘉庆甲子新正日，西土痴人题于虎阜之生公讲台。（清嘉庆十九年刊本）

文章讽刺追名逐利之徒，写尽世相百态、人情冷暖，正由于道俗情，所以能够真实地反映下层人民社会生活，也富有生活气息和鲜活的生命力。

第五章

乾嘉骈文与乾嘉学派

乾嘉学术在当时为显学,对于整个社会文化和士人心理产生深刻影响,而乾嘉骈文创作与乾嘉学术的关系十分密切,乾嘉骈文的繁荣与学术的繁荣相辅相成,构成乾嘉文化独特的文化景致。张之洞《书目答问》所列"体格而优"清代骈文二十家中,乾嘉朴学家几占一半。汪中更被称为"清代骈文第一手"。马积高《清代骈体文的复兴与考据学》(见《清代学术思想的变迁与文学》)有精到阐述。下面我们将就这个问题做出具体分析。

第一节 乾嘉学派与乾嘉骈文作家

一、乾嘉学派与骈文作家

清代学术与历史上其他朝代相比,显著的特色是考据学的盛行和发展,人们甚至以考据学作为清代学术的标志。一部《清经解》和《续清经解》,收录的作者多达157家;收的著作多达389种,2727卷,可谓卷帙浩繁、汗牛充栋。虽然当时占官方统治地位的是宋学,统治者也提倡承认其官方哲学是程朱理学,但乾嘉汉学如日中天,呈现出"家家许郑,人人贾马"的热潮,俨然与宋学分庭抗礼。对于这一学术流派,历史上有不同的称谓,就其治学方法和学术风格而言,以其考证经史为主,学风朴实无华,所以常常称之为"朴学"或"考据学";又因为其治经证史服膺汉代经学大师郑玄、马融、许慎等,宗奉汉学,所以又称乾嘉汉学;因为极盛于乾隆、嘉庆时期,又称乾嘉学派。当然,也有些学者认为上述名称还不足以完整概括其学术规模与成就,所以笼统称之为清代汉学或者径称为清学。现在通行的说法是称"乾嘉考据学派",简称"考据学派"或"乾嘉学派",这里沿用这一名称。

乾嘉学者治学是以经学为中心,而旁及小学、音韵、历史、地理、天文、历算、金石、典制、校勘、辑佚、辨伪等,在研究方法上强调实事求是,重视考证,探求"元典"的精神,具有复古的倾向。以儒家思想为核心的经学,在各个不同的历史时期呈现出不同的面目,有不同的学术派别。总体上来说,有以训诂注疏为特征的古文经学和以阐发义理为特征的今文经学;另外又有与今古文经学各有近似之处的汉学(考据学)和宋学(理学),就是汉学内部,亦存在取径与风尚之不同,如以戴震为代表的皖派和以惠栋为代表的吴派或者以王念孙、汪中、阮元等为代表的扬州学派等称谓,章太炎《訄书·清儒》中说:"其成学著系统者,自乾隆朝始,一自吴,一自皖南。吴始惠栋,其学好博而尊闻。皖南始戴震,综形名,任裁断,此其所以异也。"

至于把清代骈文与乾嘉学术联系在一起,有以下几方面的原因:一是清代骈文在乾嘉时期获得真正意义上的复兴,创作和理论都有相当的成就,在当时及对以后的文学都产生不少的影响;二是乾嘉学风对于当时社会生活的各方面都有影响,文学创作自然不会例外,当时的诗歌、戏曲、小说无一不受到此种风气的感染,骈文创作自然更不会例外;三是有许多乾嘉学者从事骈文创作,包括惠栋、王念孙、钱大昕等当时一流的学者,而且当时创作成就最大的几家如汪中、洪亮吉、孔广森、孙星衍都是当时颇有成就和名望的学者,这至少说明了一个事实,即乾嘉学术的繁荣和兴盛带动和促进了骈文创作的发展。

乾嘉学者与清代骈文创作存在密切的关系,到底有多少骈文作家从事学术活动,骈文作家中学者所占的比重有多少却是一个悬而未决的问题。有说占三分之一左右,难以论定,这里有以下几点可作说明:

首先,就骈文作家的组成情况而言,骈文作家分布在当时学术研究的各个领域,如经学:惠栋、沈大成、钱大昕、程廷祚、钱坫、江藩、孙星衍、王念孙、王引之、陈寿祺、汪中、洪亮吉、焦循、阮元、凌廷堪、张惠言、孔广森、胡承珙、庄述祖、宋翔凤、刘逢禄;诸子学:汪中、毕沅、王念孙;文字学家:王念孙、王引之、钱大昕、邵晋涵;史学:全祖望、陈黄中、杭世骏、赵翼、邵晋涵、洪亮吉、陈鳣、汪辉祖;地理学:齐召南、赵一清、洪亮吉、李兆洛、董士锡;金石学:毕沅、王昶、钱大昕、朱为弼、阮元、陆耀遹；校勘目录学：纪昀、顾广圻、卢文弨、孙星衍、陈鳣；历算学：焦循、江藩、董祐诚、孔广森；戏曲学：蒋士铨、金兆燕、沈清瑞、谢堃、李调元、王昙、石蕴玉、焦循、吴锡麒；词学：朱彝尊、郭麐、吴锡麒；文选学：钱陆灿、汪师韩、严长明、孙志祖、彭兆荪、张云璈、张惠言、陈寿祺、朱珔、薛传均①、王念孙、顾广圻、阮元②、徐攀凤、梁章钜；文学理论：袁枚、刘开、阮元、郭麐③。从上面开列的名单可以看出，乾嘉学术研究的各个领域诸如小学、音韵、历史、地理、天文、历算、金石、典制、校勘均有骈文作家，其创作成就虽有不同，从中也可窥见骈文发展与乾嘉学术之间的密切联系。

其次，就乾嘉学者而言，在整个清代的骈文创作中，乾嘉学者成为其中的主导力量，占相当大的比重。如张之洞《书目答问》所列"骈体文家集"有20家，其中半数以上为乾嘉学者。其"国朝考订家集"所列钱大昕、邵晋涵、顾广圻、卢文弨、孙星衍、崔述、焦循、杭世骏、沈大成、王昶、凌廷堪，以及纪昀、陆锡熊、朱筠、赵怀玉等均是乾嘉著名的学者，同时也是有代表性的骈文作家，其中孙星衍、纪昀、朱筠、凌廷堪的创作成就尤大，均能变化成家。

再次，乾嘉学者从事骈文创作有几种情况。（1）很多人开始时从事文学创作，到了中年以后专事学术研究，比如钱大昕、汪中、孙星衍就是很明显的例子，所谓"少年文章，老来理路"，这种现象比较普遍。有些学者创作为其经学所掩，或者诗文遗弃散落，现在已经很难窥见其真实面目。（2）学术研究与文学创作并行不悖，比如洪亮吉、阮元、李兆洛等即是。（3）总体说来，学者虽然从事创作，以学术为职志，而以文艺为附属，汪中云"然中之志乃在《述学》一书，文艺又其末也"（汪中《述学》别录《与端临书》）可以为代表。

---

① 见张之洞《书目答问》所列"文选学家"，《书目答问》，上海古籍出版社2001年版，第265页。
② 据李详《愧生丛录》卷六补，两项相加，清代《文选》学者有21人，但不是均工骈文。
③ 至于骈文家能诗词，具有多方面的文学才能的例子更是数不胜数。

二、乾嘉考据学对于骈文创作的影响

清代考据学对于骈文影响到底怎样？从积极意义来说，有以下四点：

1. 骈文偏于征实，注重用典，因而，为文讲求学养的功夫，乾嘉考据学的兴盛促成了乾嘉骈文的复兴，并且能够与桐城派起而抗争，进而与之争"文章正统"，为骈文生存和发展争得空间。

2. 学术上的"汉、宋"之争，表现为文学上的"骈、散"之争。桐城派宋学家尊散，将"程、朱"道统移植到文章中来，要求"文以载道"，为统治者润色鸿业、鼓吹休明，压制个性和创作自由，妨碍和窒息文学的发展；而乾嘉考据学派多尊骈，要求文章抒情，讲究艺术技巧和形式的美，客观上起着疏隔"道"的作用，打破桐城派一统天下的局面，多少摆脱礼教和政治的束缚，回归言志和抒情的殿堂，而乾嘉学者之文较少"道学家气"也充分说明了这一点。

3. 乾嘉选学的发达对于清代骈文创作颇具影响①。乾嘉学者重视《文选》研究，选学研究成为此时之热潮，学者们重视《文选》版本、注解的考证，如钱大昕《十驾斋养新录》卷十四对于《文选》注和《文选》版本均有研究。提到潘岳《藉田赋》陈鱣的注解正确，可见当时探讨《文选》风气。卷十六讲到"文选"时注意从时代背景来分析理解作品，文风随着时代不同而有变化。"庾阐扬都赋"谈到理解作品注意历史典籍。"庾子山赋"条说古人不以重复为嫌。庾信《哀江南赋》人名、地名数见，一段之中，一字重押。都是有得之言。选学的兴起，以及由此而形成的对于六朝文学的肯定性评价都有助于人们重新认识文学的本质，而对于六朝文学作品的整理也给人们学习写作提供范本和摹拟的对象。事实上，清代的骈文家均有学习过六朝文学或者崇拜《文选》的一段时期。

4. 乾嘉学派使骈文创作中重学之风臻于其极，呈现出"学者之文"的特色。比如惠栋序吴泰来诗称"诗之道，有根柢、有兴会。根柢源于学问，兴

---

① 曹道衡"清代文选学的复兴，其情况则与之迥异。……严格地说，他们研究《文选》，正如其钻研古史诸子，藉以与'五经'的文字互证，强调的是文字、音韵和训诂"（《清代文选学珍本丛刊》前言，中州古籍出版社），对此，笔者有不同意见。

会发于性情,二者兼之,始足称一大家"①,汪中评价冯廷丞"文章议论,咸蕴藉有根柢"②,沈钦韩亦云"今之为文词者,将束书不观;知训诂者,率不工文人之业,歧古人之学为二"③,都可看出乾嘉学者一致的倾向。在创作上也表现出了新的特点,如题材和内容上新变,艺术技巧的讲求以及语言凝炼方面体现出学者之文的特点,为骈文创作带来新的气象,比如钱大昕之文"其文辞和厚雅澹,足以征其学养之深"④。

从消极意义方面来说,也有其影响。乾嘉学派骈文家以学术为职志,不免有轻视为文的倾向,从顾炎武开始就已露端倪,戴震更是说"事于文章者,等而末者也"⑤,这就有唯学术至上的倾向,有考据家竟然讥讽袁枚"不学"⑥,表现出了极端重学的倾向。从而忽视创作的空灵境界和性灵体验,因为文章不能太过征实,文学的真实性毕竟不是历史和事实本身,虽然骈文强调博学和征事,但不能以学术研究代替创作本身,文学创作需要作家的情感体验和美学观照,是作者心灵和情感的外化,注重形象性和艺术性。而学术研究本身注重的是理性思维,有严密的逻辑性和抽象性,学术研究和文学创作自然会有冲突和矛盾,所以真正能打通学术与文章界限,既能显示出学者之文渊雅、醇茂特色又不以炫学为累的人不多,梁启超、张舜徽氏都有类似意见⑦。另外,在具体创作实践中,有作家以征典隶事繁芜为有学,以铺张声势为骋才,比如彭兆荪"彭甘亭选学最深,亦颇为选所累,挦扯太多,真气不出"⑧。骈文名家尚且如是,其他则更可想见。邵长蘅《跋庐云诗话图卷》就提到"今时称诗最陋者,抄撮僻书,组织俪语新字,譬胠富人之箧,而盗其碎金缕锦,出而转相夸视。甚则虫鱼皆著别号,花鸟必更新名,其病不及

---

① 王昶:《蒲褐山房诗话》七九,见《蒲褐山房诗话新编》,齐鲁书社1988年版,第52页。
② 汪中《冯廷丞碑铭》,《述学·外编》。
③ 钱大昕《赠奂三庆序》,《幼学堂文集》卷四。
④ 张舜徽:《清人文集别录》卷七《潜研堂文集》。
⑤ 戴震《与方希原书》,《戴东原集》卷第九。
⑥ 戴震《与方希原书》,《戴东原集》卷第九。
⑦ 梁启超《清代学术概论》十七中云:"能为骈体文者,有孔广森、汪中、凌廷堪、洪亮吉、孙星衍、董祐诚",张舜徽云"乾嘉诸师,以朴学而擅华藻者,自孔广森、洪亮吉三数家外,罕能兼之。至于汪中之文,熔铸周、秦、汉、魏,成一家一体,单复并施,无所不可。"(张舜徽《清人文集别录·朴学斋文录》)
⑧ 见谢无量《骈文指南》。

而似过"。当时的台阁文人大都染有这种习气,翁方纲倡言以学问为诗,"由性情而合之学问",并且提出了系统的理论为自己张目。袁枚在《随园诗话》中对此做了批判。稍后章学诚也进行了抨击"近日学者风气,征实太多,发挥太少,如蚕食叶而不能抽丝"①。这些,深中乾嘉学者特别是末流学者之弊端。

第二节　乾嘉学者的骈文观

一、乾嘉学者骈文观的展开

乾嘉学者对于骈文的态度前后也有所不同。早期乾嘉学者中有排斥文章文学性者,以戴震为最典型,主张以"道"为本,他虽然提出"事于文章者,等而末者也"②,又云"故文章有至有未至。至者,得于圣人之道则荣;未至者,得于圣人之道则瘁"③,道至则文成。但戴震之文自有特色,文学素养也颇高,著有《屈原赋注》,深于骚赋,李详云:"戴东原先生每作文,先诵《史记·魏公子列传》数遍,始下笔。余取传观之,此全用借宾定主法。愈曲愈张,愈繁愈静。传中公子凡一百四十六见,但觉如珠之溜盘,又如落花缤纷,一一坠地。"④效法《史记》和先秦诸子之作,自饶古拙之趣,"醇质简古"。但他讥讽司马迁、班固之作"皆艺而非道",认为"不知鸟兽虫鱼草木之状类名号,则比兴之义乖"⑤,这自然带来不好的影响,"乾嘉经师所以汲汲研精天算、舆地、名物、度数之学,不可谓震倡导之力"⑥,其直接的后果是使许多学者沉迷于故实,漠视现实。

其弟子段玉裁服膺其说,且扬其波,认为"义理文章未有不由考核得者"(《戴东原集序》),这就是以考核或者学术完全代替文学,这种观点我们不敢

---

① 章学诚:《文史通义》卷八,辽宁教育出版社1998年版,第271页。
② 戴震《与方希原书》,《戴东原集》卷。
③ 戴震《戴东原集》卷九《与某书》。
④ 李详《愧生丛录》卷三"第四十三条"。
⑤ 《戴东原集》卷九《与是仲明论学书》。
⑥ 张舜徽《清人文集别录》卷七《戴东原集》。

苟同，因为文学与学术是两个不同的东西，文学说到底是情感的艺术，注重形象思维，说读书可以增加人的阅历和感受，培养人的审美情趣和创造力，有利于文学创作是对的，所以戴震在文学理论上无甚建树，也正因如此，虽然桐城派古文家和考据学家交恶，但并没有完全摧折桐城派的声势，诵习古文者并没有消歇。

戴震的功绩主要在于排斥程朱理学，其《原善》三篇及《孟子字义疏证》在于"一以辟陆王，一以正程朱"，廓清程朱理学，深造自得。"乃必居于本末兼赅，而既欲明自汉以来未闻之道，又欲扫尽自汉以来一切之文"①，阐述性命理欲之旨，建立自己的"义理"学说。戴震对于宋学的打击是非常有力的，因而遭到宋学家群起攻击。在反宋学上有一半要归功于戴震，此后宋学炽焰日衰，姚鼐欲挽颓唐之势，起而抗争，但已失去剑拔弩张的锋头。

乾嘉派学者和骈文家从各个方面向桐城派发起攻击，而皆受到戴震的鼓舞与激发。这里有一点需要说明的是，戴震为文并不如李慈铭所说"不肯为一偶句"②。而钱大昕及戴震弟子段玉裁要求合义理、考核、文章为一事，章学诚也持类似观点。段玉裁在《戴东原年谱》中称"先生合义理、考核、文章为一事，知无所蔽，行无少私，浩气同盛于孟子，精义驾乎康成，修辞俯视乎韩、欧"，所说虽不免阿好，却说出了他们一致的主张。段玉裁甚至以为"义理文章，未有不由考核而得者"，直欲以考核为文之本原，抹煞学术与文学语体之差别。但段玉裁《潜研堂文集序》中明确反对无文，要求文学作品有修饰有文采，认为"有见于道矣，有见于经矣，谓不必求工于文而率意言之，则又孔子所谓'言之无文，行而不远'者"，这就陷入自相矛盾的境地。钱大昕虽然也强调以经史为根本，"以经史为菹醢，以义理为灌溉"，而同时重视性情的表达，要求"惟古于词必己出"，则是深得文心的，与戴震、段玉裁似同而实异，也较持平。章学诚之观点在当时为别派，但他认为"学问文章，古人本一事，后乃分为二途"③，与乾嘉正统学派观点一致。但不认为文章不学而自至，"著述将以明道，文辞非所急耳，非不用功也。知有轻重本末

---

① 李慈铭《越缦堂读书记》"集部"类《戴东原集》。
② 李慈铭《越缦堂读书记·戴东原集》，譬如戴震《与某书》(《戴东原集》卷九中) 有"汉儒得其制数，失其义理，宋儒得其义理，失其制数"，"譬有人焉，履泰山之巅，可以言山；有人焉，跨北海之涯，可以言水"，等等不一而足。
③ 章学诚《又与正甫论文》，《章氏遗书》卷二十九。

可矣，不可偏有所务，偏有所废也"①，则也不完全忽视文学。而考据家兼骈文家朱筠、纪昀、王昶等反理学的锋芒不及戴震，但对于骈文均有自己的阐述，"湛于经史，以养其学"，要求以学养来培植为文之根本，而不流于浮靡、空疏，这些意见也就来得比较平实，易于为大家所接受。而他们所欣赏或者孜孜以求的文章，梁启超认为"清学皆宗炎武，文亦宗之。其所奉为信条者：一曰不俗，二曰不古，三曰不枝。盖此种文体于学术上之说明最为宜矣，然因此与当时所谓'古文家'者每不相容"②，文章以清简为其特色，为学术文风所适宜，但不是文学之文风。当然，文学之文与学术之文并不是犁然划分的，存在天然之鸿沟，桐城派就试图找到一种既适用于文艺文，又适用于学术文、应用文的语言，特别在文章的曲折尽意上花费了不少心思，胡适说桐城派把文章作通了，此语极有见地。

随着骈文创作的兴盛，乾嘉学派骈文家对于骈文从理论上加以总结和探讨，并且逐步深入。陈子展评此时期之学者其骈文观，"有的以为骈散并尊，不宜歧视，如曾燠、吴鼒、孔广森诸人的主张便是；有的以为骈文才可以叫做文，说是孔子解《易》，于乾坤之言，自名曰文，此千古文章之祖，且遵之曰古，俨然要和古文家争文章正统，如阮元、阮福父子的主张便是。……有的以为骈散合体，不应分家，如汪中、李兆洛、谭献诸人的主张便是。总之，这一时期的骈文家敢和古文家抗衡，和古文家争正统"③，陈氏所说大体合乎实际。大体而言，此时期乾嘉学派骈文观可分三派：

一派主张骈散并尊。大多数的乾嘉学者或骈文家主要从学术的角度攻击桐城派的空疏不学和不近人情，针对桐城派的"道统"立论，既然不学，自然其"义理"就成了问题，而"义法"也就无所附丽。他们虽没有系统的理论主张，但主张骈文家和散文家宜平分秋色，古文家姚鼐之文亦能够独自成家。所以此时乾嘉学派虽尊骈，但不绝对排斥古文，在创作上骈文家兼作古文，如汪中、孔广森，甚至对于桐城文派反击相当积极的钱大昕也是如此。只是他们的古文没有桐城文派的"道学气"，而能有自己的真实感受。持这种观点的主要人物有孔广森、吴鼒和曾燠等人。孔广森认为"骈体文以达意明

---

① 章学诚《又答朱少白》，《章氏遗书》卷二十九。
② 梁启超《清代学术概论》十七。
③ 陈子展《中国文学史讲话》，第263~264页。

事为主，不尔则用之婚启，不可用之书札；用之铭诔，不可用之论辨，直为无用之物。六朝文无非骈体，但纵横开合，一与散体文同也"①，这段话有两点值得注意：一是孔广森尊重六朝骈文，而骈文应当表达事理，以经史植其基，不能拘拘于声律对偶等艺术技巧；二是暗示骈体文可以吸收散文的某些技巧和经验，比如开阖、照应，提高骈文表现力。吴鼒在《八家四六文钞序》中云："盖琴弦无取乎偏弦之张，锦非取乎独茧之剥，以多为贵，双词非骈拇也；沿饰得奇，偶语非重台也。要其拇撑虽富，不害性灵，开阖自如，善养吾气……而必左袒秦汉，右居韩欧，排齐梁为江河之下，指王杨为刀圭之误，不其过欤？"从吴鼒这里我们得到一个启示：衡量文学作品，首先看它有无真情实感，有没有个性和气格，而或骈或散或浓或淡，都无所谓，关键是要有真气贯注，使文字鲜活生动。

　　一派主张骈文为文章正统，以凌廷堪、阮元和阮福父子为主。陈子展注意到了阮元父子为骈文争正统地位，其实稍前凌廷堪即已发之。把唐宋古文排斥于正统之外始于凌廷堪，他在《书〈唐文粹〉后》说"昌黎文谓文章之别派则可，谓为文章之正宗则不可也"，又云"荀卿为儒宗老师，萧统乃文章正派"②，进而推扬《文选》，提高《文选》的地位。这时候乾嘉学派占据全盛，骈文创作也是云蒸霞蔚、争奇斗艳，骈文大家、名家风起云涌，各擅胜场，而古文家与之相比则黯然失色，姚鼐独撑门面，捉襟见肘，势不能与骈文家争衡。此后阮元进一步从南北朝"文笔"分立的角度出发，颂扬《文选》，推尊骈体，"自齐梁以后，溺于声律，彦和《雕龙》，渐开四六之体。至唐而四六更卑，然文体不可不谓之不正"③，并且从经典中寻找论据，认为孔子《文言》是千古文章之祖，理直气充，自然让古文家难以置喙。

　　阮元之"文"的内涵包括以下几方面：1. 偶语韵语为文，"凡偶皆文也。于物两色相偶而交错之，乃得名曰'文'，文即象其形也。然则千古之文，莫大于孔子之言《易》，孔子以用韵比偶之法，错综其言，而自名曰'文'"④，这里必须指出的是所谓"韵"，阮元有自己的说法"梁时恒言，所谓韵者，故

---

① 孙星衍《八家四六文钞序》。
② 凌廷堪《孔检讨诔并序》，《校礼堂文集》卷三十六。
③ 阮元《书梁昭明太子〈文选序〉后》，《研经室集三集》卷二。
④ 阮元《文言说》，《研经室三集》卷二，此前盛大士在《朴学斋笔记》卷七亦云"盖《文心雕龙》所谓韵者不专指句末之押韵，亦兼指章句中之音韵，犹今人所谓节奏也"。

指押脚韵,亦兼指章句中之音韵,即古人所言之宫羽,今人所言之平仄也",虽然说六朝人所说韵为平仄的说法不确,而他认为骈文讲究平仄则是对的,特别是需要宣读的章奏和檄文之类尤其如是,要求声韵铿锵,格调高昂,这是因为当时沈约提出"四声说",并且在文学创作中有意识地加以运用。2. 沉思翰藻为文。"凡文在声者为宫商,在色为翰藻"①,这是援引萧统的说法,为文不仅讲究声韵,亦即调声;而且要求有文采,亦即敷藻,合乎美文的要求。3. 情辞为文,"盖文取乎沉思翰藻,吟咏哀思,故以情辞声韵者为文"②,"沉思翰藻""吟咏哀思"分别为萧统、萧绎的观点,并不是阮元的发明,但阮元将情辞和声韵联系起来,却是综合了六朝人的观点,对"文"的理解更为全面。4. 四六乃有韵文之极致,亦为阮元独得之见。他认为四六"文体不可谓之不卑,而文统不得谓之不正",是话表面上看来很矛盾,其实阮元认为萧统之文乃为孔子《文言》之流衍,唐四六则为六朝文之流变,虽然后出转精,但一脉相承,依然是文章正脉,文章虽变化以出,而有所本,至于唐宋八家之文,"韩子文起八代之衰,而古文失传亦始韩子"③,是矜一家之机巧。而古文则为"直言之言、论难之语,非言之有文者",是"笔",自然不能算做文,因而"四六"为文家正派合乎逻辑。总体看来,阮元文笔之说新见不多,文学观念也比较狭隘,而且主要就形式方面着眼,其目的在于否定桐城派古文家的正统地位,为骈文争正统,有矫枉过正之嫌,其积极意义也是不言而喻的。它使得骈文家能够摆脱程朱理学的羁縻和束缚,同时也促使人们重新认识和评价六朝文学。阮元本人身体力行,创办诂经精舍和学海堂,以经学和诗赋课士,培养了大量的人才,其弟子云"是时学海堂课士,经解、诗赋诸作已过数千题,乃刊为《初集》,大人撰序一篇,冠诸集首。……此序文特为骈体,且命福考文与笔之分。"④

还有一派则主张骈散调和。"骈散合一""骈散同源"为此派的核心主张。此派既不同于骈体独尊的"二阮"一派,也与"骈散并尊"者有所不同。"骈散并尊",仍取骈散相分的态度来对待二者,而此派则欲融合二者,

---

① 阮元《文韵说》,《研经室续集》卷三,沉思翰藻据朱自清先生考证为"用事"和"用比",见朱自清《经典常谈》。
② 阮元《学海堂文笔策问》,《研经室三集》卷五。
③ 章学诚《遗书补遗·跋湖北通志检存稿》,《章氏遗书》。
④ 见张鉴等撰《阮元年谱》卷六"道光四年十二月"。

打通二者，取亦骈亦散的态度。主要代表学者有以古文家而兼骈文家的李兆洛、刘开、蒋湘南，稍后的包世臣等。阮元之说太过锐气，加上骈文古文在艺术技巧上并没有天然的鸿沟，唐宋八家文也是从六朝文中脱化而来的，所以阮元之后骈散调和派占据上风，自在情理之中。李兆洛为阳湖派巨子，且人望学识均能副之，加上主持江南各个书院最久，门下弟子众多，其影响和作用也相当大，此后"骈散合一"成为一股文学思潮，李氏的作用是不能忽视的。其立意则从先秦诸子之文入手，骈散同源，"窃以后人欲宗两汉，非自骈体入不可，今日之所谓骈体者，以为不美之名也，而不知秦汉子书无不骈体也。窃不欲人避骈体之名，故因流以溯源，岂第司马、诸葛以为骈而已，将推至于《老子》《管子》《韩非子》等皆骈之也"①。同时对于六朝文也有批评，认为"曩与彦闻论骈体，以为齐梁绮丽，都非正声，末学竞趋，由纤入俗，纵或类鬼，终远大雅，施之制作。益乖其方，文章之家遂相诟病"，六朝文之弊在于"绮靡"和"纤巧"，而其理想之作"风骨高严，文质相附"②。而药救"绮靡""纤巧"的方法在于以经史植其基，"学不博则不足以综蕃变之理，词不备则不足以达蕴结之情，思不极则不足以振风云之气"③，这就触及文章的内容问题，而不仅仅局限于形式，所以尤其值得我们重视。"骈散合一"在他这里真正系统化和理论化。骈文文脉一直延续到民国，李兆洛是起了作用的。当然，骈散合一并非李氏的新说，邵齐焘序其兄文"清新雅丽，必泽于古，非苟且牵率以娱一世之耳目者"，骈体之尊始此，孔少森与朱文翰书④，两家之论，渐开合骈于散之机。自汪中、李兆洛出其风始畅（骆鸿凯《读选导言》第九，《文选学》台湾华正书局1985年版）而其选编《骈体文钞》意欲与姚鼐分庭抗礼，"李兆洛选《骈体文钞》，其中有三十八篇与《古文辞类纂》所选相同，若不计辞赋类七篇，所余几乎都是秦汉之文"⑤，其用意也相当明显，薛子衡云"当世皆知是编可以正骈体之轨辙，而先生实欲以是溯古文之原始也"⑥，蒋彤亦云"先生以为唐以下始有古文之

---

① 李兆洛《答庄卿珊书》，《养一斋文集》卷十八。
② 李兆洛《答汤子厚》，《养一斋文集》卷十八。
③ 同上。
④ 见孙星衍《仪郑堂遗稿序》，《八家四六文钞》卷首。
⑤ 见曹虹《阳湖文派研究》，第98页。
⑥ 薛子衡《李养一先生文集行状》。

称,而别对偶之文曰骈体,乃更选先秦两汉以及于隋为《骈体文钞》,欲使学者沿流而溯,知其一源"①,所以对于桐城派以八家为轨辙是不小之打击。而蒋湘南骈散合一观点与之稍异,他要求合经与文为一,认为经学家之文,始可称古文,在《与田叔子论古文第三书》中明确表示桐城派之文为伪古文,而以戴震、钱大昕、汪中、张惠言、龚自珍等人之文为真古文,这一点又与经学家之观点一致。同时他并不反对摹拟,认为这是为文的一个过程,"夫模拟者古人用功之法,非后世优孟衣冠之说也",而能够"似范其貌,实取其神,用心既久,由钝入锐,然后浩乎沛然,成其文而有余,成其笔亦无不足,则模拟非古人用功之法乎"②。由此看来,其模拟之要义在于"遗貌取神",且能脱化,自铸伟词,创成新格。同时通过模拟体味为文之用心,揣摩古人神气,提升精神境界,用功久而得文气之自然,从而无施不可,左右逢源。同时对于桐城派所标榜的程朱理学提出怀疑:"吾不敢谓圣人之道之必在于非理学,吾又何敢谓圣人之必在于理学乎?"话说得很中肯,而对于桐城派赖以成立的道统给以致命的一击。既然程朱理学非圣人之道,而圣人之道在于六经,就必须通古人之训诂,从而窥其意旨,同时复熟其文辞,故于文得其神理,于道则别有创获。

综上所述,乾嘉学者之骈文观,随着时间的推移和创作的繁盛,认识逐步深入。以反宋学之戴震为开端,到为骈文争生存空间,提出以骈文为文章正统,再后则倡"骈散合一"之说,可以看出乾嘉学者在骈文理论上的不懈追求和努力,既丰富了骈文的理论,也有助于骈文创作的开展。

二、骈散论争的表象与实质

谈到清代的古文,人们常常把它与理学相提,而讲清代骈文,人们也往往把它与乾嘉学术或乾嘉学人联系在一起。而古文家与骈文家势不两立,争论也很激烈。骆鸿凯云"学六代者卑视唐宋,学唐宋者亦菲薄六代,骈散之分由来旧矣。至清而桐城、仪征二派,分道而驰。一察自好,不务返观三代两汉魏晋之文以会合体要,其弊甚矣"③,这是道出了乾嘉时期古文家和骈文

---

① 蒋彤《李申耆先生兆洛年谱》。
② 蒋湘南《与田叔子第二书》。
③ 骆鸿凯:《读选导言》第九,见《文选学》,台湾华正书局1985年版。

家之实际情形。以桐城派为代表的古文家多欲合程朱道统与唐宋八家古文文统为一体，方苞明确提出"学行继程朱之后，文章在韩欧之间"（见王兆符所撰《文集序》），以接续"程、朱道统"自诩。方苞于文，常言义法，其言云："春秋之制义法，自太史公发之，而后深于文者亦具焉。'义'即《易》之所谓'言有物也'，'法'即《易》所谓'言有序也'。义以为经，而法纬之，然后为成体之文。"方苞的"义法"说取代前人的"文道"说，法从义生，义由法显，两者合而为一，这比过去"文以载道""文以明道"理论更加严密，加上他对唐宋八家的批评，对于语体和语词提出苛刻的清规戒律，提出"雅洁"的标准①，这就为"古文"建立了比唐宋古文更为严格也更有束缚性的规范，也更容易束缚作家的思想。方苞又奉旨选《四书文》，提出"清真雅正"的规范，也是出于同样的目的，俨然以卫道者自居。此后桐城派为古文者莫不究心义理，服膺程朱，皆方苞导夫先路。姚鼐倡"义理、考据和辞章"，其"义理"也是程朱之道，方、姚固守程朱之学，对于立异标新者口诛笔伐，"推尊程朱，至比诸父师不可诋讪，谓毛奇龄、李塨、程廷祚、戴震以毁斥程、朱，率皆身灭嗣绝"（张舜徽《清人文集别录》卷七《惜抱文集》提要语），与方苞同样恶毒②。

虽然乾嘉学术（考据学、汉学）在乾隆、嘉庆两朝处于极盛状态，但是作为官方意识形态和统治基石的宋学（程朱理学）也有相当的势力，影响并没有消歇，再加上统治者对于两者都默许和褒扬③，"自康、雍以来的皇帝都提倡宋学——程朱学派，但在民间——以江浙为中心，反'宋学'的气势日盛，标出'汉学'名目与之抵抗。到乾隆时期，汉学派殆占全盛"（梁启超《中国近三百年学术史》），所以才形成所谓汉、宋之争。但是就当时学者本身来看，情况又比较复杂，姚鼐为学尊程朱理学，但不废考据，他的"义理、

---

① 见沈廷芳《书望溪先生传后》，方苞认为古文中不可"入语录中语，魏晋六朝藻丽语，汉赋中板重字法，诗歌中隽语，《南北史》佻巧语"，要求文章"雅洁"。
② 张舜徽云："李塨丧子，苞遗书警之。至谓自阳明以来，凡极诋朱子者，多绝世不祀。"（《清人文集别录》）姚鼐《与袁简斋书》谓毛大可、李刚主、程绵庄、戴东原以诋毁程、朱率皆身灭绝嗣。
③ 康熙、雍正和乾隆都深谙统治之术，对于程朱理学并不是特别信从，而是觉得理学的推阐对于维护封建统治有利，具有麻痹和奴役老百姓精神和思想的作用，乾嘉学术让知识分子沉迷于学问，钻故纸堆、不问世事，也对于统治者有利，加上两者论争能够抵耗士人心力，所以统治者很好地加以利用。

考据和辞章"就是乾嘉学术背景下对于方苞"义法"说的修正,在"义理、辞章"之外加上"考据"就是明证,另外,他在诗文创作中也有相似的追求①。汉学家虽然对于程朱理学缺少研究的兴趣,但对于程朱理学并非全盘否定,苏州惠氏的红豆山房曾有惠士奇手书的一副楹联,照录阎若璩的名言,所谓"六经尊服郑,百行法程朱"。乾嘉著名学者王念孙、汪中与尊宋学的刘台拱交谊很深,这种看似矛盾的现象其实有其深层的内在的原因,即乾嘉学者对于官方政治哲学缺少反抗的勇气和斗争的精神,可以说是离"经"而不叛"道",对于程朱理学的批判主要集中在其空疏不学和不近人情方面,抨击理学家"以理杀人"(见戴震《孟子字义疏证》),极力提倡"礼学",以"礼学"来代替"理学",对于高蹈的"性理"深致不满,其用意在于用早期儒家的思想来改造理学,重新阐释"性理",恢复被宋儒歪曲的元典精神,以至于治"礼"在当时形成一股风气,这种学术空气对于骈文的创作是很有利的。

在文学主张上,宋学家或者桐城派尊散,乾嘉学者则尊骈,主张文学要抒发情感,要有文采,对于六朝文学重视并引起研究和学习的兴趣,甚至认为只有骈文才是文学的正统,唐宋古文是文学的别派。两种观点水火不容,所以引起争论也就在情理之中。事实上,当时思想界学术界汉、宋之争一直存在,这种争论在方苞生活时代已经开始,在姚鼐生活的乾嘉之际争论十分激烈,嘉道之际方东树著《汉学商兑》时已近尾声。所以由汉、宋学术之争导致文学主张上的骈散之争是自然的。两种观点和主张在近代也还有相当的影响,"然今法六代者,下视唐、宋;慕唐、宋者,亦以六代为靡"(章太炎《论式》)。而汉学家钱大昕、汪中、戴震、段玉裁等从不同方面对于宋学家和桐城派进行抨击,学术上"汉、宋"对立,文学主张上形成了"骈散之争",势同水火,不可调和。

骈散论争的内容主要有三个方面。1. 文章的正统问题,并且由此引出对于六朝文学的评价问题。桐城派以唐宋八家文为文章正统,认为"以《文选》为文家之正派"可笑至极②。其弟子管同在代吴启昌撰《重刻古文辞类纂》中再次表露了同样的倾向,"夫文辞之纂,始自昭明,而《文苑英华》等集因

---

① 姚鼐在其写景抒情的名作《登泰山记》中也有考证就很可说明。
② 姚鼐《惜抱轩尺牍》卷六《与石甫侄孙书》。

之，其中率皆六代、隋唐骈丽绮靡之作，知文章者，皆摈弃焉"①，绝对排斥六朝文学及骈文，以唐宋古文独尊。2. 义法问题。桐城派奉"义法"为传授之鸿宝，遭到钱大昕有力的抨击，说方苞于"义"不知，也就无所谓"法"，而朱筠也说"未成文章，先成蹊径"。朱筠曾以辛辣的笔致描述为："未成文章，先成蹊径；初无感发，辄起波澜。"② 3. 文章语言的雅俗与繁简问题。桐城派文章重视行文的简洁，"文未有繁而能工者"③，这一点遭到钱大昕的否定，"文有繁有简，繁者不可减之使少。犹之简者不可使之增多，谓文未有繁而能工者，非通论也"④。其中最主要的是文章的正统问题，桐城派以散文为正统，把唐宋八家的"文统"和程朱"道统"统一起来，淡化文学性，排斥文学的个性和抒情精神，是属于"帮忙"或"帮闲"的文学，对于文学创作和文学发展是相当有害的。

骈散论争的实质是，桐城派从维护封建道统立场出发，反对骈文家破碎害道，以文章来为统治者鼓吹，是"遵命"的文学，所以树立宗派意识，门户界限极严，以唐宋八大家为效法对象，桐城派标榜门派，胡蕴玉云"乾嘉之世，文网日密，而奇才异士，无以自见，争言汉学，析辨异同，以注疏为文章，以考据为实学，琐碎割裂，莫知大体。而方苞、姚鼐之后，尸程朱之传，仿欧、曾之法，治古文辞，号曰宋学，明于呼应顿挫，谙于转折波澜，自谓因义见道，别树一帜，海内人士，翕然宗之，至谓天下文章，莫大乎桐城"⑤。朱庭珍"近来古文，天下盛宗桐城一派，其持法最严，工于修饰字句，以清雅简净为主。大旨不外乎神韵之说，亦如王阮翁论诗，专主神韵，宗王孟韦柳之意也。而自相神圣，谓古文正宗，自秦汉以后，唐宋八家继之，八家以后，明归太仆有光继之，太仆以且，则桐城三家方、刘、姚继之。此外文人，皆不得与文章之统。如国初三家侯朝宗、魏叔子、汪尧峰诸人，概斥为伪体，所见殊谬"⑥。而且桐城派所说的"道"主要是程朱理学，这正是乾嘉学者所反对的，所以对于载道派的桐城文派反对自在情理之中。而这种

---

① 管同《因寄轩文集》卷二。
② 语出朱锡庚为其父朱筠文集所作序文，见《笥河文集》卷首。
③ 方苞《望溪文集》卷五《与程若韩书》。
④ 钱大昕《潜研堂文集》卷三十三《与友人书》。
⑤ 胡蕴玉：《中国文学史序》，载《南社》第八集，1914年。
⑥ 朱庭珍：《筱园诗话》卷四，见《清诗话续编》，上海古籍出版社1999年版。

观念积极的意义在于促使骈文家与理学分离，文章中少了几许道学气①。事实上，经过乾嘉学者大力反对，文学有意识摆脱封建礼教的束缚，要求回归个性和抒情的殿堂的倾向日益明显，就是桐城派内部也发生分化，在这一点上，乾嘉学者起了积极的作用。

第三节 乾嘉学派骈文创作的特色和风格

一、题材内容上的特点

从骈文发展史来看，魏晋南北朝时期骈文作家大多学识渊博，博学对于骈文创作是有好处的。凡是骈文创作兴盛时期，类书的编纂和整理往往形成热潮。魏晋南北朝如是，唐代也莫不如是。当时著名的文人如班固、左思等人的长赋给我们最显著的印象是这些赋中所详叙的种种典章文物的名辞之琐碎纷繁，其次便是对地理环境铺张扬厉的描述，比如郭璞的《海赋》，则堆砌无数水字旁的形容字；在清代这种毛病也还仍然出现，比如清代骈文重要作家吴锡麒的《星象赋》则排列许多星宿的名字。这些作品缺乏文学意味，读来让人生厌，有时让人有"以艰深文其浅陋"的感觉。清人更多地从积极的方面来发挥骈文的价值，并且对于博学与骈文创作的关系有了自觉意识，比如袁枚在《随园诗话》中说过"三都""二京"等赋之所以名重一时，实际上是缘于当时人拿它们当作辞典类书来用。曾国藩在给其子的信中曾说"吾观汉魏文人，有二端最不可及，一曰训诂精确，二曰声韵铿锵"，清代骈文的发展与清代考据学的作文背景也充分说明了博学风气对于骈文发展的促进作用。乾嘉时期清代学者骈文题材和内容方面也出现了一些新的时代的特点：

学术题材和内容的作品大量出现，学术性的题材内容的骈文作品以前并非没有，比如刘勰的《文心雕龙》、钟嵘的《诗品》就相当华赡整齐，刘知几的《史通》，本是历史著作，但是用骈体来写作，但只是偶尔为之，并没有像乾嘉时期形成一股风气。具体说来，乾嘉学者学术性骈文名作有不少佳作

---

① 参见马积高：《清代考据学与清代骈文复兴》，见《清代学术思想的变迁与文学》第三章。

名篇。内容涉及经学、史学、诸子学、金石学、文字学等各个学术研究领域，名作有孙星衍《大清防护昭陵之碑》、纪昀《钦定四库全书告成恭进表》，小学方面有王引之《经义述闻序》、洪亮吉《钱献之注尔雅释地四篇序》《孙季逑述仓颉篇序》，经学方面有孔广森《戴氏遗书总序》、孙星衍《关中金石记跋》，史学方面有谷应泰《明史纪事本末序》、洪亮吉《杭堇甫先生三国志补注序》、凌廷堪《西魏书后序》，金石学方面有洪亮吉《中州金石记后序》、朱为弼《积古斋钟鼎彝器款识后序》，文艺理论方面则更多，名作有刘开《书〈文心雕龙〉后》《与王子卿太守论骈体书》、程杲的《四六丛话序》、陈均《唐骈体文钞序》、阮元《书四六丛话后序》、李兆洛《骈体文钞序》、张惠言《七十家赋钞序》等，而《钦定四库全书告成恭进表》为学术性骈文的鸿篇巨制，洋洋洒洒尽四千言，典丽裔皇，酝酿以出。而最能代表乾嘉学者文章特点的文字为经学、史学和小学方面的骈文。

经学方面最著者为孔广森《戴氏遗书总序》：

> （戴震）敏而好学，信而好古，吾于戴君见之矣。公以梅、姚售伪，孔、蔡谬悠，妄云壁下之书，猥有杭头之字。古文一卷，只出西京；小序百篇，旧名北斗。正误摄诘，历黄序而仅存；月采丰刑，遘赤眉而已烬。乃或误援伊训，滋元年正月之疑；强执周官，推五服一朝之解。譬之争言郑巿，本自两非；议瓜骊山，良无一是。是用翦除假托，折衷群言，步骤三五，录目四七，为《尚书义考》未成，成《尧典》一卷。……为《毛郑诗考正》四卷。别为《诗补传》未成，成《周南召南》二卷君之入书局也，西京容史，凤善徐生；东观中文，逯分淹礼，乃取中甫识误，德明《释文》，殚求豕亥之差，期复鸿都之旧，互相参验，颇有整齐，削康成长衍之条，退丧服厕经之传……古者冕服以祭，弁服以朝，祭则衣纯，朝则衣布，带形连带，制异于直方，屦色从裳，次分于缋绣，周坛飨帝，大裘降繁露之华，鲁祎嫌王，疏璪饰丹鸡之祝，等威昭焉，文质备焉。道学起而儒林衰，性理兴而曲台绝。齐秦委武，莫识称名，殷夏图章，焉能考据，溯增冰于积水，示祭海于先河，为《学礼篇》一卷，冠其文集十卷之首。

且夫一阴一阳之为道，见仁见智之为性。通于六籍之为学，辨于万事之为理。谓理具灵台，则师智者得；谓学遗象罔，则悟寂者先。岂有略窥语录，便诩知天；解斥阴阳，即称希圣？信洛党之尽善，疑盟氏之未醇。其说空空，其见小小。盖绎郑君生质之训，诵周雅教木之笺。所谓受中自天，秉彝攸好，孔提可按，汉学非诋。为《原善》一卷、《孟子字义疏证》三卷、《大学》《中庸补注》各一卷。君之学术，此其大端欤？

景纯有云："《尔雅》者，九流之津涉，六艺之钤键。"虎闱小学，未束发而知书；豹鼠奇编，不下席而观古。故辨言之乐，对于三朝；首基之文，问于五始。至于殊方别语，绝代离词，皆转注之指归，亦《凡将》之坠绪。为《尔雅文字考》十卷、《方言考证》十三卷。

书教有六，最多谐声。叔重无双，唯传解字。若乃部分平仄，母别见溪。官家恨狭，羊戎之所自为；天子圣哲，梁武之所不信。古人韵缓，止属椎轮；后世音繁，实精引墨。君审其清浊，导以源流。旁通反纽，发颧、约之旧闻；上协诗骚，采顾、江之新义。为《声韵考》四卷、《声类表》十卷。（先生文集尚有《转语二十章》及《六书论三卷自序》此二种遗稿未见）

……

呜呼！君之著书，可谓博矣；君之见道，可谓深矣。向使寿之以年，行其所志，下安轮于都尉，授梯几于鸿胪。雍宫未建，命曹褒以定仪；大予将成，诏宋登而持节。虽复辨卿讼斗，公羊未必能明；子骏移书，逸礼难其置立。而泰山郡将，北面称师；上蔡通侯，西行受业。则何汤既贵，辒车方赐于五更；君上从游，录牒庶多于万计。岂谓阴堂告禩，圆石镌名；一经之写定无年，三岁之琼瑰已梦。清明卷帙，长封下马之陵；通德人亡，不待嗟蛇之岁。然而太元覆瓿，终遇桓谭；都养陈谟，弥尊伏胜。郑乡绝学，倘千百载而重兴；戴氏遗书，于十三经其有补。悲怀逝者，延伫将来。

本章提要钩玄，贯穿群言，有些地方可以补正史传，比如关于戴震著作的种类和卷数问题，与现在我们所看到的有所出入，实为戴震学术小传。虽然是骈体文字，骈中有散，用典灵活，注意恰当使用虚字，注意文章的勾连转合，通体气息调匀，非深于经学与雅擅辞章者不能为，以华词发其朴学之光，此篇允无愧色。

史学方面的文章很多（顺康时期有谷应泰的《明史纪事本末序》），这里举凌廷堪《西魏书后序》以见端倪。前有序云"南康谢蕴山先生撰《西魏书》二十四卷，凡纪一、考五、表四、传十三、载记一。既成，以示廷堪，命为后序。廷堪读而终之，乃作序曰"，说明写作此文的起因。下面是正文：

夫班马以降，纪载迭兴；自宋逮元，史法渐失。主文辞者，其弊或至于空疏；寄褒贬者，厥咎遂邻于僭妄。虽家自谓继龙门之轨，人自谓续《麟经》之笔。然求诸体例，寻其端委，罕有当焉。先生以金匮之才，历石渠之选，网罗放失于千数百载以上，编次事实于二十余年之中，有休文、伯起之明备，无子京、永叔之简陋。卷帙不广，条目悉具；编年纪月以经之，旁行邪上以纬之；详于因革损益，著其兴衰治乱。洵足以存南、董之权度，为东观之规矩矣。约举大纲，其善有六，载绎微旨，可得言焉。

夫承祚以武皇作纪，而孝献屏主，范史自升之；房乔以文帝系年，而高贵冲人，陈志自进之。良以帝系所关，义无漏略。夫闻拓跋末造，附载于宇文；水运季朝，借垂于木德。而长安四主，竟乏专书，岂因有延寿总录之北朝，遂可置佛助之西国乎？是曰补阙，其善一也。

宝符已禅于延康，志士独尊章武；神器久移于天祐，后人尚右升元。何者？聊绍刘宗，暂延唐祚。况夫出帝俨存，清河遽立，永熙未改，天平遂元。然则抑彼邺下，扶兹关中，齐宝炬于天王，厕善见于列国，方之萧常、谢陛之表章《西蜀》，陆游、马令之纂辑《南唐》，孰短孰长，必能辨之。是曰存统，其善二也。

至于仲达、子上篇不见于当涂，献武、文襄传不列于元魏，功业虽著，人臣以终，图籙讵膺，帝制乃僭。案其时世，固有依违，揆诸史裁，宁云允协？于是除太祖之追美，大书黑獭；削唐纪之溢称，直登李虎。发古人未发之公，抉前史未抉之隐。是曰正名，其善三也。

若乃卿士之设，悉仿《周官》；诏令所颁，咸规大诰。始祖配帝，聿崇郊祀之仪；属国来王，爰修聘觐之典。或同时所未遑，或后代所希有。

讲明古礼，尤宜爱惜。而令狐乏志，湮坠良多；钜鹿怀私，刊落都尽。所幸者杜君卿典标八目，偶存棠谿之碎金；于志宁志贯五朝，间具昆山之片玉。裒集狐腋，冠具鹬毛。是曰蒐轶，其善四也。

管幼安误收《国志》，本未仕曹；嵇叔夜滥入《晋书》，何尝臣马。又若齐社屋而叔朗西行，陈鼎迁而德章北面；而王晞仍存于河朔，袁宪莫摈于江左。凡此之类，更仆难终，徒丰其蔀，未艮其限。故万纽效绩于荆襄，究非魏之勋旧；尉迟建功于庸蜀，自属周之臣子。但录其事，不载其人。是曰严界，其善五也。

毋丘、诸葛，魏室之荩臣；刘秉、袁粲，家之谊士。以及子勋举义，攸之勤王，衡其终始，都无可议。乃或以忠作叛，以顺号逆，皆是曲笔，岂为谠言？犹之孝武谋去疆臣，非为失德，而横谓斛斯椿为群小，王思政为诡妄，巧言乱其皂白，俗语流为丹青，不合不公，未足为训。今一洗之，概从其实。是曰辨诬，其善六也。

因斯六善，运厥三长，集简册之遗闻，阐古今之通论。其考纪象也，兼正光之推步，较天象而益精焉。其考疆域也，订大统之版图，较地形而更密焉。

这篇文章在对谢启昆《西魏书》的评判中阐述了自己的史学观点，表明作者不仅具有相当的史识，而且亦具史裁，其见其识虽然不无偏颇，但是足以成一家之说，而且文章写得颇具气势，对偶精工，句式多变，整齐之中不乏疏荡之气，流宕自然，用典灵活，语言生动而不雕琢，与谷应泰的《明史纪事本末》可以媲美。其骈文也颇具个性特征，应当在清代骈文史上占有一定的地位。卢文弨称其文"在魏晋之间，可以挽近时滑易之弊"（卢文弨《校礼堂初稿序》），钱大昕称其"精深雅健，无体皆工"，"兹读大制《魏书音义序》，可谓观书眼如月，具眼人定不拾人牙后慧"（钱大昕《钱辛楣先生书》），亦可见凌廷堪骈文在当时的影响。

学术性质的骈文占很大的比重，绝对数量和相对数量都占相当大的比重。光绪间江标《沅湘通艺录》卷七所收之赋，如《实学赋》《毛公学赋》《小学赋》《郦道元注水经赋》《文选学赋》《刘彦和文心雕龙赋》《墨家者流赋》都是学术性质的作品。另外，学术性的札记笔记、札记中不乏性情之流露。

此类著作尚多，清末李慈铭曾欲辑《国朝骈俪说经文》传之后世①。以后的经学家也传承这一衣钵，比如史念祖的《易解俪句》、皮锡瑞《师伏堂骈文》中诸多骈文作品"以华词发其朴学"②。而且，学术性质的骈文在乾嘉学者文集中所占比重很大，比如孙星衍现存十篇骈文中关于学术著作的有六篇。

除此之外，乾嘉学者遁入考据学的牢笼也并非完全出于自愿，而是有情非得已的无奈。他们作品中也有一些关注现实、反映现实的题材和主题，如汪中的《自序》《哀盐船文》《经旧苑吊马守贞文》等，均能不拘于形式的束缚，针对性强，富有感染力。再如董祐诚的某些作品对于基层官吏贪赃枉法现象进行揭露，也是富有生命力的作品。甚至揭露时弊的金刚怒目式的作品也有出现，特别是嘉庆初年，如洪亮吉、王念孙的奏疏，对于和珅直言指斥，感情激愤，为天地间少数有血性文字。汪中《与朱武曹书》云：

中尝有志于用世，而耻为无用之学，故于古今制度沿革、民生利病之事，皆博问而切究之，以待一日之遇，下至百工小道，学一术以自托。平日则自食其力，而可以养其廉耻，亦足以卫其生。何苦耗心劳力，饰虚词以求悦世人哉。

汪中的这种想法其实代表了很大一部分学者的心声和愿望，隐隐透露出对于现实的不满情绪。因而他们始终未能忘怀现实，特别是在书信和小品文字中，我们常常会发现他们笔底真情的流露，展现出真实生动而又充满险恶的世界。

二、艺术上的特点

（一）以学济文，气息渊雅

乾嘉学者重视学养的功夫，这是他们学者本色所在。汪中与赵怀玉书云："足下颇心折于某氏，某氏之才诚美矣。然不通经术，不知六书，不能别书之真伪，不根持论，不辨文章流别，是俗学小说而已矣，不可效也"③。李兆洛

---

① 《桃花圣解庵日记》17册，第90页。
② 张舜徽《清人文集别录》卷二十三。
③ 汪喜孙《汪容甫先生年谱》乾隆五十二年。

《答汤子厚》曰:"曩与彦文论骈体,以为齐梁绮丽,都非正声,末子竞趋,由纤入俗,纵或类兕,终远大雅,施之制作,益乖其方,文章之家遂相诟病。窃谓导源《国语》及先秦诸子,而归之张、蔡、二陆,辅之以子建、蔚宗,庶几风骨高严,文质相附。要之此事雅有实诣,非可貌袭。学不博则不足以综蓄变之理;词不备则不足以达蕴结之情;思不极则不足以振风雨之气"①。所以乾嘉学者在创作中依据其所学而发为文章,以学济文,使其文章与其所学相表里,反对浮华和虚词滥说,气息渊雅,酝酿以出,有合学术与文章为一的趋向②。同时,能够正确处理学术性与文学的关系,有些文章借用经学中的成句,陶冶经句,组织成篇。而这大多与其学术研究的对象和兴趣取向相一致,适足发挥其经学之光,高者能够摆脱形式的拘泥和束缚,适足以发挥其经学之光。李慈铭"予于近人最喜北江、汪容甫两家文字,不特考据精博,又善言情变,其处境亦多与同也"③,学术与情感并重,两人均善于描摹情感,而不为学所累。当然,要做到这一点是很难的,张舜徽云:"乾嘉诸师,以朴学而擅华藻者,自孔广森、洪亮吉三数家外,罕能兼之。至于汪中之文,熔铸周、秦、汉、魏,成一家一体,单复并施,无所不可。"④ 而下者不免伤于气滞芜累,李慈铭"阅《小漠觞馆集》及《思适斋集》略为诋误,千里先生深于汉魏六朝文学,熟于周秦诸子之言,故其为文或整或散,皆不假绳削而自合。甘亭毕力于文,骈体自为专家,然工丽虽胜而痕迹亦显,此文人学人之别"⑤。

(二)尊尚六朝,厌薄唐宋

就文体而言,乾嘉学者大体以骈或骈散兼行的辞赋、序、书、铭、赞、庙碑、哀诔、表、书札等为主,而厌薄中晚唐体和宋四六,孔广森的话可以作为代表,"任、徐、庾三家必须熟读,此外四杰即当择取,须避其平实之

---

① 李兆洛《养一斋文集》卷十八。
② 陈钟凡《汉魏六朝文学》第四章"魏晋文学":"因为汉人多精小学,所以他们的作品中,复文隐训,趣幽旨深,非师傅不能析其辞,非博学不能通其理。到了魏晋,文章学术分途,文人不必博学。学者不必能文……"乾嘉学者既有意学习汉代人治学方法,文风上也有意追步六朝。
③ 李慈铭:《越缦堂读书记·卷施阁集》,第1016页。
④ 张舜徽《清人文集别录·朴学斋文录》,梁启超也有同样意见,见《清代学术概论》十七。
⑤ 李慈铭:《越缦堂读书记》,见《小漠觞馆集》,第1101页。

弊。至于玉谿，已不可宗尚"①。近代文选学家骆鸿凯也说："清初复古，始革鴃音。西河才大，稍学齐梁；迦陵格卑，仅摹徐、庾。自尔骈体大作，家握灵蛇，胡稚威、洪雅存、汪容甫、孔巽轩、邵荀慈诸人其最也。"② 事实上，乾嘉时期骈文创作成就最大的是以学六朝骈文而形成自己风格和特色的"六朝派"（张仁青语）作家，如胡天游、汪中、孔广森、孙星衍等，他们都曾在六朝小赋的文体上下功夫，文章又有真情实感，所以颇多传世的名作。比如《惜赋》模仿江淹的《别赋》，其第五节云：

至于池荷并蒂，清姿如雪；夜半萍开，一枝忽折。大宛竹枝，天下所稀；削而圆之，以漆为衣，使绝世之奇种，竟湮灭其芳菲。更有兰香馥郁，桂影婆娑；凄凉空谷，寂寞山阿；草木有知，伤如之何？而况醋覆左思之词赋，火焚李贺之诗歌。又何怪乎幽人逸士，凭吊山阿，怅世界之缺陷，不禁涕泗而滂沱。（《考信录·知非集》）

崔述为清代经学疑古派的大师，大家一般只注意其学术成就，事实上收在《崔东壁遗书》中的文艺性作品也很少，但其文学素养亦高，观此亦可见一斑。此中文字，亦具六朝韵致。

（三）涵养深醇，高古为尚

就表达方式和艺术技巧而言，乾嘉学者之骈文也自有特点，由于他们有甚深学力，看问题极深透，所以往往能有比较好的见解，而不拘于形式的羁縻和束缚。在用典方面，大多选用唐以前书籍中的典故，不用或少用唐以后的事语、俗语，涵养深厚，笔法高古，比如孔广森精于《大戴礼记》，他在文章中化用《大戴礼记》语，孙星衍治诸子，作品中用《墨子语》，洪亮吉用《新序》《说苑》语，彭兆荪则用《文选》语，胡承珙用《毛诗》语，都和他们的研究领域和研究兴趣相关。同时用典精确，能够融化和切合文情，比如

---

① 孙星衍《仪郑堂骈文序》，见吴鼒《八家四六文钞》。
② 骆鸿凯：《文选学》，见《读选导言》第九，台湾华正书局1985年版。

汪中用典,"吾受诈兴公,勃谿累岁"①,凌次仲《汪容甫墓志》"初娶妻孙氏,不相能,援古礼出之",汪氏隶孙氏故实,尤为精确。

(四)朴茂重气,力洗浮艳

虽然骈文是一种讲究辞藻与修辞的文体,乾嘉学者之骈文当然也不拒斥文采,但与古文家之文相比,依然显示出学者之文的特色,有"气骨"而不伤于华缛。梁启超在《清代学术概论》中说乾嘉学者中"能为骈体文者,有孔广森、汪中、凌廷堪、洪亮吉、孙星衍、董祐诚,其文仍力洗浮艳,如其学风"(《清代学术概论》十七)。这里举惠栋的《募修鹤林禅院疏代家君》②为例:

> 京口鹤林禅寺者,地绝三山,名同双树。福城东去,独存遗迹于萧梁;祖印西来,始畅玄风于开宝。周茂叔之图名太极,作自空门;索幼安之书号宝华,题从往代。青山翔白鹤,犹传宋祖之名;渌水出双莲,尚议唐贤之咏。惊心彷佛,瞻米颠之幽宫;著手摩莎,辨髯苏之贞石。从来胜践,多在庵萝……昔年于役,曾攀戴寺之松;今日归田,尚忆秦潭之月。素与公有凤契,愿先导于秕糠。聚米成山,截金输库。城南十万,应成不日之功;海藏五千,全赖重楼之贮。六才备具,风日之生辉;七宝庄严,云霞为之改色。

此篇文字,气息渊雅,丽而不浮,颇能修饬,与文士之文自有别。惠栋文集中所收生平所著各书序文,大多渊雅古朴,自成一家言。

上述特点,是就考据家中学术与文章兼而擅之的作家而言的,其下者则不免芜杂寡要,不成文章。袁枚《姚小坡尚书书》认为当时考据家之文"过于芜杂,全无提挈剪裁",并说杭世骏、全祖望俱不免此病,也在一定程度上反映了当时的实际情形。

---

① 《世说新语·假谲篇》:"王文度弟阿智,恶乃不翅,当年长而无人与婚。孙兴公有一女,亦僻错,又无嫁理。因诣文度,求见阿智。既见,便阳言:'此定可,殊不如外人所传,那得至今未有婚娶!我有一女,乃不恶,但吾寒士,不宜与卿计,欲令阿智娶之。'文度欣然而启蓝田云:'兴公向来。忽言欲与阿智婚。'蓝田惊喜。既成婚,女之顽嚚,欲过阿智。方知兴公之诈。"

② 惠栋:《松崖文钞》卷二,见《续修四库全书》第1427册,第287页。

第六章

乾嘉骈文与桐城派、阳湖派

在桐城派古文最兴盛时际,乾嘉骈文蓬勃发展,因而桐城派古文家和乾嘉骈文家争论很激烈。大多数学者注意的只是其对立的一面,而忽视了实际创作中古文和骈文调和融汇的一面。接下来我们就乾嘉骈文与桐城派、阳湖派的关系进行探讨,从观念和创作两个方面深入具体地分析研究,以期弄清其本来面目。

第一节 桐城派、阳湖派古文家的骈文观及其异同

一、桐城派、阳湖派古文家的骈文观

乾嘉时期桐城派声势较大,阳湖派又异军突起,与之分庭抗礼。对于桐城派和阳湖派的关系,学界存在两种不同看法:一种认为两者实为一派;另一种认为应当分为两派,笔者倾向于两派分法①。下面就两派骈文观点分别加以介绍。

(一)桐城派的骈文观

乾嘉时期桐城派文家骈文观大体可分为前后两期,前期以姚鼐和陈用光为代表,后期则以管同、刘开为代表。

姚鼐是桐城文派重要的理论家②,论文主张"义理、考据、词章"三者

---

① 关于详细情况可参阅蒋逸雪《论阳湖派》和曹虹《阳湖文派研究》。
② 姚鼐(1732—1815),字姬传,号梦谷,以书斋名惜抱轩,世称惜抱先生。著有《惜抱轩诗文集》。安徽桐城人,乾隆二十八年进士,三十六年擢刑部郎中,三十八年选入四库全书馆。

并重，论学以阐明大义为主，与乾嘉诸经师异趣。姚鼐认为："夫文技耳，非道也，然古籍以达道。其后文至而渐与道远，虽韩退之、欧阳永叔不免病此，而况以下者乎？"①他以"明道"自任，对唐宋八家尚有不满。受当时考据风气的影响，姚鼐论文亦明确提出"考据"一条。由于姚鼐"义理、考据、词章"三者并重，故对方苞也有微辞："望溪所得，在本朝诸贤为最深，然效之古人则浅。其阅太史公书，似精神不能包括其大处、远处、疏淡处及华丽处。只以义法论文，得其一端而已。"② 他总体上对骈文评价不高在《古文辞类纂序目》中，他明确表示："古文不取六朝人，恶其靡也"。这与唐以来正统派文家及其宗师方苞的观点是一致的③。但姚鼐对于骈文作家并不一概否定，有些具体评价也能抉发精微，评价公允。如他评价袁枚"古文、四六体皆能自发其思，通乎古法"④；评价杨芳灿"骈丽之才亦自可喜"⑤。姚鼐认为"四六不害为文字之美"⑥，他欣赏那种通乎古法的骈文。陈用光《惜抱轩尺牍序》云："用光尝问其体于先生，先生曰：'是虽不足言文，然必取材于《昭明文选》及东晋人诸帖，则其词雅顺矣。'"⑦姚鼐看重"义理"，方宗诚《刘孟涂先生墓表》云："姚先生之门，攻诗古文者数十人，君与吾从兄植之先生、上元管异之、梅伯言名尤重，时人并称方、刘、梅、管云。乾嘉间，治经学者以博综为宗，抵毁先儒，姚先生力障狂澜，戒学徒不得濡其习"，但姚鼐又提出"神理气味格律声色"的审美要求，"神理气味"主要是对文章内容与精神的要求，"格律声色"主要是对文章修辞与形式的要求，强调内容与形式两者不可偏废，这种观点是比较全面中肯的。由于姚鼐本人见解较通达，又能根据具体情况修正自己的观点，所以门下弟子不守桐城家法者依然不乏其人，甚至走向桐城派的对立面，如李兆洛、刘开等即是显著的例子。

---

① 姚鼐《惜抱轩文集后集》卷三《复钦君善书》。
② 姚鼐《与陈硕士书》，《惜抱轩尺牍》卷五。
③ 方苞《答申谦居书》说"盖古文之传……而诗赋为人称者有矣"，见《望溪文集》卷六。
④ 姚鼐《袁随园君枚墓志铭》，见《惜抱轩诗文集》文集卷十三。
⑤ 《与陈硕士》，《惜抱轩尺牍》卷六。
⑥ 《与鲍双五》，《惜抱轩尺牍》卷四。
⑦ 刘声木《苌楚斋随笔》卷四"尺牍体裁"。

陈用光是姚鼐的弟子①，少喜为文，由鲁士骥介绍师事姚鼐，又尝游于翁方纲之门。其自道所得云："力宗汉儒，不背程朱，覃溪师之家法也；研精考订，泽以文章，姬传师之家法也。吾于二师之说，无偏执焉。"②为学平亭汉宋，识解通达。又深病于汉学诸家有学无文，乃致力于文。陈用光《与管异之书》云"夫古文辞传之于世，必才与学兼备，而后能有成。才不可强而学则可勉致。然学有二：其存乎修辞者，异乎南北人之所学，为古文而得其途者知之矣。其存乎学而而铢积寸累以求义理，其所得又有浅深之分焉"（《太乙舟文集》卷五），强调学识的重要性。其治学方法上宗考据学，而在立身行事上效法宋儒。但他认为性理又应当在文章中求，"夫子之文章，子贡以为可得而闻，诚以性情之际，惟文为深。昧乎此，措之于事则为悖，形之于威仪则野，然则所谓性与天道者，要亦不外乎此"③，所重也还是在文章方面。陈用光评论杨芳灿："君诗出入于义山、昌谷而自成其体。又工骈俪文，尝语用光曰：'色不欲其耀，气不欲其纵。沈博奥衍，斯俪体之能事也。'"④ 对于骈文的要求是沈博而有章法，不要过分追求辞藻华美。陈用光之文颇能修整，加上其人为循吏，有事功，文章亦自可传。

管同从姚鼐游最早，其说经大旨，不分汉宋，唯从其是。好经疑古，有独断之见。为文主"养气"，重个人修养，崇奉阳刚之美，能光大师说，惜其中寿，未能竟其才。他总体来说，对骈文持排斥态度，梅曾亮《管异之文集书后》云：

> 曾亮少好为骈体文，异之曰："人有喜怒哀乐者，面也，今以玉冠之，虽美，失其面矣，此骈体之病也。"余曰："诚有是。然如《哀江南赋》《报杨遵彦书》其意不快耶，而薄之也。"异之曰："彼其意固有限，使有孟、荀、庄周、司马迁之意，来如云兴，聚如车屯，则虽百徐、庾之词，不足以尽其意。"

---

① 陈用光（1768—1835）字硕士，号石士、瘦士，江西新城人。嘉庆六年进士，改庶吉士，授编修，累官礼部侍郎。著有《太乙舟文集》。
② 见祁隽藻所撰《太乙舟文集》序。
③ 陈用光《上钱辛楣书》。
④ 陈用光《太乙舟文集》。

这段话研治清代文学史的人都比较熟悉，也代表了桐城派正统文人的意见。但这话本身存在逻辑上的矛盾，钱锺书、吴兴华对此都有比较精当的意见①。骈文本来是语言的艺术，它的表现力并非如人身上之饰品，是外在的、附加的东西。管同注意到了骈散文形态、气质上的不同，认为"是故科举之文，凡物之形也；骈丽之文，佳物之形也；司马迁、韩愈之文，异物之形也"②，明说骈文是美文，为"佳物之形"，只是华而不实，不能表达他们的"道"，不能阐发他们的"义理"，所以要排斥。

刘开年十四投书姚鼐，鼐许以古文名家，因师事姚鼐，但他"实不能尽守师法"③，所以能独出心裁，见解超越侪辈。刘开的骈文观点主要见于《书〈文心雕龙〉后》和《与王子卿太守论骈体书》中。他注意到了骈、散文功用上的不同，认为"一以理为宗，一以辞为主"④，散文"达于道者，或义肥而词瘠"，骈文"丰于文者，或言泽而理枯"⑤，两者各有偏至。并且对于当时宗派门户之见提出批评："宗散者鄙俪词为俳优，宗骈者以单行为薄弱，是犹恩甲而仇乙，是夏而非冬也"。又云"夫骈散之分，非理有参差，实言殊浓淡，或为绘绣之饰，或为布帛之温，究其要归，终无异致"，认为文章的实用价值与美学价值同样重要，不同风貌的作品都有存在的理由和价值。骈散二体有冲突，但也有调和的可能，他说："夫理未尝不藉乎辞，辞亦未尝外乎理"，"故骈之与散并派而争流，殊途而合辙，千枝竞秀，乃独木之荣，九子异形，本一龙之声，故骈中无散则气壅而难疏，散中无骈则辞孤而易瘠，两者但可相成，不可偏废"。又云"以骈俪之言而有驰骤之势，飞动之彩，极瑰玮之观"⑥，骈散虽分二体，而单复可以相济，如能以散行之气运骈偶之文，能得流转之美和飞动之势。而古文中夹杂偶句，整散兼行，错落有致，有枝叶扶疏之美。

上面列举了乾嘉时期桐城派理论家对于骈文的主要观点。前期桐城派文家在整体上对于骈文持轻视的观点，虽然在对于具体骈文作家的评判上也有

---

① 可参见钱锺书《管锥编》第四册《全陈文》，吴兴华《读〈国朝常州骈体文录〉》。
② 管同《因寄轩文集》卷四《赠汪平甫序》。
③ 刘声木《桐城文学渊源考》卷五。
④ 刘开《与王子卿太守论骈体书》。
⑤ 刘开《书〈文心雕龙〉后》。
⑥ 刘开《与王子卿太守论骈体书》。

会心之论。后期意见差别尤大,一者排斥骈文,目骈偶为俳优,管同、方东树可作为代表;一者主张骈散并尊,骈散合一,且对于当时门户之见深加摈弃,以刘开为代表。

(二) 阳湖派的骈文观

阳湖派的开创者为张惠言与恽敬,继起者有陆继辂、李兆洛、董士锡、周济、吴育、张成孙、蒋彤等人。恽敬在骈文理论方面可述者甚少,张惠言在辞赋理论上则表述过自己的见解,通过《七十家赋选序》可看出他在辞赋方面崇尚古赋而斥律赋的观点,在骈文取法上则不依循宋四六之轨范,而上溯秦汉。阳湖派中真正对骈文理论有建树者是稍后的李兆洛、陆继辂、董士锡等人,其中李兆洛贡献尤大,对嘉道之际的骈文创作产生了很大影响。

董士锡和陆继辂两人的骈文观点比较接近,都认为骈文为文章发展的一个过程,所以不可偏废。董士锡《亦有生斋文集叙》云①:

> 古之立言者皆成至文,《尚书》记言,《春秋》记事,其体有二。三代以下,文有消长,而二体不易。虽屈原、宋玉、司马相如,其原出于六诗,其后且别为骈俪之体。要其归,则亦左右史之志也。

从这里我们得到一个有益的启示,凡为文要确有心得,而不必拘于骈偶之分,且骈俪是诗的流变,是文学发展的必然过程。陆继辂对于《文选》深有研究,对于六朝文学也能持欣赏的态度,认为四六文是抒情写意的工具,对古文家鄙薄四六深为不满,其《与赵青州书》云②:

> 夫文者,说经、明道、抒写性情之具也,特文不工则三者皆无所附丽,故札记出而说经之文亡,语录出而明道之文亡。何者?言之无文,则趋之者易也。既已言之而文矣,江、鲍、徐、庾、韩、柳、欧阳、苏、曾,何必有所偏废乎?治古文者往往薄四六为不屑为,甚者斥为俳优侏儒之技,入主出奴之见,亦犹考据、词章两家隐然如敌国,甚可笑也。

---

① 董士锡《齐物论斋文集》卷二。
② 陆继辂《崇百药斋文集》卷十四。

陆继辂认为六朝文学和唐宋古文都是"言之有文者",而且文章之功用在于说经、明道、抒写性情,这就非桐城派古文家所能道,亦是深造有得之言。同时对于当时古文家和骈文家交恶深致不满,认为"可笑",可惜才秀人微,因而影响不大。

李兆洛为嘉庆时期颇有影响力的骈文作家和理论家,他少从卢文弨读书于龙城书院,颇究心于考据训诂,其后泛览群籍,与当时标榜汉学者异趣。魏源对他推崇备至,说"其学大成,兼有同辈之长"①。但其《养一斋文集》卷十三有姚范、姚鼐两先生传,其对姚鼐十分钦慕,则是因为姚鼐特立而不媚俗,非学相类似。以此可见李兆洛摒弃门户之见,矫矫自立。李兆洛论文取径汉魏,以复古人骈散不分之面目,与当时桐城派判然分途。故所辑《骈体文钞》,志在打通骈散界限,与《古文辞类纂》相抗衡②。

从上面所列阳湖派诸家观点来看,阳湖派诸家的骈文观给人的一个整体印象是持论比较通达,几乎没有门户之间,而且取径比较广阔,门庭轩敞。这也许是这个文派创作上成功的一个重要原因。

二、桐城派、阳湖派古文家骈文观的差异

上面主要介绍了桐城派、阳湖派主要作家的骈文观,有几点值得注意:

桐城派和阳湖派虽然都是以古文名家,但对"程朱理学"的态度很有不同。桐城派的理论所言"义法""义理",都是属于程朱理学的范畴,是官方政治哲学在文学领域内的具体体现。因而桐城古文从本质意义上来说是"载道"的文学,以"阐道翼教"为职志。他们俨然以卫道士自居,志在转移一代风气。而阳湖派文家虽然也以古文为祈向,但是他们似乎对于程朱理学缺少兴趣和热情,所以也就少有道学气。他们以经术缘饰吏治,能够身体力行,做官则为循吏,为学则不主故常,不规规于矩矱。所以,桐城派虽也对单个作家的骈文作品表示欣赏,总体来说对骈文持否定态度;阳湖派则不同,认

---

① 见魏源所撰李兆洛传,见《古微堂外集》卷四。
② 说李兆洛《骈体文钞》是与姚鼐《古文辞类纂》分庭抗礼,张舜徽、钱仲联均持此说,分别见张《清人文集别录》,钱仲联《清人文论十评》中指出"李兆洛选《骈体文钞》,目的显然是在于取桐城派的《古文辞类纂》而代之"。

为古文、骈文不可偏废，力图打破骈散的严格界限，写出不拘一格的文章。

虽然同被称为文学流派，但二者的宗派意识有强弱的不同。阳湖派诸家宗派意识淡泊，取径诸子，泛滥百家之言，门庭轩敞。他们以学术文章、道义相切磋，同声相应，浸染而成风气，因而能在学术观点上摒弃门户之见，深造自得。桐城派诸家则取径狭小，成见太深，至于末流则依附攀援，启口舌之争。

另外，阳湖文派古文是从骈俪入手的，因而其言古文不薄六朝，与桐城古文自是不同。而桐城派卑视六朝，所以对于六朝文极力抵制，姚鼐编选《古文辞类纂》选录从战国到清代的文章，摒弃六朝，就清楚地显示出这一点①。桐城派主张学古文从唐宋八大家入手，八大家中，韩愈的文章尤其受重视，选了134篇，几乎占到总数的五分之一。至于李兆洛选《骈体文钞》，倡"骈散合一"之说，也就顺理成章了。

第二节　桐城派、阳湖派骈文创作及其特点

一、桐城派骈文创作

在许多人的意识中，骈文侧重于形式技巧方面，与"载道"的古文存在不可调和的矛盾。但事实上，乾嘉时期桐城派古文家中不乏骈文家，也有一些骈文佳作。桐城派不废骈偶，我想大致有以下四点理由。

一是先秦两汉以前作品无分骈散，桐城派古文虽以唐宋八家为门径，但最高的偶像是六经，六经之文文成法立，长短高下，疾徐轻重，出以自然，骈散浑成，这也是以阮元为首的仪征派攻击桐城派的锐器②。桐城派中有识之士自然会从唐宋八家而上溯汉魏六朝，在创作实践中不废骈偶，从骈文中吸取技巧，丰富古文写作技巧③。

二是桐城派古文与时文关系密切，方苞本人为时文名家，时文骈偶的成

---

① 姚鼐《古文辞类纂》于三国取两人，晋五人，宋一人，为数极少。
② 比如方苞就明确表示喜欢司马迁之文而不喜班固之文。
③ 比如郦薄骈文的管同文集中不缺少骈偶文字，见《因寄轩文初集》，道光十三年癸巳刊本。

分很浓，很容易使人从六朝的文学吸取技巧和经验。另外，在心理上，美的文学作品容易引起人们的认同和共鸣。尽管方苞曾说"古文中不可入语录中语，魏晋六朝人藻丽俳语，汉赋中板重字法，诗歌中隽语，南北史佻巧语"①，对于语言提出了一整套清规戒律，而且为文要"阐道翼教"，为政治和礼教服务。但方苞本人擅长抒情小赋，艺术技巧也相当高超。如《方苞集》卷十七《亡妻蔡氏哀辞》写得情真意切；《七夕赋》也深得六朝神髓，在清代辞赋中罕有其匹。这与方苞深于骚体，浸淫于情感的艺术体验有关。这说明方苞虽反对藻饰和俗语，但并不绝对排斥骈偶，而且他本身也做不到。日本学者佐藤一郎说"清代桐城派始祖方苞，以古文义法来摒除修饰而崇尚质实文章，但分析一下他的作品，仍然可以看到他学习过骈文的痕迹很明显"②，这话是很有见地的。姚鼐虽然与乾嘉学派学者和骈文家交恶，但其集中也有散中带骈的文字，如《祭朱竹君学士文》：

　　呜呼！海内万士，于中有君。其气超然，不可辈群。余始畏焉，曰师非友。辱君下交，以为吾偶。自处京师，君日从语；执拒相诤，卒承谐许。或岁或月，以事间之，清辞酒态，靡不可思。余与君诀，乙未之春；有言握手，期我古人。

　　君之属文，如江河汇，不择所流，荡无外内。焱怒涛惊，复于恬靡。小沚澄潭，亦可以喜。世皆知君，文士之硕；莫见君心，坚如金石。不可势趋，不可利眯。吃口涩辞，遇义大启。呜呼今日，士气之衰，天留一人，庶足振之。

　　七年江滨，日思面君，已矣及今，终不可见！呜呼，尚飨！

文章风神散朗，颇有六朝抒情骈文神韵。

三是桐城派作家写了大量的应用性文字，尤以碑志、传状为多，这些文章都可以用骈文来写作。从题材内容上来看，散体和骈体没有天然畛域。

---

① 沈廷芳《方望溪先生书后》，《碑传集》卷二十五。
② 佐藤一郎：《中国文章论》第一章"总论"，上海古籍出版社1996年版。

四是桐城派作家人员复杂，艺术旨趣不一①，随着风气的转移和递嬗，特别是嘉道之际骈散不分理论论争的影响，许多古文家都不再囿于桐城派"义法"的樊篱，而思有以立异。况且乾嘉时期，骈文创作已成气候，名家辈出，甚至风头盖过桐城古文，而且袁枚等不立宗派的古文家都骈散兼工，袁枚骈文受到大众的欢迎和选家的重视，吴鼒《八家四六文钞》选入袁枚，而且数量较多，就充分说明了这一点。另外，姚鼐论文在"义理"之外加了"考据"和"辞章"两大门类，而"辞章"对于骈文的发展是十分有利的，这也就不奇怪姚鼐弟子中刘开、梅曾亮、方东树都同时是骈文作家，其中刘开成就较大，理论和创作都有不俗的表现，而倡"骈散合一"的李兆洛也与姚鼐存在渊源关系。

再来谈谈桐城派古文家的骈文创作情况。

表 13　乾嘉时期桐城古文派骈文作家简表

作家	籍贯	古文授受关系	主要著作	主要资料来源
孙原湘	江苏昭文	私淑归有光	《天真阁集》	《续碑传集》《国朝尚友录》
秦瀛	江苏无锡人	与姚鼐交厚	《小岘山人集》	《碑传集》《湖海诗传》
徐熊飞	浙江武康	师事秦瀛	《白鹄山房集》	《白鹄山房集》《群雅集》
刘开	安徽桐城	师事姚鼐	《孟涂骈体文》	《茞楚斋随笔》、桐城耆旧传》《惜抱轩尺牍》
管同	江苏上元	师事姚鼐	因寄轩文集	《清史列传》卷 73
张聪咸	安徽桐城	师事姚鼐	《傅岩诗集》	《桐城耆旧传》《桐城文征》
郭麐	江苏吴江	师事姚鼐	《灵芬馆全集》	《灵芬馆诗话》《湖海诗传》

现将表 13 主要作家及其骈文创作情况介绍如下：

秦瀛（1743—1821）字凌沧，号小岘，江苏无锡人。乾隆三十九年举人。官至刑部右侍郎。瀛少负异才，操笔立就，承秦松龄苍岘家学，故以小岘自号，且名其集。工文章，与姚鼐相推重，又与鲁九皋、陈用光、王芑孙等交甚密。其弟子乌程凌鸣喈说其"先生诗始宗盛唐，继泛滥于苏陆诸家，浑浑

---

① 桐城派的刘大櫆属于"稍有思想"（刘师培《论文杂记》）的人，亦即其思想与正统派有区别，加上他以"神气"论文，所以注重音节的锤炼和句式的讲求，文章中不避骈偶。

浩浩，无所不有。而要归于性情敦厚，风格高迥。其文出入韩、欧，大约于震川为近，而义法简严，则得之望溪方氏先生，研究经史，学术既正，而又仕宦数十年，多历事变，举凡立身行已之方，谋国治民之术，俱见之于其文……"（见文集卷首），亦属智言。秦瀛主持东南坛坫亦久，影响较大。秦瀛学宗朱熹，文尚震川，其文醇雅冲澹，一洗涂泽藻缋之习，简洁可诵。集中文字不避骈散，相题而为，绝去雕饰，极少用典，醇和冲澹。《张皋文文集序》云"文章之士，多浮华不根，故其为言也，亦泛滥而寡当。其真能立言者则不然，盖言有其所以立。惟不苟于人者，斯毋苟于言，是其人必服习仁义，涵咏道德，志足以兴事，学足以致务，而后施之于言，斟酌而有条理，剀切而有根柢，非徒华其义漫其辞而已"①，亦为有得之言。《复社姓氏录序》表彰复社正人君子，丑诋附会迎合之党徒陈名夏、龚鼎孳，亦为有物之言。《与弟小泗书》谈及基层官吏为政之道，语重心长，非精于世故者不能道，而关注下层民众疾苦，值得称道。《揖峰亭图记》写景抒情，叙次有法，骈散结合，风神逸韵，亦具精采。文集中《祭朱恭人文》（《小岘山人诗文集》文集卷六）写得深情绵邈，回环往复，曲折动人，录之如下：

呜呼！吾与恭人为夫妇者，三十有五年。方恭人之生，不知恭人之贤也，迨其既没，念恭人之生平，而不觉余泪之潸然也。曩余少时，居贱食贫，惟恭人实共其颠连也。洎为京朝官，仆仆奔走，碌碌米薪，惟恭人之屏挡，而使余忘薄宦之艰难也。先人见背，以窆以窆；儿女林立，以嫁以婚，计此三十五年之中，恭人之敝精耗神，以佐余者，殆余觏缕述之而不能殚也。犹忆酒半，哑哑笑言，谓人莫不有死，而余两人者不知谁为后先。余语恭人：吾发早白，而君鬒犹元，宜君之后死。而恭人曰：吾虽两鬓之未丝，实外腴而中干。夫孰意斯言犹在，而恭人果先我而九原。吾之历世，不知尚历几稔，而恭人之与余长别者，已再见之无期。缘恭人甫病，谓患在肝，意三四月即可瘥，奈何一诀，意不复还，仓皇执手，痛矣云何？乌摩！恭人没逾月矣，平生恩义，莫酬一矣。梦魂荒忽，不我即矣。夜雨孤灯，墨如漆矣，徬徨不寐，我心恻矣，乌摩！

---

① 秦瀛《小岘山人诗文集》。

文章不假修饰，如说家常语，骈散相间，几百字的文章，周旋揖让，而情真意切，可触可感，在清代情感类文章中，亦为孤秀特出。

徐熊飞（1762—1835）字子宣，号雪庐，别号白鹄山人，浙江武康人。为秦瀛弟子。嘉庆九年举人，署翰林院典籍衔。著有《白鹄山房骈体文钞》。阮元聘为诂经精舍讲席，中岁与杨芳灿、王豫等诗酒唱和。能诗文及骈体文。王昶称其骈文"一以初唐为宗"，阮元称其"骈体文得齐梁、初唐之遗"①，其《答潘春泉书》云"历观古人撰述，才力不足恃，源流不可不穷；词华不足恃，义法不可不备。盖源流清则持之有本，不见异思迁，义法备则无凌杂泛骛之患，由是勉焉"②，亦可见其旨趣，但强调读书贵有所得，以诚为文，则属知言。

管同（1780—?）字异之，江苏上元（今南京）人。道光五年举人，年甫壮年而卒。著有《因寄轩文集》。《因寄轩文初集》卷十《台城赋》及《吊邹阳赋》吊古伤今，感怀身世，骚体赋《吊汪君文》情词真挚，委曲动人。《吊邹阳赋》③借古喻今，表达了对于社会黑暗的不满，录一则如下：

> 乌呼！天失其情，人违其度，阘茸者亲，环琦者恶。纫佩碱砆，弃捐宝璐。萧艾为香，孰熏蘅杜。坛堂燕飞，鸾皇在笯。骥伏于槽，罢牛驾辂。故以贤则头虽白而如新，以佞则盖方倾而如故。举前世而皆然兮，何夫子至今而始悟。

管同本人在桐城派文人中颇有思想，而且亦有经世才能，观此亦可见其不为空文。

张聪咸（1783—1814）字阮林，一字小阮，号傅岩，安徽桐城人。嘉庆十五年举人，官八旗教习。著有《傅岩诗集》《经史质疑录》。张聪咸与同邑姚莹、刘开交最密。莹称其未冠能文，有才气，好为骈俪之体，睥睨侪辈，后乃悔其少作，博及群书，以著作自任。《经史质疑录》为其与郝懿行、段玉

---

① 阮元《研经室三集》卷五《徐雪庐白鹄山房集序》，见《研经室集》，第689页。
② 见《清文汇》乙集卷四十三，见《清文汇》，北京出版社影印本，第2023页。
③ 管同《因寄轩文初集》卷十。

裁、顾广圻、姚鼐、阮元诸家论学之书，可觇其学之原，不徒以文词自现者①。

刘开（1784—1824）字东明，又字开来，号孟涂，安徽桐城人，诸生。家贫，刻苦自励。师事姚鼐而不守桐城家法，刘开文章气健，方宗诚谓其"所为诗文，天才闳肆，光气煜爚，能畅达其心之所欲言"（《刘孟涂先生墓表》），张舜徽谓其"开为文气积势盛，纵横排宕，在姚门诸子中，最为雄健矣。所为骈体文，亦沉博绝丽，自成一体"。其骈文名作有《与王子卿太守论骈体书》《游石钟山记》《枞江游记》《云都行记》《张阮林孝廉诔》。这里选取《游石钟山记》，以见旨趣：

余既泛舟皖阳，度江以南；风不饱帆，浪初没桨。大雷右峙，小孤前立。长天四清，空江一碧，水行逾百，路宿及旬。至彭蠡之口，石钟之山。舟人维缆，余心契焉。远慕郦元之纪胜，近感子瞻之夜游。俯清潭而下澄，仰丹崖而上耸。

于是，假彼名山，豁我愁抱；草笠加首，萝衣在身。率岸以行，抵山之麓。空岩纳日，峭壁截云。山势凌波，水声入隙；益以风力，荡为钟音。托实于虚，出洪于细。以今所历，不异旧闻。其前则洪流激荡，扼江与湖；其后则层翠曼延，连冈及岭。陟其颠则巨体四裂，若断若连；穷其底则曲洞中通，半水半地。诡谲异态，班剥旧形；石空见心，山瘦出骨。龙鳞刻划，虎状崚嶒。天入阴迷，境逼危竦；碧华犹湿，绀色长寒；通八面之灵烟，郁众窍之奇气。每至阳精匿采，远峰敛形；暝色近人，丛林息籁。朗月初上，微风乍兴。时有异声，发于中夜；天乐独奏，遥和无人；微闻石间，自为响应。荡水云之旧滞，流天壤之元音。诚辽阔之极观，仙真之秘藏也！

余乘兴探奇，薄言就道。谨书其概，以质山灵。至于尽石室之幽深，增古人之故实；愿期异日，不食斯言。

此篇文字清丽可喜，描写细致。述壮观则"空岩纳日，峭壁截云。山势

---

① 参见张舜徽《清人文集别录》卷十五，中华书局版，第415页。

凌波，水声人隙；益以风力，荡为钟音"；言凄迷则"天入阴迷，境逼危竦；碧华犹湿，绀色长寒"。而即兴抒怀，语见真际："托实于虚，出洪于细，以今所历，不异旧闻"。全篇布局紧凑而意绪萦怀，深得柳宗元山水游记之神韵。刘声木谓刘开之文"客气浮词，嚣张太甚，近于夸诞，绝无桐城家法"（《苌楚斋续笔》卷九"论刘开等文"），未免囿于成见，刻诮太深。

郭麐（1767—1831）字祥伯，号频伽，江苏吴县人。年十六补诸生，困顿场屋，三十岁以后绝意仕进，专力于古文词，于诗词尤纵才力。性豪爽，尤好酒，以文采照耀江淮间，师事姚鼐，所为古文，雅洁有法。著有《灵芬馆全集》。郭麐工骈体文，《国朝骈体正宗》选其《查伯葵诗序》，朱启勋《骈体文林初目》选其《查伯葵诗序》《唐文粹补遗序》《萝庄图记》《樗园竹记》《四贤像赞》《新修严先生祠碑铭》等文八篇，《查伯葵诗序》"朴讷而有奇崛气，真可自成一子"，为其骈文代表作。

桐城诸家之文有如下特点。一是以古文笔法入骈文，骈散结合，或者以单行之气运骈偶之文，句法灵动。曾国藩云："六朝俪偶文中，有能运单行之气，挟傲岸之情者，便与汉京不甚相远。"① 其实这也正是桐城派骈文的艺术特色。二是其骈文辞藻与散文相比，略显华美，但能不伤于华靡。三是少用典或者用典能融会贯通。四是文章能够剪裁得体，铺排得当，注意首尾呼应，少芜累之弊。五是注意骈散分体，记述性的文字用散体，而抒情性质的文章用骈体，能够注意到骈散文气质和美学体貌上的不同。当然，下者则不免伤于浮靡，伤其真美。六是创作上桐城派骈文作家依然以抒写情感、描摹景物见长，而不涉及空洞的道德说教和议论。

二、阳湖派骈文创作

阳湖派作家大多是从骈俪、辞赋着手，或者说他们是先主要写作辞赋，以后才改习古文的。张惠言读过《文选》（见其《文稿自序》），恽敬见其骈体文叹为观止："（张惠言）始攻骈体文，同郡恽敬见而叹曰：自相如、枚乘殁后二千年无此作矣。"② 恽敬也曾学过六朝文及汉魏辞赋。陆继辂与董士锡

---

① 见其为其子曾纪泽《拟陈伯之答邱迟书》后批语。
② 吴德旋《张皋文先生述》，《初月楼文钞》卷八。

都认为六朝骈俪之文是古今文学发展中的一个过程:"江、鲍、庾、徐、韩、柳、欧、曾,何必偏有所废乎?"①

阳湖派作家从事骈文创作状况,现列简表如下:

表14　阳湖派作家从事骈文创作情况简表

作家姓名	师友渊源	主要著作	主要资料来源
张惠言	与王灼友善	《茗柯文》《七十家赋钞》	《清史列传》《国朝汉学师承记》
恽敬	与王灼友善	《大云山房文稿》	《碑传集》《武进阳湖合志》
张琦	师事张惠言	《宛邻文》	《武进阳湖合志》《续碑传集》
董士锡	师事张惠言、张琦	《齐物论斋文集》	《国朝汉学师承记》《国朝尚友录》
陆继辂	与恽敬、张惠言为同年友	《崇百药斋集》	《武进阳湖合志》《碑传集》
金式玉	师事张惠言	《竹邻遗稿》	《歙县志》《竹邻遗稿》
吴育	与董士锡友善	《私艾斋文集》	《私艾斋文集》《吴江县续志》
张成孙	张惠言子	《端虚勉一居遗文》	《武进阳湖合志》《养一斋诗文集》
陆耀遹	师事恽敬、张惠言	《双白燕堂文集》	《武进阳湖合志》《艺楚斋随笔》
承培元	师事李兆洛	《斠淑斋稿》	《桐城文学渊源考》
夏炘如	师事李兆洛	《鞠录斋稿》	《桐城文学渊源考》
董祐诚	师事陆耀遹	《董方立遗书》	《国朝耆献类征》《双白燕堂诗文集》
董基诚	与董祐诚兄弟切磋	《栘华馆骈体文》	《清史列传》卷七三
李兆洛	尝师事姚鼐	《养一斋诗文集》	《碑传集》《畴人传》

---

①　陆继辂《与赵青州书》,见《崇百药斋文集》卷十四。

下面分述其中主要作家的骈文创作概况①。

张惠言（1761—1802）字皋文，江苏武进人。嘉庆四年进士，改庶吉士，授翰林院编修。著有《茗柯文编》《茗柯词》。又辑有《七十家赋钞》。张惠言《易》主虞翻，言《礼》主郑康成。少为辞赋，效法司马相如、扬雄，有《黄山赋》，为当时所传诵。壮为古文，取法韩愈、欧阳修。张惠言对于现实问题比较关注，文章具有经世色彩，比如《书山东河工事》（张惠言《茗柯文补编外编》），用黑色幽默式的笔调揭露官场的黑暗和腐败。由张惠言之学观之，其所取泛博，似乎对于方、姚之专宗程朱为清疏一路异趣，而变以雄浑厚大。张惠言骈文名作有《七十家赋钞序》《邓石如篆势》《朱文翰仓部集序》《经畹诗丛序》《箸簪录序》《仪郑堂文后序》《先妣事略》《先府君行实》。其骈文选入《国朝常州骈体文录》者有《游黄山赋并叙》《黄山赋并叙》《邓石如篆势》《词选叙》《祭金先生文》等12篇，《骈文类纂》选其《黄山赋》《邓石如篆势》两篇，都是看重张惠言赋作之成就。张惠言在文学理论上颇有建树，词学造诣尤深。其《七十家赋钞》与李兆洛《骈体文钞》、王闿运《八代诗选》三书各明一体，可骖乘而三。

张琦（1764—1833）初名翊，字翰风，号宛邻。著有《宛邻文集》。嘉庆十八年举人，以誊录议叙知县，有治绩。翰风于地理、兵家、医药均有述造。对于为文也有很好的意见，认为文章随着时代的迁移而呈现不同风貌，文章有法，即体格、章句，这是文章之"粗迹"；而文章之精则指文章的内容，有所感有所郁积而发为文章，是文章之"精者"，又主张精、粗不可偏废，内容与形式相互依存，最为卓识②。本人立言谨饬，诗文稍不当意者，则弃之，律己也严，故今存文不足百篇。其古文自曾巩入，上溯班固，渊懿凝重，仅次于其兄惠言。集中骈体文字不多，《国朝常州骈体文录》选其《古诗录叙》《素灵微蕴叙》《十二艳品叙》三篇，但都可诵。

张成孙（1789—？）字彦惟，张惠言子，监生。著有《端虚勉一居文集》。成孙精于文字声韵之学，兼通天算、舆地，然不尚墨守，不立门户，对

---

① 阳湖派的重要骈文作家董祐诚、董基诚兄弟因为在本文第三章《乾嘉骈文作家群体》中进行了介绍，这里不再重复。而李兆洛在第二章《乾嘉骈文作家源流论》中已做介绍，这里也不再单独列出。

② 见张琦《宛邻文稿》卷二《答赵乾甫书》。

于汉宋均有批判。又与阳湖诸子交往，与董祐诚、方履篯等尤邃密。祐诚殁，为校勘其遗书（见《董方立遗书叙》）；履篯故，为撰《方彦闻传》。成孙工骈体文，屠寄《国朝常州骈体文录》选其赋、颂、赞、叙、书等骈体文字十一篇。成孙善于言情，集中骈体文字以抒情为主，《秋阴赋》《萍聚词叙》《答董方立书》为集中佳作。《答董方立书》与友朋叙述心情，清丽可喜，颇有魏晋山水文字之妙，录一段如下：

> 江南三月，春融草长，落英浮岸，□□夹堤，鱼伏波而不游，花迎人而若笑。乃有豪士呼酒，雅客抡弦，曼歌一阕，鸟为之翔；急管一声，云为之裂。山有焕绮之色，水聚纡锦之奇。某亦被袷曳带，容与其间。至于白日西堕，金波东涌，傲咏长啸，游者卒愕，当此之时，乐奚可言？既乃翩然返驾，触我离绪。爰就所历，缀为赋词。

金式玉（1775—1802）字朗甫，安徽歙县人，嘉庆五年举人，次年成进士，改庶吉士，旋卒。著有《竹邻遗稿》。式玉师事张惠言，工骈体文。选入曾燠《国朝骈体正宗》之《张皋闻词选后序》为其代表作，文章衍张惠言词学绪论，推尊词之地位，认为为词之蔽有三，曰"淫词""鄙词""游词"，亦为有得之言。

恽敬（1757—1817）字子居，号简堂，江苏武进人。乾隆五十八年举人，嘉庆二十六年成进士，做过几任县令。著有《大云山房文集》。张惠言死后，恽敬始以古文自任。恽敬为学不主故常，出入汉宋，于阴阳、明、法、儒、墨、道德之书，无所不读，兼通禅理，而杂于佛氏。其古文得力于韩非、李斯者居多，近法家言。而恽敬自己则谓自己文从司马迁演化而来。恽敬拈出"意""理"二字，有意识地把读书与创作的契合点确定下来，他赞赏"读书条解肢劈，凿虚蹑空，旁抉曲导，必窥义理之所在"的方法。以碑志诸作见长，峻洁精严，自成一格。游记作品有《游庐山记》。对恽敬文，张维屏评价甚高："故就诸家而论，愚以为文气之奇推魏叔子，文体之正当推方望溪，而介乎奇正之间则恽子居也。"① 俨然是以恽敬与魏禧、方苞分庭抗礼。其骈文

---

① 《国朝耆献类徵初编》卷二四二。

作品不多，以书札、碑记、哀诔之文为主，抒情写意，《国朝骈体文录》选其《答董牧唐》《祭张皋文文》两篇。其《祭张皋文文》深情绵邈，叙及交情，恳挚周切，足以动人心扉。选录一段如下：

予吏于浙，子忧去官，视予富渚，开余以宽。绵绵疾疢，言与死邻，子没为活，冀道之伸。予葬先子，子官于朝，白璧耀光，匪袭可韬。公卿侧席，首乎群髦。予亦来都，注官于曹。渝水官符，朝下夕赴。送予闑阖，顿轭而语，谁知死别，成此终古！赴来当食，投箸吐哺，无为为善，斯言太苦。吁嗟皋文！人孰不贵仁义？如子之勉焉勿弃，予知其难易。皑皑之白，勿拭则滓。吁嗟皋文！人孰不愿富贵？如子之俛焉勿及，予知其得失。滔滔之辙，勿诡则踬。吁嗟皋文！生不昏惰，死其有知，千里行匮，勿淹勿危。妻单子稚，内外谁支？念此零丁，恻怆肝脾！葬子崇冈，二甫能力；伐石之辞，惟予是职。尚飨！

恽敬文章风格以廉悍峻洁著称，而这篇祭文却写得深情绵丽，反复陈说，忆及朋旧笃厚之情，如在目前，亦可见情能移人。恽敬骈文名作还有《广州光孝寺碑》《戴公碑文》《潮州韩文公庙碑文》等。

周济（1781—1839）字保绪，一字介存，晚号止庵，江苏荆溪人。嘉庆十年进士，官淮安府学教授，著有《介存斋文稿》。周济自负经世之略，兼治兵家言，习击刺骑射，并广交江淮豪侠之士，生活豪奢放逸，年四十七始折节读书。周济是常州词派的重要代表人物，对于张惠言的词学理论有重要修正，提出"词非寄托不入，专寄托不出"，重视词的内容。对于文学也有很好的见解，强调有感而发，重视文章的情感表现，同时以学济文，都是不同流俗的。至于周济本人学问，则无可述，亦是学有偏至，不能病之。其骈文收入《国朝常州骈文文录》者有《傅玄傅咸列传论》《会稽列传论》《隐逸传论》《州郡表叙》《晋略叙目》等十篇，均有感而发，议论风生，其中《隐逸汇传论》《晋略叙目》尤踔厉不常。

董士锡（1782—1831）字晋卿，一字损甫，江苏武进人。副榜贡生，候选直隶州州判。著有《齐物论斋文集》。年十六，受业于舅氏张惠言，士锡承其指授，古文辞赋皆精妙。以家贫游幕四方，历主通州紫琅书院、扬州广陵书院、泰州书院讲席。士锡既精于虞氏《易》学，又殚心于阴阳五行之言者数十载，自谓所得甚深。所学驳杂，于经史乃不能专心力为之。论文主张气势与文采统于合乎性情，发挥易教精神，吸取骈文菁华，"情文相生，文采斐然"①。包世臣谓其"古文有家法，情深文明，取势琢词，密而不褊，委婉而远于姚冶。依八家成法，而健举能自拔"。是亦能自成体格者。《国朝常州骈体文录》选其文为赋、赞、叙录、诔、祭文等13篇。

陆继辂（1772—1834）字祁孙，一字修平，江苏阳湖人。嘉庆五年举人。官安徽合肥训导，颇有时誉。著有诗文集《崇百药斋文集》。与兄子陆耀遹并称"二陆"，继张惠言、恽敬之后，与董士锡同时并起，为阳湖派后期重要人物。尝选张惠言、恽敬、方苞、刘大櫆、姚鼐、朱仕琇、彭绩为《七家文钞》，以为桐城、阳湖之文皆导源于方氏，初无所谓宗派之说。而识议宏通，能根持论，与董士锡齐名而见解过之。文亦自具炉锤，集中文字以碑志、传状为多，为应俗之作。别有《合肥学舍札记》，能自道所得，语多精诣，可以觇其学养深厚。工骈散文，徐世昌称其"文承阳湖宗派，兼工骈俪，诗词婉笃深远，淡而弥永"（徐世昌《晚晴簃诗话》）。陆继辂骈文选入《国朝常州骈体文录》者有赋、叙、铭赞、哀诔之文9篇，多为酬应之篇，记述平生之谊，亦可补正史传。《郯城县续志叙》为集中有物之言，亦自可传。

陆耀遹（1771—1836）字劭文，小字阿劭，又号双百燕堂，陆继辂从子，江苏武进人。道光元年举孝廉方正，官淮安府学教谕。著有诗文集《双百燕堂文集》。师事张惠言、张琦，受古文法，诗亦酝酿深厚，能具性情。耀遹久居幕府，先后入陕西巡抚朱勋、陕甘总督那彦成幕府，赞画军机，深孚众赏。工骈文，尤长于尺牍，所撰书札，周挚恳切，虑事周详。亦工诗，李兆洛《双百燕堂诗集序》称"其性情宛挚缠绵，其学问沉博绝丽，其吐属和畅蕴藉。故见之篇章者，逸而近《风》，庄而近《雅》，其怊怅宛转，具有点染夷犹、吞吐绰约之美"。陆耀遹骈体文选入《国朝常州骈体文录》者6篇，多为幕府期间代撰之作。《祭刘芙初编修文》一往深情，如歌如泣，可征朋旧之情厚，如云"既畀君才，胡艰厥遇？选梦无灵，排阊谁溯？昔君南返，致养陔兰，风雨归舟，握手盘桓。信誓未终，言犹在耳，曾不逾时，遽传哀诔。君

---

① 见董士锡《亦有生斋文集叙》。

更忧患，婴疾已深，蚕枯作茧，草死抽心……"，缠绵悱恻，哀恸感人，为集中有数文字。

吴育（1780—?）字山子，先世吴江人，为吴兆骞后人，后迁常州阳湖。布衣，著有《私艾斋文集》。陈去病《五石脂》论常州文学，在论述恽敬、张惠言之后，接着说"同时常州名士之翘特者，有吴山子育亦长古文，通六书，尤善大小篆，颉颃石如、皋文之间，与李申耆善，常偕客寿州。著有《私艾斋文集》"。吴育在当时也很有文名，亦工骈体文，王晓堂《历下偶谈》云："武进吴山子育为经学前辈，专讲考据，兼工骈体及古文词赋，终身未入试场，以布衣肆其志。其及门弟子恒多科甲，殆古之学者欤？……"① 吴育与李兆洛、丁履恒、陆继辂、董士锡交最厚，深于小学训诂之学，尝谓为文之事有三"曰理、曰典、曰事，理足以究天人之际，典通古今之变，事周万物之情。三者备，而后可言文"②，是亦饱学之士，不仅为文人而已。张舜徽称"今观育所为文，有物有序，无浮乏之辞，无虚衍之气，与兆洛、继辂辈取径不同，而所造卓尔。集中有代兆洛执笔者多篇，知文辞之工，固见重于养一斋也"③。集中文字，论、说、书后、赠序、书札、序记、碑志、传诔各体皆工，而尤以传状、札记、游记出色，兴味洒然，情致委婉。《黄征君传》《邓生传》《仆射山樵传》写人物细节处刻画传神，阐幽表微，亦寄慨遥深。《游金粟泉记》《游侠山寺记》写景状物，清丽可感，山水清音，韵致天然。

上面我们分别介绍了阳湖派主要骈文作家及其作品，阳湖派骈文创作自有特点，具体说来，大概有以下几点：

1. 以学济文，这与阳湖派的学风和作家的组成很有关系。因为他们大部分都学有专长，文学创作上自然不为空言，"张惠言研精经传，其学从源而及流，子居泛滥百家之言，其学由博而返约，故二子之文，具有根柢，能够与姚鼐并辔而争趋"④。张惠言文章之特色在于"以经术为古文"（阮元《茗柯文编序》），恽敬评张惠言《易义别录序》曰："此文以五喻成章，于无可设色用意中为此，遂使叙经之文而兴味洒然"，也是看到了这一特点。并且恽敬

---

① 见钱仲联：《清诗纪事》第 13 册，江苏古籍出版社 1989 年版，第 9322 页。
② 吴育《私艾斋文集》卷一《书震川文录目录后》。
③ 张舜徽：《清人文集别录在》卷十二，中华书局 1963 年版。
④ 陆继辂《七家文钞序》。

对于学与文从理论上进行探讨，他曾提出这样一个发人深省的问题："学者少壮至老，贫贱至贵，渐渍于圣贤之精微，阐明儒先之疏证，而文集反日替者，何哉？"因而他大声疾呼"文集之衰，当起之以百家"①，所以恽敬为文从诸子百家入，尤其得力于法家为多，观察事物往往能洞中窾要，识解深透，如名作《三代因革论》能够发前人所未发，比如《三代因革论》卷八云：

> 彼诸儒博士者：过于尊圣贤，而疏于察凡庶；敢于从古昔，而怯于赴时势；笃于信专门，而薄于考通方，岂足以知圣人哉。是故为其说也：推一家而通，推之众家而不必通；推之一经而通，推之众经而不必通。且以一家一经亦有不必通者。至不必通而附会穿凿以求其通，则天下乱言也已！

此种文字以散行之气运对偶之文，而气势排奡，从秦火后典籍的残缺，揭破诸儒博士的迂腐可笑。所以学者不仅要专，还得注意博通；不仅要知旧典，而且要尚新知，所谓"气盛则言之短长与声之高下者皆宜"（韩愈《答李翊书》）。阳湖派其他文家也有同样的倾向，比如包世臣评论董士锡的文章"说经有家法，情深文明，取势琢词，密而不褊，委婉而远于姚冶。依八家法，而健举能自拔"②。

2. 经世济世色彩。我们知道《论语》分"德行""言语""政事""文学"四科，"言语"与"文学"均是实用之学，此二科影响文学，便产生了经世文学。从当时的实际情形来看，大多数的文学家，以做官为目的，为着应科举考试，所以先要熟悉儒家的经典，学习作策论和任官吏所必要的文章，以及诗赋之类。考试的科目，当然因时代而有变迁，但是大体是要求着像上面所说的伦理学、政治学与文学三方面的教养。所以多数的文学者，都经过这样的训练。虽功名不成而断送一生于诗文三昧者也不少，可是做了官而一面从事政务而一面留下伟丽的文学作品者也很多。在这样的氛围中，文学上有经世的习气，自是当然的。阳湖派作家崇尚事功，做官则为循吏，能够接触社会下层，能够关心民瘼和下层人民的苦难，比如恽敬做过浙赣等省县令，

---

① 恽敬《大云山房文稿二集叙录》。
② 见张惠言《茗柯文编》卷上，《续修四库全书》第1488册。

自具风操,清廉自守。他的《与庄大久》信中说:

> 敬鲍系江西,智竭于胥吏,力屈于奴客,谤腾于上官,怨起于巨室。所喜篱落耕氓,市墟贩竖,尚有善言。去秋东归,虽卧具未质,优于从前,然十月无袭,则与在都时平等矣。

恽敬清操自守,却不为上官所喜,又被士绅豪强所挟持,内心痛苦可想而知。陆继辂《与友人书》是为世所诵的名篇,他在心中规劝友人不要囿于不良风气,拣选肥缺,"向在京师,见牧令谒吏部出者,欣戚之意,判然见于眼色。叩其故,则曰:'某地官富,某地贫。'讼言而不讳。吏习如此,可为深叹",要勤于吏治,做亲民之官。事实上,阳湖派的恽敬、李兆洛、陆继辂等都能身体力行,能够切实为老百姓做一些实际性的工作,比如李兆洛为凤台知县,兴修水利、打击豪强,颇有治绩。他们反对有意为文,为文要求确有心得。而且他们看重事功,认为文章是余事,这一点对于龚、魏的影响很大,也是阳湖派值得称道的地方。另外,他们还注意吸取新鲜的东西,不墨守成规,比如李兆洛对于西方世界比较关心,这一点对于魏源影响很大。李兆洛《〈海国纪闻〉序》就表达出自己对于西方世界探究的兴趣①,"睁眼看世界",只可惜这种意识和精神在当时并没有引起反响,实在是一件令人遗憾的事。

3. 阳湖派骈文家因为在意骈散的区分,创作上形成独自的特色,他们既注意骈散分体,如恽敬、张惠言,辞赋、诔颂等一般用骈体,而记述文则用散体;又能骈散合一,骈中有散而不觉其散,散中有骈而不觉其骈,达到一种美妙的境地,最能体现此种特色者为李兆洛,其理论和实践上都是此种路数。其作品《姚石甫文集序》云:

> 夫古之学者,莫不有天下己任之量,所以副其量者,莫不有尧舜斯民之心,六艺之垂教,圣哲之著书,贤宰相百执事之抗奏特议,皆若是矣已。《诗》曰:"古训是式,威仪是力"。(《见《诗·大雅·烝民》》)

---

① 李兆洛《养一斋文集》卷二。

《易》曰："君子以言有物而行有恒。"（见《易·家人》）石甫亮悫，撄我心矣。至于咏歌性情之作，雕绘景物之篇，体兼质文，词必廉杰，不佹诡以害才，不傀丽以荡心，下视骈绩，犹莛楹也。加以少罹隐忧，长厄群忌，憔悴之音，托于环玦；悲愤之思，懰若风霜。诵者涕零，恻其幽眇；作者瞬息，归诸和平。斯尤合志骚人，上溯小雅者也。诗文初刻于闽中，去年来权敝邑，简书有暇，乃裒前后所作，损益次序，复刊于江阴。兆洛获与宾从，校第篇目，辄为条其指要云尔。

作者在介绍完姚莹主要著作之后，再来发表自己的看法，该骈则骈，该散则散，水流花谢，纯任自然，妙处自在心领神会中。当然，要真正通骈散之界，并非一件容易的事，李兆洛答汤子垕书中云"此事雅有实诣，非可貌袭：学不博，则不足以综藩变之理；词不备，则不足以达蕴结之情；思不极，则不足以振风云之气"，需要才、学、识的功夫，不是一蹴而就的。

4. 很少用典或者基本上不用典，对偶以长对为特色，如恽敬《上举主笠帆先生书》有"敬自能执笔之后，求之于马、郑而去其执，求之于程、朱而去其偏，求之于屈、宋而去其浮，求之于马、班而去其肆，求之于教乘而去其罔，求之于菌芝步引而去其诬，求之于大人先生而去其饰，求之于农圃市井而去其陋，求之于恢奇吊诡之技力而去其诈悍"，这种对偶句式以排比出之，在骈体中自为别调。主张"意内言外"之旨，词要有比兴，这也使得其文注重内在情感的抒发，在艺术方面追求典雅含蓄美，文章辞藻秀出，没有其他骈文家那种辞藻浓艳的特点。

5. 注重造语鲜炼和警句的妙用，比如张惠言"春葩怒抽，秋涛惊滂；巨刃施手，摩天可扬"（《茗柯文编·祭董浔洲文》），董基诚"南阳月旦，首数长明；琅邪文章，独归孝绰"，"山庭杨柳，无复夜飞之鸟；华表蒿莱，独下秋穹之鹤"（《书舅氏庄达甫先生春觉轩诗集后》），董祐诚"回风往日，将迷九地之魂；载酒焚香，讵敛浮生之恨"（《书春觉轩诗集后》），李兆洛"是犹不睹建章之千门万户，妄意蓬室为璇台；不闻钧天之洞心骇目，拊掌巴渝以轩舞也"（《皇朝文典序》）。这些秀句韵味悠长，涵蕴丰富，都是在炼字炼句方面相当成功的例子。

第七章

乾嘉骈文的艺术成就及其对小说、戏曲影响

清代骈文的题材与前代相比，其题材内容要广泛得多，举凡庙堂之制、指事述意之作、缘情托兴之篇，无不悉备。如军事战争题材，这在以前少见，而清代却甚夥，毛奇龄的《平滇颂纪昀的《平定两金川露布袁枚的《为尹太保贺伊里荡平表》等即是。如有关佛教题材的作品，王昶《春融堂集》中的《跋龙舒净土文跋华严楞严大崇仁寺五百罗汉记》诸篇可以说明。又如学术性文章，数量众多且不乏名篇佳制，象孔广森的《戴氏遗书序孙星衍的《关中金石记跋阮元《皇清经解序》等，叙述学术源流，阐幽表微，可诵可读。至于游记名作，更是数量多，包罗万象，令人目不暇接，流宕忘归。总而言之，清代骈文题材内容相当广阔，可谓集大成的时代，这一点学界大致赞同。

而关于清代骈文的艺术成就，则争论长久甚至较为激烈，乃至有两种截然不同的意见：一是全盘否定，这种观点以姜书阁为代表，认为骈文发展到清代成为一种僵固的格套，不复有所创新，同时对于清代学术促进骈文发展的说法持异议，认为"骈文之高低，初不以用典使事之多少与工拙而定"，抑且清人多读书，其成就并不表现于写作骈文,，而表现于训诂考据之学"① 多读书并不能造就一个骈文家。一是认为清代骈文有新变，有创造。刘麟生、钱钟书、钱仲联、王凯符、马积高等先生均持类似观点，只是具体评价上有高低之别。笔者认为清代骈文既然存在复兴迹象，影响面那么大，其艺术成就绝不是一笔可以抹杀的。这里以乾嘉时期骈文作为考察对象，试图从两个层面进行探究：一是从清代骈文艺术技巧方面的创新来谈；二是骈文对新文体小说戏曲的渗透方面来探索。

---

① 姜书阁：《骈文史论》，人民文学出版社1986年版，第529~530页。

第一节　乾嘉骈文的艺术创新

一、骈文题材扩大，种类有所创新

清代骈文的题材与前代相比，其题材内容要广泛得多，举凡庙堂之制、指事述意之作、缘情托兴之篇，无不悉备。如军事战争题材，在以前少见，而清代却甚夥，毛奇龄的《平滇颂》、纪昀的《平定两金川露布》、袁枚的《为尹太保贺伊里荡平表》等即是代表。如有关佛教题材的作品，王昶《春融堂集》中的《跋龙舒净土文》《跋华严楞严》《大崇仁寺五百罗汉记》诸篇即是例子。又如学术性文章，用骈文写成的也比比皆是，像孔广森的《戴氏遗书序》、孙星衍的《关中金石记跋》、阮元《皇清经解序》等，叙述学术源流，阐幽表微，可诵可读。至于游记作名，更是数量多，包罗万象，令人目不暇接，流宕忘归。总而言之，清代骈文题材内容相当广阔，可谓集大成的时代。

清代骈文家创作出一些新的骈文种类，具体说来，大概有以下三种类型。1. 诗话体、词话体骈文。如王昶《蒲褐山房诗话》"揽其（指郭麐）词旨，哀怨为宗；玩厥风华，清新是尚"，杨蓉裳序法式善诗云"桃花流水，灵源自通；桂树小山，清梦长往"（陆元鋐《青芙蓉阁诗话》），符葆森《国朝近雅集》引《石溪舫诗话》说王芑孙"落坚有芝，压纸有力，浮响肤词，划削殆尽，譬诸铁笛横秋，霜钟警夜，天高月白，木落江青。其境殊不易到"，这些以骈体文字写的评论，极具风韵。2. 笔记体、日记体骈文。骈体日记和学术笔记在清代相当盛行，乾嘉时期值得我们注意的是龚炜的《巢林笔谈》，不仅广泛记录了当时社会生活的各个方面，比如反映社情民意、风俗掌故、天灾人祸、官吏贪诈，更重要的是作者在作品中对于现实有批判和揭露。而清末谭献的《复堂日记》和李慈铭《越缦堂读书记》则为此类作品集大成之作。3. 集字集句体骈文。清代集句体骈文，大致有两类，一即杂集，是杂采多人诗文语句组合成文章，比如黄之隽《香屑集自序》、孙璧文《历代舆地险要图序》、张铎《赵年伯母汪太恭人八十寿言集〈文选〉句》；一即类集，则取一类作品或者一两篇诗文组成文章，比如顾文彬《春水词序》、刘凤诰集千字文为寿序、彭兆荪《离骚经解题词》、张铎《赵年伯母汪太恭人八十寿言集〈文选〉句》等。彭兆荪《离骚经解题词》是集《文心雕龙》字句而成,张铎《赵年伯母汪太恭人八十寿言集〈文选〉句》,全文196句,引用61位作家字句,孙原湘评云"千裘之腋,七囊之锦,妙在纯任自然",而黄廷鉴云"间为《文选》体,截肪萃腴,巧若天成"(《娄东明经张君墓志》)。乾隆五十七年(1792)高宗巡幸五台,邵晋涵集《十三经》语十三章为《五台集福颂》。集句这种创作在当时很普遍,诗文皆然,嘉道之际道州何绍基擅长此道,集字对句尤多,其中有一联极特别:"行路有何难,我曾从天柱、九疑、终南、紫阁、太室、三涂,直到上京王者地;得师真不易,所愿与高堂、二戴、安国、子长、相如、正则,同依东鲁圣人家",写得流丽清新,妙趣天成。徐基著《十峰集五卷》内凡诗赋、古文及填词,多至数千言,皆集前后《赤壁赋》中之字以成之。家传普遍集句为传,这种现象比较普遍,比如汪喜孙所作汪中家传及各家语句而成。可见习俗如是,风会使然。

二、骈文的现实性增强,情感表达细致入微

传统骈文较注重个体情志的抒发,而对社会现实、民生疾苦关注不够。清代乾嘉骈文在总体上较前代注入了更多的关注的社会内容,其现实性得以大大增强。乾隆初年,陈黄中《导河书》说其在江南"见河湖交涨。济宁以下,茫无涯涘。田庐冢墓,靡有孑遗,有耳目所不忍闻睹者"。汪中的《哀盐船文》是一篇脍炙人口的名篇,作者以无比悲伤的心情描述了一场毁船三百、死难上千人的特大火灾,对死难者和家属寄予了深切的同情,从而间接地对清政府的盐运管理体制提出了批评。至乾隆后期、嘉庆初年,甚至出现了反映清代社会现实的重大政治题材的作品,如反映社会重大事件的洪亮吉的上书,王念孙弹劾和珅的折子,对于和珅及当时的社会腐败现实都予以了有力的抨击。董祐诚《云溪乐府叙》中列举士大夫"四弊",也很精彩,并且刻画了以文章谄媚的无骨文人的嘴脸:

> 飞华樽俎之上,逐妍投赠之末。假六义为衡纼,饰四声为脟雒。公宴行饯之作,述德介眉之辞。削樗竹而未罄,燔秦坑而欲窒。法言所契,靡问脂贩之侣;穆如之颂,实献田窦之门。天柱性灵,抗走尘俗;只以

速其怨尤，鲜有合于惩劝。

洪齮孙《燕台话别图叙》描写当时社会风气的腐化和堕落到了借钱典当来玩弄优伶的地步；彭兆荪《牒城隍庙驱猫鬼文》则对于浇薄之民风和陋俗予以辛辣的讽刺；董基诚《秋棠词剩稿序》以血泪控诉封建婚姻对于女子的摧残和蹂躏，这些都是大胆和深刻的，以至于后人评价董基诚"人畏其笔，我放其论，善谑而虐，君子弗敦"。

龚炜的《巢林笔谈》，不仅广泛记录了当时社会生活的各个方面，比如反映社情民意、风俗掌故、天灾人祸、官吏贪诈，更重要的是作者在作品中对于现实有批判和揭露。比如其记乾隆二十二年虫灾过后，物价飞涨"等粟米如珠玉，驾藜藿于膏粱。田以养民，今则视田若浼；典以质物，兹则有典空开。檀榆之雕刻精良，只充薪价；卷轴之缥缃璀璨，不值纸钱"，再比如卷五写"吴俗奢靡"时说："于少时，见士人仅仅穿裘，今则里巷妇孺皆裘矣。大红线顶十得一二，今则十八九矣；家无担石之储，耻穿布素矣；围龙立龙之饰，泥金剪金之衣，编户僭之矣。饮馔则席费千钱而不为丰，长夜流湎而不知醉矣。物愈贵，力愈艰，增华者愈无厌心，其可以堪？"真实生动，可触可感。

在个体情感的表达上，乾嘉骈文也有许多名篇佳制。汪中的《自序》是研究清代骈文的人比较熟悉的作品，通过与刘孝标处境"四同五异"的比较，和泪为文，曲致反复，文章极富艺术感染力，能够引起下层群众的共鸣。还有可以与之媲美的杨芳灿的《自序》，亦情韵俱胜，移录如下：

昔刘孝标慕冯敬通有三同四异之论，传之艺林，以为故实。余髫龄向学，即慕义山，亦有同异，窃比有志，不能无述。若夫流连简牍，窥寻行墨，讽其绮艳之诗，爱其瑰迈之笔，未免挦撦贻讥，描摹致诮。诗宗子美，别创无题；文学彭阳，遂善今体，有心睎骥，肖形刻鹄，天禀虽近，亦由人力。神合貌似，俱无足言。义山早因孤贫，凤标民誉，才论圣论，受知于华州，甲集乙集，编次于桂管，靡不倾襟方闻，颊首博奥。余束发投贽，见知巨公，中年论交，不乏胜侣，盼睐增其光价，招延长其声誉，过仲郢之好贤，方崔戎之爱士，此一同也。义山壮岁摧科，一命作尉，宏农活狱，致忤孙简，不遇武功，几遇斥放，余早岁乘边障，迭经盘错，重围鼓鼙，危堞烽火，虎尾甘蹈，鲸牙幸脱，而遭白眼之睨，被赤舌之谤，仕途沦踬，十年不调，此二同也。义山晚得一官，检校水部，浮沉幕僚，未挂朝籍，余少无吏干，老爱郎潜，职兼金仓，籍检黄白，执戟自喜，索米长饥，趋朝有年，注籍无日，此三同也。义山性似夷姞，中实耿介，南国妖姬，丛台妙伎，虽有涉于篇什，实不接于风流。自叙所云：谅非矫饰。余亦赁屋称贞，闭房受记。不入季女之室，不登娈童之床，双髻吹笙，十眉环坐，虽耽绮语，终等妄花，此四同也。

义山策名上第，校书中禁，枕芸香于天禄，咏霓裳于大罗，鹏翼曾抟，凤巢未扫，余则明经入仕，青袍自公，赎帖徒劳，彻幕见待，愧为尘吏，仍作山郎，礼千佛之石经，美众仙之同日，此一异也。义山晚辞幕府，投老玉溪，打钟扫地，皈依白业，林霞契其青衿，苔竹供其丽瞩，余则家徒四壁，田无一廛，子公丐贷，邻卿留赁，关河栖屑，蓬莱漂泊，俗尘眯目，奇愁塞胸，谁赠栖山之资，竟乏置锥之地，此二异也。义山文字传后，声华照世，名列文苑，书传延阁，段、温逊其藻丽，钱、刘拾其膏馥，余则闻见不博，文采无奇，恐鼠壤名销，蟫编字灭，灰寒空井，简覆败甑，此三异也。爰撰兹叙，志厥景行，世有知己，或不以为妄云。

这里杨芳灿自伤遭际坎壈，情见乎辞，而反复曲畅，周挚朓切，表达了一种无奈与痛苦的心情。此外，如洪亮吉《伤知己赋》、方履籛《董方立诔》、邵齐焘《七侄妇方氏哀词》、陆继辂《从孙申右哀辞》、孔广森《林氏子哀辞》、彭兆荪《汪孝妇哀词》、汪中《汪纯甫哀词》、孙星衍《洪节母诔》、刘嗣绾《潘君妻周孺人诔》、李兆洛《赵收庵先生诔辞》、董祐诚《林太孺人诔》等，或表达亲情，或表达自己对于人生切实的感受，都写得情辞郁勃，缠绵悱恻。

三、艺术技巧更加圆熟

用典方面。清代骈文家使之融化，注意语境、疏密、剪裁方面的技巧，避免生吞活剥之嫌，清人用典的范围扩大，与前代相比，经、史、子、集各种题材和内容都可以入骈文家的正眼法藏，高者取法或者断自六朝以上，追求一种"古雅"的艺术效果。清代骈文家用典艺术有三个特点。一是用典深邃，而又融化无迹，李详《李审言文集》云"孔翚轩检讨骈体文三卷，余最所服膺，不以容甫、渊如、次仲之言而重者也。孔文隶事深隐，与渊如、容甫同，每其熔铸数书而成一偶句"。二是用典切合情境语境，有意到笔随之妙，比如张皋文《茗柯文编·祭董浔洲文》"巨刃施手，摩天可扬"和"宝弃谁怨，和氏有愆"，前者出自韩愈《调张籍诗》，后者出自曹植《赠徐干诗》，说明作者对于董氏才能的赏识，同时对于其怀才不遇深为惋惜。三是用典上取材于现实或者当下的人和事，如李慈《小秦淮录》中用现时典故，再比如梁绍壬《两般秋雨庵随笔》中葛庆曾所写的《致赵秋舲书》把自己的事情嵌入文章中，"徐宝幢《恭俭》风流姚合，惆怅蓉城。姚古芬《伊宪》王乔控鹤于海边，王紫卿廷垣葛洪采药于江上。葛秋生庆曾聚如萍絮，离若参商。而吾两人者，昔为蛮驱之依，今作燕劳之避"①。

对偶方面。对偶的方法和技巧在乾嘉骈文家的笔下相当纯熟，在裁对方面的本事可称为集大成，事对、语对、正对、反对、双声对、连绵对、流水对、扇对乃至集句对等，清代骈文家都能运用自如。而乾嘉时期对偶也有一些新的变化。一是根据自己的兴趣和文章风格选择对偶，比如用长对，袁枚"人情于日暮颓唐之际，顾子孙侍侧，而能益精神；儒生于方寸瞀乱之余，虽星夜办公，而必多丛脞"（《上尹制府乞病启》）；洪亮吉"言缔造，则东南置尉，拓疆无刘濞之雄；嗟沦胥，则五百从亡，归骨少田横之岛"（《蒋清容先生冬青树乐府序》）。这种长对是宋四六的特点之一。而袁枚骈文之所以被人称为"滥调四六"，也体现出了这种风格和特点。汪中骈文则很少长对，甚至字数也以四字为主。而邵齐焘骈文喜好隔行作对，其《送顾古漱同年之荆南序》中"哀蝉抱树，惊征客之秋心；候雁衔芦，极愁人之远望"乃是法徐陵《报尹义尚书》"鸣蜩抱树，亟见藏冰，归雁衔芦，多经寒食"一联；其《秋暮宴游诗序》中"既尝朝游夕处，冠盖逢迎，岂无萍浮梗泛，云波阻绝"，乃是取法杨炯《送东海尉诗序》所谓"必欲轩盖逢迎，朝游夕处；亦常烟波阻绝，风流雨散"一节，其例均不一而足。二是对偶字数不等，总体来说，虽

---

① 见《两般秋雨庵随笔》，上海古籍出版社1992年版，第151~152页。

以四言、六言为主，但在具体写作时，则字数多寡不定，四言、六言、五言、七言、八言、九言等都有，各种句子交错使用，使文章圆美流转。比如袁枚"在朝廷无枚数百辈，未必遽少人才；在老母抚枚三十年，愿为承欢今日"（《上尹制府乞病启》），为八言、六言句子；而洪亮吉"秦声扬，不能激已沮之气；鲁酒薄，不能消未来之忧"（《伤知己赋赋序》），为三言、七言句子；洪亮吉"人以谓南服之霸，非君王之谓，樊姬之力也；吾以谓令尹之进，非虞邱之功，掩袖之效也"（《楚相孙叔敖庙碑》），为七言、五言、五言句子组合。"簸天钱，为妆助，星亦能豪；收雌蜺，为缠头，山皆欲笑"（蒋士铨《听春新詠》），则为三三四句子，这样子做的结果，使得语气流转。

声律方面。清人能巧妙地运用双声、叠韵，而且在理论上有自己的看法，钱大昕云"叠韵如两玉相扣以其铿锵；双声如贯珠相联，取其宛转"，周春《杜诗双声叠韵括略》认为"其（指双声叠韵技巧）体例有双声正格、叠韵正格，双声同音正用格，叠韵平上去三声通用格，双声借用格，叠韵借用格，双声通用格，叠韵广通格，双声对变格，叠韵对变格。散句不单用格，古诗四句内照应格。凡十二类，所摘古近体诗句，自杜而外，附汉魏、六朝至唐、宋诸家"。钱大昕云："六朝人重双声，虽妇人女子皆能辨之。自明以来，士大夫谈《诗》，各立门户，聚讼繁兴，而于双声之显然者，日习焉而不知。盖八股取士所得，皆束书不观，游谈无根之子。衣钵相承，转以读古书为务外，能辨平侧者少矣，况能究喉舌唇齿之清浊乎？"并且举出王融"园蘅眩红（日䞓），湖荇烨黄花；回鹤横淮翰，远越合云霞"，为双声体诗之始。清代人在具体创作中虽不刻意于声调的研炼，而是注意文章通体气息的调匀，在某些特殊情况下还相当重视，比如己未宏词科施愚山以"奸"韵降等，钱塘王嗣槐以失韵黜落。吴锡麒律赋中有"破""寒"二字，受到和珅的纠劾。彭兆荪警句"而乃胖跂不前，鱼登屡困；飞蓬作鬘，青草为袍；言愁则金线年年，吐恨则春蚕寸寸"，选语鲜炼，形象生动。蒋士铨《石兰诗传》恰当使用"梦梦""容容"等叠韵之词。再比如邵齐焘《送顾古湫同年之荆南序》多处运用叠字来渲染气氛，使文章生色不少。

炼字炼句方面。刘永济《〈定势〉〈丽辞〉〈夸饰〉〈隐秀〉释义》[①]"骈

---

① 张少康：《文心雕龙研究》，湖北教育出版社2002年版，第579页。

文家或求字句之整饬,或避前后之复重,或求声律之谐美,或取情意之显著,于是有炼字之法",由此看来炼字炼句是骈文家不宣之秘。孔广森论骈文时说"第一取音节近古,庾文'落花芝盖、杨柳春旗'一联,若删却'与共'二字,便成俗响。陈检讨句云:'四围皆王母灵禽,一片悉姮娥宝树',此调殊恶。若在古人,宁以两'之'字易'灵''宝'二字也",这是对于句式和骈文作法的批评。孔广森本人就十分注意炼字炼句,比如孔广森《戴氏遗书总序》"譬若争年郑市,本自两非;议瓜骊山,良无一是",用这样的句子来形容唐宋以来学者对于《尚书》今古文的口舌之争,用语警卓,包孕宏深,省缺了不少笔墨。而在炼字炼句方面特别突出的是常州派的骈文家,比如邵齐焘"寻观往制,泛览前规,皆于绮藻丰缛之中,能存简质清刚之制"(《答王芥子同年书》),洪亮吉"嗟乎!江山半壁,非仙人劫外之棋;金粉六朝,尽才子伤心之赋"(《蒋清容先生冬青树乐府序》)等,都注意造语鲜炼和警句的妙用。

第二节　骈文对小说、戏曲等文体的渗透

乾嘉骈文取得了相当的艺术成就,其骈文受到普遍的重视,对骈文的发展有广泛而深远的影响。"近时骈文,洪北江派最烈","而变化容甫派者,自谭仲修、赵㧑叔两先生外,闻者绝少"(《李审言文集》第455页)。这一问题已经为许多学者注意并进行了较为深入的研究,所以这里不再进行探讨。而乾嘉时期骈文对当时各种小说、戏曲等文体左右嫁接、渗透,并出现了一些新的时代的特点,值得我们注意。

一、骈文与小说

骈文对小说的渗透比较早的例子是唐代张鷟的《游仙窟》,在叙述场景、人物对话比较多地使用骈体文字,此外,《莺莺传》《长恨歌传》也有半骈半散的文字。以至于范仲淹写《岳阳楼记》,因为用铺叙和对偶文字写景状物,尹师鲁讥为传奇体,亦可见唐宋传奇中骈体文字的普遍。胡士莹《话本小说概论》讲到私情公案和花判公案中的判词:"这些判词,带有诙谐性质,往往用诗、词或骈语来写",说明骈文在小说中和诗词性质相同,用来渲染气氛、

铺设场景和抒写情愫。徐调孚也说"在话本的正文里,更附插着不少的诗词,或插入描绘形貌景色的骈俪文"。这都说明当时骈文与小说有着甚深的渊源。而骈文和小说的交叉与渗透主要表现在以下三个方面。

1. 用骈体来写小说序跋是当时比较普遍的现象。如乐钧《耳食录》、袁枚《外史志叙》及《新齐谐》序、钮琇《觚剩自序》《觚剩续编自序》、沈起凤《谐铎》、浩歌子《萤窗异草》。为他人小说作序跋也采用骈体,如殷杰《谐铎序》、韩藻《谐铎序》、王昶《谐铎序》、马惠《谐铎跋》均为骈体。

2. 小说(包括笔记小说、章回小说)中以前用诗词的开头、结语部分大多采用骈体文字,比如和邦额《夜谈随录》、沈起凤《谐铎》、屠绅的《蟫史》中就如是。和邦额《夜谈随录》卷四云:"兰岩曰:贞烈之魂,金石并永,洵不诬也。嗟乎!香奁粉匣,犹存昔日之精神;冷雨凄风,独受今兹之悲楚。空楼阒寂,独往独来;尘境萧条,自嗟自感。详其姓氏,志厥里居,请而旌之,庶可以勉贞魂也夫!"沈起凤《谐铎》卷十二《况太守祠赝梦》结语为:"铎曰:周人占梦之书,毁于秦火。嗣后郭乔卿、周宣辈,各凭臆见为断。河乾之梦,著于《宋史》;堕床之梦,载在《唐书》。田内亡禾,蔡司徒梦凶反吉;座中照镜,崔令公梦吉逢凶。他如曹翰梦蟹,张瞻梦曰,李迪梦须,郭俊梦屐,散见诸家杂说者,无不各有奇徵。然天下古今做梦者,不知凡几,何独传此数人之梦,可知其余皆不验耳!……"都用骈文来表达自己的观点。屠绅的《蟫史》每章开头以前惯用诗词部分全部采用骈体文字,形成习套。

3. 小说中间铺叙场景、描写人物心理乃至说话、书信采用骈体,这种现象在小说中出现的频率比较高。曹雪芹的《红楼梦》中骈体文字比较多,较为突出的是判词,这与古代公案判词喜用骈体的积习有关,是自唐宋以来官方文书通行的体式。另外,在描述场景、人物内心情感表达或者发表看法时有意识地运用骈体文字。比如《红楼梦》第十一回一段写景文字:

  黄花满地,白柳横坡. 小桥通若耶之溪,曲径接天台之路。石中清流激湍,篱落飘香;树头红叶翩翻,疏林如画。西风乍紧,初罢莺啼;暖日当暄,又添蛩语。遥望东南,建几处依山之榭;纵观西北,结三间临水之轩。笙簧盈耳,别有幽情;罗绮穿林,倍添韵致。

这里，描写大观园园林景致纯用白描技法，纯任自然。第十七回描写"蓼汀花溆"的一段文字也与之相似，点染山林秀色，与六朝写景文字同出一辙。《红楼梦》第三十七回探春所写《招宝玉结诗社帖》亦是一篇别致的骈文，以四六文为主，中间穿插散体文字，错落有致，较好地传达了探春欣喜的情状。小说《万锦情林》卷之五《下层》骈体文表达柔情蜜意，比如玉胜与祁生的情书"兄去后，妾顷刻在怀。仰盼归期，再续旧好。不意秦晋通盟，相思愈急。故人千里，会晤无时……"，用骈文表达女主人公对于祁生的思念之情。祁生逃难至一道院，道姑涵师见之与昵，祁生陈说经过："伏以乾坤大象，罗万籁以成一虚；日月重光，溥八方而回四序。尘中山立，去外花明。掷玄鹤于九天，遥迎圣驾；跨青牛于十岛，近拜仙旌。羽狄一介书生，五湖逸士。欲向金门射策，逆旅奇逢；谁知画舫无情，暴徒祸作。"亦为骈文，铺排渲染，运用夸张手法。再比如《锦香亭》第八回《碧秋女雄武同逃》描写葛太古之女葛明霞逃难邂逅一老妪与一女子，描写女子之形貌云：

态若行云，轻似能飞之燕；姿同玉立，娇如解语之花。眉非怨而常颦，腰非瘦而本细。未放寒梅，不漏满头春色；含香豆蔻，半舒叶底奇芳。只道是葛明霞贞魂离体失游荡，还疑是观世音圣驾临凡救苦辛。

这种文字多脂粉香泽之气，而且比较口语化、通俗化，语句流畅自然。《锦香亭》第十三回《葛太古入川迎圣驾》则描写葛太古乱后归家的残破景象：

花瘦草肥，蜂多蝶少。寂寥蕉绿，并无鹤迹印苍苔；零落梧黄，惟有蜗延盈粉壁。止余松桧色蓊葱，半窗掩映；不见芝兰香馥郁，三径荒芜。亭榭欹倾，尘满昔时笔砚。楼台冷落，香消旧时琴书。

从上述例子可以看出骈文在小说中的具体作用：一是铺排场景，渲染气氛；二是抒发情志，婉曲传情；三是写景状物，描摹景致；四是心理铺垫。由于骈文在小说中运用比较普遍，以至于在乾嘉时期出现了通篇运用骈体写作的陈球的《燕山外史》，用三万多字的篇幅演绎书生窦绳祖和爱姑的爱情故事，而且颇为流行，并且受到重视，邱炜萲《菽园赘谈》云："此书（指《燕山外史》）骈文体格本甚卑靡，而叙事周挚，前赴后补，中间连络颇见远思之工。以言其事，则可歌可泣；以观其笔，则亦熟亦流。子弟初学作文之日，得此读之，犹强于无所用心多多矣。"骈体艳情小说民国时期曾经风行了一段时间，出现了徐枕亚等以香艳题材内容招徕读者的骈文作家，成为一种写作风尚。

二、骈文与戏曲

骈文与戏曲的关系也比较密切，徐扶明认为元明南戏作品，或者明清传奇作品，往往可以看到出现各种各样的赋体文，有描写宫殿府第、山川景色的，有描写生活物品、妇女动态的，"正是运用骈体独白，汉赋手法"（《元明清戏曲探索》），说得确乎事实。黄周星《制曲枝语》云："余见新旧传奇中，多有填砌汇书、堆垛典故及琢炼四六句，以视博丽精工者，望之如饾饤牲筵，触目可憎。夫文各有体，曲虽小技，亦复有曲之体。若典汇四六，原自各成一家，何必生吞活剥，强移之于曲乎？"可见戏曲中骈体文字的风行。另外，清代戏曲家焦循还有一种说法，说八股文源于元曲。这种说法可能也有它的依据，因为元曲都有曲牌，若干曲牌组成一篇，和八股文很相像。焦循《易馀籥录》中说："八股出于金元之曲剧，曲剧本于唐人之小说传奇，而唐人之小说传奇为士人求科第之温卷，缘迹而求，可知其本。"其实八股文是骈文的变种，亦由此可以看出骈文与戏曲的渊源。骈文与戏曲的交叉和渗透主要体现在两个方面。

1. 很多戏曲序跋采用骈体文字，说明戏曲制作的缘起、声情。比如，蒋士铨《桂林霜》自序云："半载空衙，四年土室，冻骸饿殍，纵横皆所间。虎伥雉媒，魃沙鱼饵，日陈左右，而屹立不动。卒至喋血常山，旋飙柴市，偕四十口藁葬尸陀。呜呼！可谓极其难者矣。"（蒋仕铨《藏园九种曲》）蒋士铨的《香祖楼》罗聘序云："甚矣！《香祖楼》之难于下笔也。前有《空谷香》之梦兰，而若兰何以异焉？梦兰、若兰同一淑女也；孙虎、李蚓同一继父也；吴子、扈将军同一樊笼也；红丝、高驾同一介绍也；成君美、裴畹同一故人也；小妇同一薄命也；大妇同一贤媛也。各使为小传，且难免雷同瓜李之嫌，况又别撰三十二篇洋洋洒洒之文，必将袭马为班，本昫为祁，安能别贲于邕，判优于敖也夫。"骈体文字中虚字运用比较多，且不仅限于四字六字成文，较为流畅自然。戏曲文体的骈化是戏曲文人化、案头化以后追求典雅、华美艺术风格的必然趋势。清代乾隆时期最为风行的戏曲选本《缀白裘》中保存一些骈体文字的序，说明戏曲创作的缘由，介绍剧情、编刻的价值，由此也可以窥见骈文的普及程度和影响。另外，骈文对少数民族文学也产生影响，比如《满汉西厢记》序也为骈体，录之如下：

龙图既启，缥缃成千古之奇观；鸟迹初分，翰墨继百年之盛事。文称汉魏，乃渐及于风谣；诗备晋唐，爰递通于词曲。潘江陆海，笔有余妍；宋艳班香，事传奇态。遂以儿女之微情，写崔张之故事，或离或合；结构成左毂文章，为柏为柳。鼓吹比庙堂清奏，既出风而入雅，亦领异而标新。锦绣横陈，脍炙人口，珠玑错落，流连学士之衷。而传刻之文，只从汉本；讴歌之子，未睹清书。谨将邺架之陈编，翻作熙朝之别本。根柢于八法六书，字工而意尽；变化乎蝌文鸟篆，词显而意扬。此曲诚可谓银钩铁画，见龙虎于毫端；蜀纸麝煤，走鸳鸯于笔底。倚之剞劂，以寿枣梨。既使三韩才子，展卷情诒，亦知海内名流，开函色喜云尔。

《西厢记》是当时脍炙人口的戏曲，这是满文本《西厢记》的序，该序对于《西厢记》的故事情节、风格、翻译的缘起做了精彩的叙述，而文字流畅，情致委婉，可读可诵。

2. 人物角色出场描绘、角色宾白采用骈体文字。比如《桂林霜》第十五出《诛叛》谱孙延龄口白即用骈体文"俺乃天朝上将，上国大臣。不惜遗臭之声名，欲保从龙之富贵。蜡丸偷献，可怜秦桧丹心；云梦伪游，反用陈平诡计巫臣之尽室难行，待把赵括之全军都害。看你祖父行为，岂是帝王度量"描写。该段文字诙谐、幽默，别出机杼。再比如蒋士铨的戏曲《一片石》第一出《梦楼》薛天目上场念白及《第二碑》第四出《寻诗》薛天目的一段独白，均为骈文。如《一片石》第二出《访墓》中扮教官的净云：

自家乃一个复设训导便是。读破万卷时文，做了半生学究。三十年帮增补廪出贡，当初赞礼，原来是放债之钱；五十届月课岁考科场，昔日花红，也算做传家之宝。命注偏官缺印，化身是南极老人；相查末部丰财，托庇在山东大圣。门斗本斯文牙爪，浑身惫赖，将成饿殍之形；腌肉即养老珍馐，满面精神，尽带烟熏之气。纵让才人早达，岂非大器晚成。既居师道尊严，即是文坛老宿。不望升迁卓异，但求署教谕之衔；惟期豫大丰亨，庶可亨学租之利。乌须妙药，大堪返老还童；虀菜酸汤，亦可延年却病。真个身如藤瘦，拐杖乎将焉用之；果然眼比镜光，秋毫分相当然耳。

这样的说白口吻流利，幽默风趣，极好地刻画了一个积极乐观的教谕形象。之所以有这样的喜剧性效果，与通篇文字基本上不用典，句式拉长，适当运用虚字，以散体文的气势运骈偶之文有关。其实，随着戏曲文体的案头化、文人化之后，为了增强戏曲的文学性，从汤显祖开始，特别注意语言文字的变现力和篇章结构艺术，朝着典雅华美的方向发展。

补编 03

清代骈文研究再思考

关于清代骈文的评价问题

乾嘉骈文是清代骈文的重要组成部分，也是清代骈文最高成就的代表。要评价乾嘉骈文，需从清代骈文的评价问题说起。关于清代骈文的评价，历史上可谓是一波三折。

从20世纪初开始，清代骈文（包括乾嘉骈文）的研究大致可分为三个时期。

1."五四"时期至新中国成立初期，为清代骈文研究的初始期。大家对清代骈文的评价，主要有两种观点。

大多数人持全盘否定的态度。由于受到西方思潮的影响和"五四"新文化运动思潮的激荡，新文化运动的主将们及其追随者对于传统文化排斥甚力。在文学上要求大众的、通俗的、富有生命力和新鲜文风的文学作品，在文学体裁上注重小说、戏曲等形式。乾嘉骈文则被斥之为"选学妖孽"，鲁迅、林语堂、周作人等人的观点可为代表。他们认为骈文是一种贵族文学，林语堂说骈文"这种诗一般的散文在公元五六世纪发展到极坏的地步，与绮丽夸饰的散文融为一体。它直承于'赋'这种夸张的用于朝廷祝歌颂词的文体，其不自然有如宫体诗，其笨拙有如俄国芭蕾。这种绮丽的散文，四个音节和六个音节骈偶交织——又称'四六文'或'骈体'——只能出现在一种死的语言或经过高度雕琢的语言中，与时代生活的现实完全隔绝。但是，无论骈文、诗化散文还是什么夸饰的散文都不是优秀的散文"[①]。这种一概否定、排斥的态度，有其特定的背景和原因，然从学术的角度看，其局限性也是明显的，消极的影响也不小。

---

① 林语堂：《中国人》，学林出版社1994年版，第230页。

也有一部分学者认识到了骈文的艺术成就,并进行了较为深入的研究。这期间出现了钱基博的《骈文通义》、谢无量的《骈文指南》、刘麟生的《中国骈文史》和《骈文学》、瞿兑之的《骈文概论》、金钜香的《骈文概论》等重要著作。这些著作侧重于艺术方面如形式技巧、风格、语言方面的探讨。特别是刘麟生在《中国骈文史》中对清代骈文进行了重新定位和评价,提出"清代骈文复兴"说,对于推动清代骈文研究是有益处的。但这些著作大多是骈文专史或是骈文概论性质的著作,多侧重于艺术方面的分析,而且大多只涉及如洪亮吉、汪中、孔广森等几位名家,再广一点,也只涉及曾燠《国朝骈体正宗》所选的骈文作家。虽然其中不乏精当之论,但缺少系统、全面的研究,有些观点和结论也值得商榷。

2. 新中国成立后至20世纪80年代初期,这是骈文研究的沉寂时期。这一时期的骈文研究著作少得可怜,清代骈文研究则更少。对清代骈文这种漠视的态度,本身就可视作一种评价。观点主要是受"五四"激进派学人影响,对清代骈文基本上是否定的。当然,其间也有学者对于某些具体作家作品有所研究,如游国恩主编《中国文学史》、中国社科院文学研究所编《中国文学史》都对汪中骈文创作做了一定介绍。

3. 20世纪80年代后期至今,这是清代骈文研究的发展期。这一时期的清代骈文研究取得了长足的进展。首先是姜书阁《骈文史论》对在学界有一定影响的"清代骈文复兴说"提出质疑,以为清代"二百六十余年中确也有人颇用心于骈文的写作。但能不能说是骈文的复兴呢?恐怕不能"。姜著对骈文发展历史予以考察后指出,骈文发展至元、明,"已成为僵固的格套,不复有所创新","假如入清以后,骈文果已复兴,它就必有新变,绝对不可能在因袭前人旧套的情况下取得新的成就,复兴已经衰亡的文体。不论清人循宋、明故迹也好,或上追六朝也好,都是没有出路的"。对学界以元明人不好读书故不作骈文,而"清人好读书,腹笥充实,故害作骈文,遂能驾唐迈宋而上侪六代"的看法,姜氏也提出质疑①。一石击起千层浪,姜氏著作问世后,引起大家讨论的兴趣和关注,清代骈文研究由此开始出现起色。

很长一段时间内,不少关于清代骈文的意见都是针对姜书阁《骈文史论》

---

① 姜书阁:《骈文史论》,人民文学出版社1986年版,第529~530页。

而发,如王凯符率先发难,对姜书阁的看法提出反驳,他认为:"清代骈文是否有所新变,自然可以看作是否复兴的依据,但把它看作是唯一的依据则未必全是,何况清代骈文也并非全无创新。"① 马积高先生则认为,对清代的骈文,刘麟生之评"颇高",而姜书阁之评又"很低",应当重新评价②。讨论的结果使得大家开始注意从不同侧面研究和探讨清代骈文。吴兴华《读国朝常州骈体文录》③ 是这一时期关于清代骈文研究的一篇重要论文,该文发表的时间较早,虽对清代骈文整体性评价不高,但提出了许多富有启发性的问题。这些研究和评价表明,清代骈文研究有了新的进展,为我们今天的研究奠定了一定的基础。

本文在大面积接触乾嘉骈文作家作品的基础上,通过对乾嘉骈文的历史考察,认为骈文至清代得到了复兴。乾嘉骈文所取得的成就就是清代骈文复兴的一个重要表征。乾嘉骈文的成就是多方面的,首先骈文的创作在乾嘉之际蔚成风气,成为重要的表情达意的工具。在创作上,既产生了汪中、洪亮吉等一大批高手,作品之多,更是前所未有。在骈文与古文争竞的过程中,阮元等人关于"文"的观念,则从一个侧面丰富了古代文论的内容。

乾嘉特定的政治、经济、文化环境,不仅促成了乾嘉骈文的兴盛,也给乾嘉骈文在内容和形式方面带来了一定的新变。科举中的试"律赋",使骈文成为士子朝夕揣摩、研习的对象。乾嘉朴学笃厚、征实的学风,更是较大地影响了骈文风格的走向。经济和社会生活的广泛需要,使骈文这种实用性和华美性兼具的文体获得了巨大的发展空间和"消费"市场。从某种程度上说,骈文是一种时尚,成了文士、商人、市民生活中的一个内容。

从文学史的角度说,论述"清代骈文的复兴"与否,无疑具有十分重要的意义。这也是本文关注的一个内容。但本文更为关注之点则在,从骈文这一特殊文化现象的角度,聚焦乾嘉之际乃至整个清代人们生活方式及文化——心理内容的嬗变。

通过对乾嘉时期骈文繁荣和兴盛的成因、表现形态特征、作家作品概况、艺术成就等方面进行全方位描述考察,指出清代骈文之所以在清代出现复兴

---

① 王凯符:《论清代骈文复兴》,载《北京师范学院学报》1990年第4期。
② 马积高:《清代骈文的复兴与考据学》,载《湖南师范大学学报》1993年第5期。
③ 载《文学遗产》1988年第4期。

局面,既是清朝政治、经济、文化等因素综合作用的结果,同时,也是文学本身内在发展的一种要求。清代骈文的复兴具体体现在两个方面。

第一,清代骈文创作出现勃兴的局面。

作家人数多,名家辈出。乾嘉时期除了汪中、洪亮吉最擅胜场外,袁枚、邵齐焘、孔广森、孙星衍、吴锡麒、张惠言、李兆洛、董祐诚等亦各能变化成家。骈文文集、选集多,乾嘉时期出版了大量的骈文著作,清人编选的历代骈文选本,见于著录者有二十多种,其中比较著名的有李兆洛《骈体文钞》、彭元瑞《宋四六选》、彭兆荪《南北朝文钞》、陈均《唐骈体文钞》、曾燠《国朝骈体正宗》、吴鼒《八家四六文钞》等。

骈文流派多。从取法的对象来分,有六朝派、三唐派、宋四六派;从地域来分,有仪征派、常州派;从作品的艺术风格和表现形态上来看,有博丽派、自然派。

在题材内容方面,有突破和创新。凡是前人用骈体表达的领域和题材,清人都有不俗的表现和成绩,扩大了骈体表现空间,不仅在应用文领域,对叙事、抒情等表达情感更是着力,出现了思想性和艺术性结合得很好的名篇佳构,为骈体开辟新的道路。

更为重要的一点是清代人重视骈文创作,写作骈文和赏鉴骈文成为清人日常生活的重要内容。这使得清人能够在总结前人正反两个方面的基础上对骈文重新审视,为我们深入了解骈文提供参考,对清代骈文创作无疑也有帮助。骈文在创作的同时也在培养和创造自己的读者,这是一个双向互动的过程,这一点,吴兴华说得很清楚:"在创作(指骈文创作)时,他吸引了作者的一部分注意力,因此在阅读时,读者需要付出相应的注意力作为补偿,这样作者的匠心才不至于落空。"[1]

第二,艺术上有所创新。骈文发展到清代,艺术上变化的空间已经很少,但乾嘉时期骈文作家并不甘愿在抄袭和摹仿前人的旧套中讨生活,而是根据时代的要求进行艺术上创作,在文体形式、艺术技巧、语言运用等方面都有自己的变化,把骈文从雕琢板滞的形式,引向较为灵活的骈散结合的方面,扩大了骈文的表现功能。这主要表现在三个方面。

---

[1] 吴兴华:《读〈国朝常州骈体文录〉》,载《文学遗产》1988年第4期。

多样性的艺术风格和在艺术技法手法上的创新求变。骈文发展到清代,骈文史上各种艺术风格如博丽、清俊、圆熟、矜炼、古穆、秀润、轻倩等在清代骈文中均能找到其影子。

艺术新形式与技巧的探究。所谓后出专精,清代小说、传奇在前人基础上焕发异彩,在诗文方面,清人也不愿炒冷饭和重复,高歌"江山代有才人出,各领风骚数百年",他们在尽可能的程度和范围内,对骈文形式和艺术技巧上寻求突破。这一点,吴兴华《读〈国朝常州骈体文录〉》说得透辟:"'长袖善舞,多财善贾',创造性的博学多闻使清代卓越的骈文家能够下笔如行云流水,差无窒碍。另一方面,在宋元瘦弱枯燥的'四六体'之后,他们也总结了一部分经验,写作时比较斟酌适中。总的看来,他们在技巧上体现了以下三个特点:1. 能够审慎恰当地处理骈文在横直或线面之间的矛盾;2. 用事简要生动、切合内容;3. 造语鲜炼。"①

乾嘉骈文不仅取得了相当的成就,而且对于后世及其他文学样式产生了深远的影响。比如洪亮吉、汪中等人的骈文成为时人或者后人模拟效法的对象,甚至形成相应的流派,骈文对通俗文学样式如小说、戏曲的渗透在当时很流行,为骈文的传播和接受起了推波助澜的作用。

不可否认的是,与同时期的其他文学样式如小说、戏曲相比,乾嘉骈文无论是在反映社会矛盾的深度和广度方面,都远远不如,在艺术成就上也难以与小说、戏曲媲美。

但无论怎样,研究乾嘉骈文,探究其兴盛、衰亡、演变的规律,不仅能够丰富我们对于清代文学的认识,而且也有助于我们审美感受的提高。

关于清代骈文的研究,笔者也有粗浅的看法:

1. 关于要重视清代骈文研究,对清代骈文做全面系统的研究,客观正确评价清代骈文创作,这一点我想应该是学界一致的意见。但究竟应该怎么样来评价清代骈文,如何研究?如何能够正确评价?值得深入研究和探讨。马积高在《清代学术思想的变迁与文学》中认为要正确评价清代骈文,要解决两个问题,即骈文的研究范围与评价标准,接触到了清代骈文的实质性问题,值得关注。清代骈文有广狭二义,这一点是客观存在的事实,作为研究,当

---

① 吴兴华:《读〈国朝常州骈体文录〉》,载《文学遗产》1988年第4期。

然要从广义的骈文入手，问题是如果骈文包括辞赋（自然也包括律赋），数量太多，而且情况复杂，对研究者的学力和精力提出了挑战。至于评价的标准，看来简单明了，其实也不尽然。此前对于清代骈文全面否定或者评价夸大与过低都是源于评价标准不统一造成的，是与清代同时期的小说、戏曲相比，还是与元明骈文创作相比，是横向比较还是纵向比较，很容易造成抑扬过当的情况。

2. 要充分消化吸收前人特别是民国时期的骈文研究成果。民国时期骈文研究取得了相当的成就，我们当下的骈文研究说实在话与之相比还有相当的距离。民国时期骈文研究有通代的骈文史研究著作，比如刘麟生的《中国骈文史》、金矩香的《骈文概论》也是类似著作，也有对于骈文理论深入而认真的探讨，诸如谢无量《骈文指南》、钱基博《骈文通义》、刘麟生的《骈文学》等，都是理论性很强的著作；金茂之《四六作法·骈文通》、王承治《骈体文作法》侧重骈文技巧和形式的探求，为学习骈文者提供写作上的指导和帮助，也是类似的著作。蒋伯潜、蒋祖怡父子合著的《骈文与散文》则旨在探讨散体及骈体之间的区别与两者沟通的可能，为我们打开研究骈文一个新的视角。总而言之，虽然这些理论著作有这样或那样的不足和缺陷，但著作者本人丰富的学养和敏锐的艺术鉴赏力使得著作本身具有个性和特点，自有不可磨灭者在。另外，民国时期出现的各种各样的骈文选本，编撰目的不同，产生的影响也不一样，但要研究清代骈文，这也是必须加以注意的。其中王文濡的《清代骈文评注读本》、古直和李详注释的《王容甫文笺》等是其中影响较为突出的，王氏的选本选文精粹，评注言简意赅，颇多会心之处，为研究清代骈文者所当注意①。至于坊间骈文选本，主要是便于初学，对骈文普及有一定的推动作用，对骈文研究本身意义不大。还有就是民国时期出版的文学史著作，诸如曾毅的《中国文学史纲》、谢无量的《中国大文学史》、钱基博《中国文学史》等，在论述清代骈文时往往有很好的意见可以参考。

3. 要重视其他地区的研究成果。这主要是港澳台和日本的骈文研究。20世纪六、七十年代，张仁青《中国骈文发展史》、陈耀南的《清代骈文通义》是较早的骈文史专著，张仁青从师骈文家成惕轩和陈含光（成氏和陈氏均有

---

① 王文濡《清代骈文评注读本》选文主要是王氏，而注释评注则为郭绍虞，郭氏深味于古代文论，为中国文学批评史的奠基人之人，这也是选本有价值的重要原因。

骈文作品集传世),陈耀南则是张氏的博士弟子,两部著作均以骈体写作,多本色当行之语,因而在海外产生较大影响(最近张氏《中国骈文发展史》由浙江大学出版社重刊)。张氏醉心于骈文研究,除《中国骈文发展史》外,尚有《骈文学》《丽辞探赜》《六十年来之骈文》等著作问世。谢鸿轩的《骈文衡论》也是此时重要的一部著作,规模较大,内容丰富,论述以时代为次,论述历代作家作品,评判得失,原原本本,议论飙发,显示了甚深的学力、功力,颇有参考价值。日本铃木虎雄氏的《骈文史序说》则是未完成著作《骈文史》的序说,从目录上来看,这是一部规模颇巨的著作,从序部分可以窥见铃木虎雄对于骈文文体有深入的研究,他另一部著作《赋史大要》虽然专论赋,其实对我们研究骈文亦有参考价值。另外,日本学者几部重要的中国古代文学研究著作诸如儿岛献吉郎的《中国文学通论》、青木正儿《中国文学概说》《清代文学评论史》等文学史、文学批评史著作均对清代骈文有过评论,或者辟专章,或者与古文相比较,可以参考。日本学者的文章学研究著作也很值得重视,复旦大学王水照先生主持译介的佐藤一郎《中国文章论》以及《日本学者中国文章学论著选》有关骈文的有些观点言人所未言,可资借鉴之处不少。20世纪90年代以来,海外研究骈文的论文和著作渐渐多了起来,骈文研究日益受到学者关注和重视,钱济鄂《骈文考》是一部新颖别致的骈文著作,对骈文文体及流变进行研讨,揭示其文化史的意义和价值,发唱惊挺,一新耳目。香港简宗梧氏研究赋史,间及骈文,著有《赋与骈文》等著作,也对骈文的文体性质进行研究。香港耆宿饶宗颐虽然没有专门的骈文著作,但由于他深厚的古典文学素养和湛深的艺术才华,他有关文学史论文和论著对骈文也有很好的意见。遗憾的是由于地域和文化的多年隔绝,其他地区的骈文研究一直是"养在深闺人未识",近年来才揭开冰山一角,渐渐为人所知①。

4. 清代骈文研究还处在起步阶段,需要进一步拓展。骈文研究包括清代骈文研究近年来取得了能够见到的进展,比如研究的人员和队伍增加了,有些学者把主要精力开始转移到骈文研究上来,真正有见解的学术论文和著作渐渐多了起来,也举办了一些全国性的学术性会议,骈文研究出现相对热闹

---

① 谭家健《台湾之骈文研究一瞥》对台湾骈文研究做了简单介绍,载《柳州师专学报》1998年第1期。

的场景。但喜中有忧，未惬人意之处尚多。

（1）有关骈文研究论文论著绝对数量多起来，但真正有真知灼见的论文和论著少，有独特见解和创新的东西少。总体说来，骈文研究热闹是热闹，并没有形成热潮和风气，游击作战方式普遍，集团作战还没提上议事日程。

（2）认真的、扎实的文学个案研究缺乏，文学史中关注的重要的骈文作家汪中、洪亮吉、袁枚等受到研究者的重视，他们的文集、全集都已经整理出来，也发表了一系列论文，但囿于研究者的学力和兴趣，真正对于他们的骈文研究很少涉及或者缺少认真细致的分析。而其他的骈文作家则付之阙如，与明清小说戏曲研究的硕果累累适成对照。这是因为对清代骈文文本本身没有认真钻研，对清代骈文发展把握不准，因而在论述时容易出现这样或那样的偏颇，论之难公，自然难以令人信服。比如近年来的骈文史著作，虽然在前人的基础上有一定进展，但从总体上看，成绩并不令人满意。这与研究者本身亦不无关系，论文的质量何如是另一方面。就近年来出版的几部骈文选本来看，率尔操觚之讥当不在少数，李慈铭《越缦堂读书记》云："曾氏此选与吴山尊《八家四六》皆以当家操选事，并风行于代，而两公实未能深辨气体格韵之间，故雅俗杂登，菁华多落。"① 亦当自警。当然，发表的阵地也成问题，一些编辑对骈文不知或者知之甚少，真正有见解的成果往往胎死腹中，特别是年轻学者限于资历和名气，很难有表达自己意见的机会。

（3）有关清代骈文研究中观、宏观性的研究还有待开展。宏观性的研究必须建立在丰富充分的个案研究的基础上，而且必须有扎实文献支撑。同时，宏观性的研究也可以指导微观的研究，只有建立在宏观视野和背景下的微观研究或者个案研究，才能真正深入。这一方面要打破学术的壁垒，文学研究要以文化研究作为基础，在文化研究的基础上充分展开，同时也要打破文体之间的界限，特别是散体和骈体的界限，骈文研究与古代散文研究没有天然畛域，写作上要沟通骈散，研究上骈文研究与散文研究也可以共同促进。

---

① 这是李慈铭对《国朝骈体正宗》所作提要，有关骈文评论文字尚多，见李慈铭《越缦堂读书记》，上海书店出版社 2000 年版，第 1208 页。

清代文选学与清代骈文复兴

清代选学的兴盛源于对六朝文学的重视和对其文学观念与生活态度的追捧。清代骈文大多模拟清代选学，同时又在其基础上有选择和甄别。

肇始于东汉，兴盛和繁荣于魏晋六朝和唐代的骈文，虽经唐宋古文运动的打击，受到了压抑，以至于在元明两代处于沉寂。降至清代，在桐城文派如日中天之际，骈文甚为流行，作家和作品数量繁富，影响广远，其成就"超宋迈唐"（钱锺书、刘麟生语），骈文俨然具复兴气象。清代骈文的复兴也引起了研究者的兴趣，或从社会政治经济的角度，或从文化史和文学本身发展的角度，或从文学本身发展的角度，其中不乏真知灼见，对于大家研究理解清代骈文有重要的参考价值。当然，造成清代骈文复兴的原因绝不只有上面所提到的，还有更重要的是文学内部规律的影响，比如当时文人的审美心态、审美情趣等方面的原因就很值得我们探讨。还有比如清代的选学在清代相当繁荣，并且与清代骈文发展相始终，这其中有没有内在的联系？答案是肯定的，本文拟就这个问题进行分析和探讨，主要从两个方面来进行论述：一是清代选学兴盛和繁荣的表现与背后的原因，二是清代骈文创作与文选及六朝文学的关系。

一

我们知道，《文选》是我国先秦至魏晋南北朝时期最重要的文学选集，它集中了此前文学创作的菁华，历来受到文学家和士人的青睐，唐代甚至有"文选烂，秀才半"的谚语。在清代，《文选》受重视的程度也是超乎以往的。讲到《文选》，自然会牵涉到清人对于六朝文学的态度问题，我们知道，此前文人大多对于六朝文学的评价是"绮靡""卑下"，持否定态度的多，所谓韩愈"文起八代之衰"，就是反对六朝文风，以矫正华丽柔美的作派。宋代欧、苏承继韩愈文统，于六朝文学自然不屑依循，随着明代复古文学运动特别是晚明陈子龙等的提倡，到了清初俨有复兴的迹象，自然对于六朝文学也就逐渐重视起来。对于六朝文学的总体评价也突破以往那种全盘否定的框框，能够有比较中肯和切实的批评。在此背景下，研习和欣赏《文选》和六朝骈文的人渐渐多了起来。上至朝廷，下至闺阁家庭，都很重视研习文选，阮元为《文选旁证》所作序云："《文选》一书，总周、秦、汉、魏、晋、宋、齐、梁八代之文，而存之世间，除诸经《史记》《汉书》之外，即以此书为重。读此书者，必明乎《仓》《雅》《凡将》《训纂》，许、郑之学而后能及其门奥。渊乎浩乎，何其盛也。夫岂唐宋所谓潮海者所能及乎？"由此可以清楚地觑见当时的风气。乾隆帝是中国历史上存诗文最多的作者之一，现存诗达九万多首，一个人的诗作就抵得上整部《全唐诗》的数量。他也作骈文，现在收集在《清高宗（乾隆）御制诗文全集》中的骈文有赋、颂、箴、记、碑文、赞、铭、序及连珠等多种文体，数量亦自不少。乾隆《御制诗集》中就有拟《文选》中的作品，比如《赋得秋露滴荷珠》（《御制诗集》卷五）。《御制文初集》卷二十五《连珠》体模拟陆机《演连珠》，乾隆帝酷嗜《文选》，把它当作案头书。据陶湘《书目丛刊》记载，故宫图书馆有《文选》写本五部，除其中一部为康熙年间缮写者外，其余四部则均为乾隆年间抄写，并且卷首均有乾隆写照及御笔题识。乾隆于1779年颁布科场考试条例时，也坦然承认"至于诗赋，藻敷华，虽不免组织渲染，然亦有真气贯乎其中，乃为佳作"。当时研习和欣赏《文选》及六朝文学的士子文人更是更仆难数，清代骈文作家大多青睐《文选》，一个很突出的的例子是吴鼒《八家四六文选》中所举八家都研习《文选》，从中吸取创作经验，借鉴其艺术技巧，得窥神理，规摹以出。如曾燠，"都转（指曾燠）深于选学，所作擅六朝初唐文集之胜"（吴鼒《西溪渔隐集题词》），再如洪亮吉不仅自己深于《文选》学，"洪稚存以经学考据见长，诗学《文选》体，亦有笔力，时工暇炼，往往能造奇句……"（朱庭珍《筱园诗话》卷四），而且以《文选》课士，"（洪亮吉）督贵州学政，以古学教士，地僻无书籍，购经、史、《通典》《文选》置各府书院，黔士始治经史"（《清史稿·洪亮吉传》）。而当时骈文声誉最隆的汪中自言："仆早工选体，又尝好为歌行长句，耳食之流，就谓中不能为格诗。今为同舍郑健堂书此。清和洗炼，何异古人？耳食之毁誉，又何足道？正柳仪曹所谓若病乎己者也，其亦劳甚矣。"以经学名世的惠士奇也深于《选学》"年十二，善为诗，有'柳未成荫夕照多'之句为名流激赏。熟精《文选》，弱冠补诸生"，"熟《史记》《汉书》，能背诵《封禅文》"（秦瀛《文献征存录》卷五）。小说家吴敬梓"其学尤精《文选》，诗赋援笔立成，凤构者莫之为胜"（程晋芳《文木先生传》）。《文选》影响广远还可以从闺秀喜好《文选》研精"选理"，并且从中学习写作得到印证。比如黄媛介（生卒年不详，浙江秀水人，黄葵阳，杨世功室）与钱谦益、吴伟业等人有文字交往，"其诗初从《选》体入，后师杜少陵，清隽高洁，绝去闺阁畦径"（王蕴章《然脂余韵》），亦工赋，"颇有魏晋风致"；比如沈绮著有《环碧轩四六》，并有《徐庚补注》；嘉、道之际的王贞仪能诗文，著有《文选诗赋参评》十卷《清史稿·列女传一》）；咸丰年间，胶州柯跻妻李长霞，邃于选学，著《文选详校》八卷（《清史稿·列女传一》）。

六朝文化对于清代士人生活产生切实的影响，六朝文学观念和生活态度对当时的知识分子颇有吸引力。首先是文学观念的接受和理解。如袁枚，他诗文创作主性灵，重才情，他受南朝梁简文帝萧纲"立身先须谨重，文章且须放荡"（《戒当阳公大心书》）之说的影响，主张"文章不妨放逸，人品故宜谨严"（《红豆村人序》），为诗文主张"性灵"，抒发自己的真情实感。另外，有些知识分子立身行事带有六朝人的品格特征。如邵齐焘，当时人说他萧散闲逸像六朝人，有魏晋人的风致，"志行超远，意度夷旷，似魏晋间人，其文亦如之"（吴蔚《玉芝堂文集题词》；如蒋士铨"秀眉长身，两眸子灼灼如电，风神散朗，如魏晋间人"（《文献征存录》本传）；如孔广森"翩翩华胄，人目之为卫洗马、王长史，争愿逢迎交接"（《文献征存录》本传）；比如吴敬梓为人豪爽宕逸，颇类魏晋名士；再比如胡天游、汪中负才忤俗，任性使气，俨然嵇康的再世。

在上述背景和条件下，清代选学蔚为大观。首先，选学著作如雨后春笋，数不胜数，据初步统计，《清史稿·芝文志四》中"集部"目下"总集类"条列有《文选》著作16种，张之洞《书目答问》列有11种，《中国丛书综录》列有《文选》著作24种,王绍曾《清史稿艺文志补遗》列有《文选》著作24种。孙殿起《贩书偶记》列有《文选》学著作15种(包括近人高步《瀛文选李注义疏》),其中有杜宗玉的《文选通假字汇》、朱铭《文选拾遗》、吕锦文《文选古字通补训》四卷拾遗一卷、陈仅《读选臆签》为其他书目所未收。《贩书偶记续编》有七种,其中吴学濂、沈麒祯编《文选诗抄》、孙佩《文选集音》、洪若皋《文选越裁》为前者所未收。综合以上几种书目,去除重复的,清人《文选》著作有近五十种,其中比较著名的有汪师韩的《文选理学权舆》、何焯的《义门读书记》、王煦的《昭明文选李善注拾遗》、徐攀凤的《选学纠何》、孙志祖的《文选考异》《文选李注补正》、朱珔《文选集释》、胡绍瑛《文选笺证》、薛传均《文选古字通疏证》、梁章钜的《文选旁证》、李详《选学拾沉》《文选偶记》等。这些《文选》著作,大致可分为三类:一是专释《文选》诠释音义、考证旧日闻的,比如薛传均的《文选古字通疏证》、凌万才《文选直音》、孙佩《文选集音》、朱珔的《文选集释》;一是集辨音释义、体例阐发、文学鉴赏与批评于一体的综合性质的著作,如何焯《义门读书记》、梁章钜《文选旁证》、李详的《选学拾沉》《文选偶记》、徐攀凤的《选学纠何》等;一是专门为士子场屋考试而准备的,王筠《文选诗摘句》、傅上瀛《文选珠船》、胥斌《文选集腋》、何松《文选类隽》)。上述著作虽然学术价值不大,而且流传下来不多,但因为系功令所关在当时颇有市场。其次,研究队伍庞大,研究成果突出。张之洞《书目答问》列文选学家15人,即钱陆灿、潘耒、何焯、陈景云、余萧客、汪师韩、严长明、孙志祖、叶树藩、彭兆荪、张云璈、张惠言、陈寿祺、朱珔、薛传均。民国著名的骈文作家和文选学家李详补充了段玉裁、王念孙、阮元,认为他们"乃真治《文选》学者"(《愧生丛录》卷六),再加上"亦可袝食庑下"的徐攀凤、梁章钜,两项相加,清代《文选》学者有21人。李详精于《选学》,加上这些人都有《文选》学的著作问世,其说自然可信。但我觉得至少应再加上纪昀,纪昀虽然没有专门的《文选》著作,但《四库全书总目提要》中对于《文选》的论述其实是相当系统和专业的,亦自成一家之言。再次是研究成果颇丰。关于这些文选学家治学的方法和家数,基本上是朴学家的路子,注重的是音韵、训诂和版本异同的考究,清代传统《文选》学不仅在《文选》学文献整理与研究中取得了重大成就,而且在传统《文选》学中已孕育了现代《文选》学的萌芽——整体观与现代《文选》学的某些专题的出现。但这只是问题的一方面。事实上，研究《文选》，必须有相当的文学美学素养，在这方面，清代文选学家也给我们提供了有益的启示。清代王煦《昭明文选李善注拾遗》"《文选》骈体工炼之句"条云"《文选》有骈体工炼者，如班固《两都赋》'周以龙兴，秦以虎视'"；"佳丽之句相袭"条云"王子安《滕王阁赋》'层峦耸翠，上出重霄；飞阁流丹，下临无地'，警句也，而不知本于王简栖《头陀寺碑》云'层轩延袤，上出云霓；飞阁流丹，下临无地'"，这不仅是对于《文选》熟精，而且具有审美价值评判，深通文法，所见也就精当。徐攀凤的《选学纠何》"王子渊《圣主得贤臣颂》"一则云"何（指何焯）曰：'文各有体，此固颂也，不得以浮靡薄之'，（徐攀凤）案：'颂固有韵，体亦应尔。此篇却不用韵，创也。韩昌黎因之为《伯夷颂》'"，这是对于文体的历史和文体意识有相当自觉，所以能够有独得之见、会心之论。而且研究者的文学素养和审美能力的高低对于《文选》的研究颇有影响。我认为研究《文选》，同时也必须具有相当的文学欣赏水准和美学判断能力，必须深谙文理、文脉，能够注重作品的篇章结构，能够审文气，体味声情，这在对具体作品进行文学批评和价值判断时显得尤为重要，而在训诂、音韵、解释字词等纯粹学术研究时也不能忽视。这也就不难解释：一些纯粹研究性质的著作中往往有文学批评的段落，有着审美判断和美学评价，有些确有独到的会心之处。而对于创作来说，情况又有不一样，因为作家并不一定对《文选》有专门的深入的研究，但可能受某种思潮某种风气的影响，在作品中体现出类似的审美倾向和美学风貌。但有一个不容否认的事实是：在这些选学家中，有些是骈文高手，比如彭兆荪、顾广圻、阮元、纪昀等人即是。彭兆荪的骈文创作深受《文选》的影响，以致有人认为他的骈文为《文选》所累，颇伤繁复（见谢无量《骈文指南》相关评论）。

还有一个饶有兴趣的话题，清代选学与清代骈文创作的繁荣相始终，理论与创作并行不悖，也很可说明清代骈文创作与文选学的密切关系。但到底关系怎样，我们将在下面一个章节里进行讨论。

二

清代选学与清代骈文创作到底有怎样的关系？我们上面已经说过，清代骈文家大多经历过研习文选，一个很突出的例子是模拟成风。这也就不奇怪翻开清代文学史，其中有大量模拟《文选》的作品映入眼帘，真可说是汗牛充栋，洋洋大观。一种是直接标明"拟"字的如《拟宋玉风赋》《拟潘岳秋兴赋》《拟孙兴公游天台山赋》《拟谢希逸月赋》《拟鲍明远芜城赋》《拟庾子山小园赋》，有些是没有标明而实际上是的，比如尤侗文集中的《采莲赋》《悲秋风》《西山移文》等，题目虽然没有"拟"字，但明眼人一看就知是模拟《文选》哪篇作品。另外，又有咏六朝人作赋本事的，如《卓文君当垆赋》《左太冲作三都赋赋》《邹子吹律赋》《王右军兰亭序赋》《陶渊明读山海经赋》。有些直接以六朝诗句文句作为篇目，比如《洞庭波兮木叶下赋》《池塘生春草赋》《荷露烹茶赋》《春水绿波赋》。拟作的文体尤以赋作和诗作居多，拟作的上乘之作自然是以得其神理、得其品格为上，比如汪中的《自序》之类，虽则拟刘孝标的同名作，但能够出之以真情，且带有鲜明的个性特征和时代气息；再如洪亮吉的《冬青府乐府序》篇幅很长，而情感浓厚，用典贴切，声调方面，也极能动人，两篇作品是清代骈文史上有数的名篇。因为系拟作，所以能够超出原作水准的究属凤毛麟角，但其中也可觑见当时文学风尚和喜好。而这现象背后的潜台词是：六朝骈文是骈文的范本和典型。清后期著名骈文作家钱振伦云"骈俪之文以六朝为极则焉"《唐文节钞序》），"窃谓俳俪之文以六朝为极则"（《与陈琴斋文广文乞序书》），钱振伦骈文具三唐体格，自成特色，其说不为无见。所以我们也就看到《文选》的作品和作家往往成为衡量清代骈文创作的一个标尺，成为价值尺度和审美标准。这样的例子俯拾即是。《四库全书总目·陈检讨四六》说陈维崧骈文"才力富健，风骨浑成，在诸家之中，独不失六朝、四家之体格"，陈康祺《郎港纪闻》卷八云"国朝骈体，自以陈检讨为开山，由其才气横逸，泽古渊醰，而笔力又足以驾驭之，故隶事言情，具有六朝家法，一二俗调，不能为全集疵也"。李渔作《不登高赋》，毛稚黄（先舒）说此文"萧散隽永，在六朝唐人之间"。程晋芳《胡稚威文集序》"迨宋以降，惟以明白晓畅为宗，遥遥七百年余乃得吾稚威,今其集中赋则规仿六朝,散文则墨守《文粹》,诗出入昌黎、山谷间,然未有若骈体之独绝者也,其睥睨一时,无敢抗手,宜哉"。以八大家为例,比如邵齐焘,姚燮(《大梅山馆集·复庄骈俪文榷》卷八《与陈云伯明府书》)称"叔宀之跌宕如彦升",郑虎文为邵齐焘所作墓志铭称"今海内人士所推能为东京、六朝、初唐之文者,无论识与不识,必首推吾友叔宀";如孙星衍称赞袁枚骈体文"尤长骈体,抑扬跌宕,得六朝体格"。吴鼒转述汪中对于时人诗文家的品评"今之人能为汉魏六朝唐人之诗者,武进黄仲则也;能为东汉魏晋宋齐梁陈之文者,曲阜孔巽轩、阳湖孙渊如也"(《问字堂外集题词》),吴鼒也曾说:"余读《卷施阁乙集》,朴质若中郎,遒宕若参军,肃穆若燕公盖其素所蓄积有以举其词,刘勰谓英华出于性情,信哉。"(《卷施阁乙集题词》)吴鼒说孔广森骈体文"乃兼有汉魏六朝初唐之胜",曾燠"都转深于选学,所作擅六朝初唐文集之胜"。顾敏恒工骈体文,撰《昭明太子庙碑》,随园见之,以为六朝高手。

清代骈文作家学习《文选》,模拟其中的作家作品,也是有所选择和甄别的,我们知道,既然《文选》是此前文学精华的荟萃,其作品包罗万象,体裁和体制纷纭,单就六朝文学而论,就有汉魏体、晋宋体、齐梁体、宫体和徐庾体(徐、庾虽是稍后的作家,但却是集六朝文学之大成,这里一并论述),时代不同,习染不同,所呈现出来的美学风格自然也就不一样。由于时代和环境的变化,清代骈文按照自己的兴趣和爱好以及气格选取相近或相似的作家作品进行模拟、学习,大概不外乎两种情况:一是转益多师,熔铸百家;一是致力于其中一家或两家,心摹手追。吴鼒《思补堂集题词》说刘星炜"其他序记笺启,名贵光昌,尽去国初诸君游侈晦蹇之弊,卓然可传。盖司寇(指刘星炜)于孟坚、孝穆、子安三家致力最久,而才气书卷足以副之"。其实刘星炜文章得于唐代骈文家家数和技法为多,文辞华美、声情并茂。杨芳灿"工诗词骈文,王述庵谓其上掩温、邵,下侪卢、骆,著有《吟翠轩初稿》"(王文濡《清代骈文评注读本》)。而被王念孙、刘台拱称为"至其为文,则合汉、魏、晋、宋作者而铸成一家之言"的汪中(《述学叙》《容甫汪君传》),其实也就是善学晋宋体,文章骈散结合,出以自然,李详云"其实容甫善学范蔚宗书及南北朝诸史,非有他也"(《李审言文集》)一语道破其中玄机。孔广森与外甥朱文翰谈骈文作法时说"任、徐、庾三家必须熟读，此外四杰即当择取，须避其平实之弊，至于玉溪，已不可宗尚"，孔氏步武徐、庾，亦卓荦大家，在当时文名极盛，汪中叹为"绝手"（《仪郑堂遗稿叙》）。谈到这里，也许有人会问：模拟能算是创作吗？回答是肯定的，因为一种文学本身就具有继承性，特别是文学体裁这种形式方面的东西更具有相对的稳定性，加上清代文人和魏晋六朝文人的审美趣味、知识素养、社会习尚并没有本质的不同，所以很容易取得认同。事实上，中国文学史上就不乏模拟出名的大家，如南朝的江淹，"诗体总杂，善于摹拟，筋力于王微，成就于谢朓"（钟嵘《诗品》），明代的高启"启天才高逸，实据明一代诗人之上。其于诗，拟汉魏似汉魏，拟六朝似六朝，拟唐似唐，拟宋似宋，凡古人之所长，无不兼之"（《四库总目提要·大全集》）。这个问题怎么看？一种文体发展定型以后，就容易出现体制僵化的状态，为艺术而艺术，容易滑入形式主义的泥坑。王国维《人间词话》云："四言蔽而有楚辞，楚辞蔽而有五言，五言蔽而有七言，古诗蔽而有律绝，律绝蔽而有词，盖文体通行既久，染指遂多，自成陈套。豪杰之士，亦难于中自出新意，故往往遁而作他体，以发表其思想感情。一切文体所以始盛终衰者皆由于此。"此言确乎不刊之论，清代在传统的文体比如诗文创作与新兴的文体小说戏曲相比创新的东西少，这也许是清代诗文研究长期受冷落的原因。当然，也有模拟失败的。袁枚在《随园诗话》中说过"三都""二京"等赋之所以名重一时，实际上是缘于当时人拿它们当作辞典类书来用。班固、左思等人的长赋给我们最显著的印象是这些赋中所详叙的种种典章文物的名辞之琐碎纷繁，其次便是对地理环境铺张扬厉的描述；比如郭璞的《海赋》，则堆砌无数水字旁的形容字；吴锡麒的《星象赋》则排列许多星宿的名字，这些作品文学意味很缺乏，读来让人生厌。自六朝以来，凡是学这种"殆同书抄"的类书性质的作品往往以失败而告终。但作文或者说文学创作有二端：一是技术问题，二是神气问题（或称为气象），技术问题与人格无关，而神气问题与人格有关。所以我们可以借鉴旧有的艺术形式和文章体裁来表现富有生活气息和时代内容的东西，"旧瓶装新酒"。另外，也不排除在某些艺术方法和手段上有新的突破，出现新的气象。还有就是古代的文学变革和创新多以"复古"的姿态和面目出现，像清代骈文追求"古雅""高古"的格调，就是为了反对文章盼

"空疏",洗去时文的俗气和萎弱,在"复古"的旗帜下进行文学的革新和创造,完成文学改造的任务。但真正有成就的作家比如汪中、洪亮吉、邵齐焘等均能转益多师,博观约取,在模拟的基础上脱化,进而形成自己鲜明的个性特征。

(本文原刊于《南京航空航天大学学报(社会科学版)》2004年第1期)

试论清代骈文艺术上的新变

清代骈文复兴随着研究的深入已经逐渐为学界所接受,但清代骈文复兴突破与创新的诸多方面与程度则莫衷一是,众说纷纭。特别是说到艺术上的创新,否定与肯定并存,且较为激烈。这里试图从两个层面进行探究:一是从清代骈文艺术技巧方面的创新来谈;二是骈文对新文体小说、戏曲的渗透方面来探索,供方家指正。

清代骈文①的题材与前代相比,其题材内容要广泛得多,举凡庙堂之制、指事述意之作、缘情托兴之篇,无不悉备,可谓骈文集大成的时代,这一点学界大致赞同。至于清代骈文的艺术成就,则争论长久甚至较为激烈,乃至有两种截然不同的意见:一是全盘否定,这种观点以姜书阁为代表②。一是认为清代骈文有新变,有创造,刘麟生、钱锺书、马积高等先生均持类似观点,只是具体评价上则略有不同。笔者认为清代骈文既然存在复兴迹象,在艺术上也在努力创造。这里试图从两个层面进行探究:一是从清代骈文艺术技巧方面的创新来谈;二是骈文对新文体小说、戏曲的渗透方面来探索。

一、清代骈文形式技巧方面的探索

清代骈文艺术上的创新,此前有学者进行过探索③,但在具体表述时留有

---

① 关于"骈文"一词的理解,有不同说法,我认为从清代创作实践和当时人观念出发骈体应当包括骈赋和律赋。
② 参阅姜书阁:《骈文史论》,人民文学出版社1986年版,第529~530页。
③ 比如王凯符《论清代骈文复兴》(《北京师范学院学报(社会科学版)》1990年第4期)、马积高《清代学术思想的变迁与文学》(湖南人民出版社1996年版)都有阐述。

余地。其实清代骈文艺术虽然与小说、散文不能相提并论，但也在有限的空间范围努力突破，因难见巧。首先是在情感表达方式上向外发展和向内开掘。从以往骈文创作实践来看，骈文家较注重个人情志的抒发，而对社会现实、民生疾苦关注不够。清代骈文创作与之相较，在题材上内容上则注入了更多的社会的时代的内容，在反映社会生活的深度和广度上都有拓展，自然也增强了骈文的表现力。与题材内容现实性相适应，作家们在艺术表现手段和方式上也有新的特点和变化。比如乾隆初年陈黄中《导河书》以白描技法写江南水患，中云"见河湖交涨。济宁以下，茫无涯涘。田庐冢墓，靡有孑遗，有耳目所不忍闻睹者"，描绘了水患的无情和老百姓流离失所的惨状，也从侧面反映了政治的腐败和统治者的无能。龚炜的《巢林笔谈》记乾隆二十二年虫灾过后，物价飞涨的情况与种种机巧情伪，跃然纸上，真实生动①。汪中的《哀盐船文》是一个脍炙人口的名篇，作者以无比悲伤的心情描述了一场毁船三百，死难上千人的特大火灾，对死难者和家属寄予了深切的同情，说明这是天灾更是人祸，对清政府的盐运管理体制提出了尖锐的批评。洪齮孙《燕台话别图叙》、彭兆荪《牒城隍庙驱猫鬼文》、董基诚《秋棠词剩稿序》等也从社会生活的多个侧面进行描绘，具体可感。再有就是讽刺手法运用得较为普遍。如董祐诚《云溪乐府叙》列举士大夫"四弊"，嬉笑诙谐，刻画了以文章谄媚的无骨文人的嘴脸和无耻情状，深得孔稚归《北山移文》神髓。这样，清代骈文家把自己情感投向真实的广阔的现实，也拓展了骈文的表现领域。在向内深层心理开掘方面，清代骈文家也在进行积极探索。他们在个人情感和个性心理上，描写更加细腻深入。汪中的《自序》是研究清代骈文的人比较熟悉的作品，文章通过与刘孝标处境"四同五异"的比较，和泪为文，曲致反复，文章极富艺术感染力，能够引起下层群众的共鸣。可以与之媲美的杨芳灿的《自序》，亦是此类文字。此外，如洪亮吉《伤知己赋》、方履籛《董方立诔》、邵齐焘《七侄妇方氏哀词》、孙星衍《洪节母诔》、刘嗣绾《潘君妻周孺人诔》、李兆洛《赵收庵先生诔辞》、董祐诚《林太孺人诔》等，或表达亲情，或表达自己对于人生切实的感受，都写得情辞郁勃，缠绵悱恻。

其次是艺术技巧方面的求新求变。作为追求个性和自由的作家，他们自

---

① 龚炜：《巢林笔谈》，中华书局1981年版，"前言"部分。

然不愿在前人已有的模式中讨生活,清代诗人赵翼高唱"江山代有才人出,各领风骚数百年",其实也是千百年文人的心声。清代骈文家自然也不例外,他们在努力寻求突破与创新,即便留给他们创造的空间已经非常有限。清代骈文家注意从正反两方面总结前人的经验,他们在体裁选择上懂得骈散的功能,即马积高所说的"骈散分体"①。另外,他们深研篇法、章法、句法,注意字词锤炼和声韵的调适,十分注重从散文中借鉴技巧和经验,注意骈散调适,使得容易流于板滞的骈文气体通畅。清代骈文广泛运用并且为批评家所激赏的"潜气内转"与"运单成复"的技法②,已经成为清代骈文艺术上较为突出的特点。朱一新《无邪堂答问》卷二称赞了胡天游、邵齐焘、汪中。洪亮吉骈文"潜气内转,上抗下坠"。谭献《复堂日记》卷四则称邵齐焘骈文为"正宗雅器"。这种情况,与他们注意向前人学习,同时又根据自身特点取法学习对象关系密切。比如汪中就对六朝骈文文法技巧深有研究,同时也不厌弃唐宋文章,汪中指出王安石散文"庄重谨严,一字不可增损","顺逆反复,笔法园紧之极"③。而在炼字炼句方面特别突出的是常州派的骈文家,比如邵齐焘、洪亮吉等精于此道,注意造语鲜炼和警句的妙用。

三是多种风格并存,创造新的文体种类。与诗歌一样,清代骈文有前人样式作为榜样,大体有六朝骈文、唐骈和宋四六三种体格,能够拓展的空间和领域十分有限,但也并非无能无力,不能有所作为。陈耀南在《清代骈文通义》里则将清代骈文艺术风格或者流派分为四体:清俊、矜炼、博丽、圆熟;张仁青在《中国骈文发展史》中把清代骈文流派划分为六朝派、三唐派、宋四六派、常州派、仪征派,说法虽然不一,但认为清代骈文形成了独特的艺术风格和流派则是相同的。至于个人艺术风格,可以说是琳琅满目,异彩纷呈,比如陈维崧的博丽、汪中的朴茂、洪亮吉的清倩以及袁枚的清新,在清代骈文家中是突出的。

还有就是清代骈文家在体类上的改造与变化,也就是学界注意到的"破

---

① 马积高:《清代学术思想的变迁与文学·清代考据学与骈文的复兴》,湖南人民出版社1996年,第109页。
② 所谓"潜气内转"就是在文章与语气的转折处不用虚词,而使文脉贯通,此说朱一新、李审言以及刘师培均论述翔实,"运单成复"亦即"散句双行,运单成复",这种说法出之于闿运之《王志》,称之为"运单成复"。
③ 高步瀛:《唐宋文举要》,上海古籍出版社1999年版,第856页。

体"与"变体"。他们在具体创作实践中往往突破常规,寻求体制上变化,创新求异,产生诗话体、词话体骈文,笔记体、日记体骈文以及集字集句体等新的骈文体类。

二、骈文对小说、戏曲等文体的渗透

前面我们分析了清代骈文艺术形式上的变化与特点。下面我们想就清代骈文对当时新兴文学样式的小说、戏曲的影响方面进行思考,探索骈体与小说、戏曲文体左右嫁接、渗透之后所产生的变化与特点。

我们先来看骈文对小说的影响。文言小说属于雅文学的范畴,早在唐宋传奇中插入骈体文字或者借用它的技巧已经习以为常。至于其对白话小说的影响,则从宋代话本小说开始。胡士莹《话本小说概论》讲到私情公案和花判公案中的判词:"这些判词,带有诙谐性质,往往用诗、词或骈语来写",说明骈文在小说中和诗词性质相同,用来渲染气氛、铺设场景和抒写情愫。徐调孚也说"在话本的正文里,更附插着不少的诗词,或插入描绘形貌景色的骈俪文"[①]。到了清代,文言小说序跋自序或者他人所作序跋普遍使用骈体文字,比如蒲松龄《聊斋自志》、乐钧《耳食录》、袁枚《外史志叙》、钮琇《觚賸自序》、王昶《谐铎序》等均是。小说中以前用诗、词的开头、结语部分大多采用骈体文字,比如和邦额《夜谈随录》、沈起凤《谐铎》、屠绅的《蟫史》中就如是。而在正文中穿插使用骈体文字来叙事、描绘场景这样的例子触手即是,不惮繁举。值得我们注意的是长篇章回小说这类通俗文学中骈体文字的运用。与文言小说一样,章回小说的序跋以及每章开头以前章回小说惯用诗词部分全部采用骈体文字,比如屠绅的《蟫史》比较典型。由于骈文在小说中运用比较普遍,以至于在乾嘉时期出现了通篇运用骈体写作的陈球的《燕山外史》,用三万多字的篇幅演绎书生窦绳祖和爱姑的爱情故事,而且颇为流行,亦受到关注。而章回小说正文中的骈体文字性质、作用以及形态尤其值得我们关注,而且也有其自身的特点。小说中间铺叙场景、描写人物心理乃至说话、书信采用骈体,这种现象在小说中出现的频率比较高。曹

[①] 分别见胡士莹:《话本小说概论》下册,中华书局1982年版,第665页;徐调孚:《中国文学名著讲话》,中华书局1984年版。

雪芹的《红楼梦》中骈体文字比较多，较为突出的是判词，这与古代公案判词喜用骈体的积习有关，是自唐宋以来官方文书通行的体式。另外，在描述场景、人物内心情感表达或者发表看法时有意识地运用骈体文字。比如《红楼梦》第十一回一段描写大观园园林景致和第十七回描写"蓼汀花溆"的一段文字，以白描写法出之，点染山林秀色，与六朝写景文字神似。小说《万锦情林》卷之五《下层》、第八回《碧秋女雄武同逃》、第十三回《葛太古入川迎圣驾》亦如此。从上述例子可以看出骈文在小说中的具体作用：一是铺排场景，渲染气氛；二是抒发情志，婉曲传情；三是写景状物，描摹景致；四是心理铺垫。小说中骈体文字普遍说明：一是文人的积习使然；一是读者和市场的需要。骈体艳情小说民国时期曾经风行了一段时间，出现了徐枕亚等以香艳题材内容招徕读者的骈文作家，成为一种写作风尚，也很可以说明这一点。

下面我们再来看骈体对戏曲的影响。骈文与戏曲的关系也比较密切，这一点前人已有说明。比如徐扶明认为明清传奇作品，往往可以看到出现各种各样的赋体文，有描写宫殿府第、山川景色的，有描写生活物品、妇女神态的，"正是运用骈体独白，汉赋手法"（徐扶明《元明清戏曲探索》）说得确乎事实。另外，清代戏曲家焦循《易余籥论》认为八股文源于元曲。这种说法也有它的依据，因为元曲都有曲牌，若干曲牌组成一篇，和八股文很相象。其实八股文是骈文的变种，亦由此可以看出骈文与戏曲的渊源。综观清代骈文，它与戏曲的交叉和渗透主要体现在两个方面。

（1）很多戏曲序跋采用骈体文字，说明戏曲制作的缘起、声情，比如蒋士铨《桂林霜》自序，其骈体文字中虚字运用比较多，且不仅限于四字六字成文，较为流畅自然。清代乾隆时期最为风行的戏曲选本《缀白裘》中保存一些骈体文字的序，说明戏曲创作的缘由，介绍剧情、编刻的价值，由此也可以窥见骈文的普及程度和影响。戏曲文体的骈化是戏曲文人化、案头化以后追求典雅、华美艺术风格的必然趋势。

（2）人物角色出场描绘、角色宾白采用骈体文字，比如《桂林霜》第十五出《诛叛》谱孙延龄口白即以诙谐、幽默的骈语出之，一新耳目。再如蒋士铨戏曲《一片石》第一出《梦楼》薛天目上场念白及《第二碑》第四出《寻诗》薛天目的一段独白，还有第二出《访墓》中扮教官的净的说白就是口语化的骈体文字,幽默风趣,极好地刻画了一个积极乐观的教谕形象。之所以有这样的喜剧性效果,与通篇文字基本上不用典,句式拉长,适当运用虚字,以散体文的气势运骈偶之文有关。其实,随着戏曲文体的案头化、文人化之后,为了增强戏曲的文学性,从汤显祖始,特别注意语言文字的表现力和篇章结构艺术,朝着典雅华美的方向发展。另外,骈文对少数民族文学也产生影响,比如《满汉西厢记》序为骈体,也是一个有趣的现象。

三、结语

从骈文艺术形式技巧方面的求新求变和清代骈文对新兴的文体章回小说与戏曲的渗透、影响进行分析和研究,可见清代作家在艺术上所做的努力取得了一定的实绩,漠视它或者拔高它都是不对的。正是骈文家在艺术形式技巧上的不懈努力和追求,使得清代骈文呈现"复兴"态势,其中不乏传世名篇。而小说、戏曲等新兴文体与骈体的融合,则说明骈文不仅是传统文人抒情写意的工具,同时也是老百姓日常生活中的重要内容,是他们交流思想、传播文化的重要手段,骈文在创作的同时也在培养和创造自己的读者,这是一个双向互动的过程。这一点,吴兴华说得很清楚:"在创作(指骈文创作)时,他吸引了作者的一部分注意力,因此在阅读时,读者需要付出相应的注意力作为补偿,这样作者的匠心才不至于落空。"①

(原刊于《求索》2011 年第 5 期,2001 年《中国古代·近代文学》人大报刊复印资料全文转载)

---

① 吴兴华:《读国朝常州骈体文录》,载《文学遗产》,1988 年第 4 期。

清代女性骈文作家及其创作述略

清代是骈文的复兴时代,产生了许多优秀的作家作品,也受到学者的关注。但女性骈文作家则很少有人关注,其实受到当时风气的影响,当时女性骈文作家也不少,且有优秀的作品,成为当时一道景观。只是由于资料的匮乏,所以较少受到关注。这篇文章则有感于此,对清代女性骈文作家及其创作进行了概况性的描述。

中国女性作家,虽然早在《诗经》就已经有了,诸如许穆夫人,且代不乏人。其中有创作成就相当高的作家,如宋代的词人李清照、朱素贞,但明朝之前,女性作家数量并不多,而且整体水平较低。女性作家的大量出现是在明朝中后期,特别是明万历十八年(1590)之后,随着左派王学思想的传播和一批文人有意识的倡导,女性文学逐渐发展。清代女性文学更呈繁荣景象,人数众多,作品纷呈,风格各异。据胡文楷《历代妇女著作考》(以下简称《妇考》)著录①,中国前现代女作家凡4000余人,而明清两代就有3750余人,占中国古代女性作家的90%以上。特别是清代女作家更多,约3500余家,"超轶前代,数逾三千"。由此不难看出,女性文学成为清代文学创作的重要组成部分。

一

由于清代骈文的繁盛,女作家从事骈文创作者也为数不少(参见表15),

---

① 胡文楷:《历代妇女著作考·自序》,上海古籍出版社1985年版,第5页。

且或有血缘、姻亲关系，或有其他来往，故我们将之作为群体来进行研究。清代女性文学还出现了许多新的文学现象，值得特别关注，女性作家群体特征有如下几点：

1. 创作主体的家庭化。明清两代，由于经济的繁荣、文化的发展和社会的相对稳定，出现了许多文学世家，以一男性为首，提倡指导，而后形成了该家庭中一代或数代女性的文学群体。一家之中，祖孙、母女、婆媳、姊妹、姑嫂、妯娌，均系诗人、词人、文学家。乾嘉时期这种现象比较突出，比如毕沅一家，其母亲及姐妹毕汾、毕湄与智珠皆能诗，毕母又是"西泠十子"之一；如张琦一家，能文女子荟萃一门。

2. 女性作家集中分布在江南地区。据胡文楷《历代妇女著作考》所著录的 4000 名历代女作家中，明清两代为 3750 人，其中江浙两省又占 80%。据《妇考》所收，江苏省清代女作家有 1425 人，著作有 1707 种。但胡氏所收并不完全，南京大学图书馆史梅女士又辑到《妇考》未收者 118 人，著作 144 种①。这样，清代女作家江苏一省就有 1543 人，著作 1851 种。现有材料表明，清代浙江省的女作家也不少于江苏省。这样算起来，在清代仅江浙两省就有女作家约 3000 人，著作约 4000 种。这是一组十分可观的数字。

3. 女性骈文作家效仿江南文人社会生活，结文社，诗酒留连，并且形成一种社会风气。比如蕉园七子、吴中十子、随园女弟子在当时活动比较频繁。自然，会有许多骈文作家或学者之妻从事文学创作，包括骈文创作。因为骈文大体属于抒情言志的文学，题材内侧重于抒情，受到女性作家的青睐是自然的。同时，女性骈文作家多与当时著名文学家（往往也是骈文大家）交往，比如毛奇龄、陈维崧与女作家有交往。乾嘉时期胡天游、袁枚均著录女弟子，而且形成一定的规模②。俞陛云《清代闺秀诗话》云"陈云伯（文述）之妇，陈小云之室，钱塘汪允庄，七岁赋《春雪诗》，诵木元虚《海赋》、庾子山《哀江南赋》，两遍即背诵，不遗一字。熟于史事，虽僻事。叩之辄应以对……"受其影响，女性作家也重视骈文创作。

4. 女性骈文作家队伍成分比较复杂，有望族中的大家闺秀，也有小家碧玉，有农家女，也有风尘女子，创作主体呈现多元化的态势。当然，这里许多

---

① 史梅：《清代江苏妇女文献的价值和意义》，载《文学评论丛刊》，第 4 卷第 1 期。
② 袁枚《随园诗话补遗》，谓严蕊珠爱先生骈体文字，并熟知其中典故出处。

女作家是举人或者诸生等中下层知识分子的家庭成员，但一个值得注意的现象是古文家的家庭里基本上没有吟诗作赋的女性，这大概是由于古文家维持风教，正统思想占家庭统治地位的缘故，男权思想的绝对地位不能动摇。

那么，清代到底有多少女性作家，我们先来看作家情况。

表15 乾嘉时期女性作家具体情况表

作家姓名	籍贯	生卒年	诗文集	备注
王端淑	浙江山阴	生卒年不详	《然脂集》《吟红集》	王季重女
黄媛介	浙江秀水	约1620—1669	《南华馆古文诗集》《黄媛介诗草》	杨世功室
孙惠媛	浙江秀水	康熙年间人	《愁余草》	举人庄国英妻
邹漪	江苏梁溪	生卒年不详	待考	选有《红蕉集》
高景芳	旗人	雍正、乾隆时人	《红雪轩诗文集》	高琦女，张宗仁妻
徐昭华	浙江上虞	雍正、乾隆间人	《徐都将诗集》	毛奇龄女弟子
沈纕	江苏长洲	生卒年不详	《翡翠林雅集》	沈起凤女
王麟书	四川华阳	生卒年不详	《昭如女子诗钞》	金堂曾子健妻
江珠	江苏甘泉	1764—1804	《青藜阁诗集稿》	江藩妹，吾学海妻
孙云凤	浙江仁和	1764—1814	《湘云馆诗词》	袁枚女弟子、词集有郭麐序
孙云鹤	浙江仁和	生卒年不详	《听雨楼词集》	孙云凤妹，金纬室
孙荪意	浙江仁和	生卒年不详	《贻砚斋诗文稿》	诸生高第室，与洪亮吉有交往
沈绮	江苏常熟	生卒年不详	《环碧轩四六》	诸生殷樽妻
骆绮兰	江苏句容	生卒年不详	《听秋轩诗集》	辑有《闺中同人集》
刘琬怀	江苏阳湖	生卒年不详	《问月楼诗草》	刘嗣绾姊
胡慎容	浙江山阴	生卒年不详	《红鹤山庄诗词》	胡天游女弟子

续表

作家姓名	籍贯	生卒年	诗文集	备注
陆观莲	浙江嘉善	生卒年不详	《蒋湖寓园草》	桐庐殳丹生妻
沈彩	浙江平湖	生卒年不详	《春雨楼集》	贡生陆烜妾
赵棻	上海人	生卒年不详	《滤月轩诗文集》	汪延泽妾
汪端	浙江钱塘	1793—1839	《自然好学斋诗集》	陈文述之媳
苏畹兰	浙江仁和	生卒年不详	《坤维正气集》《闺吟集秀》	诸生倪一擎妻
刘慧娟	广东香山	生卒年不详	《昙花阁集》	举人梁有成妻
李淑仪	安徽新安	生卒年不详	《疏影楼名花百咏》	黄仁麟妾
李馥玉	江苏长洲	生卒年不详	《红余小草》	华亭诸生徐同叔妾
庄德芬	江苏武进	1713—1774	《晚翠轩诗文连珠稿》	董思驷母
侯芝	江苏上元	1760—1829	《再生缘序》	梅曾亮母
朱素仙	江苏松江	生卒年不详	《玉连环序》	农家女
陶贞怀	江苏无锡	生卒年不详	《天雨花》	
郑瑶圃	福建闽县	生卒年不详	《绣余吟草》	贡生林某妻
程芙亭	浙江上虞	生卒年不详	《绿云馆吟草》附赋三篇	副贡徐虔复妻
王麟书	四川华阳人	生卒年不详	著有《昭如女子诗钞》,内有《落花无言赋》《大雪赋》	金堂曾子健妻
熊琏	江苏如皋	生卒年不详	《澹仙赋钞》《文钞》	陈生妻,前有翁方刚、法式善等序
吴苣①	江苏吴县	?—1874	《佩秋阁古今体诗赋集》	汪凤九室
倪瑞璇	江苏宿迁	生卒年不详	《箧存诗稿》《静香阁诗草》	徐起泰室

---

① 关于吴苣的卒年有两说,钱仲联《中国文学家大辞典·清代卷》说为 1862 年,李灵年《清人别集总目》则为 1874 年,待考。

二

那么，清代女性骈文作家到底有哪些值得注意的作家，具体情况怎样？其创作有何特点？清代骈文女作家择要介绍如下：

庄德芬（1713—1774）字端人，江苏武进人，知府董思驷母。早寡，子仅九岁，家贫亲自督课，子赖以成立。著有《晚翠轩诗文连珠汇》，凡赋、连珠、五言古今体诗一卷，七言古今体诗一卷，诗余一卷。庄仲方《映雪楼藏目考》云："《晚翠轩遗稿》三卷，阳湖董偁妻，吴县庄德芬撰。德芬，字端人，余族曾祖姑也。生子九岁而夫死，亲课极严。其子思驷成进士，官浔州知府。其诗自道所得，不以藻缋为工。"

李馥玉（生卒年不详）字复香，江苏长洲人，李韫玉妹，华亭诸生徐同叔妾。工诗画，尤精骈体。著有《红余小草》《沁体园集》。《红余小草》凡诗八十四首，诗余九首，附有《卯塔赋》《柳带赋》《秋雨赋》《络纬赋》《蟋蟀赋》等骈体文字。

沈绮（生卒年不详）字素君，江苏常熟人，诸生殷樽妻，年仅二十一而卒。著有有《环碧轩集》《徐庾补注》四卷。沈善宝《名媛诗话》云其"博通经史律历之学"，工诗古文。

刘琬环（生卒年不详）字韫如，号撰芳，江苏阳湖人，骈文作家刘嗣绾姊，典史虞朗峰妻。著有《补栏词》一卷，原名《红药栏词》，前有刘琬怀自序，为骈体文。

孙云凤（1764—1814）字碧梧，浙江仁和人。著有《湘筠馆诗》二卷、《词》一卷，是书有嘉庆十九年甲戌（1814）杭州爱日轩刊本，诗集前有许宗彦序，词集有郭麐序，附骈体文二首。

孙荪意（生卒年不详）字秀芬，一字苕玉，浙江仁和人，贡生高第妻。著有《贻砚垒诗稿》四卷附骈体文三篇、尺牍三篇，前有曹斯栋、洪亮吉序。

沈纕（生卒年不详）字蕙孙，号散花女史，江苏长洲人，教谕沈起凤女。是书为《吴中十子诗钞》之一。其中《绣余草》有任兆麟、江珠序，《浣溪词》有自序，合称《翡翠楼集》。《雅集》则有《白莲花赋》八首。

江珠（1764—1804）字碧岑，一字小维摩，江苏甘泉人。江藩妹，吾学海妻。著有《小维摩集》《清黎阁集》。江珠与吴中名媛如张允滋、朱宗淑、沈纕、席兰枝等结清溪吟社，合集有《吴中十子诗钞》。江珠工诗词，尤长于骈体文，其为沈纕所作《绣余草》序即为骈体文。

苏畹兰（生卒年不详）字纫之，号香严，浙江仁和人。诸生倪一擎妻。其夫撰传云："（苏畹兰）尝缉明以来烈妇奇迹见于传记者，成《坤维正气录》十卷；集古今名媛诗，著《闺吟集秀》六卷。《香严诗文》二卷。体素弱，善病，栖心内典，因自号香严居士。"其《闺吟集秀》自序云：

> 三代之兴，窈窕妃媛，有盖文才，搦管挥毫，驰骋于法度之中，为世所传，以兴内教。近代以来，少习文章，六艺之奥，湮灭无闻。发华缄而思飞，嗟林下之风致，不及远矣。兹者遇圣明，向慕往哲，每获一书，嗟其出群，即日勘校，悦目怡心，当分明记之矣。积有岁时，谬蒙深拾。于是咏萱草之喻，用寄幽怀。十年以上，具知委曲。独念汉宫有水，情系无违；荐梦尚遥，思心成结。颐道家之秘言，察天下之珍妙；固可触忧释疾，目玩意移，纵心所欲，一一从其消息而用之。群华竞芳，笔如神助，亦谓生有余幸矣。妾自省愚陋，弄文舞字，非妇人所便。每为一字，若不由规矩，虚费精神。因吐其胸中，割所珍以相助。才记姓名，兼亦载吾姓名。相对展玩，虽失高素皓然之业，使知音者读之，其间有稍异常流，当见其志，我劳如何？颇亦自适。吾反覆念之，家素贫俭，室无鸡黍之餐，无香薰之饰；每感笃念，随时而作。诚知微细，何得动而辄俱；而面墙术学，神假微机，以达往意，获我心焉。闻知前志，观者勿以妇人玩弄笔墨为诮焉则足矣。

此种文字，骈散兼行，较少束缚，整丽中具疏宕之致。

李淑仪（生卒年不详）号三十六峰女史，安徽新安人。李氏青衣，黄仁麟妾。著有《疏影楼名姝百咏》一卷。前有骈体自序，其中有云：

> 嗟乎！春蚕未老，缠绵清泪成丝；锦瑟空谈，宛转惊心入拍。自觉蜂愁蝶怨，到处逢情；未识燕去鸿来，几生消劫。问诸花，花不解其故也；问诸人，人莫究其源也；问诸天，天难任其咎也。此无他，情生劫耳！

此系有感而发，凄恻缠绵，和泪当歌。

侯芝（1766—？）字香叶，或称侯香叶夫人，江苏上元人。孝廉梅冲妻，梅曾亮母。她是通俗文学作家，改订了《玉钏缘》《再生缘》《再造天》《锦上花》等四部弹词。其诗文集不可考，但她能骈文。她在《再生缘叙》①中云："诗以言情，史以记事。至野史弹词，代前人补恨，或恐往事无传，虽俚俗之微词，付枣梨而并寿。余幼习翰墨，敢夸柳絮吟风；近抱采薪，不欲笔花逞艳。是以十年来拼置章句，专改鼓词。花样翻新，只空词难达意；机丝巧织，免手不从心。近改四种，《锦上花》业已梓行，若《再生缘》传钞收（疑"将"字之误）十载，尚无镌本，因惜作者发思，删繁撮要……"以骈体述著作之旨，非深于文者不能道。

郑瑶圃（生卒年不详）福建闽县人，贡生林某妻。著有《绣余吟草》《虹屏近稿》。上册为律赋二十一篇，下册骈文三篇及古近体诗一百六十余首，书前有陈秋坪序。

沈彩（生卒年不详）字虹屏，浙江长兴人，平湖庠生陆烜妾。著有《春雨楼集》十四卷。《春雨楼集》前有汪辉祖及梅谷序、图赞、题辞。卷一赋七篇，卷二至卷七为诗，卷八、九为词，卷十、十一为文，卷十二至卷十四为题跋。缪荃孙《云自在龛随笔》卷四《书籍》云"平湖陆梅谷藏书甚富，刊《奇晋斋丛书》。夫人查氏能诗工词，妾沈虹屏善题跋，亦工诗词"，可资掌故。

朱素仙（生卒年不详）松江人，其生平不可考，但据雨亭主人，即《玉连环序》②作者的介绍，则为一农家女，晚年且过着耕作的生活。序云："云间朱氏，贫家女子也。少孤寡，有德性，嗜学，颇博，注《周易》，擅诗赋。至晚年，极爱盲词。常邀太仓项金娣谈唱诸家传说，语人曰：听其音，则有响遏行云之妙；味其言，则无勖正淫邪之美。仅可悦世人之耳，不堪娱帷薄之目也！因此作《玉连环》，又名《钟情传》，授项歌之。始听，淡然；再听则勃然；终则怡情悦性之靡既矣。后数年，朱与项相继而亡，则《玉连环》之音韵，亦从而与之俱亡。嗟乎，何《玉连环》之遭遇如此耶！"

---

① 谭正璧：《中国女性文学史话》，百花文艺出版社1991年版，第372页。
② 谭正璧：《中国女性文学史》，上海科学技术文献出版社2015年版，第467页；又此序作于嘉庆十年（1805年），见胡文楷《历代妇女著作考》第279页。

陶贞怀（生卒年不详）江苏无锡人，清初著名弹词女作家，著有《天雨花》弹词。其《天雨花》自序中云：

> 盖礼不足防而感以乐，乐不足感而演为院本，广院本所不及而弹词兴。夫独弦之歌，易于八音；密座之听，易于广筵；亭榭之留连，不如闺阁之劝谕。又使茶熟香温，风微月小，良朋宴座，促膝支颐，其为感发惩创者多矣。
>
> ……
>
> 爰取丛残旧稿，补缀成书。嗟乎！烽烟既靖，忧患频仍。澹看春蚓之痕留，自叹春蚕之丝尽；五载药炉，一宵蕉雨；行将化石以去，其能使顽石点头也乎？别本在清河张氏嫂，莒城张氏嫂，同里蒋氏姊、高氏姊、管氏妹，并多传钞脱讹。身后庶将此本，丁宁太夫人寄往清河。

序文为骈体文字，文字清丽，很少用典，具闻悲怆之音，凄凉之韵，字字和泪，语语动人。同时，有助于我们考见作者生平和创作背景。

陆观莲（生卒年不详）字少君，号雨鬘道人，浙江嘉善人。桐庐殳丹生妻，与夫偕隐，读书工诗古文，著有《蒋湖寓园草》。《神释堂脞语》云："少君骈俪之文，工雅；诗亦清映，足以品目烟霞，献酬岩壑。偕隐有斯人，以视少愚之妇，风流彷佛矣。"①

浦映渌（生卒年不详）字湘青，江苏无锡人。武进黄永室，工词，得白石、玉田神髓。《绣香小室自序》云："日暖昼长，燕翻莺舞，颇弄文墨，不敢告人。近因云孙北首，燕路寂寂，家居偶编旧集，复辑新篇。"②

汪端③（1793—1839）字允庄，号小韫，浙江钱塘人。七岁能诗，人以小韫呼之。18 岁与陈文述之子陈裴之结婚。著有《自然好学斋集诗集》。许宗彦《序略》云："余亚汪君季怀幼女端，幼失怙恃，尝依余室人居，终日坐一室，手唐人诗默诵，遇得意处，嗑然以笑。咸以书痴目之，资敏甚，诵庾子山《哀江南赋》才三遍，倍文不误一字。"尝选《明三十家诗选》，其例言即

---

① 胡文楷：《历代妇女著作考》，上海古籍出版社 1985 年版，第 621 页。
② 参阅施淑仪《清代闺阁诗人征略》卷二。
③ 生平事迹见钱仲联主编：《清诗纪事·列女卷》，第 15903 页。

由骈体写成,代表了她的文学见解。

除了上面所举的作家外,尚有延平女子,其生平现已不可考。其《题壁诗并序》(录自钮玉《觚賸》)是自身遭际的怨诉,同时深刻地反映了当时动荡的黑暗的社会现实,在清代女性骈文作家作品中亦为有数文字。序云:

> 妾闽峤名家,延平著姓。十三织素,左家赋娇女之诗;二八结褵,新妇获参军之配。何异莫愁南国,得嫁阿侯;庶几弄玉秦楼,相逢萧史。方调琴瑟,顿起干戈。夫死于兵,妾乃被掠。含羞归故里,魂消剑浦之津;掩面强登舆,肠断西陵之路。兹当北上,永隔南天,爰题驿舍数言,聊破愁城百叠。

大体说来,清代骈文女作家的创作上有以下特点:

1. 题材内容一般说来比较狭小,以抒情为主,侧重女性个人心理感受和情感,当然也不排除有些作品有一定的思想和见解,甚至有些作品有比较深广的内容。比如上面所举延平女子《题壁诗序》反映了动荡的社会现实和女性悲惨的处境。

2. 文体形式上以诗序、抒情小赋、抒情短札见长。如黄媛介《离隐歌序》云:

> 余产自清门,归于素士。兄姊媛贞,雅好文墨,自幼慕之。乙酉逢乱,转徙吴阊,羁迟白下。后入金沙,闭迹墙东。虽衣食取资于翰墨,而声影未出于衡门。古有朝隐、市隐、樵隐,予殆以离索之怀,成肥遁之志焉。将还省母,聊作长歌,题曰离隐,归示家兄。或者无曹妹续史之才,庶几免文姬失身之玷云尔。

文字清新,极少用典,这种骈体文字在当时女性作家笔下是具有代表性的。

3. 风格大体以幽婉、纤细为主,这也大体符合女性的心理特点。

上面我们叙述了女性作家群和创作特点,基本上可以说明清代女性骈文创

作的概况。至于女性骈文创作繁荣的原因,我想主要有以下几点:

1. "女学"的发达。许多著名文学家的启蒙老师就是自己的母亲。程同文四岁丧父,母教之读,过目成诵,有"神童"之目。汪中七岁丧父,在母亲的教导下成才的。在这种情况下,一些女性作家文学创作的主体意识增强,比如张繁女史序熊湄《碧沧道人集》有云:"虽变化百端,纵横万状,莫不缘情随事,因物赋形,而一本性情,岂得以香奁小技目之?"对于文学本质的认识是颇有见地的。而邹漪《红蕉集序》则可以说是一部简短的女性文学史。沈善宝《名媛诗话》说柴静仪诗"落落大方,无脂粉习气",则是对诗歌的评论,也很到位。这些都说明了清代女性作家文学的自觉性大大增强。

2. 社会经济文化条件的许可。江南本身物质文化条件的繁荣,促成了女性开始注意自己内心世界的展现,呼吸闺阁外面的空气,虽然女性解放和自由的意识还处在萌芽状态,但要求表现个性,抒发个人感受的愿望相当迫切。如骆绮兰序《听秋馆闺中同人集》云:"女子之诗,其工也,难于男子。闺秀之名,其传也,亦难于才士。何也?身在深闺,见闻绝少,既无朋友讲习,以瀹其性灵;又无山川登览,以发其才藻。非有贤父兄为之溯源流,分正伪,不能卒其业也……"此则说明当时女性作家诗歌创作之艰难,也是要求抒发自己个性和情感的呼唤。而邹漪《红蕉集序》"抗、逊、机、云没,而乾坤清淑之气,不钟男子,而钟妇人。难言哉!顾余历览古今,闺阁之传与否,亦有幸不幸焉……"则是女性自觉创作的宣言,表现了女性要求话语权的心声。

(此文原载于《中国文学研究》2006年第1期)

汪中著述及佚作述略*

汪中是清代中叶著名的学者和骈文作家,由于汪中游幕四方,"以笔札供菽水",一生坎坷,生活困顿,加以赍志以殁,其文集来不及整理,文稿散佚自然不少,至今为止还没有一部整理完善的"汪中集"。新近台湾文史哲出版社出版了《汪中集》,可说是目前比较完备的本子,但可供商榷的地方很多,我们这篇文章针对存在的问题进行纠正,并对《汪中集》的编撰提出自己的看法,同时对《汪中集》所未收诗文进行辑佚。

汪中(1744—1794)是清代乾隆、嘉庆时期著名学者和诗文作家,在史学、诸子学、文学、音韵、地理以及古籍的校勘、辑佚、辨伪等方面多有成就,有学者甚至径称其学术为"绝学"①。他生平"耻为无用之学",以经济儒术自负,其流传至今的著述有《大戴礼记正误》《经义知新记》《国语校文》《旧学蓄疑》《广陵通典》《春秋列国官名异同考》《述学》《汪容甫遗诗》② 及《春秋述义》(一卷),《文宗阁杂记》(三卷稿本),以及保留在其子汪喜孙编撰的《汪氏学行记》《孤儿篇》《汪容甫年谱》《丧服答问记实》中的部分篇章③。汪中的诗文创作也卓荦成家,骈文创作更是冠绝一时。但由于汪中一生,游幕四方,加以生活困顿,所以他的诗文残缺和散佚不少。其

---

* 笔者另有《汪中著述及版本考》(《西南交通大学学报(社会科学版)》2004年第5期)侧重于汪中著述版本,关于汪中著述和佚著笔者此后又有新发现,比如湖南省社科院图书馆藏钞本《容甫金石文跋尾》等今后将另撰文考述。

① "绝学"语出谭献《复堂日记》卷一《师儒表》。

② 上述九种都已收入《重刻江都汪氏丛书》。

③ 林庆彰《前言》中汪中撰《策略谡闻》误为《策略谀闻》,汪中卒于"葛岭园",不是"葛林园",在今杭州市金石山上。另据《前言》汪著有《中庵集》校本,不知何据?上述诸种著作除了《春秋述义》一卷附于《述学》后外,其余都单独成书。

诗文主要保存在《述学》《汪容甫遗诗》中，其中《述学》刻本比较多，流传相当广泛，但它并非诗文全集，而且各版本之间的源流关系相当复杂。最近台湾出版了一部《汪中集》，是目前为止收录汪氏诗文最全的本子，但其中还有许多不尽如人意的地方。有鉴于此，我们这里主要谈三个问题：一是谈《汪中集》的编撰体例；二是《述学》《汪容甫遗诗》的刊刻情况；三是《汪中集》以外汪氏诗文佚文的辑佚。

台湾文史哲研究所出版的《汪中集》，将《述学》《汪容甫遗诗》和《汪容甫文笺》（古直、李详注本）编为汪中诗、古文和部分学术著作的合集，其可取之处是：

1. 首次将汪中诗文集合刻，对汪中的诗文进行了比较全面的整理；

2. 对《述学》重新编目，文集部分为七卷，增补了部分篇目，比《述学》增多了 14 篇；

3. 对所有作品做了标点，同时订正了一些讹、脱、错字，对部分残篇进行增补，比如增补了《汪纯甫哀辞》的"哀辞"部分；

4. 将陈垣先生的研究成果即《汪容甫〈述学〉年月日多误》收入，订正了不少错误。

但笔者通过仔细阅读比勘，发现该书还存在不少问题。现略述浅见，以与该书编者商榷，并求教于方家。

首先，该书选用底本，文集部分以成都志古堂本作为点校的底本，诗集部分则以《四部丛刊》本为底本，值得商榷。因为志古堂本虽然收录文章最多，但并不是最精审的本子（说见后）。建议文集部分以《四部丛刊》本作为点校的底本，参以家刻本、刘刻本、阮刻本、扬州书局本等，补收志古堂本中《汪中遗文》和《附钞》，并出《校勘记》。这样庶几可以勾勒出汪中诗文著述的版本源流，还其历史原貌。

其次，在编排体例方面，《汪中集》也有值得商榷之处。

1. 将《汪容甫文笺》作为文本的一部分并刻不妥当，《文笺》中的所有文章前面已见，这里再出现就是重复，且与全书体例不合。

2.《汪中集》有意将学术之文与辞章之文分开编排，这是可取的，但在具体处理上尚不尽如人意，如卷五将辞章之文与考证之文混编在一卷，自乱体例；书信卷中出现《代陈商答韩退之书》《祭冯按察碑铭》，尤属无谓；一些断篇残章如《江夏风土铭》列入正式篇目，比较勉强，似宜归入"补遗部分"为宜。

3. 诗集一仍其旧，没有重新整理。《汪容甫遗诗》初刻已毁于兵火，同治年间汪中曾孙汪祖同为保存先祖遗泽，根据家藏稿本以活字付刻，篇目和讹、脱字都没有校正，因而文本本身存在问题，这次编排应重新整理。

4. 汪中的笔记手稿《文宗阁》是反映汪中学术和文学观点的重要资料，应当整理收入。

再者字句方面的错误不少。漏句漏段现象偶尔出现，比如《汪纯甫哀辞》校点者据《汪客甫先生年谱》（以下简称《年谱》）收录了《述学》遗佚的哀辞，却漏掉了"君之殁三十有六年，促而位下，不竟其施。某写此辞，以写其哀而不及其他行谊，辟不敏也"（据《年谱》乾隆四十年）；另外句读、标点符号存在的问题也不少，而问题集中出现在所收的佚文中，举例如下：

"本一国也，何以为三其名？维何以何为界？"，应是"本一国也，何以为三，其名维何，以何为界？"。（《策问二节》该书 177 页）

"某以孤童，就学逮今二十年矣"应为"某以孤童就学，逮今二十年矣"。（《汪中集》294 页）

"六月二日汪中敬问怀祖大兄无恙。……所恨昏厥之证，闲一二月一发，适来顺也，适去时也，又何足治乎？"应为"六月二日，汪中敬问怀祖大兄无恙。……所恨昏厥之证，间一二月一发，适来顺也，适去时也，又何足（疑为"得"字）乎？"①。

然后，《述学》本身引文时有问题，或是不注明出处，或是引文时略去其中一两句，时有误引、脱字、讹字等现象，这本是古代学者写作的习惯，未足深究。但现在整理校点，似宜查对原文，予以校正，或给予说明，以免以讹传讹。比如，《释连山》引《春秋·昭二十九年传》作"烈山氏祭法""烈山氏之有天下"，考《左传》应为"有烈山氏之子曰柱为稷，自夏以上祀之"，汪中所引不知何据。而作为汪中名作的《明堂通释》，也有类似的现象，

---

① 《致王念孙书》，选自罗振玉《昭代经师手简》中汪中手书，民国年间出版，华东师范大学出版社 2014 年影印出版。

在引《逸周书·明堂篇》"周公相武王以伐纣,夷定天下……应门之外,北面东上"一段文字时,"周公"前漏掉"是以","大朝诸侯"与"明堂"中间衍"于"字,"负斧南面立"与"公卿士侍于左右"中间脱"率"字①。下面是关于汪中诗文集《述学》《汪容甫遗诗》刊刻情况的叙述:

先说诗集。汪中的诗作散佚和未成之作不在少数,这是因为诗作多是少作,随作随弃;同时汪中自认为自己不如黄景仁,难以独占鳌头,所以更不在意保存②。但汪喜孙经过多方搜集整理,于嘉庆年间刊行了《容甫先生遗诗》,收录了汪中的大部分诗歌,但当时汪喜孙并没有把所有留存的诗作刻入,且原刻本与刻板悉数毁于兵火。后来汪中曾孙汪祖同据家藏稿本重刻,这就是同治乙酉(1885年)所刻的《汪容甫先生遗诗》,为《遗诗》五卷、《补遗》一卷、《附录》一卷,它收录汪中所有手稿已删未删之作,视汪喜孙所刻要多一些,可称为完帙。此后各种版本均据此翻印③。

再说《述学》。据汪喜孙《汪容甫先生年谱》记载,汪中生前曾编刻自己的作品,最早的是《糜畯文钞》,汪喜孙曾偶然从旧书肆中购得,但现在已经亡佚;另外,《明堂通释》汪中生前也出过单行本(见本文(与程瑶田书)),这些著作后经汪喜孙整理都收入《述学》中。汪中一生心血萃于《述学》一书,但汪中并没有完成心目中的学术研究计划,《述学》收录的只是他已完成的研究成果的一部分,但即便如此,也可由此窥见其治学规模之大。《述学》凡经九刻,版本情况比汪中其他著作远为复杂。

《述学》的刻本从卷数来看,有二卷本、三卷本、四卷本、六卷本、七卷本、九卷本;从刻书年代来看,有乾隆间初刻本,嘉庆年间汇刻、遗书本,嘉庆和同治年间增补本;从字体来看,有家刻大字本、宋体小字本、阮刻大字本;从刻书形来看,有单行本、丛书本;从出版者来看,有家刻本、坊刻本、局刻本;从刻印、抄写特点来类分,有初刻本、原刻本、增补本。

在这几种版本中,以不分卷三卷本最早;以六卷本善本最多,收藏最广,诸家题跋、题款最多;以小字四卷本(小字,内第三卷外第一卷,汪喜孙刻于嘉庆二十二年,首署"问礼堂藏版",前有王念孙序)为最精审;以成都志

---

① 汪中引文参看杜预注《左传》,上海古籍出版社1997年版。
② 参见本文乾隆三十四年《与秦黉书》和刘台拱《容甫汪先生遗诗题辞》。
③ 参见汪祖同所作跋和胡念修识语。

古堂本最为详赡。

汪中诗文集的刊刻源流大体如上所述。既然《述学》版本如此复杂，我们整理汪中诗文集或汪中全集，在选择底本时必须审慎。综合比较各种刻本，参考重刻江都汪氏丛书中相关资料，我们建议文集应以《四部丛刊》本作为底本，再参以其他善本；诗集则以《四部丛刊》本作为底本，参以"刻鹄斋本"。

《汪中集》对《述学》以外的汪中作品做了辑佚，但失检失收的诗文仍有不少，笔者试作补辑，为将来《汪中集》的增补校订提供参考。现发现的佚诗不多，且为断章残篇，比如"行将挥泪过西州"（《年谱》乾隆五十九年）；"老树西风惊鹳鹊，坏墙风雨绣龙蛇"；"溪流春浅鹿麛遇，山路雨晴桔柏香"（《文宗阁杂记》148页）；"叶脱辞穷巷，莲衰埽半湖"（《扬州画舫录》卷八）。而佚文较多，主要是《年谱》中的书信，其次就是汪中本人撰的《述学》叙和收入《笥河文集》中的《朱先生学政记》。汪中的这些书信虽然是断片，但内容十分丰富，它包括三类：一是给朋友至交如王念孙、刘台拱、赵怀玉、程瑶田等的书信；二是汪中给父友秦黉（西岩）的书信；三是给幕主和师长如谢墉、朱筠、冯廷丞等的书信，现按年月编排于下：

某始时止习词章之学，数年以来，略见涯涘，《三礼》《毛诗》以次研贯，且有志于古人言之道。盖挫折既多，名心转炽，不欲使此身为速朽之物也！（乾隆三十三年与秦黉书）

武进黄景仁，字仲则，昨以事客游于此。其人年二十有一，所作诗千有余篇，雄才逸气，与李太白、高青邱争胜豪（应为"毫"）厘，实非合世上所有，某虽负气，于诗自愧弗如也。（乾隆三十四年，同年又与秦西岩书云：正月之望遂往太平）

某孤露早婴，凡先君子之容止、謦咳、起居、嗜好，略不复记忆，即手泽亦无存者。惟诸父执同时游息，当日出处，摩厉臭味，绝无差池。不逮事父而逮事父之朋友，人子之心有不能已者，故未尝有过情失礼之事。（乾隆三十五年与秦黉书）

比来心力甚弱，不得已束诗不讲，以并力于古文经学。闻彭公为学使，学问之事，或有一日之知，亦可为养亲计……溯流西上，江波殊为

险恶。客路风霜,高堂老母,殆亦难为情矣……馆地已致之黄仲则。(乾隆三十六年冬与秦黉书)

《寻珊竹公墓》诗一卷呈上,数年不复作诗,现之辄为失笑。(乾隆三十七年,与朱筠书)

得家书,知老母患寒湿不能行动,某近在数十里内,尚可朝发夕至;若江宁,远隔大江,则又有风水之阻矣。自念离家一日,则此生在膝下之日即少此一日。家乡得一馆地,使某展布其四体,尚不至于素餐。即在府城,亦可奉母复归故土矣。(乾隆三十八年与秦黉书)

某于二十三日抵家。老母以肝脾受病,其事甚危。际此酷暑,附身之具一无所备,今特走字将《通典》二百卷、《资治通鉴》三百四十四卷奉上,抵银十两,并恳即日递下,即取书而去。人生至此,不客他言!七尺尚在,报恩有日。(乾隆四十年与秦黉书)

《贾君志》金石文之正体,《李君志》则兼哀词为之。(乾隆四十二年,与王念孙书)

去年交程举人瑶田、洪中书榜二君与金殿撰。(乾隆四十四年,与刘台拱书)

《东方朔画赞》已归冯按察。《李昭碑》严侍读及秦君处二本,皆远在此本下。与其归之他人,不如归之足下。(乾隆四十四年,与赵怀玉书)

比来苦多于病,旧学日荒,本月中已移寓玉井西偏之仁寿巷,在旧居西南半里所。得古碑若《泉醴铭》《李思训碑》《中兴颂》并北宋拓本,夏间拟移往杭州,当与足下为十日之聚,其时可尽出所有与共观之。……人世荣名、史书佳传,比之富贵尤不可凭,可为长太息耳!……常州城中三数友,近惟渊如与狎,其他求于里门,若有不能终誉者。而足下金坚玉润,质有其文,独有使人意消之致,以此解带写诚,期于白首……来札云将为闭户计,今未知如愿否?君子深造之以道,欲其自得之也,足下学问当于此求之矣耳。(乾隆四十五年,与赵怀玉书)

乙未之夏,家母笃疾,某以岁制之具告急于左右,即日先生遣纪纲金姓持银十两至仪征,某感之不忘也。荏苒六载,老母幸邀余荫,康强无恙,某生计亦稍裕于前。人子之所以事亲者,其心无尽。去冬适得美椟，前此岁一漆之者已货之他人。而先生之德不可虚受，比见金纪纲在门，不胜感触，因以银属其转呈，并道某感谢之意。(乾隆四十五年与秦黉书)

某今年虽病，残体较去年淮安洒泪作别时，故当胜之。……某病中百虑萦怀，深恐不起；而足下则时时梦见之，晤语如平生，此亦心思专一之验也。……《通艺录》乞仍惠一帙，其《沟洫篇》刻成并望寄我，《仪礼·堂阿》等制文乞抄一本见付。又新法列宿度数亦乞见示。……昔虢叔、闳夭、大颠、散宜生、南宫括五臣，同僚比德，以赞文武。及虢叔死，四人者为之服，其事绝可感。某将仿其义为制缌服作说一篇何如？……端临至江宁，为十日之聚，为今年二百四十日之至乐。(乾隆四十八年，与程瑶田书)

三月下旬，往江宁，旅食者五阅月。四月，某因肝火铄肺，作咳，医者误以为寒凉，几至不测。(乾隆四十八年，与程瑶田书)

夏日，避暑养疴，稍理卷帙，于六书略有所窥。……《明堂通释》亦著有成书一卷，其余小小心得者，亦多有之。(乾隆四十八年，与程瑶田书)

足下得易田、怀祖、端临及某为之友，其乐亦何以加之？(乾隆四十八年，与李惇书)

春仲，从谢侍郎北上。在途病发，抵家后衄血数升，晕绝者再，卧床四五十日。病后无憀，辑成《秦蚕食六国地表》一卷：秦当躁公出子之世，数有内乱，国势最衰。汉中属楚，则巴蜀不可取，而捍关不惊；桃林之塞属韩，则三川不可窥；西河上郡属魏，则安邑有所蔽，而大梁不徙；九原属赵，则主父方欲袭秦。自献、孝二公之后，其势始大。而三家分晋，其地畸零，多有子道。秦人攻取之迹，《国策》不详，《史记》多疏，《通鉴》尤略。今遍考先秦之书，分其年限为十图，颇为该洽，有暇日当钞一本奉寄。闻春来体中不快，或者览某之书，启颜一笑，霍然病已，比于枚叔，不亦善乎？(乾隆四十九年，与冯廷丞书)

比闻足下将肆力于文章，此道自欧、王之没，迄今七百余年，无嗣音者。国初诸老，彼善于此则有之；要于此事均之无得也。某以穷乡晚学，费心力于此仅二十年，昔人所谓"天地之道，近在胸臆者"，虽不能至，心向往之。有便过从，当为足下悉陈之，仍愿足下之化我。要其道，则用功深者收名远，固非见小欲速者之所能为也。足下颇心折于某氏，某氏之才诚美矣；然不通经术，不知六书，不能别书之真伪，不根持论，不辨文章流别，是俗学小说而已矣，不可效也！足下之年亦长矣，过此则心力日退，不可苟也！（乾隆五十二年，与赵怀玉书）

先母有治命，葬事必以三月若九月，得寒暑昼夜之中，以便将事。今岁之九月，为期太促，故不及举柩，系与先君子合墓，无需卜地。此时以未葬之故，其朔月半奠如故也。某素有肝气，构此摧剥，殊难自支。太夫人发引，某在苫块，不能亲来执绋。足下卜地数矣，其法应如何为佳？某未尝从事于此，术者之言，故不欲信之。（乾隆五十二年，与赵怀玉书）

老母素苦痰嗽，比年以来，饮食尽化为痰，肌肉销铄。六月二十三日之夜，忽然昏厥，用仲景半夏汤，次日始醒，神气颇清，而呼吸甚促，药物不能为攻。至七月之朔，竟至弃养！者母自归汪氏，贫无童妾，亲操井臼。及先君子下世，重以歉岁，三旬九食，冬无衣被，某所亲见。养育儿女，旦夕作劳。及某长成之日，佣书负米，谋一日之养，思以返哺之勤，偿集蓼之苦，而终岁呻吟，少有宁宇。末路之猝变，由于积年之久病，而致此之故，实以中岁之摧剥，虽则考终，未尽其天年也。某入世以来，饥寒困辱，汲汲无欢，徒以老母之故，不复言苦。今顾此余年，生亦何益？早衰多病，今更剧于向时。昔为贾、李二人作墓志，以足下与之交契，故于文中并及之。他日足下为我操笔，当叙此情事也。（乾隆五十二年，与王念孙书）

科名，身外之一物；以之荣亲，则为实际。某每闻人致语云：一举登科日，泊然无所动心也。继云：双亲未老时，则闻而瞿然。况足下大母在堂，于君子三乐之一，且过之乎！……入世既深，必思所以自立。学术观其会通，行业归于平实，是所望也。（乾隆五十二年，与孙星衍书）

某有定武本《修禊序》，曾作铭及跋，前绘某小像，为长衫戴笠，左手抇须，半身。欲乞足下作一像赞寄某，某与易田书之，赞前有序，后为韵语，须君当家本色，又要切《修禊序》：某方有江夏之行，望于岁内

交江编修寄扬州。拓本《李少监先莹记》奉之足下，以为伴函。(乾隆五十四年，与孙星衍书)

平生吟咏编摩，于世何补？不若平心折狱，尚有实政及人。天之所以全足下而大用之者，其道甚巧。并闻廉慎，自将苞苴不入。固穷之节，尤文人才士之所难。(时孙星衍官刑部，当写于乾隆五十五年以后，与孙星衍书)

十一月二十五日。某梦至一处，屋三楹，极洁净轩敞。夫子坐西南隅。与某言，颜色敷腴，欢若畴昔。某愿夫子以病归，而夫子言：欲之而不能也。数年来，以夫子遂初之赋尚不可知，而某心悸日加，无复北行之望，奉手未卜何时？每一念之，辄为悯悯。今梦若此，岂尚有未尽之缘乎？告之左右，当为怅然也。(乾隆五十五年，与谢墉书①)

平居希接人事，专积思于经术。……谨因明问，作《释童》一篇。(乾隆五十六年，与谢墉书)

欲以文自卫，不见侵犯。……某壮岁以前饥寒劳苦，夫子所具知。今荷嘘植成全，甫得饱食，著书以没余齿，而人事之侵凌如此，某安知有生之乐耶？(乾隆五十八年，与谢墉书)

去年卧病时，自度此生不复能至寄奴山下。正月二十九日，同当事来余山，午后渡江奉访，坐超岸寺对门，尽未申酉三时。其日，江宁陈布政往苏州，肩舆咸从之往丹徒，某不能得也！次日，同当事匆匆北归，而孙容将持足下手书见示，悯怅无已。始知寄奴山虽可至而不易至，譬夫蓬莱方丈，风忽引之去也。(乾隆五十九年，与刘台拱书)

此外，还有吴修《昭代名人尺牍小传》卷二十四保存的汪中与孙星衍手书，不著日期，语云："渊如足下：《石鼓文证》一篇为足下写作，今辄附上。又《黄鹤楼铭》《广陵对》二篇，其文奇绝，存怀祖处，可取观之。汪中顿首。"(另有一行小字云："《黄鹤楼铭》可与稚存观之")。汪中的这些信件，叙述了他的交游和日常生活状况，可与他的诗作及其他书信、文章相互补充，是研究汪中和乾嘉时期学术和文学活动的重要资料，有必要对它们进行整理，

---

① 汪喜孙云：按此具征先君师友之情婉且笃也，其它一些书信也有类似情形。按：汪中集：《和述学》，辽宁教育出版社2000年版。

编入《汪中集》。

另外，还有收入《笱河文集》中的署名"门人江都汪中"述的《朱先生学政记》①（此据嘉庆二十年椒花吟舫刻本《笱河文集》辑录）和保存在《年谱》乾隆四十四年（1779年）中的《述学叙略》。《朱先生学政记》移录如下：

> 论叙第一 未编 平日所论教平日所论教 试牍序 刊说文序 策问 经解题请修四库书摺子进书诸摺子 凡成文皆隐括联络之后仿此凡游历诗文无关教典概不入编
>
> 劝励第二 缉入一条余未备 江汪二君墓碑 张陈二烈女及薛孝子碑谒邵先生祠诗俱入此卷
>
> 合肥包孝肃祠，四周环水田数百亩，杂植芙蓉、菱芡，望之如锦。岁以租入供祀事，其末孙质诸人久不归，先生至祠下，一童子言之，先生戒勿泄。而所质者为二武生，乃于其谒也，之曰："尔曹皆健男子，行且为天子侍卫臣，好自爱，然尔亦知包公之能治鬼乎？吾畴昔之夜，梦王服者深目而黝色，语我以祭田曰：'自某区至于某，归汝者若干年，春秋无所血食。明将释憾于汝，汝生即无所畏，一旦不讳，而鬼卒桎梏曳以造于孝肃之前，其何以御之？'皆相视而惊曰：'诚如公言，然此皆某祖父事，今即归之。'"先生曰："果如是，亦何忧？"因令有司酿金以酬其直，于是田遂归于祠。楚人信鬼而俗，言肃为冥司，故以是谲之。然先生前见孝肃像，美须髯长身，日皙，非如俗所传者也。署卢州府知府郑君复于先生曰："是田者，讼于官者五十年，自公一年而定，岂非下观而化者邪？"
>
> 鉴录第三 张飞卿祭文石刻 丹阳书院碑记题名 梅豪亭记 诸所拔识之人概不载其名以其人见在不可量其所至且涉标榜之嫌 缉入二条余续编
>
> 效绩第四 缉入二条余续编
>
> 先生在颍州既祠张烈女，四方来观者数千人。有二妇植末而叹曰："甚哉！烈女生无所异于人，今死且数十年，而光荣若是。女即不以烈

---

① 按：汪中集《和述学》（辽宁教育出版社2000年版）均只录《朱先生学政记叙》，且标点有问题。这里只录遗失部分。

死,其身终亦必死,死则曷以有今日耶?夫人不幸而遇此者,其将何以自处哉?"先生闻其语,因招之使前,为之反覆陈说,示以女子外成妇人不二天(疑即"夫"之笔误)之义。且曰:"若固知死之为贤乎?即幸而家室无故,则孝于舅姑,而敬承事其夫,其亦可矣。即不幸而夫死予幼,助养孤以须其成焉,其亦可矣,是不必要于死而后为贤也"。先生辞气温厚,又颇通以方音,俾归以教谕其乡里。于是诸妇人鼓舞赞叹,或有泣者,皆叩头而去。而江、汪二君之从祀于紫阳也,其乡有二人方以童生就考,即与观礼,乃幡然出其箧而弃之曰:是不可以言学,吾乃今知所以学矣。径以其行泄易书数束而去,学官追之不得。先生即谢事,布政司杨公来曰:"往者士恒喜搆讼,自公来而日少,及今殆绝。若是者,何也?安徽土陿而人瘠,士无以自赡,而其人又生而聪明有才辨者也,则不得不倚于讼以求食,今公之教一约之于注疏、《说文》以竭其才,又量其才而扬之于人,使往学焉,以食其业。是安徽多数十百学古之人,又少数十百搆讼之人也。即案牍日省而吾之受公赐者多。"先生曰:"是民俗之淳也,于吾何有哉?"

《述学叙略》云:

观《周礼·太史》,当时行一事则有一书。其后执书以行事。又后则事废,《春秋》已然,而书存孔门,比于告朔之饩羊。至宋儒以后,则弃其书之事而去之矣。有官府之典籍,有学士大夫之典籍故老之传闻。当时行一事,则有一书传之,后世奉以为成宪,此官府之典籍也;先王之礼乐政事,遭事之衰,废而不失,有司徒守其文,故老能言其事。好古之君子,闵其浸久而遂亡也,而书之简毕,此学士大夫之典籍也。

古之为学士者官师之长,但教之以其事,其所诵者,诗书而已。其他典籍则皆官府藏而世守之,民间无有也。苟非其官,官亦无有也。其所谓士者,非王后公卿大夫之子,则一命之士,外此则乡学、小学而已。自辟雍之制无闻,太史之官失守,于是布衣有授业之徒,草野多载笔之士。教学之官,记载之职,不在上而在下。及其衰也,诸子各以其学鸣,而先王之道荒矣。然当诸侯去籍,秦政焚书,有司之所掌荡然无存,而犹赖学士相传存其一二，不幸中之幸也！孔子所言，则学士所能为者，留为世教；若其政教之大者，圣人无位，不复举以教弟子。礼乐征伐，失在诸侯大夫。又后而四豪游侠之徒出，而学问乃在士大夫。周之衰也，典章制度考之故府，则犁然具在。而历世既久，徒以沿袭失之，而不复能知其制作之义。孔子则瞢然于一王之作，而被诸当世。故云：人存政举。又曰：待其人而后行。庄子则一以为用，而欲尽去之。

前者是汪中与乾嘉时期著名人物朱筠交往的重要资料，后者是汪中本人对《述学》一书旨趣的解释和说明，对于我们把握汪中学术思想和理解《述学》不无裨益，也应辑入《汪中集》。

（本文原刊《湖南大学学报（社会科学版）》2004年第03期；《中国古代、近代文学研究》2004年09期全文复印）

阮元《研经室集》未录诗文三篇

阮元（1764—1849年）字伯元，号芸台，清代学者、文学家。乾隆末年进士，官至体仁阁大学士。曾于杭州创设诂经精舍，广州设立学海堂，提倡朴学。中华书局整理本《研经室集》是目前收录阮元作品最全的诗文集，包括阮元自编《研经室集》和其子续编文集。《研经室集》和续集分别编于道光八年（1828）和十年，而阮元至道光二十九年才去世，所以有集外诗文未能收录其中。《研经室集》整理本出版后，相继有学者进行集外文的辑佚，其中陈鸿森《阮元研经室遗文辑存》（杨晋龙主编：《清代扬州学术》，台湾"中央研究院"中国文哲研究所2005年版，第653~777页），裒辑集外佚文达上百篇，王章涛《阮元年谱》（黄山书社2003年版）所辑集外佚作亦夥。笔者亦以《阮元〈研经室集〉集外文辑》（《湖南大学学报（社会科学版）2005年第11期》）、《阮元〈研经室集〉集外文辑佚续》（《湖南大学学报（社会科学版）》2006年第6期）为题，补辑阮元集外诗文数十篇。今笔者从道光二十九年刻本《古春轩诗钞》卷首辑得阮元所撰《梁恭人传》，并从《清代名人墨迹》和《长离阁集》辑得佚诗二首，为阮元《研经室集》所失收，也为以上诸家所忽略，兹移录如下，供研究参考。

梁恭人传①

恭人姓梁氏，名德绳，号楚生②，兵部车马司主事德清周生许君宗彦③配也。驾部年十九，与予同举丙午科乡试，予齿长驾部四岁。后十有三年，予副朱文正公典己未科会试，驾部甫成进士。是科得人称最盛。驾部以经学冠其曹，既分部视事，甫三月以亲老乞归，不复仕。家事悉弗问，皆恭人主之。以故驾部益得覃研经史疑义，兼精于天文、算法，杜门却埽、优游林泉者凡二十载。予于驾部相契深，且素重恭人贤，所生女娶为予五予妇，因知恭人之贤而才又最悉。

恭人为文庄相国女孙、冲泉少司空之女。虽出于簪缨贵族而不骄不佟，能以礼法自持。许氏族亦盛。恭人上事姑嫜，下襄夫子，九族之人无闲言。初，恭人侍其舅方伯公粤东任所，重姑蔡太夫人在堂，性严厉，恭人颇得其欢心。方伯公与胡夫人尤爱怜之。既而方伯公告养，僦居杭，不十年，先后俱弃养。经营丧葬，半出恭人赞襄之力。岁戊寅，驾部又不禄，时侧室子孟与叔早出继，恭人命与仲三人分居于德清旧宅。曰先人庐墓之所在，子若孙安可违耶？所生子延敬、延毂与侧室子延润均未逮成童，恭人延名师以教之，所与交必通名于恭人，察其有器识文艺者而后命之交。

吴薇客太史④甫入泮，恭人即决其不凡，招与伴诸予读，又申之以婚姻。

---

① 这篇文章题"扬州阮元撰"，传主梁德绳系阮元姻亲，阮元云"（其）所生女娶为予五子妇"，阮元第五子为阮孔厚。梁德绳卒于道光丁未（1847年）年三月，所以这篇文章是阮元晚年之作。

② 梁德绳（1771—1847），宁楚生，晚号古春老人，浙江钱塘人，清代女作家，亦工诗文。侍郎梁敦书女，梁诗正孙女，许宗彦室。著《古春轩诗钞》，据云她与丈夫许宗彦合作续完陈端生的一篇弹词《再生缘》。

③ 许宗彦（1768—1818），原名庆宗，宁积卿，一宁固卿，号周生，浙江德清人，乾隆五十一年（1786年）举人。嘉庆四年（1799年）进士，授兵部车驾司主事，性清淡泊，衣食节俭，居官两月，旋引疾辞归故里。寓居杭州，室名"鉴水斋"，潜心著述达二十年，通经史，善属文，精天文、算法等。著有《鉴水斋文集》《鉴水斋诗集》，《清史稿儒林传三》有传。

④ 吴敬羲（1849年前在世），字驾六，又作驾山，一字孟呖，号薇客，杭州府县学优廪生，浙江钱塘人。道光乙酉拔贡，乙未恩科中式第三名举人，道光二十年进士，官至右赞善，著有《一砚堂词》。

恭人之识鉴诚加人一等矣。诸子秉恭人教，咸克自成立。而恭人事事亲操持如驾部在时，不使纷心于家政。食指日繁，家计渐不给，然恭人综理之，井井有条，裕如也。遇义举无不赞成，亲戚有告急者恒捐簪珥以助之。延敬屡踬于场屋，援例以府同知赴闽，迎恭人就养，未及一载，殁于官。恭人抚遗孤善长挈归杭，复如所以教其子者以教孙。庶长子兆奎先登辛巳科贤书，延润则由钱唐籍以己亥科举于乡，延毅及善长并占仁和籍为学官弟子，名誉啧啧贤士大夫口，恭人顾之有喜色，督责仍不少宽。恭人处富贵若贫贱，安不忘危，积劳数十年，而心力至是盖交瘁矣。

今岁春，延润计偕北上，道出广陵，谒予。问恭人起居，犹健饭。未几骤闻讣，延毅旋寓书于予，乞为传。呜呼！天何不再使恭人见其子若孙掇巍科、跻清班，而延毅辈思报庇赖之恩，当如何无忝所生更有以慰恭人于地下也。

恭人平生无世俗之好，唯耽吟咏，自幼随宦，身行万里半天下，且得江山之助，著有《古春轩诗草》。恭人有女兄适于汪，早卒，遗女端①，恭人鞠养之，授以诗，尝选明一代人之诗而评定之，足阐明史是非，亦恭人之教也。

恭人生于乾隆辛卯年十月初五日卯时，卒于道光丁未年三月初八日子时，年七十有七。以其年十月二十二日祔葬于留下花家山驾部之茔，距驾部下世已三十载矣。恭人生子二，延敬，先卒；延毅，今候选训导，女三，长殇，次适海阳孙氏，三即予五予妇。庶生子四，长兆奎，国子监助教，先卒；次延寀，前宛平县齐家庄巡检；次延泽，两淮临兴场大使，先卒；次延润，今候选教谕。女一，适同里胡氏。孙十人，曾孙七人。

旧史氏曰：《诗》云厘尔女士，从以孙子②。康成谓女而有士行者，天使生贤知之子孙以随之。予昔闻延敬之官于闽也，初权邵武府同知，继摄邵武

---

① 汪端（1793—1838），字允庄，号小韫，清代女诗人、作家。钱塘（今浙江省杭州市）人。汪宪孙女，汪瑜女，同知陈裴之妻。祖父藏书极富，父博学工诗，隐居不仕。汪端天资聪颖，幼承家训，又从姨母梁德绳学诗，七岁能赋《春雪》诗。裴之为著名诗人陈文述之子，亦善于诗。著有《自然好学斋诗》，编选《明三十家诗选》初、二集，又有小说《元明佚史》。

② 俞樾《古书疑义举例》十三《倒文协韵例》云："《诗·既醉篇》：'其仆维何，厘尔女士，厘尔女士，从以孙子。'按："女士者，士女也。孙子者，子孙也。皆倒文以协韵。"《毛传》："厘，予也。""厘尔女士，从以孙子"这句话的意思是"赐予你女子和男丁"之意。

县事，会水灾，议恤民，延敬请恭人命而后行，同僚皆叹服。延敬爱以勤死，民奉以为神，恭人归，泣而送者数千人。恭人性明敏，有决断，能识大体，往往论古今事，必穷其端委而辞不穷，使听之者每忘疲。若恭人者，可谓女之有士行者矣。孝子不匮，永锡尔类。其亦知所勉欤！

楼桑部①

亭亭车盖说楼桑，昭烈于今尚故乡。始知众建蕃枝叶，会有雄才足霸王。不是南阳还涿郡，汉京遗绪早荒凉。

读长离阁诗漫题卷末②

青灯凉凉夜如水，魂艳心香动残纸。病意多从别后添，吟怀已在生前死。琉璃砚匣彩云天，好事人间那得坚。玉台空有伤神句，镜里宫花破不圆。

（本文原刊于《历史档案》2013 年第 1 期）

---

① 此诗录自《清代名人墨迹》，台湾文海出版社 1974 年版，第 52 页。楼桑村在涿郡，当时属顺天府。程穆衡《燕程日记》云："（涿）州南十五里地名楼桑村，昭烈儿时道有大桑层阴如楼戏其下，故名。"（上海古籍出版社 1983 年版，第 265 页）这是以诗代简，从落款"阮元书，树庭大兄正"可知是写给"树庭"的，树庭或即纪晓岚之孙纪树庭，因为关于纪树庭生平无考，所以这首诗具体写作时间不明。咸丰十年（1860 年）莫友芝有同题诗《楼桑村》云："亭亭车盖说楼桑，昭烈于今尚故乡。割据纵难收梓里，中兴仍许嗣高皇。古来众建蕃枝叶，崛起雄才即霸王。不是南阳开涿郡，汉京遗绪早荒凉。"（《郘亭诗钞笺注》，三秦出版社 1992 年版，第 416—418 页）其诗本于此。

② 此诗载嘉庆二十三年刻本《长离阁集》卷首。《长离阁集》附于《孙渊如诗文集》之后，而《孙渊如诗文集》从乾隆五十九年到嘉庆年间陆续刊刻。孔广森所撰《长离阁诗集序》作于乾隆末年，所以此诗亦当作于乾隆末嘉庆初。

附 录

缪荃孙致潘祖荫函稿辑释

日本京都大学图书馆所藏《中国近代名人尺牍》①衰集缪荃孙函札十八通。从函札辑录和物事关联性来考察，当是写给同一人的，即函札抬头所称"夫子大人函丈"。而这个"夫子大人"究竟是谁？据缪荃孙《艺风老人日记》和缪氏科考履历档案等材料，与缪氏函札往来频繁的有张之洞、潘祖荫、王先谦、杨蓉浦、李文田等②。而从这些函札所涉及的内容和人物综合考察，"夫子大人"应该指潘祖荫。这些函札写于光绪三年到光绪九年之间③。但这些信件在业经整理的缪氏著述均未见著录，无疑具有珍贵的文献价值：一方面，它可以补正缪荃孙、潘祖荫生平，因为这些函札写作时间早于《艺风老人日记》④，记载了缪荃孙、潘祖荫与再同（黄国瑾）、彦侍（姚觐元）、莼客（李慈铭）、杭雪（梁于渭）、廉生（王懿荣）⑤等人的交游情况；另一方面，这些函稿涉及内容大多是编刻校订书籍、搜讨古物古籍等内容，对我们研究当时金石文物、古籍以及社会文化生活很有参考价值。笔者仔细研读和稽考

---

① 此书名系笔者所拟，为手稿影印本，出版时间不详。
② 据缪氏《日记》和缪荃孙光绪丙子会试硃卷（顾廷龙主编《清代硃卷集成》第39册，台湾成文出版社1992年版，第119-128页），他们分别被称为"孝达夫子""文勤师""长沙师""茂名师""李顺德"或者"顺德师"等。
③ 缪荃孙光绪二年中进士后一直到光绪九年潘祖荫丁忧，与其师潘祖荫交往频繁，此后疏阔，所以《艺风堂日记》所载潘祖荫仅五处，远不及张之洞（《艺风堂日记》记载达二百多处），也不及王先谦、李文田、杨蓉浦。
④ 《艺风老人日记》（以下简称《日记》。北京大学出版社，1986年。）所记起于光绪十四年（1888），为缪荃孙此后其生活的详细记录，函中提及人物在《日记》中均先后卒去。
⑤ 均为下面函札中所出现的人物。

缪荃孙、潘祖荫年谱、日记、稿本、文集、读书记以及相关文献，大致按照写作时间先后，将十八通信札整理笺释如下：

一

《拾遗记》未见，受业近得一《华阳国志》，系钱叔宝①钞本，呈上。是否真迹，乞鉴定为祷。此上夫子大人函丈。荃孙谨启。

按：《艺风堂友朋书札》中王懿荣与缪荃孙往来函札中多次提及《华阳国志》，如第九通云："贵同寓章公，必带有《汉书地理志校注》及所印《华阳国志》，佳者肯任值否？"又第十通云："又得人书，并询《华阳国志》之直。"②从称谓和语气来看，此时王懿荣还没有中举，当写于光绪五年前。到第五十七通，"《华阳国志》检出奉呈，不稍迟也"③。这里所说《华阳国志》疑即缪荃孙所得钞本。此时王懿荣称"门人"，并说因疾未与考差，据王崇焕纂辑《王文敏公年谱》此事发生在光绪十一年④。因王懿荣是当时古文物收藏大家，他这里询问和求购《华阳国志》很可能均系缪荃孙所得之《华阳国志》抄本，那么此函有可能写于光绪三年左右。

缪氏对此书珍视，《艺风藏书记》卷四云："《华阳国志》十卷。明影写宋刊本，卷十上中下三卷俱全，《汉中士女传》亦多出赞词数句，系钱叔宝手钞，校勘精详，字迹古劲，每一展卷，墨香横溢，为云自在龛钞本书中铭心绝品。"⑤ 其《日记》提及《华阳国志》、"《华阳国志》逸文"有五处，如《日记》云："（一九〇八二月）十五日，辛巳，晴。……到馆借《华阳国志》《苕溪集》回。"又云："（一八九八年三月）十日，癸巳，大雾。写'《华阳

---

① 函中"钱叔宝"即钱毂（1508—1578）明长洲（今江苏苏州）人，字叔宝，号磬室。从文徵明习诗文书画，擅山水、人物。晚年闭户读书，借阅手抄，几于充栋，日夜校勘，至老不衰。抄辑有《续吴都文粹》《三国类钞》《长洲志》等。
② 均见《艺风堂友朋书札》第123页，此时王懿荣正在四川。
③ 函札中王懿荣称"门人"，此函说到王懿荣考差未获，与缪荃孙同病相怜，张之洞与王懿荣函札提及，见《艺风堂友朋书札》139页。
④ 刘聿鑫主编：《冯惟敏、冯溥、李之芳、田雯、张笃庆、郝懿行、王懿荣年谱》，山东大学出版社2002年版，第248页。
⑤ 缪荃孙：《艺风堂藏书记》，上海古籍出版社2007年版，第79页。

国志》逸文'。①

函中提到的《拾遗记》又名《拾遗录》《壬子年拾遗记》,为东晋王嘉所撰的一部志怪小说集,其《日记》有八处谈及,如:"(一九一二年十月)五日,庚申,晴。沅叔送《拾遗记》来。校《拾遗记》五卷。""(一九一二年十月)六日,辛酉,晴。周少璞来。校《拾遗记》后五卷。""七日,校钞补《拾遗记》。八日,癸亥,晴。闰枝来。王大均来。校《拾遗录》毕。"②

二

书十九册收到,受业校一本呈一本,以便付改,决不向人言及,受业亦畏求代索者。《楚辞》如见佳刻,当留意。夫子大人函丈。荃孙上。

按:此处所说"十九册"书当为潘祖荫交缪荃孙之书,属缪氏校订。这19册当是重要的善本书籍。潘祖荫家富藏书,多珍本秘本,有些秘不示人,从一些书镌有"书勿借人"(朱文方印)、"佞宋斋"③ 亦可见其端倪,所以潘祖荫逝后,缪氏得潘氏书目抄本而按图索骥,向潘祖年索借宋板书不果,致生龃龉④。潘氏与缪氏探讨金石古籍函札当很多,如王懿荣与缪荃孙函云:"潘师寄吾师信一函,书十四本,又四夹板,昨日到,谨奉上。"⑤ 因为这里提到留意《楚辞》善本,而《艺风堂友朋书札》中王懿荣书札云:"《楚辞》即黄氏书……然究竟旧本,必异于常流。"⑥ 此时王懿荣已经联捷成进士,可见此函当作于光绪六年之前。这里说"畏求代索者",表示出惜借的心理。

函中提到的《楚辞》是缪氏相当器重之书,他尽力搜集不同版刻,专事

---

① 《日记》第2045、1034页。
② 《日记》第2767、2768、3073页。
③ 缪荃孙《云自在龛随笔》,山西古籍出版社,1996年,第179~180页。
④ 缪氏与潘祖年龃龉之事详见陈慎初和王季烈分别撰《滂喜斋藏书记·序》,陈序见台北广文书局1968年《滂喜斋藏书记》卷首,王季烈序见中华书局2007年《滂喜斋藏书记》卷首。
⑤ 《艺风堂友朋书札》第146页。
⑥ 《艺风堂友朋书札》第132页,署名"门生王懿荣",而下一封书札说到"门生幸中,特来肃叩。此次房主为陈伯平先生,坐主翁常熟也。"这说的正是王懿荣光绪六年会试联捷之事。

校雠。《日记》有关《楚辞》记录九处，《艺风藏书记》载记明刻本、明翻刻元本并缀识语，亦可参证。

三

杭雪①自正定来，搜得《唐建永桥记》，为西雍②所未见。近专人入房山③，尚未回也。磁州造象亦有出赵㧑叔④录外者，尚未拓全，徐皆金元刻耳。此复夫子大人。荃孙启。

按：此函提及"杭雪"及畿辅拓碑之事，约作于光绪七年前后。缪荃孙《艺风堂金石文字目序》云："丙子成翰林，供职京师。厂肆所谓帖片者不甚贵重，当十钱数百即可购得一纸，而旧拓往往杂出其中……又得打碑人顾城李云从，善于搜访。约潘文勤祖荫师、王莬卿颂蔚户部、梁杭叔于渭礼部、叶鞠裳昌炽编修纠资往拓顺天易州、宣化、定州、真定碑刻，大半前人所未见。即辽刻得一百六十种，其他可知。"⑤叶昌炽《语石》亦云："二十年前，京都士大夫以金石相赏析。江阴缪筱山、瑞安黄仲弢、嘉兴沈子培、番禺梁杭叔，皆为欧赵之学。捐俸醵资，命工访拓。顺天二十四州县以逮完唐诸邑，西至蔚州，东至遵化，北至深定，足迹殆遍。"⑥按"二十年前"应当是光绪七年，因为据《〈语石〉自序》知《语石》成书于光绪二十七年。再据番禺石德芬《题梁杭叔山水卷子》"同客宣南阅卅年，冷摊书画渺如烟"诗句原

---

① 函中"杭雪"即梁于渭（1842—1912，一说1913年）字鸿飞，号杭叔，又号杭雪，广东番禺人。光绪八年顺天乡试副榜，光绪十一年顺天乡试举人，光绪十五年进士。
② 西雍即沈涛（1792—1855），原名尔政，字西雍，号匏庐，浙江嘉兴人。嘉庆十五年举人，官江苏如皋县知县，授福建兴泉永道，未到官，改发江苏，病殁泰州。著有《十经斋文集》十卷、《匏庐诗话》三卷、《交翠轩笔记》四卷、《常山贞石志》等。
③ 正定、房山在当时都属顺天管辖，磁州属广平府，均属畿辅地区。据缪荃孙《艺风老人自撰年谱》，同治十年（1871）五月缪氏到过正定，访碑《开元寺碑》等。
④ 赵㧑叔即赵之谦（1829—1884）字益甫，号冷君，改字㧑叔，号悲庵，又号无闷，浙江会稽（今绍兴）人，咸丰九年举人。㧑叔以篆刻、书画家名世，工诗及骈体文。赵之谦与李慈铭为中表兄弟。
⑤ 缪荃孙《艺风堂金石文字目》卷首，光绪丙午秋刻本。
⑥ 叶昌炽、柯昌泗：《语石·语石异同评》，中华书局1994年版，第71页。

注"己、庚之岁,余官京师,时与君为厂甸之游"①,可知光绪五六年梁于渭已在京师,亦可参证。

缪荃孙与梁于渭(即《日记》中"杭雪""杭叔")在金石学方面有同嗜,来往颇多。缪氏《日记》与杭雪有关的记载有十七处。如"(一八八八年五月)二十七日,戊寅,晴。入城谢客,晤吴文俊、梁杭雪。"又"(一八九二年八月)三日,戊午,晴。……嘱老孟持函觅梁杭雪开单。"②

函中提及椎拓畿辅正定、房山、磁州一带碑刻文字,当为缪氏在京纂修《顺天府志》时所作。此函中提到的正定、房山、磁州以及下面第五函提到的永平均有金石著录,其中关于正定的有三卷③。缪氏下面第十六函"友人寄来正定石墨十余种",亦指此而言。据叶昌炽《语石》卷二:"正定,古之常山,河朔之上游、燕赵之通道。访古畿辅,莫先此郡。"④可知正定是金石收藏家关注的热点。另光绪《顺天府志》"金石略"部分为缪氏所撰,缪氏还著有《直隶金石文钞》稿本,其中著录房县碑志甚多⑤。函札所说的"磁州造象",在叶昌炽与缪氏往来书札提及:"此间新出,惟磁州高盆生(天平三年)、高翻两碑。"⑥王懿荣与缪氏函札第四十八通云:"碑客李估许为伯熙致涿、房一带石像,钱去而石不至,亦不见矣。"⑦

函中所云"《唐建永桥记》"当为《唐建永桥碑》⑧,考《艺风堂金石文字目》卷三著录"建永桥碑。正书。永徽四年十二月。在直隶栾城西陈村外树林中"。所谓"西雍所未见""出赵㧑叔录外者"当指沈涛《常山贞石志》《畿辅石刻录残稿》和赵之谦《补寰宇访碑录》未及著录之碑刻。

---

① 见汪兆镛《岭南画征略》卷十"梁于渭"条。
② 《日记》第 31、480 页。
③ 参阅李鸿章、黄彭年等纂修《畿辅通志》一百四十一至一百四十六,光绪十年刻本。
④ 叶昌炽、柯昌泗:《语石·语石异同评》,中华书局 1994 年版,第 71 页。
⑤ 如光绪《顺天府志》卷一百二十八《金石略二》著录"石经山孔雀洞刻佛本行石经并题记""杨元宏造般若波罗蜜心经""重修云居寺一千人邑会碑"等均出房山。
⑥ 《艺风堂友朋书札》第 406 页。
⑦ 《艺风堂友朋书札》第 136 页。
⑧ 《唐建永桥碑》唐高宗永徽四年(653 年)十二月立,在今河北赵县(清朝属正定府)洨河上,清朝已经毁损。参阅河北省栾城县地方志编纂委员会编《栾城县志》第 9 页,新华出版社 1995 年;栾城县委员会文史资料委员会编印《栾城县文史资料》总第 8 辑中相关资料,2005 年。

四

　　顷奉手谕并密行笺二百番，敬谢。杭雪日内患暑疾，前作札招之出，尚未能来也。此请夫子大人钧安。荃孙上言。

　　按：关于此函写作时间，遍考缪氏《日记》，均未见提及杭雪"患暑疾"之事，因而此事或当早于《日记》所记。从"前作札招之出"推测，这里所述当为缪氏在京师时与潘祖荫、梁于渭等诗酒之会，与前函时间后先。

五

　　永平①一带金石从无人访，不知《畿辅新通志》②有访得者否？受业在川访得碑甚多，大半皆有依傍，或志书，或旧目，从往搜拓，十得七八，若无意遇见，不过数种耳。川中章君③刻书单呈览，书未来。此复夫子大人函丈。荃孙上言。

　　按：由函中"不知《畿辅新通志》有访得者否"，知缪氏向潘祖荫讯问畿辅金石碑拓信息。因为缪氏不仅纂成《顺天府志》"金石略"，同时有抄本《直隶金石文钞》。其师潘氏也有同样的著述，据叶昌炽《缘督庐日记钞》卷六"（辛卯正月十六日）得梁杏雪书云：力郑庵师编《畿辅金石录》，可写

---

① 永平当属卢龙县（今秦皇岛市卢龙县），清朝时，这里仍称永平府，属直隶省。清廷在这里长期驻守重兵，以拱卫京师和保卫皇陵（清东陵），是京东地区的政治、经济和文化的中心。参阅史为乐主编：《中国历史地名大辞典》，中国社会科学出版社2005年版，第852页。
② 按《畿辅通志》，清朝有康熙李卫监修本和同治新修本。这里当指李鸿章、黄彭年的《畿辅新通志》，同治十年开始纂修，光绪十年才完成。
③ 这里所说章君即章寿康，初名贞，字硕卿，浙江会稽（今浙江绍兴）人。光绪丁丑（1877年）入都，广收书籍，扬、苏书贾闻风而来，捆百箱至鄂。乙酉，宰嘉鱼，以"玩视民瘼，日以刻书为事"被劾解职，因举所藏金石碑版书板悉售之，遂郁郁以卒。辑刊有《式训堂丛书》，刻竣于光绪十二年（1894），凡三集。

定"①。而这里《畿辅新通志》当为李鸿章、黄彭年等纂修的《畿辅通志》②，可知函札当作于光绪十年前。又函中有"川中章君刻书单呈览"，章寿康光绪三年入京，与缪氏同寓永兴寺，网罗善本书籍，同时选择刻印兜售，缪氏亦参与其事，如后函所云寄售《南江札记》就是一例。章氏在四川所刻书，有《式训堂丛书》等多种③。《式训堂丛书》凡三集，同治年间开始陆续刻印，光绪十二年刻竣。另这里提到永平，亦属畿辅地区，与前函所云缪氏和潘氏等醵资请人拓碑之事关联，写作时间大体相当，在光绪七年前后。

函中云"受业在川访得碑甚多"，据《艺风堂金石文字目自序》缪氏同治三年因得欧赵拓本，开始对金石碑目感兴趣。在川期间，遍访川地碑目，"每逢阴崖古洞，破庙故城，怀笔舐墨，详悉记录，或手自椎拓，虽及危险之境，甘之如饴"④。并且于同治十一年入川东道姚彦侍幕府，协助其编纂《四川金石志》等。叶昌炽《语石》亦云："筱珊未通籍时，从其尊甫游宦蜀中，所至辄以毡腊自随，故所得蜀碑亦最多。"⑤亦可补正。

六

夫子大人钧鉴：连日酬应，未能即答，惶悚莫名⑥。蜀中新书本少，说部尤稀，《花笺录》亦归崑山矣。受业亦未携来，友人处均罕见。此请著安。受业缪荃孙启。

赐齐刀⑦拓本收到，敬谢。

---

① 叶昌炽：《缘督庐日记钞》，台湾学生书局1964年版，第195页。
② 李鸿章、黄彭年《畿辅新通志》，同治十年开始纂修，光绪十年才完成。
③ 章氏同治辛未年（1871）开始刻书，多清人著述，有《式训堂丛书》一、二、三集几十种。见《艺风堂文漫存》，台北文哲出版社1973年版，第46～58页。《艺风老人自撰年谱》同治十一年云"与章硕卿刻《皋闻词选》《绝妙好词笺》……"，可见缪氏与章寿康交往较早。
④ 缪荃孙《艺风堂金石文字目自序》，《艺风堂金石文字目》卷首，光绪三十二年刊本。
⑤ 叶昌炽、柯昌泗：《语石·语石异同评》，中华书局1994年版，第103页。
⑥ 旁注"事太多"三字。
⑦ "齐刀"泛指战国时齐国所铸刀币。形体较大、厚重。上有三字、四字、五字、六字不等。钱文愈多者数量愈少。

按：函中有"赐齐刀拓本收到"。同光时期活跃的著名钱币藏家主要有陈介祺、潘祖荫、王懿荣等①，而且这三人讨论钱币频繁。光绪二年陈介祺与潘祖荫书云："尊藏既专收三代文字，则秦汉即可从缓，更无论六朝。藏范甫拓，只齐刀二范、宝四六化一范、六化一石范为三代，拓各一，寄鉴。"②但潘祖荫本人没有专门的钱币著述，他这里赠缪氏的可能系陈介祺所藏齐刀拓本③。阅陈介祺《簠斋论陶》，陈氏有关于齐刀的记载在光绪五年前，如光绪三年陈介祺与吴大澂书："日来刀范、古陶时有所获，拓者相助检点不暇。初拓刀范不易，拓一日夜不过数纸。"④据潘祖年《潘祖荫年谱》，潘祖荫光绪四年刻印陈介祺《簠斋传古别录》、鲍康《鲍意园手札》，另光绪七年陈介祺说潘氏收藏古器物、金石兴趣大减⑤，此函可能作光绪三年到七年左右。

函中"《花笺录》亦归昆山矣"中"昆山"不知何人？有可能系昆山叶氏、顾氏等藏书家，据叶昌炽《缘督庐日记钞》卷一云"（丙子）四月十一日。致茀卿（王颂蔚）书，订游海虞欣丈书，取归昆山采访本一稿"⑥，两者是否同一人待考。

《花笺录》，又名《片玉山房花笺录》，清孙兆牲撰，为读书笔记，全书二十卷分为二十类，有同治四年景福堂刻本。《花笺录》在缪荃孙《日记》有一处提及："（癸巳年十二月）十六日，甲子，晴。读《广西碑》，读《花

---

① 参阅陈介祺《簠斋论陶》（文物出版社2004年版）和王贵忱《清末民国时期的钱币学》（载《中国钱币论文集》，中国金融出版社1985年版）等。
② 陈介祺《秦前文字之语》（齐鲁书社1991年版，第63页）；另吴浩坤等主编《文博研究论集》云："吴县潘祖荫（伯寅），常与鲍康论钱，以其所藏泉拓装二册，收钱至六朝时为止。"（上海古籍出版社1992年版，第246页。）均可参证。
③ 王绍曾：《山东文献书目》，齐鲁书社1993年版，第209页。
④ 陈介棋：《簠斋论陶》，文物出版社2004年版，第27页。
⑤ 另据《中国丛书综录》"滂喜斋丛书"，潘氏是年还刻有《陈簠斋丈笔记》一卷，手札一卷。陈介祺《簠斋论陶》云："自余得三代古陶后，都中伯寅司寇……近伯寅渐不收，山农归粤，念亭需次保阳，又将渐归余。"（陈介祺《簠斋论陶》第58页）陈介祺此函写于光绪七年。至于潘祖荫收藏兴趣骤减原因，可能是：其一，潘氏从咸同年间到光绪浸淫金石、古物三四十年，所获已多；其二，当时文物作伪者也多。
⑥ 《缘督庐日记钞》第29页。陈灿（1850—？），字昆山，贵州贵阳人。同治八年举人，光绪三年进士。由吏部文选司主事累官至甘肃布政使，宣统三年归里，著有《宦滇存稿》五卷，有云南图书馆藏本。但缪氏《日记》中没有任何与陈灿交往的记载，录以备考。

笺录》"①。

七

《南江札记》② 从邵集中抽出重刻，章君函来，欲寄售。迄未寄到也。此复夫子大人函丈。荃孙上言。

按：此函当作于光绪七年或稍后，函中提到的《南江札记》为邵晋涵所作，函中"章君"当即前面第一通函札中的章寿康，此处重刻《南江札记》四卷为章硕卿《式训堂丛书》中的一种③。据《中国丛书综录》④，此书刻于光绪七年。

八

夫子大人函丈：近日书肆出一《袖珍方》，为黄再同⑤购去，余未闻也。《刘平国摩崖》字迹漫漶，夫子有释文否？此请钧安。受业缪荃孙敬上。白折即呈。

按：函札当作于光绪五六年或稍后。函中提到的《刘平国摩崖石刻》，又名《汉代龟兹左将军治路颂》等，刊于永寿四年（158年），在新疆天山南路

---

① 《日记》癸巳年，北京大学出版社1986年版，第607页。
② 《南江札记》为邵晋涵所作。邵晋涵（1743—1796），字与桐，一字二云，号南江，浙江余姚人，乾隆三十六年进士，选庶吉士，授编修，与修《四库全书》。著有《南江文钞》十二卷、《南江诗钞》四卷、《南江札记》四卷。
③ 见缪荃孙《章硕卿侍》，《艺风堂漫存》卷二。
④ 《中国丛书综录》第一册《总目》，上海古籍出版社1986年版，第203~204页。
⑤ 再同即黄国瑾（1849—1891），字再同，贵州贵筑人，黄彭年子。光绪二年进士。黄再同与缪氏为同年进士，同入馆阁。他们同嗜金石书籍，交往较密，情感笃挚。缪氏《黄再同同年手札跋》云："而讲目录、金石、书画并零星骨董，惟再同与荃孙有同嗜，厂肆、庙摊遇，则相视而笑。有所得，互考订亦互嘲诮，过从最密。迨至荃孙居忧南旋，再入京师，而再同移居内城，踪迹遂少疏矣……"（《艺风堂文续集》卷八，《续修四库全书》第1574册，第277页）

赛里木城东北大山中，清光绪五年发现于赛里木东北二百里。其拓本颇受金石学家青睐，有诸多名家题跋①，缪氏《艺风堂金石文字目》著录为《龟兹左将军刘平国作东乌累关城纪》②。另吴昌绶与缪荃孙函札："昨忽得《刘平国》《沙南侯》，获《天监井阑》及《鄱阳王摩厓》诸拓，皆潘文勤物。《鄱阳》一种，有吾师精楷题释，曾记得否？"③ 王懿荣与缪氏函札第五十一通提到此碑拓④，杨洪升推测缪氏向王懿荣借观碑拓之事在光绪十三年（1887）⑤。而当时《刘平国摩崖》打本有精本和劣本，精本字多，缪氏所得可能为"左文襄本"，"以前所得左文襄本，最初最劣，几同无字"⑥，所以不满意，向潘祖荫、王懿荣等索取有释文的精拓本。再函中"近日书肆出一《袖珍方》，为黄再同购去"。参阅叶昌炽《缘督庐日记钞》，光绪乙酉年（1885）再次入京逛琉璃厂书肆，其中记载与黄再同逛书肆最详，但书单中没有关于《袖珍方》的著录，所以此事当发生在之前。另《日记》云："（乙酉年六月）初四日至琉璃厂，遍游书肆，架上寂寥，其值倍蓰，与庚辰入都远矣。"⑦ 知京师琉璃厂书肆光绪六年（1880）时书籍文物富足，叶昌炽、黄国瑾、缪荃孙等藏书家收获较丰，黄氏所得《袖珍方》大约在此时。函中《袖珍方》疑为明刊本李恒撰《袖珍方大全》。

九

《北盟汇编》四十二册呈上，志局书也。俟肆雅书到再发还。此上夫子大人函丈。荃孙谨启。

按：函札当写于光绪七年前后。《北盟汇编》为"志局书"，当为纂修

---

① 缪荃孙之师张之洞有光绪七年二月释文，苑书义等主编《张之洞全集》第12册，河北人民出版社1998年版，第10397～10399页。
② 缪荃孙《艺风堂金石文字目》卷一，清光绪三十二年（1906）刊本。
③ 《艺风堂友朋书札》第893页。
④ 《艺风堂友朋书札》第137页。
⑤ 杨洪升：《缪荃孙与王懿荣六札考释》，载《文献》，2006年第3期。
⑥ 《艺风堂友朋书札》，上海古籍出版社1980年版，第137页。
⑦ 《日记》第170页。

《顺天府志》藏书。考《光绪顺天府志》光绪三年开始创议纂修，五年设局，而光绪七年缪荃孙之父始抄此书①。

《北盟汇编》即《三朝北盟汇编》，宋代徐梦莘编，共二百五十卷，汇辑从宋徽宗政和七年到高宗绍兴三十一年共四十多年间宋、金和战的史料。缪氏在《日记》中有四处提及，如《日记》云"（一八八九年九月）二十一日甲子，雨竟日。整理书籍，送《三朝北盟汇编》于书楼"；"（一八九五年）七月朔，己亥，晴。……读《北盟汇编》毕。"②

"肆雅书"当为当时琉璃厂"肆雅堂"所售书。关于琉璃厂书肆可参阅缪荃孙《琉璃厂书肆后记》③。王懿荣与缪氏书札第五十九通亦云："山东书来，肆雅举而有之，吾师曾阅之否？"④

十

承赐朱定，敬谢。《茗柯文》全录子居点定，颇便观览。此请夫子大人钧安。

按：据《嘉业堂藏书记》，《茗柯文》为张惠言手写稿，"间附王滨麓、恽子居、王悔生评语，硃笔为王惕甫所点定"⑤，缪氏所云当即此书。据缪氏《愚斋图书馆藏书目录》（上海大成印务局壬申九月版）和《中国丛书综录》"式训堂丛书"条目，《茗柯文》刻竣于光绪辛巳年，那么函札当作于此前。

此处所云《茗柯文》为恽敬点定之文，现今馆藏明清文献均未及见，因而此说弥足珍视。缪氏留心张惠言诗文，其著述中记载亦夥，如《年谱》同治十一年云："是年为章硕卿刻《皋闻词选》《绝妙好词笺》。"

---

① 缪荃孙之子缪子彬云："昔光绪辛巳，先大父就养京师，以抄书为日课……至七十九岁犹完《三朝北盟汇编》一部"，见《北京大学图书馆稿本丛书》第12册，天津古籍出版社1996年版，第374页。
② 《日记》第181页、762页。
③ 缪荃孙《琉璃厂书肆后记》，《艺风堂文漫存》卷三，第438～446页。
④ 《艺风堂友朋书札》第139页。
⑤ 缪荃孙、吴昌绶：《嘉业堂藏书记》，复旦大学出版社1997年版，第1122页。

十一

夫子大人函丈：廉生晤谈，蜀中尚无信至，《古本考》钞竣，尚未校毕，迟数日即呈。钞直百十四千并闻。此复，敬请钧安。受业荃孙谨上。

按：此函当作于光绪八年。李慈铭《越缦堂读书记》① 著录沈涛《说文古本考》十四卷，并云"未有刻本"，系年为光绪戊寅（1878年），知光绪四年沈涛此抄本已经传阅。潘祖荫《说文古本考序》称："此书（即《古本说文考》）从缪小山太史钞得刻之，刻成而余奉讳归里。兹乃发箧印行，为识数语。"② 此序作于光绪十年，那么缪氏抄竣当在此前。另上海朵云轩拍卖有限公司1997年春季艺术品拍卖会所展示潘祖荫与缪氏三函，其中一函云："尚未答谢为罪，《古本考》钞直若干？望示及，以便措缴。蜀中有信否？……"前请其"觅钞"，此则询问"钞直"，并且均提到蜀中书信，与此事吻合。称呼缪氏"筱珊馆丈""筱珊馆丈大人"，当为缪氏在国史馆任职期间，再考缪氏生平，他光绪八年任国史馆协修，九年任纂修。

十二

夫子大人函丈：蜀中尚未有信来，《说文古本考》校亦未毕，此复。敬请钧安，荃孙上。

按：与前函时间承接，当作于光绪八年。缪氏抄完《说文古本考》后再专事校勘。另笺纸亦有"岁次壬午，张懿造象。光绪八年听邠"字样。

十三

夫子大人函丈：《古本考》二册呈上，合之前四册共六册均缴，原书六册

---

① 李慈铭《越缦堂读书记》，上海书店2000年版，第172页。
② 沈涛《说文古本考》卷首，清光绪十三年吴县潘氏滂喜斋刊本。

已为黄再同同年取回，如需再校，恳函询再同索取，莼客①处亦知会矣。此启，敬请钧安。受业缪荃孙谨启。

按：此函当写于光绪八九年。《艺风堂友朋书札》所录黄国瑾信札第八封有"《说文古本考》当遵校一卷，乞即付去人"②说的当即此事。

笺纸印有"大唐善业，泥压得真，如妙色身"字样。

十四

南卿先生③著作未见，并不知何名？芷汀④处有稿本，不识付梓与否？金陵局书目觅得即呈上。闻近刻舆地书未毕也。夫子大人函丈。荃孙上言。

按：函中"南卿先生著作"即《缪武烈公遗集》，有光绪七年缪梓之子家刻本⑤。因推知此函当作于光绪七年之后。笺纸亦有"岁次辛巳唐永隆二年法乐法灯作口两法师塔铭。后二十辛巳光绪七年听邠摹印"字样。缪梓另有《武烈公遗墨》稿本，不分卷，现藏浙江省图书馆。关于缪梓著作，缪荃孙诗文集和《日记》《年谱》中均付阙如，缪荃孙《旧德集》亦未收录，当是缪氏未获见。徐世昌《晚晴簃诗汇》选其诗三首⑥，当是据刻本所选录。

---

① 莼客即李慈铭。李慈铭（1830—1894），原名模，字式侯，后改名慈铭，字爱伯，号莼客。晚年自号越缦老人、莼老等，浙江会稽人。同治九年中举，五应礼部试，光绪六年始成进士。著有《越缦堂日记》《越缦堂读书记》等著述，今人整理有《越缦堂诗文集》。缪氏在京师与李慈铭交往较为频繁，如《年谱》光绪十一年："冬与李莼客、沈子培、子封、施均甫补华、朱桂卿福铣联消暑会，唱酬无虚日。"
② 《艺风堂友朋书札》，上海古籍出版社 1980 年版，第 85 页。
③ "南卿先生"即缪梓（1807—1860），字南卿，江苏溧阳人，道光举人。历官浙江知县、知府，署盐运使兼按察使。咸丰二年（1852）办理漕粮海运增援上海，创议疏浚刘河海口以通漕。咸丰十年，守杭州抗击太平军，城破而死。追封骑都尉世职，谥武烈，生平事迹见《清史稿》卷三九五。
④ "芷汀"疑即邹文沅，字倜丰，芷汀，清监生，江苏常熟人。光绪十七年前在世，好收藏，曾任浙江慈溪、象山知县。生平履历见光绪二十年修《慈溪县志》。顾廷龙主编《清代殊卷集成》第 270 册"冯全琮"履历部分有其名讳，台湾成文出版社 1992 年版，第 397 页。
⑤ 据郭毅生、史式所编《太平天国大辞典》第 993 页，《缪武烈公遗集》六卷，为缪梓之子光绪七年刻印。
⑥ 徐世昌辑《晚晴簃诗汇》，第 5707、5708 页。

十五

夫子大人函丈：彦侍①在粤，罢于公事，金石书籍之兴会均索然矣。友朋中无一解事者，缘合肥新政，节礼干脯均裁，而彦侍之脩金亦减。昔年旧雨散若晨星，孰能搜访？今年新学使庶可望乎？此请钧安，荃孙启。

按：此函当作于光绪八年（1882）或稍后。因"彦侍在粤，罢于公事"当指姚觐元被劾罢官事，《清史稿》卷四百三十八云："光绪八年，（阎敬铭）起户部尚书，甫视事，以广东布政使姚觐元、荆宜施道董俊汉贿结前任司员骩法，咸劾罢之。"

"合肥新政"指李鸿章洋务运动，洋务运动在同治、光绪年间风行一时，这里所说"节礼干脯均裁""脩金亦减"，指当时政治、经济上的改革。

十六

夫子大人函丈：受业病及币月，幸而获瘳。考试竟不获与，殊负栽培雅意。赋命穷薄，亦可想见。友人寄来正定②石墨十余种，呈阅，蜀中则无信也。此请钧安，受业缪荃孙上言。

按：此函当写于光绪八年。《年谱》光绪八年壬午云："（荃孙）供职京师。四月大病几死，傅懋垣药之得生。考差未能与"，再据《潘祖荫年谱》，是年四月"派阅考差卷"③，与这里所说之事相吻合。

---

① 彦侍即姚觐元（1823—？），字裕万，号彦侍，又号彦士，浙江归安（今湖州）人，姚文田孙。清道光二十三年（1843）举人，由部郎官至四川川东道、广东布政使。工书法，喜治印，嗜金石。著有《集韵校正会编》《急就篇校勘记》《金石苑目》《大垕山房诗文集》等。《年谱》光绪四年戊寅云："客姚彦侍道署，彦侍集资赒行。"
② 正定见第一通函札释读和注释。
③ 潘祖年：《潘祖荫年谱》光绪八年，台湾文海出版社1966年版。

十七

夫子大人函丈：顷奉手谕，渥荷关垂，感激无似。受业素不能书，近日加以著急，愈行拙陋无比，再写数日即行呈鉴。外间金石旧画皆寂然无闻也，此请钧安。受业缪荃孙谨启。

按：此函当作于光绪八年或稍后。笺纸有"唐开业寺碑。开耀二年岁次壬午""后二十壬午摹于云自在龛"篆文字样和"云自在龛"篆文印章，"后二十年壬午"为光绪八年。

十八

夫子大人函丈：土埙拓本乞赐一分并乞加印章为盼。蜀中仅寄丛书来，又与前目不甚对。未交受业，口口宝森知情也。在宝华堂每部四金，如需，即往取上。此请钧安，荃孙。

按：此函当作于光绪八年前后。据《吴愉庭致赵惠甫书》"昨奉手书并大著《太室埙考》……此器出土有四，王廉生庶常得其一，郑庵尚书得其三。……已寓书郑庵，劝其肖绘图形，函授梓人，以裨来学"①。叶昌炽《缘督庐日记钞》卷三云："（光绪癸未年十二月廿八）郑庵丈所藏古埙三……以拓本见示，为作一跋。"笺纸又有"光绪壬午"字样，故缪氏此函写于光绪八年前后。所谓"乞加印章"是增重拓本之意，《云自在龛随笔》录有"吴潘祖荫审定金石书籍印记""滂喜斋""郑堂"等潘氏印鉴②。

这里"宝森"当为"宝森堂"，与前面函札云"肄雅堂"及本函中"宝华堂"均系琉璃厂书肆。

（本文原刊《文献》2012年第3期）

---

① 陈介祺：《簠斋论陶》，文物出版社2004年版，第61页。另吴清卿致簠斋书亦云："伯寅司寇得古埙，阳识不讹，如有所见，幸为留一二。"（该书67页）
② 缪荃孙：《云自在龛随笔》，山西古籍出版社1996年版，第179～180页。

缪荃孙致王秉恩函稿释读

西泠印社拍卖公司公布的拍品中有缪荃孙致王秉恩函稿十七通，主要涉及古籍图书、拓本的传看、抄写、校勘与售卖等内容，提及当时著名藏书家和文化名人如罗振玉、张钧衡、刘承幹、刘世珩、莫绳孙、杨守敬等，具有重要的文献价值。据《艺风老人年谱》同治五年（1866）云"与华阳王雪橙（秉恩）交"，则两人订交五十余年。特别是民国后，两人同寓上海，交往频繁，书信来往密切，据考证，这些书信就写于此时。

函稿收件人王秉恩（1840—1928）[1]，字息存，一作雪岑、雪澄、雪橙、雪丞、雪城，号茶龛。华阳（今四川双流）人。同治十二年（1873）举人，光绪初官广东按察使。曾被张之洞聘至广雅书局刻书，任提调。精校勘目录学。寓居杭州、上海，每至一地必重金购书，家多金石书画。工书法，隶承汉魏，行似晋人。著有《养云馆诗存》《文史通义跋》等，与罗文彬合撰有《平黔纪略》。现存稿本《王雪澄日记》只记到宣统三年（1911）[2]，所以这些函稿对于补正王秉恩晚年生平行实亦具价值。这里按照写作时间先后整理出来，供大家参考。

一

五十六元收入，昨日取书目一帙回，先奉上。天晴拟奉书画与兄览鉴，此及雪橙仁兄门长先生。

荃孙顿首

---

[1] 黎仁凯：《张之洞幕府·洋务干才王秉恩》，中国广播电视出版社2005年版，第249~254页。
[2] 《王雪澄日记》稿本31册，藏台北"国家图书馆"，所记自同治七年（1868）至宣统三年（彭华：《华阳王秉恩学行考》，《中国典籍与文化》2011年第3期）。

按：《艺风老人日记》① 民国元年正月十四日记："雪澄还五十六元来""雪橙借部去"；则此函当作于是日。另《日记》是年二月二十三日记"诣王雪橙谈，借与《圭美堂集》、史类书目四册，看宋人画册"，三月九日记"再诣雪丞处，定零星书画价目"，是这里"天晴拟奉书画与兄览鉴"的践约。

二

雪橙仁兄大人阁下：

日前招谈未晤。近日知《史记》心吾②为甘翰臣③购得，跋为元板。子封④居然得《陈书》一册，极佳，然亦用补板，经书贾挖补得好，比弟藏本在前多矣。《圭美堂集》在尊处，乞还，有费锡璜文稿要抄者。又罗叔蕴⑤在东洋托求《刘猛进志》拓本，或送拓资云云，有现成本否？

此上，敬请台安百益。

弟荃孙顿首

按：《日记》民国元年九月十二日记"子封送《陈书》首册来，极佳"，十月二日记"写《刘猛进志》"。可知此函当作于九月中下旬或者十月一日。

"费锡璜文稿"即《贯道堂集》，清康熙、雍正年间刻本，清人费锡璜的文集，是书历经杨文荪、芸士、戴望递藏，后归王秉恩，与张恰《玉光剑气集》稿均为王秉恩九峰书屋珍藏。关于版本情况可以参阅谢国桢《江浙访书记》⑥。费锡璜另有《掣鲸堂诗集》，亦为珍稀之书，缪荃孙民国三年五月十

---

① 缪荃孙：《艺风老人日记》，北京大学出版社1986年版。以下简称《日记》。
② 心吾即杨守敬（1839-1915），字惺吾。《艺风老人日记》写做"心吾""星吾"，有88处记载。
③ 甘翰臣即甘作蕃（1859-1941），字屏宗，号翰臣，晚号非园主人，广东香山（今中山）人。上海怡和洋行总办、公和祥码头买办，为上海名宅愚园主人。古玩、金石、书画收藏极富，与缪荃孙和王秉恩均有往来。
④ 子封即沈曾桐（1853-1921），字子封，号同叔，沈曾植之弟，浙江嘉兴人。光绪十二年（1886）进士，选庶吉士，散馆授编修。《艺风老人日记》记载沈曾桐140处。
⑤ 罗叔蕴即罗振玉（1866-1940），字叔蕴。罗振玉与晚年缪荃孙交往十分频繁，《艺风老人日记》记载多达405处。
⑥ 上海书店出版社2004年版，第165页。

六日记"诣王雪橙,交《掣鲸堂诗》六册"。

《圭美堂集》,清徐用锡撰。缪荃孙《日记》中关于《圭美堂集》记载有八处,李审言、洪幼琴分别借阅过。但关于《圭美堂集》的版本,《日记》没有更多的描述,缪荃孙《艺风藏书记》《艺风堂文漫存》也不见著录。

《刘猛进志》即《刘猛进碑》,1906年出土于广东番禺,此石初归王秉恩,赵叔儒为绘《息庵得碑图》,黄子静绘《校碑图》,张谷雏画《载碑图》等以记其事。后流传于曹有成、甘翰臣之手,再辗转归简又文,简氏因名其室为"猛进书屋",出版"猛进丛书"。《刘猛进志》由缪氏拓写后寄给在日本的罗振玉,《日记》中有关于此事的后续记载,民国二年五月二十二日记"诣王息厂谈,交去《刘猛进志》、叶菊裳跋、书画笔记",民国三年六月十四日记"发日本罗叔蕴信,寄《刘猛进志》"。《艺风堂友朋书札》罗振玉与缪荃孙第二十二札说收到《刘猛进志》,则是此事的后续。

三

校抄本《鹤山集》十六册,实价六十四元。弟首尾一核,是照"安国本"① 抄而以"邛州本"② 校,好书也,可留之。宋本弟[第]二函亦借到。目录完全,想亦自"邛本"出。

此上息尘仁兄。

荃孙顿

按:《日记》民国二年二月二十七日记"刘翰怡、沈醉愚来,送《鹤山集》宋刻第二函来",三月一日记"雪臣取《鹤山集》一册去",三月四日记"诣王雪臣谈,交去《鹤山集》三册。取回首箧三、八册";可知此函作于二月二十七日或稍后两天。

《鹤山集》为宋人魏了翁的文集,版本甚夥,颇为复杂。而缪氏著录并撰跋语的主要有两种。一即清代新发现的宋刻本《重校鹤山先生大全文集》一百十卷目

---

① "安国本"即明嘉靖三年(1524)锡山安氏活字印本。
② "邛州本"为明嘉靖三十年(1551)邛州高翀本。

录二卷，为海内孤本，黄丕烈旧藏、钱大昕曾见本。此本原为一百零九卷，黄丕烈得之后，又从海盐黄椒升处得宋版《魏鹤山渠阳诗》一卷，再加上《周礼折中》《师友雅言》等文章重装附于此集之后，成一百零十卷。后该书辗转归诸暨孙问清太史，最后归刘氏嘉业堂，《嘉业堂藏书志》"重校鹤山先生大全文集"条叙述始末最详。《艺风堂文漫存》和《嘉业堂藏书志》撰有跋语，前书详而后书略，跋语撰于民国二年五月十一日①。另一即缪氏艺风堂藏本《重校鹤山先生大全文集》一百零九卷，为抄校本。《艺风藏书记》"魏鹤山集"条所云"宋魏了翁撰。传抄明安国活字本，用刘氏藏宋本与吾友王君雪岑同校，有跋，入癸甲稿"，叙述简括。《日记》中关于《鹤山集》记载有84处，其中有十多处与王秉恩有关，这里和下面第五至十函以及《艺风堂友朋书札》王秉恩与缪氏书札中比较详细地记载了艺风堂藏本《鹤山集》借抄、校刻的情况。艺风堂藏本《鹤山集》是以锡山安国本②（或简称"锡山安本""安本"）为底本，借阅刘氏嘉业堂藏宋刻本以及其他版本同王秉恩一起校对抄写而成的。缪荃孙在抄校《魏鹤山大全集》时尽力搜罗各种版本进行比勘，对黄丕烈所藏宋刻本、"安国本""邛州本"雠校异同，洞悉源流本末，以存其真。

另《艺风堂文漫存·乙丁稿》"魏鹤山大全集跋"云："嗣闻宋本归吾友孙问青，欲校未得。今由刘君翰仪借到，与王息尘对校，而志其缘起。癸丑五月二十一日。"③《日记》民国二年五月三日记"王雪丞来还《鹤山集》全部"，五月二十六日记"校《鹤林玉露》《鹤山集》毕"；可知宋本《魏鹤山大全集》缪氏民国二年五月底校完。

四

息厂仁兄：

《方言》正文写好，乞兄交校记接写。另俟密行中字，与黄荛圃刻书一样。

---

① 《艺风堂文漫存》，台湾文史哲出版社1973年版，第317~320、494~497页。
② 《鹤山集》锡山安国本为同治十三年（1874）缪氏从吴棠所藏传抄安本过录，当时曾抄录其中四十卷付刻。详参《艺风堂文漫存》卷四《魏鹤山大全集跋》，第494~497页。
③ 《艺风堂文漫存》卷四《魏鹤出大全集跋》，第494~497页。

弟跋亦附于后。子封之《鹤林玉露》《避暑录话》二种乞借一阅。此请台安。

荃孙顿

按：《日记》民国二年五月二十六日记"王雪岑索张刻《仪礼》去。借《避暑录话》《鹤林玉露》来"，"校《鹤林玉露》毕"，可知此函作于此前。另据《艺风堂友朋书札》王秉恩与缪氏第八通云："《方言》已校勘完，容面缴"，当为王秉恩对此函的答复，注明是三月朔，因而此函当作于是年二月底。又据《日记》民国三年闰五月四日"接傅沅叔信并《方言》"；民国三年闰五月二十七日"送书版、《方言》及校勘记与王雪橙"，知《方言》到此时才校写完毕。

此处提及之《方言》为民国二年傅增湘藏园刻本，附有王秉恩《方言校记》一卷①。

五

息厂仁兄大人阁下：

魏集想留下，前函嘱询并索值，刘君②之意，未必肯刻，四川有人经划之否？义门③校一定本亦佳。老陶④日内可到，再借《方言》何如？

---

① 傅增湘：《藏园群书题记》卷一，上海古籍出版社1989年版，第47~48页。彭华：《华阳王秉恩学行考》，载《中国典籍与文化》，2011年第3期。
② 刘君即刘世珩（1875—1926）字聚卿，又字槛厂，号葱石，别号楚园。安徽贵池人。清光绪二十年（1894）举人。曾寄寓南京多年，与缪荃孙、范当世等游。后迁家上海，筑"楚园"以居。藏书甚富，善本颇多。喜刻书，编刻有《暖红室汇刻传奇》51种，流传颇广。还编印有《贵池先哲》《玉海堂景宋》《宜春堂景宋元巾箱本》《聚学轩》等丛书。
③ 义门即何焯（1661—1722），初字润千，字屺瞻，学者称义门先生，长洲（今江苏苏州）人。著有《义门读书记》等。
④ 老陶即陶子麟，《艺风老人日记》中经常写作"陶子霖"或"子霖"，湖北黄冈人，近代四大名刻工之一，设肆于武昌，他以姓名为店号，摹刻古本旧体是其特长。其所刻书的封面或卷尾多刻上"黄冈陶子麟镌"或"武昌黄冈陶子霖镌"字样。曾为刘世珩刻《玉海堂影宋丛书》，为徐乃昌刻《徐文公文集》和《随庵丛书》，为张钧衡刻《择是居丛书》等。

此上，敬请台安。

荃孙顿首

按：《艺风堂友朋书札》王秉恩与缪荃孙书札第八通称"魏集拟以四十元留之，书先送环如，可再备价来取……《方言》已校勘完，容面缴"，当是对此函的答复。另外，王札中又有"川人或可黾勉为之"，与此函所云"四川有人经划之否"吻合，王札注明时间是三月朔，此札必在之前。"魏集"当指《鹤山集》抄本。傅增湘民国元年夏天收得宋刊本《方言》之后，藏书家怂恿其刻印流布，傅氏"旋又属艺风督陶子麟精摹付刊，而王雪澄丈为之校记"①，与此函所记吻合。

六

沈②书后日必有回信。莫书藉便奉还，弟知仲武③必不能如此慷慨也。悭吾书乞兄代借之。

此及息厂仁兄　　　　　　　　　　　　　　　　　　　荃孙顿

按：《日记》民国二年三月四日记"送《天寥年谱》《朱立斋诗》与醉愚，取还莫氏三书"，此函当作于三月二日。《艺风堂友朋书札》王秉恩与缪氏第十二通云"沈书尚未送来，昨已函催（沈醉愚）。杨书因首尾二册破烂，装治尚未得"，第十一通云"收到《鹤山集》八本，宋刻抄本六册，莫书二本，此据"，都应是对此函的回复。"莫氏书籍"当为《艺风堂友朋书札》王秉恩与缪氏第六通书信所云"莫仲武三书"，因为生活窘困，莫氏拟求缪氏做中售书给刘氏嘉业堂，缪氏则请沈醉愚斡旋，但由于书籍议价不妥，莫氏惜

---

① 傅增湘：《藏园群书题记》，第47~48页。
② 沈焜（1871—1932后），字醉愚，一字醉宜。浙江石门（今桐乡）人。清末诗人。著有《补梅庵诗录》《浮沤斋稿》，沈醉愚曾与同乡周庆云（字湘舲）、刘承幹（字翰怡）以及吴昌硕、况周颐等成立淞社，缪荃孙亦参与唱和。《艺风老人日记》记载沈醉愚190多次。
③ 仲武即为莫绳孙（1844—1919后），字仲武，贵州独山人，莫友芝次子。知府衔，清光绪十二年（1886）随刘瑞芬出使俄国与法国，任参赞。因刚直不阿受责去职。长期寓居扬州，整理和刻印祖父与父亲遗著，编《影山草堂书目》，辑成《独山莫氏遗书》66卷。

售，缪氏只得着急催还，免生龃龉。沈氏书还回之后，他立即送归王秉恩，《日记》民国二年三月六日记"还莫氏三书与雪丞，取《方言》四册归"。

"惺吾书"即杨守敬藏书，此前缪氏曾请人代借多种，《日记》民国二年正月二十六日记"石铭送来杨惺吾书，尚好，留下《荛圃书录》《烬官馀录》两种"。这里缪氏要王秉恩代借之书当即上面所说"首尾二册破烂之书"。

七

昨日樊园修禊失迓，歉疚之至。魏集尊校极佳，弟多疏漏，心眼俱退。原箧缺一小条，乞寻之，如寻得，可以黏合，否则须配矣。仲武多年至好张君①回南浔，刘君购书另有经手人，弟不便接。越刻徐园之书暂留，明日奉复。

此上息尘仁兄大人

荃孙顿

按：《日记》民国二年三月三日记"刘翰怡、周梦坡召请徐园修禊"，"子玖招饮樊园"；次日记"雪臣还魏集一册，新校书画一册"，"诣王雪臣谈，交去《鹤山集》三册。取回首箧三、八册"；则此函当作于三月四日。另这里"尊校极佳"是对王秉恩"所校合否？乞教"之问（《艺风堂友朋书札》王秉恩与缪荃孙第六通）的回应，王札注明时间正是"三月四日"。

"越刻徐园之书"当为缪氏参与徐园金石书画会所借阅之书，缪氏日记中有多次关于参与徐园金石书画会的记载。

---

① "张君"指张钧衡（1872—1927），字石铭，号适园主人，浙江南浔人。光绪二十年（1894）举人，会试不第，后捐主事。家饶资，在上海经商。光绪三十三年（1907）于故乡南浔筑园为藏书处。辛亥后移住上海，收得不少善本。1916年编印《适园藏书志》时，有宋本45部、元本57部，曾刻《适园丛书》《适园丛书二集》和《择是居丛书》。缪荃孙晚年与张钧衡交往频繁，并且协助他刊刻"适园丛书"，《艺风老人日记》有关张钧衡记载多达356处。

八

小条找到，已黏上矣。张君四月底回，经手费景韩①今日当与阅，此间购书人必再四觅人，评定议价亦良久不便，爽快以沅叔②为最。弟惜无赀，亦爽快也。刘处③门口有一上拓，弟不便经手，张、刘无之。菊生④、聚卿⑤，兄能送呈否，弟处无人故也。

息老览

荃孙顿首

按：《日记》民国二年四月五日"还《烬官遗录》《醉翁谈录》与费景韩"，五月六日"石铭交书抄三百元，即面交息尘及书目"；与这里费景韩"当与阅""张君四月底回"之事吻合。《艺风堂友朋书札》王秉恩与缪荃孙第十函称："书箧小条已阁箧内，请检之。张君何日可回，示复。刘君经手人，公如知之，并希示知，尤感"，是对上面第七函的回复，写作时间在第七函后此函前，估计在三月四日后不久，那么此函写作大概也就在这几天。另《艺风堂友朋书札》王秉恩与缪荃孙第九函所记："聚卿已问过，菊生处，楚生已与接洽，俟南浔处阅过再送去可也"，则是对此函的答复。

---

① 费景韩（生卒年不详），浙江海宁人。精版本目录之学，民国时期在上海从事古旧书生意，陈乃乾曾受其指点。他专为张钧衡和刘承幹收书，与缪荃孙来往也颇多，《艺风老人日记》关于他的记载也多达269条。
② 沅叔即傅增湘（1872—1950）。
③ 刘处当指刘承幹（1882—1963）嘉业堂。刘承幹字贞一，号翰怡，室名嘉业楼、留馀草堂等。浙江吴兴（今湖州）人，原籍上虞。清末为候补内务府卿。民国后以藏书、刻书为事，家富藏书，缪荃孙为其编《嘉业堂藏书志》。
④ 菊生即民国时期著名出版家张元济（1867—1959），字筱斋。原籍浙江海盐。光绪十八年（1892）进士。曾影印出版《四部丛刊》《续古逸丛书》、百衲本《二十四史》等古籍共610种。著有《校史随笔》《张元济日记》《张元济书札》等，与缪荃孙交往频繁。《艺风老人日记》中多有记载。
⑤ 聚卿即刘世珩。

九

雪橙仁兄大人阁下：

《鹤山集》校完否？刘处须弟还前二箧，方能借后二箧。亦慎乎之意也。此上敬请著安。

弟缪荃孙顿

按：《日记》民国二年三月二十日记"王雪丞送宋版《鹤山集》回，又借苏州版《书录解题》去"；三月二十五日记"诣刘翰怡面交《鹤山集》两函"，与此函所记吻合。则此函当作于是年三月二十日前。王秉恩还回《鹤山集》前二箧后，缪氏即去借后二箧，《日记》三月二十八日记"借刘翰怡《鹤山集》后两函"。

十

此书新抄，然抄亦不易。即去问张君如留，即不要，如不留则购之。暂留于此，何如经部？友人求之急也，张君如借抄易矣。

雪臣学兄

贵上大人

荃孙顿

按：《日记》民国二年五月六日记"石铭交书抄三百元，即面交息尘及书目"，这是张君石铭对抄书之事的回应，则此函当作于稍前。"此书"不知指《鹤山集》还是《鹤林玉露》抄本，因《日记》五月二十六日记"校《鹤林玉露》《鹤山集》毕"，《鹤林玉露》系沈子桐藏本，缪荃孙通过王秉恩辗转借得。

十一

手字敬悉。初六定到。秋湄①移住宁波路四百廿六号，报出至弟七期，弟一年期满，七月即辞去，而六月之脩金至今尚未清也。此及。敬请息尘仁兄大人升安。

弟荃孙顿

按：这里所谓"报"即《古学汇刊》②，因其由《国粹学报》改刊而成。该刊1912年创刊于上海，双月刊，由邓实经理，缪荃孙总纂，以"发明绝学，广罗旧闻"，"增益见闻，助长学识"为宗旨，共发行12期，1914年8月停刊。《日记》民国二年六月二十二日记"秋枚寄五期《古学汇刊》来并拓本"；民国二年七月十三日记"秋枚送四十元来"；这里所说"六月之修金"当即缪氏编辑《古学汇刊》第七期③的四十元修金，此函当作于七月十三日前。后来缪氏可能与邓实生龃龉，民国二年八月十九日《日记》记缪氏接到刘世珩信中评价邓实"市侩"，并说是"确评"。虽然邓实多次挽留，但他决意辞职，如《日记》民国二年八月十四日记"《古学汇刊》交来四十元，专函辞秋枚"；《日记》十月十日记"送一部（《藏书续记》）及图书馆方志目，签言稿本，与邓秋枚，即辞馆"，又十月二十日记"送辞纸与邓秋枚，带回《古学汇刊》一分"。

从《日记》记述来看，缪氏参与了该刊的创刊，并为之撰写序言。《日

---

① 秋湄即邓实（1877—1951）字秋枚，缪荃孙《日记》里写作"秋枚"或者"秋湄"，广东顺德人，清季廪生，近代社会活动家、藏书家。久寓上海，从事进步社会活动。与黄节、章太炎等创国学保存会，刊行《国粹学报》，后停刊。1912年改名为《古学汇刊》，缪荃孙董其役。他致力于发扬汉族精神，光复神州。曾搜集焚毁书目出版《国粹丛书》。家饶资，多珍秘藏书，并影印部分出版，有《风雨楼书目》《风雨楼题跋》等。

② 另《日记》中两次提到《中国学报》，1912年11月创刊，在北京出版，月刊。由中国学报社编辑及发行。1913年7月停刊，共出九期。1916年1月复刊，由刘师培编辑。同年5月停刊，共出五期。但与此函似乎关联不大，下面第十六通函稿所云"下季三期二册"疑即此报。

③ 《日记》四月二十日"送第六期稿本与邓秋枚"，可知四月底编选第六期，六月份编第七期，另函中有"报出至第七期"，与之吻合。

记》民国元年五月十三记"以《古学序》呈积馀（徐乃昌）"；次日"积馀送还《古学序》并借示《宋元本行格表》"，十五日"送《古学汇刊序》于邓秋枚"，此序存《艺风堂文漫存·癸甲稿卷一》中。据《日记》，民国元年五月十六日缪氏开始编选《古学汇刊》第一期和第二期①。《日记》记述编纂情况甚详，如民国元年九月三十日云"邓秋枚馈四十元并《古学》二期两部"；民国二年正月十六"邓秋湄送《古学汇刊》第三期来并脩金四十元"；民国二年四月八日云"诣刘聚卿谈并晤李审言，交第四期《古学汇刊》"；四月二十日"送第六期稿本与邓秋枚"；四月二十七日"审言还《后村诗话》《叶水心集》《古学汇刊》来，又借《桂馨堂集》去"；这些零碎材料描述甚为详细，告知每期编撰始末和参与人员，乃至每月脩金四十元，对于研究该刊和民国报刊史实具有参考价值。

十二

雪丞仁兄大人阁下：

天气已凉，刘翰怡又询《宋会要》及《仪礼》，乞拨冗一检《仪礼》。五十元亦备好，费神再谢。子封想已入都，令弟入蜀否？

此上敬请台安。

荃孙顿

按：《日记》民国二年八月二十八日记"翰怡送五十元，即交雪澄"，次日"诣王雪澄谈，晤沈子封"；九月一日记"送刊本《仪礼》、闻人诠《仪礼注》《御览》与刘翰怡"，则此函当作于八月二十九日。2013年4月华夏国际藏珍拍卖有限公司有缪荃孙致王秉恩函稿两通，其中一通云："沈书来示，又杨藏之《仪礼注疏》愿出五十元得之。《宋会要》求清本、底本各一册一阅，记得有几门已妥。能刻亦佳，不过妄想耳。王祉展之日本，有全本，确否？乞兄询之。此致雪橙仁兄大人。弟荃孙顿首。"应是此前与王秉恩商议《仪礼注疏》书价后的答函，可与此函参看。《日记》民国二年九月二十二日记

---

① 具体见《日记》第2488页。

"见覃谿手稿，从王雪丞借《宋会要》八本与翰怡。还雪丞《汉书引经异文疏证》。雪丞借《儒林》一册《郑子尹行状》去"；可与《艺风堂友朋书札》王秉恩与缪荃孙第十三通所说还《宋会要》与借《郑子尹行状》之事相印证；而《日记》民国二年十月四日"送《宋会要》三册与翰怡"，十月五日"诣王雪丞谈，还《宋会要》八册"；十月十八日"致刘翰怡一束，寄《重订宋会要目》"等，也是关于此事的后续记载。

关于《宋会要》，张舜徽云："徐松是一位有心人，他利用职务的方便．凡他所看到的《永乐大典》上的《宋会要》条文资料，皆一一抄出，日积月累，得五六百卷。徐松未及排比整理就与世长辞。这部珍贵的《宋会要辑稿》抄本流落北京琉璃厂书肆，为江阴缪荃孙所得。不久，又流入广雅书局提调王秉恩之手。王秉恩死后，《宋会要辑稿》为刘翰怡购得，交刘富曾整理，徐松原抄稿被痛加删并，成初编二百九十一卷，续编七十五卷。"① 对于该书的递藏叙说颇详，可资佐证。

《仪礼》即《仪礼注疏》十七卷，明刊本，为刘承幹嘉业堂藏书。《嘉业堂藏书志》载缪荃孙题跋，叙述始末甚详。另嘉业堂还藏有宋明刻本四种版本，均缀有缪氏识语。

十三

息厂仁兄大人阁下：

前日畅饮，归来即病。今日出，畏风，兄约竟不能赴，谢谢。见诸公代致。闻子培②亦同病，今日不识能来否？前谈及有人赴关中，其人已行否？乞示知。

此上敬请台安。

荃孙顿

按：《日记》民国三年（1914）二月六日记"王雪橙招饮，辞之。"此函

---

① 《中国史学名著题解》，中国青年出版社1984年版，第234页。
② 子培即沈曾植（1851—1922）字子培，号乙盦，晚年自号东轩、寐叟，浙江嘉兴人。光绪六年（1880）进士。授刑部主事，迁郎中，兼总理各国事务衙门章京，累官至学部尚书，为"同光体"著名诗人。著有《海日楼札丛》《海日楼诗文集》等。沈曾植与晚年缪荃孙交往频繁，成立"超社"等诗社，《艺风老人日记》有401次记载。

当作于是日。二月三日《日记》记述徐乃昌（积馀）招饮"醉沤"，当时聚会者有王秉恩、樊增祥和沈曾植（子培）等，后又赴刘世珩邀约，宴饮频仍。第二天缪荃孙身体即不适，出现发热咳嗽症状，并且较为严重，二月四日和五日分别有刘承幹和张钧衡邀约招饮，他均辞谢。

十四

手书诵悉，弟有亲戚拟结伴到西安一人姓李，需盘费几何？能候两日一起偕往，忌风不敢出户。谢谢。

此请息尘仁兄大人文安。

弟荃孙顿

按：《日记》民国三年二月六日记"雪丞之友尉燮（阜臣）回陕西，因介李仁甫之次子可结伴同行，因与商之。阜臣自来面瞩，交其四十元"；《日记》二月七日又有"谢雪丞一柬"，当即此函。上函缪氏说到自己感冒发烧，王秉恩手书问病，并告知赴关中之人尚未走，所以缪氏即刻修书，介绍李姓亲戚结伴同行。

十五

息厂道兄：

《圭美堂集》兄抄成否？弟处写官无书可写，散去可惜。或《圭美》或《唐诏令》，乞交纸来并开卷数，可以代抄。只陶先生景宋忙耳。久雨，蚕麦两伤，江南人又受困矣，伤哉！

此上，敬请文安。书抄缮，得回报即呈，全部取去。

荃孙顿

按：《日记》民国三年五月十三日记"王雪丞还《大唐诏令》两册、《栟榈文集》两册，又借四册来"，当是对此函的回应，则此函作于之前。又函中有"久雨，稻麦两伤"，据《日记》，民国三年四月十二日立夏后雨水很多，此函大约作于四月中旬。另《日记》民国三年六月十二日记"送费锡璜《贯道堂》与王雪臣，借《唐大诏令》六册归"；又九月十日记"王息厂还《仪礼图》，交彼《唐大诏令》六册"；是关于此事的后续记载，录以备考。

《唐大诏令》为张钧衡（即缪氏函稿中几次提到的"张君"）所刻《适园丛书》之一，1914年刊，缪荃孙《艺风堂藏书记》和《嘉业堂藏书志》均录有缪氏提要。据《日记》，民国二年六月二十二日"李贻和寄《唐诏令》格纸来"，八月十一日记"校《唐诏令》一、二两卷"，知缪氏民国二年八月始校《唐大诏令》，到民国五年十月九日才校完，"校《唐大诏令》补页"。

十六

《碧琳琅馆丛书》所刊并不精，不能如潘缪两集也。乞借《醉翁盈[谈]录》《过庭纪余》①两种，一阅即还。陶书未见全书，有一抄本缺字，拟照补。下季三期二册奉阅。《笔精》《识遗》尚佳，弟有之。

此上息厂先生

荃孙顿首

按：《艺风老人日记》民国三年十一月二十六日记"诣雪臣谈，借《过庭纪录[余]》一册回"，则此函当写于十一月二十六日或稍前。札中"下季三期二册"疑指《中国学报》下季三期二册。"陶书"即清人陶樾《过庭纪余》，"潘缪两集"当指潘祖荫所辑《滂喜斋丛书》《功顺堂丛书》。

十七

天雨，暂缓登程到常州，须下乡而实不便。"方氏丛书"定本具佳，前借两册奉还。

此上息厂仁兄大人

荃孙顿

---

① 这里《醉翁盈录》当为《醉翁谈录》，宋金盈之撰；《过庭纪余》清陶樾撰，光绪七年刊本，这两种著作和明徐𤊹《笔精》、宋罗璧《罗氏拾遗》均为《碧琳琅馆丛书》之一。

按：此函与上函接续。这里"前借两册"当指上函所云《醉翁谈录》《过庭纪余》两书，为方功惠《碧琳琅馆丛书》中所收书。此函写作时间应该在民国三年十一月二十六日后。"方氏丛书"即方功惠《碧琳琅馆丛书》。缪氏对此书颇关注，《日记》中有多次记载，如《日记》民国元年三月十二日记"写《渔洋尺牍》毕并题二绝句还王雪丞。雪丞来，送莫氏书目、方柳桥丛书目来，借《五代史平话》去。校订《魏鹤山集目》"；民国二年六月十五日有"写《碧琳琅馆书目》"语句。

西泠印社所藏缪氏这些函稿属于便函，文字简省，但内容集中谈及抄校、借阅书籍、日常交往应酬，故值得重视。另外，缪荃孙与西泠印社的关系比较深厚，他与西泠印社创始人之一吴石潜联系较多，《艺风堂文漫存·癸甲稿》卷一录有《吴石潜铁书序》，王秉恩与之也有关联，这些都值得我们进一步研究。

本文原刊《文献》2014年第1期

主要参考文献

一、清近代史料、人物传记资料

1. 《清史稿》赵尔巽等撰 中华书局点校本
2. 《清史列传》八十卷 中华书局编王锺翰点校本
3. 《清代名人传略》（上中下）［美］A. W. 恒慕义 青海人民出版社1992年版
4. 《清史稿艺文志补遗》王绍曾著 中华书局2000年版
5. 《国朝耆献类征》（清）李桓撰 清光绪湘阴李氏刻本
6. 《碑传集》（清）钱仪吉编 中华书局校点本
7. 《续碑传集》缪荃孙纂 台湾文海出版社
8. 《碑传集三编》汪兆镛编 上海古籍出版社1987年版《清代碑传全集》本
9. 《国朝先正事略》（清）李元度撰 清同治五年循陔草堂刻本
10. 《大清畿辅先哲传》徐世昌撰 王树枏等编 1915—1917年天津徐氏刊本
11. 《清代毗陵名人小传稿》张惟骧撰 1944年蒋维乔等镌刻本
12. 《民国人物碑传集》卞孝萱、唐文权编 团结出版社1995年版
13. 《文献征存录》（清）钱林撰《续修四库全书》本
14. 《墨香居画识》（清）冯金伯辑 清道光十一年增补、云间文萃堂刊本
15. 《国朝画识》（清）冯金伯辑 1923年上海文明书局铅印本
16. 《清画家诗史》李濬之编 1930年刻本

17. 《国朝名家诗钞小传》（清）郑方坤撰 清光绪十二年杞菊轩刻本

18. 《国朝诗人征略初编》（清）张维屏辑 清道光二十二年刻印本

19. 《鹤征录·鹤征后录》（清）李集撰、李富孙续撰 清嘉庆十四年刻本

20. 《国朝书人辑略》（清）震钧辑 清光绪三十四年金陵刻本

21. 《已未词科录》（清）秦瀛撰 清嘉庆十二年世恩堂刻本

22. 《畴人传》（清）阮元撰、罗士琳续补 清光绪八年海盐张氏重刊巾箱本

23. 《国朝书画家笔录》（清）窦镇辑 清宣统三年苏州文学山房活字排印本

24. 《清代闺阁诗人征略》施淑仪编 上海书店影印商务书馆1922年刊本

25. 《清代人物传稿》上编第一、二、三、四、五、六、七、八、九 中华书局版

26. 《清代史料笔记丛刊》38种 中华书局校点本

27. 《国朝宫史》（上下册）鄂尔泰、张廷玉编 北京古籍出版社1987年版

28. 《国朝宫史续编》北京古籍出版社1994年版

29. 《钦定国子监志》北京古籍出版社2000年版

30. 《清朝野史大观》无名氏撰 上海书店1981年版

31. 《明清文人尺牍墨宝》沈云龙主编 近代中国史料丛刊续集第151~153册

32. 《清稗类钞》徐珂编撰 中华书局1984年版、1966年北京第二次印刷本

33. 《中国藏书家考略》杨立诚、金步瀛合撰 上海古籍出版社1987年版

34. 《江浙藏书家史略》吴晗著 中华书局1981年版

35. 《藏书纪事诗》叶昌炽著 古典文学出版社1958年版

36. 《书林清话》叶德辉著 辽宁教育出版社1998年版

37. 《万卷精华楼藏书》黑龙江出版社1992年版

38. 《笔记小说丛刊》台北新兴书局有限公司1978年版

39. 《歙事闲谈》许承尧撰 黄山书社2001年版

40. 《清儒学案》徐世昌编 民国年间刊本

41. 《清学案小识》唐鉴编撰 民国二十四年商务印书馆版

42.《国朝汉学师承记》（清）江藩撰 中华书局 1983 年版

43.《清代学者象传合集》叶衍兰、叶恭绰编 上海书店 2001 年版

44.《浙江人物简志》（中册）浙江人民出版社 1986 年版

45.《养吉斋丛录》吴振棫 浙江古籍出版社 1985 年版

46.《方志著录元明清曲家传略》赵景深、张增元编 中华书局 1987 年版

47.《中国近代学人象传》大陆杂志社编 台湾文海出版社《近代中国史料丛刊三编》本

48.《清代七百名人传》蔡冠洛 中国书店影印本

49.《清代朴学大师列传》支伟成撰 岳麓书社 1998 年版

50.《清朱笥河先生筠年谱》罗继祖撰 台湾商务印书馆股份有限公司 1981 年版

51.《朱筠年谱》姚名达编撰 民国丛书本

52.《南厓府君年谱》朱锡经编 清嘉庆年间刻本

53.《清邵二云先生晋涵年谱》黄云眉编撰 台湾商务印书馆股份有限公司 1982 年版

54.《清王述庵先生昶年谱》严荣编 台湾商务印书馆股份有限公司 1978 年版

55.《弇山毕公年谱》史善长编 清同治年间刻本

56.《章实斋年谱》胡适撰 安徽教育出版社 1999 年版

57.《清王石渠先生念孙年谱》台湾商务印书馆股份有限公司 1986 年版

58.《清王西庄先生鸣盛年谱》台湾商务印书馆股份有限公司 1986 年版

59.《容甫先生年谱》汪喜孙编 重印江都汪氏丛书本

60.《清洪北江先生亮吉年谱》林逸编撰 台湾商务印书馆股份有限公司 1981 年版

61.《黄丕烈年谱》江标编撰 中华书局 1988 年校点本

62.《顾千里研究》李庆著 上海古籍出版社 1989 年版

63.《清顾千里先生广圻年谱》汪宗沂编著 台湾商务印书馆股份有限公司 1981 年版

64.《大思想家袁枚评传》杨鸿烈著 国学小丛书本

65.《阮元年谱》张鉴著 中华书局点校本

66. 《魏源师友记》 李柏荣著 岳麓书社 1983 年版
67. 《黄仲则研究资料》 黄葆树等编撰 上海古籍出版社 1986 年版
68. 《明清散曲作家汇考》 庄一拂编撰 浙江古籍出版社 1992 年版
69. 《明清戏曲家考略》 续篇、三编 邓长风著 上海古籍出版社 1994 年版
70. 《桐城文学渊源考·桐城文学撰述考》 刘声木撰 台湾世界书局 1974 年版
71. 《历代妇女著作考》 胡文楷编著 上海古籍出版社 1985 年版
72. 《中国考试制度史》 邓嗣禹著 民国丛书第五编第 25 册，上海书店影印 1936 年版
73. 《钦定科场条例》［清］礼部编纂 近代中国史料丛刊三编第 471～480 册
74. 《清代硃卷集成》 顾廷龙主编 台湾成文出版社 1992 年版
75. 《清代科举制度研究》 王德昭著 中华书局 1984 年版
76. 《清朝翰詹源流》 吴鼎雯撰 近代中国史料丛刊第 291 册
77. 《清朝考试制度资料》 章中和撰 近代中国史料丛刊第 269 册
78. 《中国典籍知识精解》 任松如著 台湾震旦图书公司 1966 年版
79. 《入幕须知五种》 张廷骧编 近代中国史料丛刊第 230 册
80. 《清代帝王后妃传》 满学研究会编 中国华侨出版公司 1989 年版
81. 《清诗纪事初编》 邓之诚撰 中华书局 1965 年版
82. 《清诗纪事》 钱仲联主编 江苏古籍出版社 1989 年版
83. 《清诗话》 王夫之等撰 上海古籍出版社 1999 年版
84. 《清诗话续编》 郭绍虞选编 上海古籍出版社 1999 年版

二、清近代诗文总集、别集

85. 《湖海文传》 王昶辑 道光十七年经训堂刻本
86. 《清文汇》 沈粹芬等辑 北京出版社 1996 年影印本
87. 《清诗汇》 徐世昌辑 北京出版社 1996 年影印本
88. 《顾亭林诗文集》 顾炎武著 中华书局 1959 年版
89. 《王船山诗文集》 王夫之著 中华书局 1962 年版
90. 《有学集》 钱谦益 上海古籍出版社

91. 《吴梅村全集》吴伟业撰 上海古籍出版社 1995 年版

92. 《李渔全集》李渔撰 浙江古籍出版社 1992 年版

93. 《西河文集》一百一十九卷 毛奇龄撰

94. 《安序堂文钞》三十卷 毛际可撰

95. 《陈迦陵文集》陈维崧撰 上海涵芬楼影印本

96. 《蒲松龄全集》蒲松龄撰 学林出版社 1998 年版

97. 《思复堂文集》十卷 邵廷采撰 浙江古籍出版社

98. 《清溪文集》十二卷续编八卷 程廷祚撰 金陵丛书乙集本

99. 《东潜文稿》赵一清撰 辽宁教育出版社

100. 《雅雨堂文集》卢见曾撰 道光二十年刻本

101. 《道古堂文集》四十六卷集外文一卷 杭世骏撰 乾隆四十一年汪氏振绮堂刻本

102. 《戴震文集》戴震撰 中华书局 1980 年版

103. 《黄宗羲南雷杂著稿真迹》黄宗羲撰 浙江古籍出版社 1987 年版

104. 《宝纶堂文钞》八卷 齐召南撰 嘉庆二年刻本 台湾文海出版社影印本

105. 《石笥山房文集》六卷 补遗一卷 胡天游撰 咸丰二年重刻本

106. 《松崖文钞》二卷 惠栋撰 聚学轩丛书本

107. 《东皋草堂文集》十卷 韩海撰 乾隆年间刊本

108. 《全祖望全集》全祖望撰 上海古籍出版社 1999 年版

109. 《袁枚全集》袁枚撰 江苏古籍出版社 1993 年版

110. 《抱经堂文集》卢文弨撰 中华书局 1985 年版

111. 《两当轩集》黄景仁撰 上海古籍出版社 1983 年版

112. 《勉行堂文集》六卷 程晋芳撰 嘉庆二十五年刻本

113. 《纪昀文集》纪昀撰 河北教育出版社 1995 年版

114. 《存素堂文集》法式善撰 嘉庆十二年程邦瑞刻本

115. 《忠雅堂文集》蒋士铨撰 上海古籍出版社校点本

116. 《灵岩山人诗文集》毕沅撰 嘉庆己未经训堂刊本

117. 《春融堂集》六十八卷 王昶撰 嘉庆十二年刻本

118. 《钱大昕全集》钱大昕撰 江苏古籍出版社校点本

119. 《笥河文集》十六卷 朱筠撰 畿辅丛书本

120. 《知足斋文集》六卷 朱珪撰 嘉庆年间刻本

121. 《树经堂文集》四卷 谢启昆撰 嘉庆七年刻本

122. 《刘大櫆集》刘大櫆著 上海古籍出版社1990年版

123. 《惜抱轩文集》十六卷后集十卷 姚鼐撰 惜抱轩十种本

124. 《西庄始存稿》三十卷 王鸣盛撰 乾隆三十一年刻本

125. 《童山文集》二十卷 李调元撰 函海刻本

126. 《井福堂文稿》十卷 汪学金撰 嘉庆十年刻本

127. 《恩余堂辑稿》二卷 彭元瑞撰 道光七年刻本

128. 《宝奎堂文集》十二卷 陆锡熊撰 道光己酉重刻本

129. 《十经斋文集》四卷二集一卷 沈涛撰 中国书店影印道光间原刻本

130. 《独学庐文稿》石韫玉撰 原刻本

131. 《鹤泉文钞》二卷续选九卷 戚学标撰 嘉庆十八年刻本

132. 《南江文钞》十二卷 邵晋涵撰 道光十二年刻本

133. 《王石臞先生遗文》四卷补编一卷 王念孙撰 高邮王氏遗书本

134. 《王文简公文集》四卷补编二卷 王引之撰 高邮王氏遗书本

135. 《述学内篇》三卷外篇一卷补遗一卷别录一卷 汪中撰 秦更年重印江都汪氏丛书本

136. 《汪中集》汪中 台湾文史哲出版社1999年版

137. 《孤儿编》三卷从政录四卷 汪喜孙撰 秦更年重印江都汪氏丛书本

138. 《赏雨茅屋外集》曾燠撰 李之鼎等刻本

139. 《小岘山人文集》七卷续集二卷补遗一卷 秦瀛撰 嘉庆年间家刻本

140. 《洪亮吉集》洪亮吉撰 中华书局2000年校点本

141. 《亦有生斋文集》二十卷 赵怀玉撰 原刻本

142. 《味经斋遗书》庄存与撰 清光绪八年阳湖庄氏重刻本

143. 《珍蓺宧文钞》七卷 庄述祖撰 遗书本

144. 《刘礼部集》十二卷 刘逢禄撰 道光十年家刻本

145. 《朴学斋文录》宋翔凤撰 嘉庆二十五年刻本

146. 《芙蓉山馆全集》杨芳灿撰 光绪十七年活字本

147. 《桐华吟馆文钞》杨揆撰 嘉庆十二年刻本

148.《刘端临先生文集》一卷 刘台拱撰 广雅局刻遗书本

149.《仪郑堂骈俪文》三卷 孔广森撰 仪郑堂藏刻本第七种

150.《游道堂集》四卷 朱彬撰 光绪二年刻本

151.《问字堂集·岱南阁集》孙星衍撰 中华书局1996年版

152.《芳茂山人文集》《五松园文稿》孙星衍撰 续修四库全书本

153.《校礼堂文集》凌廷堪撰 中华书局1998年版

154.《吴学士文集》四卷 吴鼒撰 光绪八年壬午江宁藩署刊本

155.《晒书堂文集》十二卷外集二卷 郝懿行撰 光绪十年刻本

156.《惕甫未定稿》十六卷《渊雅堂文外集》四卷 王芑孙撰 嘉庆九年刻本

157.《小谟觞馆诗文集》彭兆荪撰 清嘉庆二十一年刻本二十二年增修本

158.《大云山房文稿初集》四卷《二集》四卷 恽敬撰 嘉庆间刻本

159.《天真阁集》五十四卷外集六卷 孙原湘撰 光绪辛卯重刊本

160.《因寄轩文初集》《因寄轩二集》《文集补遗》管同撰 道光十三年癸巳刊本

161.《鉴止水斋集》二十卷 许宗彦撰 咸丰八年重刻本

162.《茗柯文初编》一卷《二编》二卷《三编》一卷《四编》一卷 张惠言撰 四部丛刊本

163.《茗柯文补编》二卷《外编》二卷 张惠言撰 四部丛刊本

164.《铁桥漫稿》十三卷 严可均撰 道光年间刊本

165.《雕菰楼集》二十四卷 焦循撰 道光四年刊本

166.《研经室集》阮元撰 中华书局1993年版

167.《养一斋文集》二十卷 李兆洛撰 道光二十四年刊本

168.《太乙舟文集》八卷 陈用光撰 道光二十三年重刻本

169.《思适斋集》十八卷 顾广圻撰 道光九年上海徐氏校刻本

170.《左海文集》十卷《左海经辨》二卷 陈寿祺撰 全集本

171.《蕉声馆集》八卷 朱为弼撰 咸丰二年刊本

172.《陶澍集》陶澍撰 岳麓书社1998年版

173.《崇百药斋文集》二十卷续集四卷三集十二卷 陆继辂撰

174.《齐物论斋文集》五卷 董士锡撰 道光十六年刊本

175.《董方立文》甲集二卷 董祐诚撰 董方立遗书本

176.《浮碧山馆骈文》冯可镛 民国六年（1917）钧和公司印本

177.《幼学堂文稿》八卷 沈钦韩撰 道光年间刊本

178.《求是堂文集》六卷《骈体文》二卷 胡承珙撰 道光十七年求是堂刻本

179.《养素堂文集》三十五卷 张澍撰 道光年间刊本

180.《颐道堂文钞》陈文述撰 嘉庆二十二年刻道光增修本

181.《艺舟双楫》《齐民四术》包世臣撰 道光年间刊本 台湾文海出版社影印本

182.《龚自珍全集》上海人民出版社 1975 年版

183.《湘绮楼诗文集》王闿运撰 岳麓书社 1996 年版

184.《康有为全集》第 2 册 上海古籍出版社

185.《谭嗣同全集》谭嗣同撰 中华书局 1981 年版

186.《燕山外史》陈球著 日本明治三十九年春文求堂书房重刊本

187.《蟫史》屠绅著 人民文学出版社 2000 年版

三、清近代骈文选本、骈文理论及研究著作

188.《听嘤堂四六新书》黄始等选编 康熙九年刻本

189.《四六初征》二十卷 李渔 清康熙金陵刊本

190.《丽体金膏》八卷 马俊良辑 清乾隆五十九年（1794）石门马氏大酉山房刻本

191.《八家四六文钞》吴鼒辑 光绪九年紫藤花馆重刻本

192.《国朝骈体正宗》曾燠辑 嘉庆丙寅刻本

193.《国朝骈体正宗续编》张鸣珂辑 光绪十四年寒松阁刻本

194.《骈文类纂》王先谦选编 浙江古籍出版社 1998 年版

195.《国朝十家四六文钞》王先谦选编 清光绪十五年（1884）长沙王氏刻本

196.《国朝常州骈体文录》光绪十六年刻本

197.《皇朝骈文类苑》十四卷 姚燮 张寿荣编 光绪九年刊本

198.《骈体文林初目》朱启勋编撰 杭州图书馆藏稿本

199. 《清代骈文评注读本》王文濡选评 1929 年文明书局排印本

200. 《同光骈文正轨》孙雄 清宣统三年油印本

201. 《骈文读本》上编四卷 吴虞编 民国四年四川成都昌福公司铅印本

202. 《骈文》不分卷 国立北平大学第二师范学院辑 民国铅印本

203. 《骈文观止》金敏伦 上海大通图书馆

204. 《清代骈文名家征略》六卷 胡永光编，民国四川壁经堂丛书本

205. 《骈文省钞》刘咸炘选编 民国二十年尚友书塾本

206. 《客人骈文选》古直选 梅县古氏客人丛书本

207. 《南北朝四六文钞》彭兆荪辑 清光绪八年紫云室重刻本

208. 《唐骈体文钞》陈均辑 清光绪二十一年刻本

209. 《雨村赋话》李调元辑 光绪十四年刻本

210. 《宋四六话》彭元瑞辑 道光二十六年番禺潘氏刻海山仙馆丛书本

211. 《四六丛话》（全四册）孙梅辑 商务印书馆万有文库本

212. 《六朝丽指》孙德谦 四益宦丛书本

213. 《汉魏六朝百三家集题辞注》张溥著 人民文学出版社 1960 年版

214. 《无邪堂答问》朱一新著 中华书局 2000 年版

215. 《骈文概论》瞿兑之著 中国书店 1985 年版

216. 《骈文学》刘麟生著 商务印书馆 1934 年刻本

217. 《骈文概说》金钜香著 商务印书馆 1933 版

218. 《四六作法——骈文通》金茂之 大通图书社

219. 《骈体文作法》王承治 上海大通书局

220. 《中国骈文史》刘麟生著 1984 年上海书店

221. 《八股文小史》卢前撰 东方出版社 1998 年版

222. 《骈文通义》钱基博撰 1933 年上海大华书局版

223. 《文选学》骆鸿凯著 中华书局 1989 年版

224. 《骈文史论》姜书阁著 人民文学出版社 1986 年版

225. 《骈文与散文》蒋伯潜、蒋祖怡撰 上海书店 1997 年版

226. 《骈文衡论》谢鸿轩著 台湾广文书局有限公司 1973 年版

227. 《中国骈文发展史》张仁青著 台湾中华书局 1974 年版

228. 《丽辞探赜》张仁青著 台湾文史哲出版社 1985 年版

229. 《清代骈文通义》陈耀南著 台湾学生书局 1977 年版

230. 《骈文考》钱济鄂著 洛杉矶中华诗会 新加坡木屋书社 1994 年版

231. 《清代骈文研究》昝亮著 杭州大学中文系 1997 年博士论文

232. 《唐宋骈文史》于景祥著 辽宁人民出版社 1991 年版

233. 《中国骈文通史》于景祥撰 吉林人民出版社 2002 年版

234. 《骈文》尹恭弘著 人民文学出版社 1994 年版

235. 《文体论》薛凤昌著 商务印书馆 1931 年万有文库本

236. 《八股文研究》王凯符著 中华书局 2002 年版

237. 《说八股》启功、张中行、金克木著 中华书局 2000 年版

238. 《汉赋之史的研究》陶秋英著 浙江古籍出版社

239. 《中国文学史分论》（第 2 册）商务印书馆 1934 年版

240. 《汉魏六朝文学》陈钟凡著 民国十八年商务印书馆版

241. 《十四朝文学要略》刘永济著 黑龙江人民出版社 1984 年版

242. 《六朝文学论文集》清水凯夫著 重庆出版社 1989 年版

243. 《顾随：诗文丛论》顾随著 天津人民出版社 1997 年版

244. 《文学概论》马宗霍 商务印书馆 1925 年版

245. 《文学论》刘永济 1924 年自印本

246. 《中国文学的对句艺术》（日本）古田敬一著 李淼著 吉林文史出版社 1989 年版

247. 《中国文学概论讲话》（日本）盐谷温著 孙俍工译 商务印书馆 1930 年第三版

248. 《中国文学通论》（日本）儿岛献吉郎著 孙俍工译 商务印书馆

249. 《中国文章论》（日本）佐藤一郎 上海古籍出版社 1996 年版、

250. 《日本学者中国文章学论著选》王水照等编选 上海古籍出版社 1994 年版

251. 《Early Chinese Literary Criticism》Siu—Kit Wong Joint Publishing Co. Hongkong 1983

252. 《中国散文史》（上中下）郭预衡著 上海古籍出版社

四、其他相关研究著作、资料

253. 《明清诗文研究资料集》第一、二辑 钱仲联主编 上海古籍出版社

1986年版

 254.《清代扬州学记》张舜徽著 上海人民出版社 1962 年版

 255.《清人文集别录》张舜徽撰 中华书局限性 1963 年版

 256.《越缦堂日记附补》（清）李慈铭撰 1918 年北京浙江公会影印本

 257.《复堂日记》清谭献著 河北教育出版社 2001 年版

 258.《鸥堂日记・窳櫎日记》周兴誉、周星诒著 河北教育出版社 2001 年版

 259.《退庵随笔》梁章钜著 江苏广陵刻印社 1997 年版

 260.《元明清三代禁毁小说戏曲资料》王利器辑录 上海古籍出版社 1981 年版

 261.《艺概》刘熙载撰 上海古籍出版社 1978 年版

 262.《楹联丛话全编》梁章钜等编撰 北京出版社 1998 年版

 263.《汉文典》来裕恂著 南开大学出版社 1993 年版

 264.《章太炎学术史论文集》章太炎著 中国社会科学出版社 1997 年版

 265.《清代学术概论》梁启超著 朱维铮校注 复旦大学出版社 1985 年版《梁启超论清学史二种》本

 266.《中国近三百年学术史》钱穆著 中华书局 1986 年版

 267.《中国近三百年学术史》梁启超 中华书局本

 268.《中国文化史》柳诒征著 东方出版中心 1988 年版

 269.《中国文化史》陈登原著 辽宁教育出版社 1998 年版

 270.《中国中古文学史・论文杂记》刘师培著 人民文学出版社 1959 年版

 271.《谈艺录》钱锺书著 中华书局 1984 年版

 272.《管锥编》钱锺书著 中华书局 1986 年版

 273.《明清之际党社运动考》谢国桢著 中华书局 1982 年版

 274.《明末清初的学风》谢国桢著 上海书店 2003 年版

 275.《明清笔记谈丛》谢国桢著 上海书店 2003 年版

 276.《浙江出版史研究——元明清时期》顾志兴编撰 浙江古籍出版社 1993 年版

 277.《中国考试制度史资料选编》杨学为、朱仇美、张海鹏主编 黄山书社 1992 年版

278.《乾嘉考据学研究》漆永祥 中国社会科学出版社 1998 年版

279.《清代科举考试述录》商衍鎏 三联书店 1958 年版

280.《学人游幕与清代学术》尚小明著 社会科学文献出版社 1999 年版

281.《明清徽商与淮扬社会变迁》王振忠著 三联出版社 1996 年版

282.《中国绅士——关于其在 19 世纪中国社会中作用的研究》张仲礼著 上海社会科学院出版社 1991 年版

283.《明清史论著集刊正续编》孟森著 河北教育出版社 2000 年版

284.《中古文学论集》王瑶著 上海古籍出版社 1982 年版

285.《梦苕庵清代文学论集》钱仲联著 齐鲁书社出版社 1983 年版

286.《梦苕庵论集》钱仲联著 中华书局 1993 年版

287.《当代学者自选文库：钱仲联卷》安徽教育出版社 1999 年版

288.《明清诗文研究论文集》钱仲联主编 上海古籍出版社 1986 年版

289.《清代学术思想的变迁与文学》马积高著 湖南出版社 1996 年版

290.《宋明理学与文学》马积高著 湖南师范大学出版社

291.《赋史》马积高著 上海古籍出版社 1987 年版

292.《阳湖文派研究》曹虹著 中华书局 1996 年版

293.《中国古代文体概论》褚斌杰 北京大学出版社 1983 年版

294.《明代文学复古运动研究》廖可斌著 上海古籍出版社 1994 年版

295.《辞赋通论》叶幼明著 湖南教育出版社 1991 年版

296.《宋代散文研究》杨庆存著 人民文学出版社 2002 年版

297.《中国辞赋发展史》郭维森、许结著 江苏教育出版社 1996 年版

298.《中国历代小说序跋集》丁锡根编著 人民文学出版社 1996 版。

299.《中国女性文学史》谭正璧著 百花文艺出版社 1991 年版

300.《中国妇女文学史纲》梁乙真 上海书店 1990 年影印《民国丛书本》

301.《中国散文史》陈柱著 东方出版社 1996 年版

302.《清代文化与浙派诗》张仲谋 东方出版社 1997 年版

303.《清代文论选》王镇远、邬国平编选 人民文学出版社 1999 年版

304.《六朝骈文及其文化意蕴》钟涛著 东方出版社 1997 年版

305.《桐城文派述论》吴孟复著 安徽教育出版社 1992 年版

306.《中国古代文体概论（增订本）》褚斌杰著 北京大学出版社 1990

年版

307.《中国的文学理论》[美] 刘若愚 四川人民出版社 1987 年版

308.《陈世骧文存》[美] 陈世骧著 辽宁教育出版社 1998 年版

309.《诗赋与律调》[美] 邝健行 中华书局 1994 年版

310.《中国江浙地区十四至十七世纪社会意识与文学》陈建华著，学林出版社 1992 年版

311.《乾嘉考据学研究》漆永祥著 中国社会科学出版社 1998 年版

312.《以礼代理——凌廷堪与清中叶儒学思想之转变》张寿安著 河北教育出版社 2001 年版

313.《从理学到朴学——中华帝国晚期思想与社会变化面面观》[美] 艾尔曼著 江苏人民出版社 1997 年版

314.《经学、政治和宗族——中华帝国晚期常州今文学派研究》[美] 艾尔曼著 江苏人民出版社 1998 年版

315.《近代的初曙——18 世纪中国观念变迁与社会发展》高翔著 社会科学文献出版社 2000 年版

316.《雍正帝及其密折制度研究》杨启樵著 上海古籍出版社 2003 年版

317.《制义丛话·试律丛话》梁章钜著 上海书店出版社 2001 年版

后 记

本书是《清代乾嘉骈文研究》光明日报出版社2011年版再版修订增补本,从出版到现在已有八个年头,现在居然能够获得中国书籍出版社全额资助而修订再版,在学术著作出版还比较困难的今天,当然是值得庆幸的事情,说明还是有些许价值的,至少有人还愿意读它。此书曾荣获湖南省社科成果三等奖(语言文学类每两年大约10项),也是一种认可。据不完全统计,书稿学术期刊网网上下载率达到2000来次,引用率也有几十次,说明当年心血没白费。《清代乾嘉骈文研究》现在早已售罄,常有读者包括海外学者来函索购,我只能婉谢而已。现在拙著重新增补出版,将会弥补这一缺憾。

与当年我刚开始踏足骈文领域相比,骈文研究乃至清代骈文研究现在比较热了,呈现出勃勃生机。国际性的骈文学术会议至今已经召开六届,国家重大招标课题和社科基金课题近年来均有进项,高质量学术论文和学术著作如雨后春笋;一大批博士、硕士先后加入骈文研究和创作队伍,谭家健先生以八十多岁高龄依然宝刀不老,《中华古今骈文通史》新近出版,实为精品力作;曹虹、于景祥、莫道才教授等承先启后,一批"70后""80后"乃至"90后"学人迅速成长,其中也有我自己培养的研究生,逐渐成为骈文研究的中坚和后劲,共同浇灌出骈文研究的五彩祥云。当下,就骈文研究的深度和广度来说,纵横开展,上下求索,关于骈文本体研究和外部研究均有不俗成绩,骈文领域新近开辟或者在原有基础上拓展,比如港台及域外骈文、宗教性质骈文以及近代骈文研究等领域的新发现或者开辟,使得骈文研究呈现星火璀璨的景观。

当年初入骈文研究领域时际，我刚好而立。转瞬二十年间，今已步入中年，大学毕业和工龄已有 30 年，来长沙理工大学工作已 16 年，人生至此，颇多感悟。其实关于清代骈文研究，我也有新的思考，已经主持完成相关的国家社科基金和省部级课题多项，发表了几十篇学术论文，出版了三部著作（包括古籍整理）。但由于兴趣的拓展和繁重的行政事务性工作的牵绊，研究计划和结果与心目中的设想存在比较大的距离，与在此领域辛苦耕耘的同人相比，不忘初心，砥砺奋发，于我心有戚戚焉。

岁月不居，斗转星移。《清代乾嘉骈文研究》当初出版时，我撰写了"后记"，现在网络和资讯这么发达，有兴趣的读者应该可以方便找到，为了节省篇幅，这里不再缀录。但还有说者，当年拙著出版时，我博士学位论文答辩主席章培恒先生、硕士生导师叶幼明先生和我的父亲尚在，可以分享喜悦，而此书修订增补再版时，如今相继纵身大化，归于道山，谨以此书出版，聊寄心香一瓣。叶幼明先生所言"人生就是要留下几个脚印"，他厚积薄发，与骈文相关的研究著作《对联评谭》《中国骈文发展史论》等著作为其退休后所作，不啻当头棒喝，德音在耳。而博士同门中在明清文学研究领域内取得骄人成就者不在少数，反观自身，赧颜自愧。差可幸者，我一直没有离开明清文学和文献研究领域，尤其重视清代骈文和八股文稀见文献的抢救性收集与整理，与本部著作可称姊妹篇的《文献下的清代骈文批评研究》（本人主持的国家社科基金最终成果）将在近年出版，另一部著作《〈清代硃卷集成〉艺文辑证》获得出版资助，将在明后两年内出版，有关八股文、试帖诗理论研究文献和清代稿抄本整理与研究成果将陆续发表，所谓"靡不有初，鲜克有终"，可以说我的研究"一直在路上"。

本书与原来版本相比，可以说是面目一新，大为改观：一是进行了重大修改，包括内容充实和结构调整；二是增补了 10 多万字的系列论文。之所以如此，不仅是为了增重本书的价值，更多是为了方便阅读此书的读者，因为阅读此书的应该是比我年轻得多的朋友，对于他们将来理解骈文尤其是清代骈文乃至从事学术研究或许不无裨益。本书的结构，同事加老领导成松柳教授提出了很好的建议，曾经和将毕业的研究生王茹辉、唐思思等为本书校对费不少心力，这里要特别说明。另外，此书所提出的问题并没有过时，确有进一步研究的必要，由此生发的问题也会引发读者进一步探究的兴趣，因而此书当不至灾祸梨枣，几于覆瓿，是为至幸。

颜建华
2019 年 12 月 28 日
谨记于居有斋